WOOW BOOKS

SYLVIA V. LINSTEADT

DAS WILDE VOLK

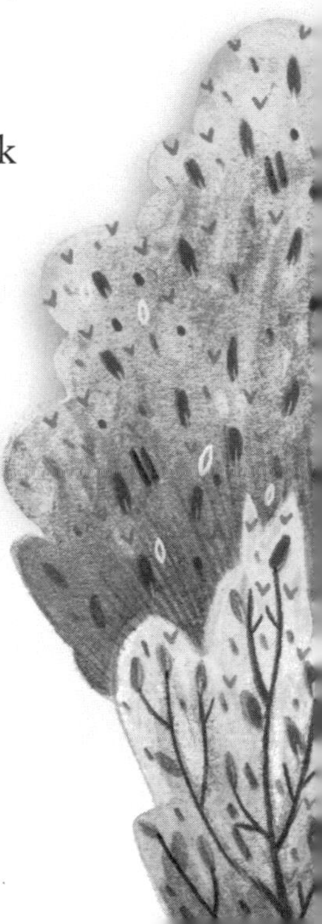

Aus dem Englischen von Alexandra Rak

MIX
Papier aus verantwortungsvollen Quellen
FSC® C014496
www.fsc.org

Deutsche Erstausgabe
1. Auflage 2019

Aus dem Englischen von Alexandra Rak
Die Originalausgabe erschien 2018 unter
dem Titel *The Wild Folk* (*The Stargold Chronicles* Book 1)
bei Usborne Publishing Ltd., London
Lektorat: Sophie Härtling, Hamburg
Cover und Innenillustrationen: Sandra Dieckmann 2018

Satz: Greiner & Reichel, Köln
Druck und Bindung: GGP Media GmbH, Pößneck
ISBN 978-3-96177-051-9

www.woow-books.de
www.instagram.com/woowbooks_verlag

Für Hawthorn, der nun zwischen unendlich
viel Löwenzahn herumhüpft

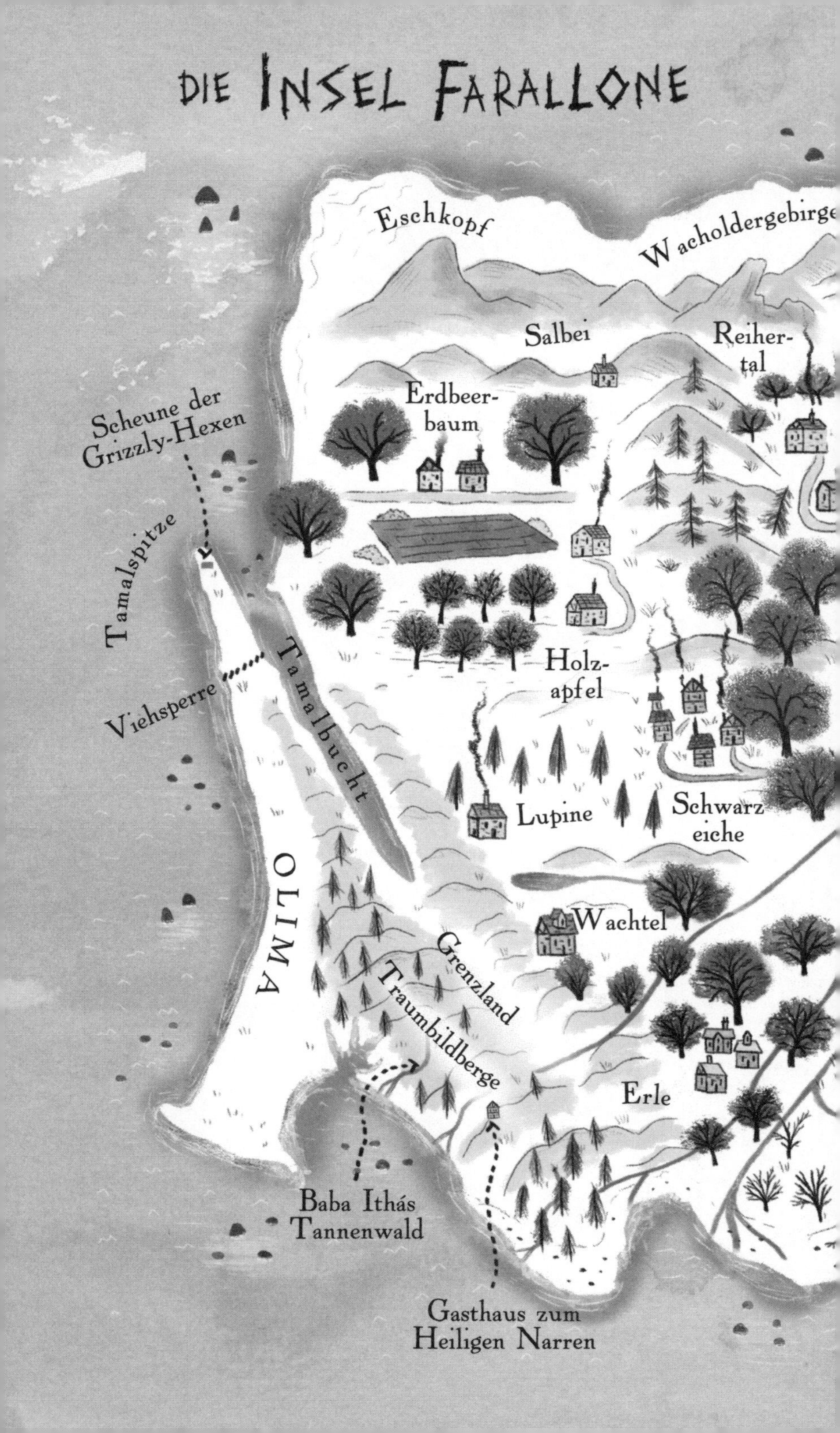
DIE INSEL FARALLONE
Eschkopf
Wacholdergebirge
Salbei
Reiher-
tal
Erdbeer-
baum
Scheune der
Grizzly-Hexen
Tamalspitze
Holz-
apfel
Tamalbucht
Viehsperre
Lupine
Schwarz
eiche
OLIMA
Wachtel
Grenzland
Traumbildberge
Erle
Baba Ithás
Tannenwald
Gasthaus zum
Heiligen Narren

Salviagebirge
Platane
Große Salviawüste
Die Stadt Neu Albion
Quitte
Lutea
Teichbinse
Pelikan
N
W
O
S

1

DIE GRÜNZWILLINGE

In einem Nest aus Gras schmiegten sich zwei neugeborene Hasen an den Bauch ihrer Mutter und träumten. Der Mond über ihnen strahlte in einem milchigen Weiß. Die Hasenmutter döste nur leicht, ein Ohr hatte sie aufgerichtet, um nach Gefahren zu lauschen. Hin und wieder leckte sie ihren kleinen, schlafenden Kindern mit ihrer rauen Zunge über das Fell.

Kurz vor Sonnenaufgang verkündete ein Blauhäher mit einem lautstarken Warnruf, dass ein Kojote über die Wiese schlich. Als die Hasenmutter sich aufsetzte und schnupperte, wehte ihr sein unverkennbarer Geruch in die Nase – sein feuchtes, stinkendes Fell; sein säuerlicher Atem; ein Hauch von Blut. Konzentriert horchte sie, aus welcher Richtung der Kojote kam. Zu ihrer Linken raschelten seine Pfoten gedämpft im Gras. Jetzt war sie hellwach, und ihre großen Ohren zitterten.

Ihre Kleinen schliefen immer noch tief und fest: zwei blassgoldene Knäuel mit vier weißen, weichen Ohren. Dann hörte die Hasenmutter direkt neben sich den hechelnden Atem des Kojoten. Von einer großen Angst erfasst, machte sie einen Satz zur Seite, woraufhin der Kojote überrascht ein paar Schritte zurückwich. Verzweifelt lief die Hasenmutter los und schlug irrwitzige Haken über die Wiese. Sie tat ihr Möglichstes, um den Kojoten von ihren schlafenden Babys abzulenken – und der Kojote jagte ihr tatsächlich nach. Der Winter war gerade eben erst dem Frühling gewichen, und das Gras war zwar saftig, aber kurz. Der Häsin bot sich kaum Deckung, und obwohl sie schnell war und auf starken Beinen davonsauste, stolperte sie über den Eingang eines Dachsbaus. Dieses eine Stolpern genügte: Der Kojote setzte zum Sprung an.

Auf der Wiese wurde es still.

Nach einer Weile zog der Kojote weiter und hinterließ nichts als drei Spritzer Hasenblut.

Als sich die Sonne über den Bergrücken schob, wachten die Hasenzwillinge auf. Verschlafen suchten sie nach ihrer Mutter, um bei ihr zu trinken, fanden aber nur eine große, kalte Kuhle. Auf einmal kam ihnen der Himmel über ihren Köpfen und die Erde unter ihren Pfoten sehr weit und sehr leer vor. Der Zwillingsbruder zitterte. Seine Schwester gab einen leisen, beruhigenden Laut von sich, so wie es ihre Mutter gemacht hätte, und schob sich näher an ihn heran. Ihre Mutter würde bald zurückkehren. Sie kehrte immer zurück. Jedes Mal, wenn sie zum Fressen loszog, sagte ihre Mutter ihnen, dass sie sich unter keinen Umständen rühren durften. *Ganz egal, was passiert*, sagte sie, *seid leise und verhaltet euch ruhig.* Also warteten ihre beiden Kinder und schliefen irgendwann wieder ein.

Als die kleinen Hasen das nächste Mal aufwachten, wurden sie von einer warmen Hand aus ihrem Grasnest gehoben. Kurz überlegte die Schwester, ob sie das unbehaarte Ding, das sie gepackt hatte, beißen sollte, aber die Hand roch nach Grassamen und Milch. Über ihnen summte eine Stimme vertraute Klänge – Wind, der durch Tannen strich, Mutters Atem. Es klang wie die Hasenworte für *Seid ruhig, meine Herzchen. Habt keine Angst.* Also versanken die Zwillingshasen wieder in ihren Träumen und ließen sich von der Wiese ihrer Geburt über einen rauschenden Quellbach zu einem grün gestrichenen Wagen tragen, der zwischen einer Gruppe Erlen stand. Zwei Fenster mit rosenrot getönten Scheiben verliehen dem Wagen das Aussehen eines Lebewesens mit Augen. Aus dem silberfarbenen Schornstein kringelte sich Rauch. Vier Hirsche, die ausgespannt waren und kein Zaumzeug mehr trugen, knabberten im Schatten an den violetten Blüten des Wald-Ziest.

Als die jungen Hasen ein drittes Mal aufwachten, waren sie sehr hungrig und fanden sich in einer alten, verrosteten Blechdose in einem Nest aus Gashalmen und Hasenfell wieder. Von dort aus blickten sie auf einen prasselnden Holzofen, neben dem ein Mann und eine Frau saßen. Die beiden ähnelten sich sehr, hatten das gleiche breitwangige Gesicht, die gleichen kurz geschnittenen tannengrünen Haare, die gleiche dunkle Haut und die gleichen runden, hellen Augen. Sie hießen Angelika und Gabriel, aber vor langer Zeit waren sie auch unter dem Namen »die Zauberzwilling-Landärzte des Wilden Volkes« bekannt gewesen. Und die Menschen aus dem Hinterland, für die sie kaum mehr als eine alte Sage waren, nannten sie einfach »die Grünzwillinge«. Gerade legten die Grünzwillinge neue Zweige ins Feuer, und das taten sie mit einer gemeinsamen Hand.

Da die Hasen noch nicht lange auf der Welt waren und noch nie Menschen zu Gesicht bekommen hatten, fanden sie diese zusammengewachsene Hand nicht eigentümlicher als den grünen Wagen oder das Feuer in dem Eisenkasten. Sie fanden die Hand auch nicht eigentümlicher als die uralten Tiegel auf den niedrigen Regalen, in denen unterschiedlichste Kräuter in dunklem Wein eingelegt waren, oder als den Stapel mit Tierfellen und die gewebten Schlafmatten in der Ecke. Nicht eigentümlicher als die alten abgeplatzten Emailletöpfe und -pfannen beim Holzofen oder den großen Korb voller Eicheln neben der Tür. Das alles war für sie eine vollkommen neue Landschaft aus verschiedenen Formen, Farben und Gerüchen. Die jungen Hasen setzen sich auf, ihre hellen Ohren zitterten, ihre goldenen Augen blinzelten, und sie erschnupperten ausführlich die Umgebung, so wie sie es von ihrer Mutter kannten.

Und sofort war die zusammengewachsene Hand wieder bei ihnen und hielt ihnen ein Stückchen Stoff entgegen, das in Milch getränkt war. Gierig leckten sie daran.

»Willkommen im Haus der Grünzwillinge, kleine Hasen«, murmelte eine Stimme, die sie verstehen konnten. »Habt keine Angst. Wir haben auf euch gewartet.«

Den ganzen Frühling, Sommer und Herbst hindurch zogen die Grünzwillinge die beiden Hasen wie ihre eigenen Kinder auf. Entweder schliefen sie am Ofen oder im Schutz der immergrünen Zweige der Bärentraube, je nachdem, wonach ihnen gerade war. Die Grünzwillinge redeten sowohl in der Sprache der Menschen als auch in der Sprache der Hasen mit ihnen und gaben ihnen Menschennamen. Die Schwester nannten sie Myrte, nach den silbergrünen Büschen, die entlang der Bergkämme wuchsen, und ihren Bruder Malve, nach dem süßen Kraut, das überall am Wegesrand alter Straßen gedieh.

Es waren angenehme Monate – die Tage begannen

mit dem Frühstücken von saftiger Vogelmiere auf feuchten Wiesen und endeten mit langen Abenden am Feuer. Dort erzählten Gabriel und Angelika den jungen Hasen viele Menschengeschichten. Sie erzählten ihnen die uralten Schöpfungsgeschichten von Farallone: von der Spinnenfrau, die aus dem Sternenstaub der Sternschnuppen einen Faden drehte und ihn bis zur Erde hinuntertrudeln ließ. Von einem Hirsch, der das Sterngold mit Dunkelheit und Milch vermischte und alle Geschöpfe, Pflanzen, Gewässer und Steine erschuf. Von den vielen Tausend Jahren, in denen die Menschen, Pflanzen, Tiere und der Himmel in Frieden miteinander gelebt hatten. Und sie erzählten von der Ankunft der Sternenpriester und dem Bau der Stadt Neu Albion. Von der Gier der Städter nach der Energie, die sie aus Sternengold gewannen, das sie an Flüssen, Bächen und Bergen abbauten. Auch von der Zeit des Zusammenbruchs erzählten die Grünzwillinge, als die Stadt sich übernommen hatte und alles auseinanderfiel – damals, als Farallone von einer Seuche heimgesucht wurde und die Sternenpriester eine riesige Mauer um die Stadt herum bauten, um sich zu schützen. Sie erzählten von der Geburtsstunde des Wilden Volkes, das die Schäden heilen sollte, die die unersättliche Stadt der Insel Farallone zugefügt hatte. Und von den Gesetzen, die derzeit das Leben auf der Insel in einem zerbrechlichen Gleichgewicht hielten. Ihre Befürchtungen verschwiegen die Grünzwillinge den beiden Hasen jedoch, denn die Zerstörung war noch nicht vorbei. Durch die Errichtung von Mauern aus Angst und Kränkungen zwischen Stadt, Hinterland und den Gebieten des Wilden Volkes war die Insel Farallone noch stärker gespalten worden, war sie noch verletzlicher und dadurch noch anfälliger als bisher.

Normalerweise brauchen Hasen keine Geschichten, um die Welt zu begreifen, schließlich erleben sie jeden Moment in ihrem Leben sehr intensiv, so intensiv wie den Duft von frischem Gras. Aber die Grünzwillinge hatten Myrte und Malve aus einem bestimmten Grund ausgesucht: Hasen sind einmalig, wenn es darum geht, unter, über, durch oder um eine Mauer herum zu gelangen. Dafür aber mussten sie die Welt zunächst einmal wie Menschen verstehen lernen. Und die Geschichten halfen ihnen dabei, weil sich Menschen ihre Welt auch durch Geschichten erschlossen.

Eines Abends zogen sich im Osten am Horizont Gewitterwolken zusammen. Die Grünzwillinge und die jungen Hasen hatten ihr Lager auf dem östlichsten Berggipfel aufgeschlagen, von dort aus konnte man über die Große Salviawüste bis nach Neu Albion sehen. Selbst zweihundert Jahre nach der Zerstörung war das Tal noch eine Einöde. Außer Salbeisträuchern wuchs hier nichts, und auch die sonst so zähen Rehe und Hirsche mieden das Gebiet, ebenso wie die meisten

Eidechsen. Die Gewitterwolken warfen einen dunklen Schatten über die Silhouette der Stadt, die in der Ferne aufragte und sich ganz im Osten der Insel ausbreitete. Die schier endlose Metallmauer, die die Stadt vom Hinterland trennte und sie vollkommen umschloss, schimmerte unheilvoll in der aufziehenden Dunkelheit. Die Laternen auf dem Mauerkranz beleuchteten mit ihren glimmenden Lichtern einen der Sternenbrecher. Insgesamt standen sechs Laternen entlang der Stadtmauer, große runde Metalltürme mit jeweils acht Turmspitzen. In jedem der Türme befand sich ein Reaktor, der die Moleküle jedes noch so winzigen Stückchens Sternengold spalten und in pure Energie verwandeln konnte – Energie, auf die die Stadt sich vor dem Zusammenbruch jahrhundertelang verlassen hatte. Jetzt warf die untergehende Sonne einen letzten gelborangefarbenen Strahl auf die kronenförmige Spitze des Sternenbrechers, wo er sich in ein Netz aus feinen Fäden auffächerte.

Gabriel und Angelika schauten sich über den Korb voller Eicheln, die sie im Abendrot schälten, hinweg an. Dann blickten sie zu Myrte und Malve, die am Waldrand Winterportulak knabberten und sich zwischen den einzelnen Happen unbekümmert unterhielten. Die zwei Hasen waren inzwischen zu langbeinigen, ausgelassenen Jungtieren mit starken Hinterläufen herangewachsen. Die Haut ihrer Ohren war so zart, dass selbst in dem Licht der untergehenden Sonne viele kleine Äderchen durchschimmerten.

Nachdem die Grünzwillinge lange geschwiegen hatten, formte Angelika ihre Lippen zu einem O. Dann lockte sie mit leisen Rufen zwei Schleiereulen aus dem Abendhimmel. Klackernd landeten sie auf dem Wagendach.

Es war so weit.

2

DIE EINSIEDLERSPINNE

In der hintersten Ecke einer Kammer irgendwo in den staubig dunklen Katakomben schimmerte Tins Erfindung. Es war mitten in der Nacht des ersten Februartags, und das Fünfte Kloster der Gnade und des Fortschritts, das sich geduckt an die Stadtmauer schmiegte, wurde von einem Sturm durchgerüttelt. Aber Tin war weit weg von dem Sturm, tief unter der Erde. Er stand vor seiner Erfindung, die er seine »Einsiedlerspinne« nannte und die er während der letzten drei Monate unter alten Teppichen und einem Stück Segeltuch versteckt hatte. Jede Nacht hatte er sich davongestohlen und daran weitergearbeitet. Inzwischen war seine geheime Erfindung so gut wie fertig. Er musste heute nur noch die letzten Drähte des Schaltkreises zusammenschließen und sein Werk mit ein wenig Lampenöl auf Hochglanz polieren. Aber jetzt, wo er die Teppiche herunternehmen und die herabhängenden Drähte zusammenschließen wollte, wurde ihm etwas bange. Das Licht seiner Lampe tanzte über die spindeldürren Beine, die unter den Teppichen hervorlugten. Irgendetwas an der Einsiedlerspinne war anders als sonst, fast als wäre sie lebendig und würde jeden Moment von allein die Teppiche abschütteln.

Bestimmt liegt das nur an dem Schein meiner Lampe, dachte Tin und zog mit Schwung die Abdeckung weg. Aber das verstärkte den Eindruck sogar noch. Seine Erfindung leuchtete und kam ihm ganz fremd vor, beinahe so, als hätte er sie gar nicht selbst zusammengebaut, sondern sie einfach nur in den Katakomben entdeckt – ein unglaublicher Schatz aus der *Zeit Davor.*

Ganz vorsichtig griff er nach den losen Drähten und machte sich an die Arbeit. Sei nicht albern, sagte er sich. Du wolltest doch, dass es wie eine Spinne aussieht, oder nicht? Wahrscheinlich hast du das einfach ziemlich gut hinbekommen!

Das Gefährt sah einer Spinne tatsächlich bemerkenswert ähnlich, einer ziemlich großen Spinne allerdings. Seine glänzenden schmalen Beine waren auf spinnentypische Weise angezogen, an ihnen saß ganz vorn jeweils ein kleines bronzenes Rad. Tin hatte die Beine an einem runden Fahrerhaus angebracht, das er sorgfältig aus zerschlissenen Leder- und Wollresten und Abdeckplanen zusammengesteppt hatte und in dem mindestens zwei zwölfjährige Jungen Platz fanden. Es gab ein großes offenes Sichtfenster und eine Tür, die aus altem polierten Buntglas gefertigt war. Außerdem hatte Tin versucht, aus dünnem Kupferblech eine Geige zuzuschneiden, schließlich hatten echte Einsiedlerspinnen an ihren Köpfen eine ebensolche Musterung. Im Innern des Fahrerhauses befanden sich zwei Sitze, ein kleiner Steuerhebel aus Metall und acht Drehknöpfe, mit denen er die Richtung und die Geschwindigkeit jedes der acht Räder regeln konnte. Mit einem anderen Hebel ließen sich alle gleichzeitig zum Stehen bringen. Unter der Außenhaut verliefen in einem großen Wirrwarr überall Drähte, die die Räder mit der innen liegenden Steuerung verbanden. Und unter den Sitzen war ein kleiner Motor verstaut, der an eine alte Batterie angeschlossen war. Sowohl die Drähte als auch der Motor waren allerdings unbrauchbar, weil Tin keine Energiequelle hatte, um seine Erfindung zum Laufen zu bringen. Neben den Motor hatte er die große Spule eines elektrischen Spinnrads montiert, das er auf einer Müllhalde gefunden hatte. Er hatte Garn um die Spule geschlungen und aus Spaß einen Enterhaken darangeknotet. Das Garn ließ sich vom Sitz aus auf- und abwickeln. An sich war die Vorrichtung natürlich völlig unbrauchbar, doch sie erinnerte ein wenig an die Fähigkeit echter Spinnen, Fäden zu spinnen, was Tin ein Lächeln entlockte.

Er schloss den Schaltkreis und steckte die letzten beiden Drähte in die verrostete Batterie. Fast erwartete er eine Art Zauberfunken, aber nichts geschah. Kein Wunder, schließlich war die Einsiedlerspinne im Wesentlichen ein Geschöpf seiner Fantasie und aus irgendwelchen Resten zusammengesetzt, die eigentlich gar nicht zueinanderpassten. Die Drähte waren das i-Tüpfelchen, Tin hatte sich daran orientiert, wie die Adern in einem echten Körper verlaufen. Richtig funktionieren würden die zusammengewürfelten Teile nie, aber er mochte seinen Einfall mit den Drähten. Mit einem Lappen und etwas Öl polierte Tin jede Stelle seiner Einsiedlerspinne, und das so behutsam, als wäre sie lebendig.

Im Laufe ihrer Ausbildung wurde den Waisenjungen des Fünften Klosters der Gnade und des Fortschritts in der Metallwerkstatt der akkurate Umgang mit allen Werkzeugen beigebracht, damit sie Maschinen aus der Zeit Davor auseinandernehmen konnten. Wegen der Energieknappheit lief inzwischen keine Maschine mehr, aber die einzelnen Teile wurden unermüdlich wiederverwertet und in neue, von Menschen angetriebene Vorrichtungen umgebaut oder eingeschmolzen. Das Metall landete dann entweder in den Werkstätten der Alchemisten oder in Form von Nägeln, Reißzwecken, Eimern und Büchsen bei der Stadtbevölkerung. Bisher hatte Tin aus den Resten, die er am Ende eines Arbeitstages in der Metallwerkstatt fand, nur

Miniaturapparate gebaut: eine winzige Schachtel, die klingelte, wenn man sie öffnete, und ein kleines Modell der Sonne, mit Flügeln, die flatterten, wenn man an Drähten zog. Und das alles ganz heimlich und zu seinem eigenen Vergnügen. Die Einsiedlerspinne war viel größer, und er hatte so einiges dafür aus den Katakomben stehlen müssen.

»Ich habe nie darüber nachgedacht, was ich mit dir anstellen soll, wenn du erst einmal fertig bist«, sagte Tin zu seinem Werk und polierte nacheinander die Räder. »Wenn ich doch bloß ein wenig Sternengold der Brüder besorgen könnte, würdest du bestimmt laufen!«

Er hielt inne und beobachtete, wie das Licht seiner Lampe über die frisch geölten Teile tanzte. Die Schatten, die die Beine der Einsiedlerspinne warfen, schienen ebenfalls zu tanzen. Bei diesem wunderbaren Anblick wurde es Tin ganz leicht ums Herz.

»Aber es gibt kaum noch Sternengold, weißt du«, fuhr er gesprächig fort. »Deshalb lassen sie uns Tag für Tag in den Alchemie-Werkstätten schuften und hoffen, dass wir neues machen. Doch selbst wenn ich davon etwas in die Finger bekäme, wüsste ich gar nicht, was ich damit anfangen sollte. Die Brüder geben ihre Geheimnisse niemals preis. Wenn man aus Sternengold Energie gewinnen will, braucht man einen Sternenbrecher. Aber wahrscheinlich wird man getötet, bevor man dort auch nur einen Fuß hineinsetzen kann und begreift, wie sie funktionieren. Keiner weiß, wie sie in den Sternenbrechern das Sternengold spalten. Ich wünschte, ich würde es verstehen. Früher wurde die ganze Stadt mit Sternengold versorgt. Die Energie aus den Sternenbrechern hat alles angetrieben. Man brauchte bloß einen Knopf drücken, und schon wurde das Geschirr gespült oder die Kleidung gewaschen, ein heißes Bad lief ein, oder man schickte jemandem auf der anderen Seite der Stadt eine Nachricht. Die Stadt war perfekt, alles war miteinander verbunden, und niemandem fehlte irgendetwas. So wird es zumindest erzählt ...« Tin verstummte.

Hier unten, in den alten Katakomben des Klosters, verhallten seine Worte bedeutungslos zwischen den beklemmenden Steinwänden. Der dunkle Kellerraum war mit stillgelegten Maschinen vollgestopft, die kein Mensch mehr brauchte, weil es keine Energie mehr gab, um sie zu betreiben.

Von plötzlicher Unruhe gepackt, nahm Tin seine Lampe, öffnete die Tür zum Fahrerhaus der Einsiedlerspinne und stieg ein. Das Licht seiner Öllampe schien von innen gegen das Buntglas, und die Blau-, Rot- und Grüntöne fielen sanft auf die sorgfältig zusammengenähten Fetzen, das silberne Lenkrad und die vielen kleinen Hebel. Tin sah sich um und seufzte. Jetzt, wo die Einsiedlerspinne fertig gebaut war, fühlte er sich eigenartig leer. Seine Spinne war das Einzige gewesen, worauf er sich jeden Tag gefreut hatte. Das Einzige, das ihn jeden Morgen die Plackerei und Gefahren in den Alchemie-Werkstätten vergessen ließ und auch die aufreibenden Schichten in der Metallwerkstatt am Nachmittag. Er hatte all seine heimlichen Träume in sie hineingelegt. Träume von Abenteuern, Flucht, dem Leben der Tiere und Sterne. Als Tin an die kleine Einsiedlerspinne dachte, der er vor drei Monaten im Schrank von Bruder Christoff begegnet war, lächelte er. Sie war das erste echte Tier gewesen, das er zu sehen bekommen hatte, und die Inspiration für seine eigene geheime Einsiedlerspinne.

Tiere waren innerhalb der Stadtmauern verboten, abgesehen von Rindern, die in sterilen Hallen aufgezogen und mit sterilem Getreide gefüttert wurden und die den Einwohnern als Eiweißquelle dienten. Außer den Leuten, die sich um sie kümmerten, bekam sie niemand zu Gesicht. Und es wurde erzählt, dass sie nur eine sehr kurze Lebenserwartung hatten, gerade lang genug, um Milch zu geben und zu Fleisch verarbeitet zu werden. Trotzdem war Tin schon immer ganz fasziniert von Tieren gewesen. Ihre Körper waren so anders und doch so schön, zumindest soweit er das aus den wenigen, zensierten Büchern wusste, die er und die anderen Waisenjungen als Teil ihrer dürftigen Ausbildung lesen durften. In den meisten Büchern waren nur gefährliche Tiere abgebildet, Tiere, die nach dem Zusammenbruch ausgerottet worden waren. In der Stadt waren sogar Insekten verboten, schließlich waren Stechmücken und Fliegen teilweise für die Verbreitung der Seuchen in der Zeit Davor mitverantwortlich. Deswegen hatte man auch die riesigen, tödlichen Lampen entlang der Mauer angebracht – zur Abwehr sämtlicher Krankheiten, die von Insekten übertragen wurden. Jede Stechmücke, jede Motte und jede Fliege, die an der Stadt vorbeikam, wurde unweigerlich von den Lichtern angezogen, wo sie umgehend einem Funken zum Opfer fiel und nur noch der Geruch nach verbrannten Insekten übrig blieb.

Es war Tin nach wie vor ein Rätsel, wie die kleine Einsiedlerspinne in Bruder Christoffs Schrank gelangt war. Er hatte sie entdeckt, als er zuletzt in den Wandschrank des Bruders gesperrt worden war – zur Bestrafung, weil er die anderen Jungen wieder einmal bis zum Morgengrauen mit seinen Geschichten wach gehalten hatte. Tin vermutete, dass ihn jemand verpfiffen und Bruder Christoff deshalb genau zur heimlichen Geschichtenerzählzeit sein Ohr an die Tür gepresst hatte: nämlich als es Punkt elf schlug. Vielleicht war es Thomas gewesen? Er spielte gerne mal den Starken und hatte von seinen ständigen Liegestützen dicke Muskeln. Allerdings hatte er erst letzten Monat nach einem Albtraum ins Bett gepinkelt.

Als der Bruder, ein junger Mann mit bereits beginnender Glatze, in den Schlafsaal gestürmt kam, waren die Jungen eilig auseinandergestoben. Nur Martin und sein bester Freund Sebastian waren geblieben, wo sie waren, und funkelten den Bruder an.

»Martin Hyde, hast du eine Vorstellung davon, wie viele Regeln du in diesem Moment brichst?«, hatte der Bruder gezischt und seine blaue Kutte, die er über seinem karierten Schlafanzug trug, enger zugezogen.

»Aufbleiben nach der Nachtruhe und brennende Kerzen nach der Nachtruhe«, fing Tin mit der Aufzählung an. »Eine Geschichte erzählen, und dann noch die anderen Jungen anstacheln, damit sie mit mir aufbleiben. Hetze und Anstiftung oder wie immer das heißt. Das müssten so um die fünf Regelverstöße sein, oder?« Dabei tat er so, als würde er eifrig an den Fingern mitzählen. Seine lockigen Haare glänzten im Kerzenschein, und er grinste frech.

»Wenn man bedenkt, was für Schwierigkeiten du uns machst, bist du dein Essen kaum wert. Ich würde meinen, wir sprechen hier von sechs gebrochenen Regeln, und das bedeutet sechs Stunden im Schrank, ohne Essen und Trinken«, sagte Bruder Christoff. »Dein schlimmster Verstoß ist natürlich die Blasphemie. Wie kannst du nur so eifrig von den Tieren des Hinterlandes erzählen, wo sie erwiesenermaßen alle krank und gefährlich sind?« Fassungslos schüttelte er den Kopf.

Sebastian kicherte, und das war zu viel. Der Bruder packte Tin energisch am Arm, zerrte ihn aus dem Schlafsaal und verpasste ihm im Flur sechs Gürtelhiebe, um ihn anschließend in den engen, feuchten Schrank mit dem Putzeimer zu sperren.

Stöhnend vor Schmerz lehnte Tin sich vorsichtig gegen die Schrankwand, sein Po und seine Oberschenkel brannten so sehr, dass er sich nicht setzen konnte. Dann zündete er den Kerzenstummel an, den er in der Sockenspitze mitgeschmuggelt hatte. Wenn er einen Erzählabend plante, versteckte er immer vorsorglich einen Kerzenstummel in seiner Socke – die Schrankstrafe kannte er schon, und mit ein wenig Licht ließ sie sich besser ertragen.

Als die Kerze brannte, fiel ihr flackerndes Licht auf eine Spinne, die in einem schiefen Netz in der Ecke des Schrankes saß. Sie hatte lange braune Beine und einen dicken Körper. Die Spinne warf einen langen Schatten. Zuerst rührte Tin sich nicht. War das wirklich eine *echte* Spinne? Er schnappte aufgeregt nach Luft und lehnte sich nach vorn, damit er die Spinne genauer betrachten konnte. Auf ihrem kupferfarbenen Kopf war ein seltsames Muster, es sah aus wie eine Geige. Er hatte schon immer gemocht, wie sich die Geigen sonntags während der kurzen Lobgesänge, bevor Vater Ralstein über Gnade und Fortschritt predigte, schwungvoll von dem faden Dröhnen der Orgelpfeifen absetzten. Und plötzlich fiel ihm mit einem Anflug von Panik der Name *Einsiedlerspinne* ein. Sie war in einem seiner Bücher abgebildet gewesen. Es war eine tödliche Spinne. Er drückte sich so weit wie möglich an die Wand.

Die Einsiedlerspinne schien ihn von ihrem Netz aus zu beobachten. Dann schob sie sich auf ihren seidigen Fäden vorsichtig zurück und zog ihre Beine an den Körper. Es hatte nicht den Anschein, als wäre sie besonders daran interessiert, ihn zu beißen. Seltsam, wie lautete noch gleich der Leitspruch, den Tin ein ums andere Mal zu hören bekam? *Traue nicht deinen Gefühlen, sie sind irreführend und schräg. Traue nur der Vollkommenheit der Bruderschaft und dem Goldenen Weg.*

Jetzt krabbelte die Spinne wieder näher. Sie beobachtete ihn, ganz bestimmt. Konnte er nicht sogar ihre kleinen Augen erkennen? Ungeachtet all dessen, was er gehört hatte, wirkten sie freundlich.

Und wenn ich mir eine Erkältung einfange, dachte Tin entschlossen, ist mir das egal! Das dort ist eine echte Spinne! Und sie schaut mich an!

Nach einer Weile drehte die Einsiedlerspinne sich um und flickte ein paar zerrissene Fäden ihres Netzes. Tin hielt den Kerzenstummel noch etwas näher heran, aber ganz vorsichtig, damit er keine Fäden versengte, und verfolgte staunend, wie sie die Seidenfäden aus ihrem Körper verwebte. Wo genau kamen sie her? Woraus waren sie gemacht?

Nichts, was er bisher gesehen hatte oder was ihm beigebracht worden war, erklärte auch nur annähernd die Schönheit der Faser, die sie webte, die Anmut, mit der sie ihre acht flinken Beine bewegte, den perfekten, schimmernden Körper oder das Geigenmuster, ihre ganze Andersartigkeit. Wie war sie in den Schrank geraten? War sie im Hinterland zu Hause? Wie war es dort draußen? Ihm schwirrte der Kopf. Sie war ein winziges Geheimnis und verbarg in ihrer Vollkommenheit ein viel größeres. Ob er ein Modell von ihr bauen könnte, eines, das geräumig genug war, um hineinzuklettern, eine Art Fahrzeug? Vielleicht würde er dann besser begreifen, was sie ausmachte und welches Geheimnis in ihr – und allen anderen Tieren – wohnte.

Die restliche Zeit im Schrank hatte Tin sich die verrücktesten Baupläne ausgedacht. In Gedanken hatte er sein Fahrzeug bis ins kleinste Detail skizziert: jedes Schimmern, jede Kurve und jede Linie, die Facettenaugen und die Krümmung der acht Beine. Vor der tödlichen Einsiedlerspinne fürchtete er sich nicht mehr. Sie war seine Freundin geworden.

Nun, wo er drei Monate später im Fahrerhaus seiner Erfindung saß, wurde ihm klar, dass er nicht mehr verstand als damals – weder wusste er, wie Spinnenseide entstand, noch, was es mit all den anderen Geheimnissen der Tiere auf sich hatte. Ganz zu schweigen davon, was mit dem verunglimpften Hinterland außerhalb der Stadtmauern los war. Die ernüchternde Realität seines Lebens holte ihn wieder ein: Er war ein Waisenkind und gehörte seit seiner Geburt den Brüdern des Fünften Klosters der Gnade und des Fortschritts. Ganz egal, was er tat, was er erfand oder entdeckte, er würde wahrscheinlich nie frei sein. Selbst dann nicht, wenn ihm gelänge, wonach alle täglich strebten, und er herausbekäme, wie man Altmetall in Sternengold verwandelte. Würde er jemals sein eigener Herr sein und nicht ihr Eigentum?

Täglich mussten die Waisenjungen und -mädchen der fünf Stadtklöster sich anhören, dass sie weniger wert waren als der letzte Rest Sternengold, der die Stadt mit Strom versorgte. Dass ihre Körper nutzlos und entbehrlich waren. Wohl auch deswegen zwangen die Brüder Kinder, mit giftigen Stoffen zu arbeiten, um neues Gold zu erschaffen. Einige starben bei dem Versuch, doch das nahmen sie in Kauf. Erst letzte Woche war eine Phiole voll flüssigem Quecksilber explodiert und hatte zwei Jungen, die in der Schicht vor Tin gearbeitet hatten, getötet. Vater Ralstein hatte eine kurze Ansprache gehalten und lobend erwähnt, die Jungen hätten sich dem höheren Ziel der Stadt, nämlich dem Fortschritt und der Perfektion, geopfert. Es gab keine Trauerfeier. Solche Dinge passierten häufig, weshalb Tin während der Rede nur ein frostiger Schauer über den Rücken gelaufen war. Viele Jungen waren abgestumpft und mutlos, und nur eine einzige Sache hielt Tin davon ab, genauso zu werden: Er erfand Geschichten oder erschuf mit seinen eigenen Händen kleine Apparate. Sonst wäre das Gefühl, gegen die Brüder, ja, sogar gegen die Steinmauern kämpfen zu wollen, übermächtig geworden und das Leben im Kloster vollkommen unerträglich.

Eine plötzliche Bewegung ließ Tin aus seinen Gedanken hochschrecken. Das Licht der Öllampe schien durch den dunklen Raum zu tanzen. Und drehten sich da nicht auch gut geölte Räder? Beinahe hätte er überrascht aufgeschrien. *Die Einsiedlerspinne bewegte sich!* Sie rollte vorwärts und beugte dabei leicht die Beine.

Instinktiv umklammerte Tin das Lenkrad, damit die Spinne nicht gegen die Wand lief. Unter seiner Berührung leuchtete das Metallrad golden auf. Und jedes andere Metallteil in der Fahrerkabine auch, und zwar in der Farbe von Sternengold! Jetzt schrie Tin wirklich. Dann sprang er mit einem Satz durch die Tür des Fahrerhauses und fiel auf den Steinboden, wobei beinahe seine Lampe zerbrach. Die Einsiedlerspinne kam sofort zum Stehen, und das Leuchten erlosch.

Tin setzte sich benommen auf und keuchte. Er begann zu zittern. Was war da eben passiert? War das Zauberei? War das echtes Sternengold, oder sah es nur so aus? Er stand auf und legte vorsichtig einen Zeigefinger auf seine Erfindung. Nichts geschah. Tin holte tief Luft, kletterte wieder in die Fahrerkabine zurück und setzte sich. Diesmal war er nicht mehr ängstlich, sondern vollkommen konzentriert und behielt alles – jeden Draht und jedes noch so kleine Stück Metall – im Auge, falls sich die unglaubliche Verwandlung noch einmal vollzog. Ihn überkam ein eigenartiges Gefühl. Es war, als würde sich in ihm bis in die Mitte seines Körpers ein warmes Licht ausbreiten. Ein goldener Stern. Und dann bewegte sich die Einsiedlerspinne wieder, genau wie eben. Der Motor unter den Sitzen schnurrte leise. Die Räder an den flexiblen Beinen drehten sich. Tin packte das Lenkrad und beobachtete, wie es zusammen mit dem Rest der Einsiedlerspinne erneut den goldenen Farbton annahm.

Die nächste Stunde sauste und flitzte Tin in der dunklen Steinkammer umher und probierte aus, wie schnell die Einsiedlerspinne werden konnte oder welche Richtungswechsel möglich waren. Er lernte, die acht Beine gleichzeitig zu steuern, und war erstaunt, wie geschmeidig und naturgetreu seine Schöpfung war und wie gut sie funktionierte. In diesem Moment spielte das Wie und Warum dieser wunderbaren Lebenskraft keine Rolle. Tin wusste lediglich, dass er noch nie so glücklich gewesen war. Über alles andere würde er später nachdenken, morgen in den Alchemie-

Werkstätten, während er das Quecksilber zerkleinerte, das sie nun schon über ein halbes Jahr für die neuen Experimente der Brüder benutzten.

Ein Geräusch von draußen ließ ihn unvermittelt innehalten. Die Einsiedlerspinne blieb lautlos stehen, ihr schwach schimmerndes Licht fiel auf die Wände. Tin spitzte die Ohren. Hatte das nicht wie ein unterdrücktes Husten geklungen? Und war jetzt hinter der Steintür nicht das Scharren von Stiefeln zu hören? Tin atmete nur flach. Aber inzwischen war es in den Katakomben wieder ganz still, so still, dass es in seinen Ohren rauschte. Vielleicht hatte er sich das Geräusch ja nur eingebildet. Oder es war von der Einsiedlerspinne gekommen und hing mit den Bremsen oder einem Rad zusammen. Eine Weile saß er noch regungslos da und lauschte angestrengt. Doch außer seinem eigenen Atem hörte er nichts. Das Letzte, was er jetzt gebrauchen konnte, war, dass die Einsiedlerspinne von den Brüdern entdeckt wurde. Was auch immer die Einsiedlerspinne zum Laufen brachte, hatte etwas mit Sternengold zu tun; dem Sternengold, das die Brüder um jeden Preis haben wollten. Tin verstand nicht, warum sich seine Erfindung plötzlich bewegte, aber wenn die Brüder sie in ihre Finger bekämen, wäre ihre Schönheit und Rätselhaftigkeit bestimmt für alle Zeit verloren.

Doch das Geräusch hatte sicher nichts zu bedeuten,

hier unten war niemand. Er achtete schließlich stets darauf, sich unbemerkt in die Katakomben zu schleichen. Trotzdem stieg er nun lieber aus der Einsiedlerspinne, schob sie zurück in die Ecke und zog die Teppiche und ein wenig von der Plane darüber. Dieses Mal dauerte es etwas länger, bis das goldene Leuchten verblasste. Kurz meinte Tin, dass auch seine Hände leuchteten. Aber wahrscheinlich bildete er es sich nur ein, denn es war schon sehr spät, und er zitterte vor Müdigkeit und Aufregung. Er musste das alles unbedingt Sebastian erzählen! Bis jetzt hatte er die Einsiedlerspinne auch vor ihm geheim gehalten, doch er brauchte jemanden, mit dem er dieses Wunder teilen konnte, und Sebastian war sein bester Freund.

»Bis morgen Abend dann«, flüsterte er der Einsiedlerspinne zu und erwartete fast, dass sie antwortete. Aber sie saß einfach nur schweigend unter ihren Teppichen.

Der Weg zurück schlängelte sich durch die Kellerküchen, verlief unter der Bibliothek, den Alchemie-Werkstätten und der Metallwerkstatt entlang und ging dann im Zickzack durch verlassene und staubige Gänge. Leise kroch Tin hinter alten Weinfässern vorbei, die die Brüder mit niemandem teilten. Und er huschte an Bohnensäcken und Wannen voller geschmackloser Haferflocken vorüber, die sie täglich zu essen bekamen. Der Hafer stammte aus dem Landwirtschaftsbetrieb von Albion, wo auch sämtliche Düngemittel und Pestizide produziert wurden, damit Jahr für Jahr ausreichend Nahrungsmittel für die Bürger der Stadt angebaut werden konnten, und Raps, aus dessen Samen das Laternenöl stammte.

Tin näherte sich der Falltür, die er normalerweise als Ein- und Ausstiegsluke benutzte, und zog einen raffinierten Dietrich aus seiner Tasche, den er und Seb angefertigt hatten. Diese Falltür lag dem Flügel mit den Schlafsälen am nächsten. Sie befand sich neben einem abgetretenen roten Teppich in einem der Nebenräume, die sich an den Versammlungssaal anschlossen, wo Vater Ralstein wöchentlich seine Predigt hielt. Mitten im Raum stand ein großer Tisch, der von einigen riesigen Leuchtern gesäumt wurde, aber soweit Tin wusste, hielt sich hier nur selten jemand auf.

Er stieg die Kellertreppe hinauf, und als er die letzte Stufe erreicht hatte und die Hand schon nach der Falltür ausstreckte, hörte er die Stimmen zweier Männer. Stuhlbeine quietschten, irgendwer hatte sein Gewicht verlagert. Aber es war doch bereits weit nach Mitternacht. Warum waren die Brüder noch wach? Tin war schon Dutzende Male zu so später Uhrzeit durch genau dieses Zimmer gegangen, und es war bisher immer leer gewesen. Dann hörte er, wie sein Name fiel, und ihm lief eine Gänsehaut über den Rücken. Reglos kauerte er sich unter der Luke zusammen.

»Martin Hyde heißt er also? Nun, möglicherweise hat es sich ja tatsächlich gelohnt, mich zu dieser Geisterstunde aus dem Bett zu holen.« Der Sprecher brach in ein tiefes Gelächter aus.

Ein anderer, der Stimme nach jüngerer Mann antwortete in einem weinerlichen Tonfall.

Die Stimmen verrieten Tin noch nicht, wer die beiden Männer waren, aber der jüngere klang sehr angespannt, und Tin musste unwillkürlich an Bruder Warren denken, diesen schmächtigen stillen Zeitgenossen, der in der Bibliothek ständig Texte abschrieb. Tins Herz schlug so laut, dass er sich einen Moment lang nicht auf die Worte der beiden konzentrieren konnte. Sollte er lieber umdrehen und eine andere Falltür wählen, die irgendwo in der Nähe des Klosters rauskam? Aber dann wäre er ausgesperrt und könnte erst zur Vormittagsgymnastik wieder zurück ins Gebäude gelangen. Oder sollte er einfach auf der Treppe abwarten, bis sie gegangen waren? Warum sprachen sie überhaupt über ihn?

Tin achtete auf die Stimme des Älteren, und ihm wurde klar, warum er ihn nicht gleich erkannt hatte: Es war Vater Ralstein höchstpersönlich! Mit dem Abt des Klosters hatten die Jungen nie etwas zu tun, außer wenn sie seinen wöchentlichen Predigten über Gnade und Fortschritt lauschten, die er mit dröhnender Stimme vortrug. Jetzt aber unterhielt er sich in ganz normaler Lautstärke, und Tin wusste nur wegen des tiefen Lachens, um wen es sich handelte. Es war ein furchtbares Lachen. Tin lauschte angestrengt.

»Und du behauptest also, dass dieses *Ding*, das er gemacht hat – dieser Apparat –, wie eine Spinne geformt ist? Und dass er eine Möglichkeit gefunden hat, sie in Gold zu verwandeln?«, fragte Vater Ralstein.

Bei seinen Worten lief Tin der Schweiß über die Stirn, und er bekam einen ganz trockenen Mund. Woher wussten sie von seiner Einsiedlerspinne? Hatte er sich das Geräusch vorhin also doch nicht eingebildet? Wie lange hatten sie ihn beobachtet? Und warum war ihm das nicht aufgefallen? Seine Einsiedlerspinne! Sie war sein Geheimnis, und das Einzige auf dieser Welt, das wirklich *ihm* gehörte. Wenn er sich vorstellte, dass die Brüder sie in ihre Finger bekämen und dieses wundersame Gold an sich rissen, hätte er fast vor Wut platzen können.

»Ja, Vater, ja!«, sagte Bruder Warren mit erhobener Stimme. »Das hört sich unglaublich an, ich weiß, aber ich habe es mit meinen eigenen Augen gesehen. Wenn der Junge darinsitzt, verwandelt sich das Ding in pures Gold, und es bewegt sich vorwärts, genau wie eine Spinne auf acht Beinen. Es ist unglaublich!«

»Deine Aufregung ist verständlich, Bruder«, sagte Vater Ralstein. »Doch woher weißt du, dass es wirklich Sternengold ist, das wir selbst seit Hunderten von Jahren vergeblich herzustellen versuchen? Erinnere dich an die unzähligen Male, als ein Junge in den Alchemie-Werkstätten irgendetwas Sternenähnliches erschaffen hat. Der goldene Schimmer hielt nie länger als eine Woche an und schmolz im Sternenbrecher zu einem Nichts zusammen. Lass uns keine voreiligen Schlüsse ziehen.«

»Ja, Vater. Aber die Maschine läuft, verstehst du? Von irgendetwas muss sie ja angetrieben werden, und das ist bestimmt kein gewöhnlicher Treibstoff. Der Junge hat eine sehr wichtige Entdeckung gemacht, er hat das Geheimnis gelüftet, welche Kräfte dem Sternengold innewohnen. Wir wussten schon immer, dass er außerordentlich schlau ist. Deswegen habe ich ihn auch ständig im Auge behalten«, sagte Bruder Warren nicht ohne Stolz.

Tin wurde ganz bange. Er hatte seine Einsiedlerspinne nicht als Werkzeug für die Brüder gebaut, sie war einfach nur seiner Fantasie entsprungen. Und jetzt wollten sie ihm die Einsiedlerspinne wegnehmen und sie so lange untersuchen, bis alle Wunder verschwunden waren, so wie sie es mit sämtlichen Dingen machten. Sein ganzes Leben lang hatte er zu hören bekommen, dass seine Bemühungen, Gold herzustellen, der Gemeinschaft dienten, dem Wohl der Stadt, damit sie wieder so prachtvoll wurde wie früher. Aber so froh und glücklich wie heute Nacht hatte er sich in all den

Jahren nicht gefühlt. Er würde ihnen den Zauber der Einsiedlerspinne nicht einfach verraten!

»Weißt du, Bruder Warren, wie bedenklich niedrig unsere Sternengold-Reserven inzwischen sind?«, fragte Vater Ralstein düster. »Bei den jetzigen Verbrauchsmengen werden sie nicht mal mehr ein Jahr reichen. Womöglich nicht einmal mehr über den Frühling, es sei denn, wir schränken den Verbrauch in der Stadt drastisch ein. Und ich spreche vom letzten Sternengold der *ganzen* Stadt. Inklusive dem, was wir von den Fassaden und aus den Schmuckschatullen der Frauen zusammenkratzen konnten.«

»Ja, Vater, ja! Daher ...«

Doch Vater Ralstein ignorierte die Schmeicheleien des Bruders. »Ich erinnere mich an die Geschichten, die mir mein Urgroßvater erzählt hat, als ich ein kleiner Junge war, über die Kindheit seines eigenen Urgroßvaters in der Zeit vor dem Zusammenbruch. Damals strahlte die Stadt wie ein großer goldener Stern, sogar heller als die Sonne und noch vollkommener. Nun sieh dir an, wie heruntergekommen die Stadt inzwischen ist. In was für entwürdigenden Zuständen wir leben. Die ungepflegten Bedürftigen, die unsere Generatoren betreiben und Tag und Nacht die Wasserräder drehen, nur damit unsere Laternen brennen. Das ist erbärmlich!«

»In der Tat, das ist eine Schande!«, bekräftigte Bruder Warren. »Aber vielleicht ist das jetzt bald Vergangenheit, Vater?«

»Oh, mein lieber Bruder Warren, wie wenig du doch weißt!« Vater Ralstein hörte sich allerdings keineswegs niedergeschlagen an, seine Stimme strotzte nur so vor Zufriedenheit. »Ich werde dir etwas verraten, Bruder. Es gibt eine geheime Verfügung, die seit der Zeit des Zusammenbruchs von Klostervater zu Klostervater weitergegeben wurde – nämlich an uns, die wir die Reste des Sternenpriester-Wissens in uns tragen. Aufgeschrieben wurde sie von Solomon Pierce, einem der letzten Männer, der Sternenbilder deuten konnte. Er ist an einer Seuche gestorben, aber vorher hat er noch zwei Botschaften hinterlassen.

Die erste besagt, dass der Fluss Lutea an seinem zweihundertsten Todestag wieder sauberes Wasser mit sich führen wird und dass wir an diesem Tag einige Brüder ausschicken sollen, um es auf Verunreinigungen und Keime hin zu untersuchen.

Die zweite Botschaft hörte sich eher wie das wirre Gerede eines Fieberkranken auf seinem Sterbebett an. Trotzdem wurde sie niedergeschrieben, auch wenn bisher niemand wusste, was sie bedeutet. Doch heute Abend ist mir ein Licht aufgegangen.« Vater Ralstein hielt inne und lächelte selbstgefällig. »*Wenn die Spinne Gold webt, das Land dereinst erlebt, wie das Alte sich erhebt.* Solomon Pierce war sicher ein wenig verrückt. Aber er prophezeite den Zusammenbruch, verstehst du? Und wie es scheint, sah er auch unsere Wiedergeburt voraus. Doch den Teil mit der Spinne hat, wie gesagt, niemand je verstanden. Und mit der Zeit vermuteten wir, der Schreiber habe sich am Sterbebett womöglich verhört. Manche glaubten, es müsse etwas mit dem legendären Spinnentier zu tun haben, das von den ersten Sternenpriestern, die hier vor fünfhundert Jahren ankamen, erschlagen wurde: dieses Monster, das so groß wie ein Pferd war und das sie tief unten im Herzen der Stadt entdeckt haben, wo wir heute nach Grundwasser bohren. Wirklich Sinn ergab das alles trotzdem nicht. Erst jetzt, Bruder Warren, hat es den Anschein, als fügten sich seine beiden Botschaften zusammen.

In vierzehn Tagen ist der zweihundertste Todestag von Solomon Pierce. Ein kleiner Trupp der städtischen Privatgarde wurde eingeweiht und bereitet sich auf eine Geheimmission vor«, fuhr Vater Ralstein fort. »Der Fluss Lutea soll auf seine Wasserqualität und das Hinterland auf seine Bewohnbarkeit überprüft werden. Das alles ist natürlich strengstens geheim. Wo kämen wir denn hin, wenn gewöhnliche Stadtbewohner davon erführen und sich auf einmal irgendwelche Flausen über Freiheit in ihren Köpfen breitmachten? Oder schlimmer noch, wenn sie die Stadt verlassen wollten ...

Heute Abend nun hast du mir die Spinne gebracht. Du hast das Rätsel gelöst! Die Spinne, sie ist das Zeichen für unsere Wiedergeburt. Die Stadt wird auferstehen! Wir sind die alten Herrscher, die sich endlich erheben, um das Hinterland von seiner Barbarei zu befreien. Wir werden es erneut in das ertragreiche Paradies verwandeln, für das es sich so hervorragend eignet. Ohne unsere Eingriffe ist dieser Landstrich dort draußen zu einer bedeutungslosen, unzivilisierten und vergifteten Einöde verkommen. Er muss wieder perfektioniert werden!« Vater Ralsteins Stimme schwoll an, aber er zügelte sich sofort. »Bring mir den Jungen. Bring mir die Spinne«, verlangte er.

Tin wollte so schnell und so weit wie möglich fortrennen. Aber er bekam kaum Luft, und sein Herz hämmerte dermaßen heftig, dass er zu hastig aufstand und benommen mit dem Kopf gegen die Falltür stieß.

»Aha«, grollte Vater Ralstein. »Mir scheint, wir hatten einen Lauscher.«

»Zweifellos dieser Martin«, antwortete Bruder Warren aalglatt. »Hier kommt er normalerweise heraus.«

Die beiden Männer sprangen gleichzeitig zur Falltür und rissen sie auf.

Aber es war niemand da.

Tin war es trotz seines Schwindelgefühls gelungen, rechtzeitig wegzulaufen.

Bruder Warren fluchte. »Widerspenstiger Bengel«, fauchte er. »Er überlässt uns seine Erfindung bestimmt nicht ohne Weiteres.«

»Alle Schätze sind käuflich«, sagte Vater Ralstein und sprang die Stufen in einem Satz hinab. »Und alle Jungen können gebrochen werden.«

Tin war durch einen anderen Ausgang nach draußen in den Klosterhof gelangt, wo die Jungen täglich ihre Leibesübungen machten. Er war so schnell gerannt wie noch nie in seinem Leben. Jetzt schnappte er nach der regennassen Luft, Adrenalin rauschte durch seine Adern, und seine Gedanken rasten. Warum wurde ihm angst und bange, wenn er nur daran dachte, dass diese Männer seine Einsiedlerspinne dazu benutzen würden, um der Stadt zu ihrer alten Pracht zu verhelfen? Wenn das Gold und die Vollkommenheit wieder Einzug hielten, diente das doch schließlich dem Gemeinwohl, so zumindest war es ihm beigebracht worden. Wieso verspürte er dann diesen unbändigen Drang, auf der Stelle wieder nach unten in die Kellerräume zu laufen und seine Erfindung mit dem Hammer zu zerstören? Sollte er nicht viel eher hier draußen im Regen stehen bleiben und abwarten, bis sie ihn fanden? Dann könnte er sie zu seinem Werk führen und sich selbst jenem Schicksal hingeben, das sie für ihn vorgesehen hatten.

Es regnete stark, und ein Donnerschlag zerriss die Stille, dicht gefolgt von einem Blitz in unmittelbarer Nähe. Als der Himmel sich aufhellte, sah Tin etwas äußerst Merkwürdiges: einen hellen Vogel, der sehr tief über ihn hinwegflog. In seinen Krallen hielt dieser Vogel ein langbeiniges Geschöpf mit großen Ohren. War das etwa eine Eule? Und trug sie einen Hasen? Oder ein Kaninchen? Dunkel erinnerte Tin sich an die Tiernamen, die er aus Büchern kannte. Diese Nacht steckte wahrhaftig voller Wunder! Was um alles in der Welt geschah hier gerade?

Plötzlich ließ die Eule ihren Gefangenen fallen, und zwar genau über Tin. Der war so überrascht, dass er einen Satz zur Seite machte. Das Tier prallte gegen seine Schulter, und beide schrien erschrocken auf und stürzten zu Boden.

3

DER SCHICKSALSKORB

Raus damit, Comfrey«, sagte Maxine, während sie die Reste des Haferbreis in einer Schüssel Regenwasser aus den Tonschalen wusch. »So ruhig und still bist du nur, wenn du etwas unbedingt willst.« Sie drehte sich um, wischte sich ihre kräftigen Hände an der Hose ab und betrachtete ihre Tochter.

Das Mädchen saß still auf einem gelben Kissen an dem großen, polierten Stumpf eines Mammutbaums, wo sie immer ihre Mahlzeiten einnahmen. Sie sah aus, als würde sie jeden Moment mit einer Neuigkeit herausplatzen. Ihre braunen Hände hatte sie so fest ineinander verschränkt, dass die Knöchel weiß hervortraten, und ihre schwarzen Zöpfe lösten sich langsam auf. In ihren hellen Augen lag ein entschlossener, fast geheimnisvoller Ausdruck. Aber anstatt ihre Mutter anzusehen, betrachtete sie eingehend deren Hose, die ein wahrer Flickenteppich aus wiederverwerteten Stoffresten war und an eine Landkarte mit Tausenden von Farben und Orten erinnerte. Ein Stück Stoff war aus einem verblichenen Grün mit winzigen, eingerollten Blättern. Es gab ein Rechteck mit rosafarbenen Rosen, ein anderes war blau kariert. Wie die Welt wohl gewesen sein mochte, als die Menschen solch komplizierten Muster und farbigen Stoffe herstellen konnten? Damals, in der Zeit vor dem Zusammenbruch.

»Ich würde morgen gern unsere Opfergaben überbringen«, sagte Comfrey eilig und flocht ihre Zöpfe neu.

Diese Bitte war eine solche Selbstverständlichkeit, dass Maxine beinahe lachen musste. »Aber natürlich, mein Schatz, wir machen das gemeinsam, so wie jedes Jahr.«

»Nein, ich meine, ich würde gerne allein gehen, ohne dich«, fiel das Mädchen ihrer Mutter ins Wort und stand auf. »Immerhin bin ich jetzt zwölf, und groß für mein Alter bin ich auch! Elsbet kümmert sich dieses Jahr um die Gaben ihrer Familie. Na gut, sie ist schon vierzehn, aber ich bin doch eigentlich viel schlauer und mutiger als sie«, sprudelte es nur so aus Comfrey heraus. »Weißt du noch, wie sie letzten Sommer geschrien hat, als der Luchs über den Weg in der Nähe des Opferplatzes gelaufen ist und sie dachte, es wäre ein Löwe?«

Das kam dem Geheimnis, das Comfrey seit den letzten beiden Monden in ihrem Herzen verschlossen hielt, gefährlich nah. Aber sie konnte nicht anders, sie musste das Wort sagen, es war einfach zu aufregend: *Luchs*. Vor zwei Monaten hatte sie das erste Mal in ihrem Leben tatsächlich jemanden vom Wilden Volk gesehen: ein Luchs-Mädchen, das sie von den Hügeln unweit der Straße aus beobachtet hatte. Seit jenem Tag formte sie aus dem Lehm des Baches kleine Luchsfiguren, um sie dem Wilden Volk am Tag des Kerzenfestes als Opfergabe zu bringen. Vielleicht würde das Luchs-Mädchen ja wieder auftauchen und sich an Comfrey erinnern.

An den acht wichtigen jahreszeitlichen Feiertagen überbrachten die Bewohner der drei Dörfer Erle, Wachtel und Lupine dem Wilden Volk im Namen von ganz Farallone Opfergaben. Ihre Dörfer lagen am nächsten an der Grenze zu Olima, der Heimat des Wilden Volkes. Zur Sommersonnenwende versammelten sich die Menschen aus allen elf Dörfern des Hinterlandes für drei Tage zum Feiern und Tanzen, aber erst nachdem auch zu diesem Anlass Opfergaben überreicht worden waren. So konnte jedes Dorf seine eigenen Gebete zurücklassen und etwas von dem Wasser aus dem Flüsschen mitnehmen, das über die Grenze von Olima ins Hinterland floss, um damit ihre Kinder und ihre Ernte zu segnen.

Im Gegenzug waren die Menschen von einer Art

Sicherheitsnetz umgeben. Schwere Krankheiten traten nur selten auf. Bienen und Ziegen und Gemüsebeete gediehen. Wenn aber eine Familie einmal vergaß, ihre Gaben zu hinterlassen, oder nur einen Scheffel ihrer zweitbesten Äpfel oder schief gezogene Kerzen hineinlegte, bekam ein Kind Lungenentzündung oder noch Schlimmeres. Fast gleichzeitig wurde mit Sicherheit das Hausdach undicht, und in den Socken tauchten auf einmal Löcher auf, die sich nicht mehr stopfen ließen. Und die Lachse schwammen nicht mehr stromaufwärts, sondern suchten sich ihre Laichgründe ausschließlich in den Flussläufen, die durch die dichten Nadelwälder des Wilden Volkes führten. Das Überbringen der Opfergaben war eine ernsthafte Angelegenheit und wurde ausnahmslos von Frauen vollzogen. Einen direkten Umgang mit dem Wilden Volk gab es nicht, *das machte man einfach nicht*.

Die Grenze bildete eine etwa achtzig Kilometer lange Verwerfungslinie, wo die beiden tektonischen Platten aufeinandertrafen, aus denen die Insel Farallone entstanden war. Für das menschliche Auge sah das Gebiet wie ein langes flaches Tal zwischen einer Hügelkette auf der einen Seite und einem Gebirgskamm auf der anderen Seite und der sehr schmalen Tamalbucht im Norden aus, die so dünn und gerade wie ein blaues Band war. Für das Wilde Volk war es eine heilige Trennlinie. Wenn man die Berggipfel überschritt, betrat man, zumindest hatte es Comfrey so in Geschichten gehört, das Reich der Schöpfung – Olima. Dort hatte sich das Wilde Volk niedergelassen, um das Herz der Insel Farallone zu hüten. Was genau das bedeutete, wusste Comfrey nicht, nur, dass in Olima nicht alles so war, wie es schien, und dass es dort Magie gab. Für die Bewohner des Hinterlandes kam das Überschreiten der Grenze einer Todesstrafe gleich. *Das machte man einfach nicht.* Verirrte man sich beispielsweise nachts über den Bergkamm und schaffte es mit viel Glück – nach gefühlt nur wenigen Stunden – am Morgen wieder zurück, war es gut möglich, dass man inzwischen im Körper einer alten Frau steckte und all seine Lieben nicht mehr lebten. Oder man war gar kein Mensch mehr, sondern ein kleiner grüner Frosch.

Comfrey hatte immer nur aus zweiter Hand von Leuten gehört, die das Wilde Volk getroffen hatten. Großmütter erzählten Geschichten, die sie wiederum von ihren Großmüttern erzählt bekommen hatten und die mit der Zeit immer mehr ausgeschmückt worden waren. Die runzeligen Frauen saßen auf dem Dorfplatz zwischen den Wochenmarktständen, wo Wollgarne und Möhren und Ziegenmilch, Honig, Holunderwein und Feuerholz angeboten wurden, spannen Wolle, plauderten und unterhielten die Kleinen mit ihren Geschichten. Abgesehen vom uralten Großvater des Schusters kannte Comfrey eigentlich keinen, der wirklich selbst dem Wilden Volk begegnet war. Zigmal hatte sie ihn nach der Reiher-Frau ausgefragt, die er als junger Mann im Sumpf gesehen hatte. Aber der Großvater des Schusters bekam dann immer nur diesen versonnenen Blick und sprach von seiner verstorbenen Frau.

Doch nicht nur Olima zu betreten, sondern bereits mit jemandem vom Wilden Volk zusammenzutreffen, betrachteten die Bewohner der Dörfer als gefährlich. Womöglich wurde man entführt, oder man verlor den Verstand. Und wenn man etwas falsch machte, zerstörte man vielleicht das empfindliche Gleichgewicht und rief Seuchen hervor, oder gar ein Erdbeben, genau wie jenes zu Beginn des Zusammenbruchs. Ein Fehler konnte leicht passieren, weil niemand die Sitten und Gesetze des Wilden Volkes wirklich verstand.

An dem besagten Tag vor zwei Monaten hatte Comfrey aber nicht nur jemanden vom Wilden Volk *gesehen*. Sie hatte auch mit diesem Jemand *gesprochen*. Das Erlebnis hatte sie überraschenderweise weder verängstigt noch verrückt werden lassen. Ganz im Gegenteil, danach war sie eigenartig freudig erregt gewesen. Zugetragen hatte sich dies alles nur wenige Wochen nach ihrem zwölften Geburtstag. Comfrey war ihrer Mutter und Tante und ihren drei älteren Cousinen vom Strand hinauf zum Weg gefolgt. Dort hatten sie am Vormittag Treibgut gesammelt. Comfrey hatte drei grüne Glasflaschen gefunden, an denen kein Stückchen fehlte, und war sehr stolz auf sich gewesen. Sie hatte die Flaschen gegen das Sonnenlicht gehalten und das Grün bewundert und war ihren Cousinen nachgetrottet, die sich über ihre wachsenden Brüste und einen Jungen namens Jonah unterhielten, der in dem Dorf Pelikan wohnte, das näher am Meer lag als die anderen. Comfrey starrte über das weitläufige Sumpfgebiet jenseits der Straße, auf die steilen, mit vielen Büschen bewachsenen Berge, die dahinter lagen. Das Gebiet des Wilden Volkes erstreckte sich auf der anderen Seite des Bergkamms und war von dieser Stelle aus nicht einsehbar. Aber Comfrey faszinierte es trotzdem, sich auszumalen, was hinter dem Bergkamm wohl alles lag.

Plötzlich landete ihr Blick auf dem Gesicht eines Mädchens, das hinter dicht beieinanderstehenden Kojotenbüschen und Goldmohn verborgen war. Das Mädchen trat aus den Büschen hervor. Comfrey stellte erschrocken fest, dass das Mädchen die spitzen Pinselohren eines Luchses und leichte Streifen im Gesicht hatte. Ihr Kleid war ein Stück grünes Tuch, ihre Beine waren pelzig, und sie hatte Pfoten. Als die Sonnenstrahlen und der Wind über die Berge strichen, schien sich die Linie, wo der Luchs endete und das Mädchen begann, zu verschieben. Das Mädchen trug eine Krone aus schwarz getupften Ammerfedern und eine Kette aus Knochen.

Einen Moment lang sahen sich das Luchs-Mädchen

und Comfrey an. Comfrey war bisher noch niemandem mit so verschmitzten und lebhaften Augen begegnet. Sie glitzerten regelrecht.

»Hallo, Comfrey«, sagte das Luchs-Mädchen.

Eigenartigerweise konnte Comfrey ihre Worte selbst über die Straße und den Sumpf hinweg genau verstehen. Comfrey schluckte und flüsterte heiser »Hallo«.

Der verbotene Nervenkitzel und das zarte Gefühl von Freundschaft ließen Comfrey zittern. Aber es geschah nichts. Weder stürzte sich das Luchs-Mädchen mit scharfen Krallen auf sie, noch bebte die Erde. Das Luchs-Mädchen lächelte einfach nur, mit blitzenden Zähnen. Dann machte sie kehrt und lief zurück ins Gestrüpp. Aus dem grünen Flickenkleid ragte ihr kurzer, gestreifter Schwanz hervor. Er bewegte sich, als würde er Comfrey zu sich winken. Sie schaute sich noch einmal um, aber nicht so, wie eine Katze einen Vogel ansieht, sondern einladend, wie ein Mädchen, das ihrer neuen Freundin etwas Wunderbares und Geheimnisvolles zeigen will.

Plötzlich rief Comfreys Mutter, sie solle sich beeilen und nicht so trödeln, und im selben Augenblick war das Luchs-Mädchen verschwunden. Seitdem hatte Comfrey fast jeden Tag nachgesehen – auch den zeitigen Winter über, als es tagsüber noch immer um die zwölf Grad warm wurde, die Nachttemperatur selten unter fünf Grad fiel, die Pilze im Wald sprossen und es so richtig zu regnen anfing. Trotzdem war nicht die geringste Spur von dem geheimnisvollen Mädchen aus dem Wilden Volk zu entdecken gewesen. Woher sie wohl ihren Namen gewusst hatte?

Comfrey war schon immer ein wissensdurstiges, selbstständiges Kind gewesen, das gerne unter Steinen nach Salamandern suchte und Gäste beim Abendessen ständig unbefangen nach dem Wilden Volk ausfragte. Aber seit jenem Tag im Dezember verspürte sie eine geradezu unbändige Neugier. Maxines Auskünfte über das Wilde Volk waren nie ausführlich genug, genauso wenig wie die der alten Frauen auf dem Dorfplatz. Ganz zu schweigen von den Erzählungen der alten Männer, die sich unten am Fluss bei den Brennnesseln über ihre Fischernetze beugten und ihre Holzpfeifen pafften. Comfrey traute sich nicht, jemandem ihr Geheimnis anzuvertrauen. Vielleicht hieße es dann, sie wäre verflucht – oder sie wäre schuld daran, wenn alle verflucht würden. Trotzdem stahl sie sich immer wieder davon, mal morgens vor dem gemeinsamen Weben oder nachmittags vor dem Pilzesammeln. Dann spähte sie vom Wegesrand aus über das Sumpfgebiet, wo hinter den Bergen das Land des Wilden Volkes begann.

»Nun gut«, sagte Maxine nach kurzem Zögern, in dem sie versucht hatte, all die unausgesprochenen Worte in den Augen ihrer Tochter abzulesen. Durch das

Küchenfenster strömte weiches Winterlicht und fiel auf Comfreys Füße, die in Kaninchenfellpantoffeln steckten, und auf ihre dünnen mädchenhaften Knöchel. Eigentlich verlangte Comfrey nichts Großes, und die Opferplätze lagen nicht weit hinter dem Ortsrand. Seit ihrem vierten Lebensjahr hatte sie Maxine an jedem Feiertag mit den Opfergaben geholfen, und den Text konnte sie auswendig. Normalerweise richteten die Mädchen die Gaben erst nach ihrer ersten Blutung allein her, aber diese Regel war schon alt und wurde nicht mehr oft erwähnt. Außerdem schien es Comfrey sehr wichtig zu sein, auch wenn Maxine nicht ganz verstand, warum.

»Vater hätte mich bestimmt gehen lassen«, platzte es aus Comfrey heraus, die das Zögern ihrer Mutter missverstand. Sie bereute ihre Worte sofort, aber jetzt ließen sie sich nicht mehr zurücknehmen. Ihr Vater Doorn war der einzige Mensch, den sie kannte, der die Grenzen ihrer Welt hinter sich gelassen hatte. Angetrieben von der Vorahnung einer drohenden Katastrophe, die er verhindern wollte, war er aus ihrem friedlichen Dorf Erle zur Stadtmauer aufgebrochen. Damals war Comfrey vier Jahre alt gewesen. Eines Morgens war ihr Vater einfach verschwunden. Wahrscheinlich hatte Maxine von seinen Befürchtungen gewusst, aber sie sprach nie darüber. Comfrey war beigebracht worden, dass niemand aus dem Hinterland jemals in die Stadt gelassen wurde, aus der Stadt aber auch niemand jemals hinaus ins Hinterland gelangte. Der Weggang ihres Vaters war beispiellos.

»Er will die Mauer niederreißen!«, sagten einige. Andere nannten ihn tollkühn. Und ein paar fanden ihn heldenhaft. Je nach Stimmung schloss sich Maxine einer dieser Meinungen an.

Das alles lag nun schon acht Jahre zurück, und Doorn war nicht wiedergekommen. Nach einem Jahr ohne die geringste Nachricht hatten die Bewohner von Erle ihn für tot erklärt und eine Trauerfeier abgehalten. Comfrey zuliebe akzeptierte Maxine die offizielle Sichtweise des Dorfes. Aber sowohl in ihr als auch in ihrer Tochter schlummerte noch ein kleiner Funke Hoffnung. Comfrey und Maxine sprachen nie darüber, und doch hegten beide ihn auf ihre eigene stille Art und Weise. Ihr Doorn war einfach zu schlau und zu mutig, um zu sterben. Womöglich war das ein naiver Gedanke, denn niemand konnte den Tod bezwingen. Doch Comfrey war sich sicher, dass sie wüsste, wenn er wirklich gestorben wäre. Tief in ihrem Herzen wüsste sie es.

Nun aber kämpfte Maxine gegen die plötzlich aufsteigenden Tränen an. »Ich wollte gerade Ja sagen, Kind«, erklärte sie schließlich und versuchte, nicht zu streng zu klingen. Dabei hantierte sie an einem Einmachglas mit Holunderbeerentinktur herum, das abgeseiht werden musste. Sie war die Kräuterheilkundige von Erle, und einige Kinder waren erkältet. »Natürlich traue ich dir zu, die Opfergaben zu überbringen. Und natürlich bist du alt genug, mein Schatz. Dein Vater ... du hast recht. Er wäre einverstanden. Er wäre so stolz auf die mutige junge Frau, zu der du herangewachsen bist.«

Comfrey rannte zu ihrer Mutter und schlang die Arme um sie. Dann brach sie in Tränen aus – voller Schuldgefühle, weil sie ihr etwas verheimlichte, voller Trauer bei dem Gedanken an ihren Vater, aber auch voller Aufregung, weil sie ahnte, dass sich bald etwas ändern würde.

Am nächsten Morgen, dem ersten Tag im Februar und dem Tag des Kerzenfestes, trat Comfrey in ihren robustesten Wanderschuhen aus Wildleder und ihrem blauen Lieblingswanderumhang, den sie nur zu besonderen Anlässen anzog, stolz aus ihrem Lehmhaus. Das rote Stoffbündel mit den Opfergaben war sorgsam in einem Weidenkorb verstaut. Comfrey war beim Gehen so vorsichtig, als würde sie einen Kuchen mit brennenden Kerzen tragen. In der anderen Hand hielt sie einen Eimer voller Küchenabfälle für die Graugänse, die in einem ordentlichen Pferch gleich neben ihrem Haus lebten.

Nachdem Comfrey die Gänse gefüttert hatte, ließ sie den Eimer beim Tor stehen und lief weiter durch den Gemüsegarten, den sie und ihre Mutter hegten und pflegten und in dem jetzt aber nur noch die braunen Stängel der Sommerdisteln zwischen Reihen aus Grünkohl und Winterkartoffeln aufragten. Sie ging an den Rand des Gartens, wo Holzkästen in Rot und Gelb und Blau und Grün zwischen hochgeschossenen Rosmarinbüschen zu einem Kreis angeordnet standen. So wie jeden Tag blieb Comfrey inmitten der Bienenstöcke stehen und erzählte ihnen ihre Neuigkeiten.

»Vielleicht träumt ihr ja vom Sommer«, begann sie und knibbelte am Saum des Stoffbündels. »Ich darf heute ganz allein die Opfergaben überbringen. Mutter hat es erlaubt! Ich muss nur aufpassen, dass ich alles richtig mache und das Wilde Volk zufrieden ist und der Winter ein gutes Ende nimmt. Damit wir nicht hungern müssen und auch nicht krank werden!« Sie zögerte. Sollte sie den Bienen von ihrem Geheimnis erzählen? »Und ... ich hoffe, dass das Luchs-Mädchen meine Geschenke sieht. Dass sie sich vielleicht noch einmal zeigt und ...« Comfrey flüsterte jetzt. »Tja, ich weiß auch nicht. Ich würde einfach gerne wieder mit ihr reden.« Dann wurde sie rot und kam sich ganz egoistisch vor; schließlich überbrachte man die Opfergaben zum Wohl des ganzen Dorfes und nicht aus reiner Neugierde.

Aus dem Westen kam ein kühler Wind, er blies durch die Lücke bei den flachen Hügeln, durch die man ins Weidetal und zum Grenzland gelangte. Comfrey atmete tief ein, der Wind roch nach Meer und nassen Erlen und Schlick und grünem Gras und Regen. Sie fröstelte ein wenig, verneigte sich vor den trägen Bienen und ging den Fußweg am Rande des Dorfes hinunter. Er wand sich an hohen Brennnesselbüscheln vorbei, führte an einer flachen Stelle über den Fluss und dann über eine feuchte Wiese zwischen zwei Hügeln ins Weidetal.

Hinter dem Tal hoben sich die Berge empor. Einer der Berghänge wurde von den Opferplätzen gesäumt, auf der anderen Seite der Berge begann Olima, das Gebiet das Wilden Volkes. Obwohl das Weidetal Grenzland war und eigentlich noch immer zum Hinterland gehörte, kam kein Mensch Olima gern näher als nötig. Das Sumpfgebiet war eine Art Niemandsland. Weidendickicht, Binsenkraut, Auen und plötzlich aufziehende Nebel. Die Dorfbewohner betraten das Tal nur, um ihre Opfergaben zurückzulassen, und verschwanden dann schnell wieder auf dem altbekannten Pfad.

In Erle hatte jede Familie ihren eigenen Altar an einem besonderen Berghang, und es gab durchaus einen Wettstreit, wer seinen am schönsten herrichtete. Der Altar von Comfrey und ihrer Mutter stand auf der glatten, geraden Spitze einer Felszunge aus grünem Marmor. Comfrey kletterte einen schmalen Wildwechselpfad hinauf, bis sie auf der Höhe des Felsens war. Hin und wieder rutschte sie im feuchten Gras aus.

Von dem kurzen, aber steilen Aufstieg zog es in ihren Waden. Sie stellte den Korb auf den Boden, holte das Bündel heraus und rollte das rote Opfertuch auseinander. Vor dem blassgrünen Stein hob es sich besonders gut ab.

Mit zitternden Fingern nahm sie nacheinander die Opfergaben heraus. Der Ruf eines Blauhähers ließ sie zusammenzucken. Bisher war niemand mit seinen Opfergaben unterwegs, und das würde sicher auch noch für ein paar Stunden so bleiben. Comfrey war extra früh aufgebrochen, damit sie ungestört war, falls sie wieder das Luchs-Mädchen zu sehen bekam.

Sie steckte die neun Bienenwachskerzen in neun Kerzenhalter aus Ton und stellte sie auf dem Tuch in einem Kreis auf. Sie waren dunkelblau und mit gelben Punkten bemalt, die wie Sterne aussahen. In die Mitte legte sie den polierten Schädel einer Schleiereule, aber verkehrt herum, sodass er zu einer kleinen Schale wurde. Comfrey hatte ihn im vergangenen Sommer mit ihrer Mutter im Erlenwald gefunden, als sie im Fluss Brennnesselstiele einweichten. In die Schale legte sie einen frisch gebackenen Kuchen aus Eichelmehl und platzierte einen Kelch aus der dunkelroten Rinde des Faulbaums daneben, in den sie Holunderbeeren-Met goss. Um den Eulenschädel arrangierte sie wie die Speichen eines Rades neun Blätter Grünkohl, den sie ganz frisch aus dem Wintergarten geerntet hatte. Und darum herum kam noch ein Strang mit den aufgefädelten roten Früchten des Erdbeerbaums.

Jetzt waren nur noch die zwei getöpferten Luchsfiguren übrig. Lächelnd betrachtete sie jede einzelne, bevor sie die Figuren auf das rote Tuch stellte. Einen Tag hatte sie sich für jede Zeit gelassen, hatte sie geformt und geglättet und neu geformt. Für die Ausarbeitung der Augen, Nasen, Krallen und Punkte hatte sie eine angespitzte Feder benutzt.

»Ihr seid unsere Wächter«, sagte Comfrey und verschob die Luchsfiguren, bis sie sich zwischen dem Kreis aus Erdbeerbaumfrüchten und den Kerzen gegenüberstanden. Dann schlug sie einen Feuerstein an, um die Kerzen anzuzünden, legte ihre Hände auf die beiden getöpferten Katzen und sprach die richtigen Worte.

»Segne die Sonne während der Nacht, segne die Dunkelheit, wenn ein Licht lacht, segne das Grün, segne den Regen, segne das Land, das nach der Wende des Lichts zum Leben erwacht. Mögen die Wurzeln in der Erde, mögen die Vögel, die nach Süden fliegen, in der Dunkelheit geschützt sein und es behaglich haben. Danke, neues Samenkorn, danke, Regen, danke, Lachs, danke, Sterne. Danke, Erle, Nessel, Wild und Grün. Mögen wir alle in Frieden leben. Gesegnet seid ihr immerdar und Kah.«

Den letzten Teil, »Gesegnet seid ihr immerdar und

Kah«, hatten Comfrey und ihre Mutter sich ausgedacht und hinzugefügt, als Comfrey ungefähr sieben Jahre alt gewesen war. Damals, bei der Sommersonnenwendfeier, hatte ein Rotschulterbussard so dicht über ihren Köpfen seine Kreise gezogen, dass sie die Schlange in seinen Fängen erkennen konnten. Der Vogel hatte einen Ruf ausgestoßen, der wie »Kah« geklungen hatte.

»Er spricht auch einen Segen!«, hatte Comfrey gesagt, und ihre Mutter hatte gelacht. So blieb das Ereignis in ihren Köpfen.

Gerade als Comfrey überlegte, ob sie noch ein paar Worte über das Luchs-Mädchen hinzufügen sollte, hörte sie abgehacktes Gelächter, das nach Frauenstimmen klang. Comfrey wurde rot und sah sich um. Kamen die anderen Frauen etwa schon mit ihren Opfergaben? Lachten die Frauen sie aus, weil sie Comfrey zu jung für die Aufgabe hielten?

Sie stand auf und hatte auch schon eine schroffe Erwiderung parat. Dann stellte sie fest, dass das Lachen aus dem Weidetal kam, von dort, wo das Tal breiter wurde und wo die Menschen sich normalerweise nie hinwagten. Der Fußweg führte nicht weiter nach Norden, Süden oder Westen. Er endete hier am Opferplatz, nur unweit von Erle. Wenn man eines der anderen Grenzdörfer erreichen wollte, musste man erst wieder ein Stück ins Landesinnere gehen und dann einen der viel benutzten Wege östlich der Verwerfungslinie nehmen, der gefahrlos an den flachen Hügeln entlanglief, die eine Barriere zum Weidetal bildeten.

Aber da war es wieder, dieses eigenartige Gelächter! Und es kam ganz sicher von weiter hinten im Tal. War das vielleicht das Lachen des Luchs-Mädchens und ihrer Mutter und Tanten und Großmütter, die sich um ihr eigenes Festtagsfeuer versammelt hatten und feierten?, fragte Comfrey sich. Bestimmt hatte niemand etwas dagegen, wenn sie ein kleines bisschen weiterging und nachschaute. Das war es schließlich, was sie sich erhofft hatte.

Comfrey verbeugte sich schnell vor den Opfergaben auf dem Altar und sprang vom Felsen. So leise wie möglich schlich sie in die Richtung, aus der das Gelächter gekommen war, doch auf der sumpfigen Erde machten ihre Schuhe schmatzende Geräusche. Am Himmel zogen dunkle Regenwolken auf, aber die Sonne blitzte immer wieder hervor und malte unregelmäßige Schatten auf die Erde. Comfrey bahnte sich ihren Weg durch eine aufgeweichte Wiese mit frisch sprießendem Gras.

Sie hörte eine murmelnde Unterhaltung. Es roch nach Holzrauch. Jemand sang ein gefühlvolles Lied, und dann war da wieder das Gelächter. Es hörte sich an, als käme es gleich von dort drüben hinter dem Weidendickicht.

Aufgeregt und außer Atem vergaß Comfrey, wie tief sie inzwischen schon ins Grenzland geraten war. Sie kletterte zwischen den kahlen gelben Weidenzweigen hindurch und reckte ihren Hals. Umgeben von einigen Salbeisträuchern und Lupinen, saßen drei Frauen im Schneidersitz vor zwei Holzkarren. Einer war ochsenblutrot, der andere gelb. Die Karren waren festgestellt, und die Räder dienten jetzt als Spinnräder, die Spulen waren voller goldfarbenem Garn. Große Hirsche, insgesamt acht Stück, ästen ganz in der Nähe, ihr Lederzaumzeug war gelockert, hing ihnen aber noch um die Hälse. Die Karren hatten halbrunde Dächer aus Segeltuch und metallene Kaminrohre. Die Frauen flochten aus gespaltenen Weidenruten Körbe, während sie lachten und plauderten und immer wieder in dem Feuer stocherten, das sie in einer mit Steinen ausgelegten Grube entfacht hatten.

Wildes Volk.

Das Einzige, das für Comfrey unmissverständlich dafürsprach, dass die Frauen überhaupt zum Wilden Volk gehörten und nicht irgendwelche eigenartigen Menschen aus einem anderen Dorf waren, waren ihre Haare. Die Frauen hatten sie zu komplizierten Zöpfen geflochten und zu einer Art Kegel, fast wie ein Bienenkorb, aufgesteckt. Genau genommen waren es gar keine Haare, sondern zarte Pflanzenstiele, die aus ihrer Kopfhaut wuchsen. Als eine der Frauen ein wenig den Kopf drehte, sah Comfrey, dass der Haarkorb innen hohl war und eine Meise beherbergte.

Die Frauen alberten genauso herum wie Comfreys Cousinen, aber die Falten um ihre Augen und auf ihren Händen verrieten, dass sie schon uralt waren. Ihre Lippen allerdings waren jung geblieben, ebenso wie ihre unbeschwerten, fließenden Bewegungen.

Während Comfrey die Frauen beobachtete, war da plötzlich eine ungeahnte Sehnsucht in ihr. Sie war sogar noch stärker als beim Anblick des Luchs-Mädchens. Wie gerne hätte Comfrey auch solche Hände gehabt, die so sicher, so schnell und so stark waren und Körbe von solcher Schönheit erschufen. Noch nie hatte sie jemanden so lachen hören wie diese Frauen. Als Comfrey sich noch ein wenig weiter nach vorn beugte, rutschte ihr Fuß ab. Knackend zerbrach ein Zweig, und ihr Schuh klatschte in den Schlamm.

Eine der Frauen sah auf. Ihre Augen waren dunkler als ihre wunderschöne Haut, die die Farbe von der Rinde des Faulbaums hatte. Ihr senfgelbes Kleid hob sich leuchtend davon ab. Mit flinken Händen flocht sie unverdrossen weiter.

»Hallo, du ungezogenes Dorfmädchen«, sagte sie mit rauchiger Stimme. »Möchtest du dich zu uns ans Feuer setzen? Möchtest du lernen, wie du den Korb deines Schicksals flichtst? Du bist doch auf der Suche nach deiner Bestimmung, Mädchen, nicht wahr?« Sie blinzelte Comfrey zu und lächelte so breit, dass Comfrey ganz anders wurde. Man hatte sie entdeckt!

Keuchend drehte sie sich um, rutschte im Schlamm aus, schlug die Weidenzweige zur Seite und rannte den ganzen Weg bis nach Hause. Dabei zersprang ihr fast das Herz, aus Angst wie auch vor unbändiger Freude.

4

MALVE

Was war das denn? Du hast doch Hände, oder nicht?«, schimpfte der kleine tropfnasse Hase, während er sich und seine langen Ohren unter Tin hervorschob. »Als wäre es nicht schon schlimm genug, als Hase von einer Eule getragen zu werden, fängst du mich noch nicht einmal auf! Dabei hat diese Dämonin von einer Eule ihr Bestes gegeben und mich zielgenau losgelassen.«

Der Regen hatte gerade ein wenig nachgelassen, und der junge Hase richtete sich auf und schüttelte sich, als wollte er einen üblen Geruch loswerden. Dann beugte er sich nach vorn und schnupperte an Tins Fingern.

»Über solche Hände habe ich schon viel gehört. Sehr schlau, sehr gefährlich, sagt man. Also, im Moment finde ich sie nicht sonderlich beeindruckend.«

Tin staunte nicht schlecht. Er setzte sich langsam

auf, schaute auf seine Hände, die vom Sturz brannten, und öffnete und schloss sie. Dann fiel sein Blick auf den Hasen, der ihn mit seinen ausdrucksstarken Augen unverwandt musterte. Kurz dachte Tin, er wäre zu heftig auf den Kopf gefallen. Wahrscheinlich war der sprechende Hase eine Halluzination.

Der junge Hase schnupperte wieder an seinen Fingern. »Riecht, als wenn du in Schwierigkeiten steckst. Da komme ich ja genau richtig. Hoffentlich brate ich heute Abend nicht bei irgendjemandem über dem Feuer. Na, dann lass uns mal zusehen, dass wir dich aus der misslichen Lage befreien, die deine Hände so zum Schwitzen bringt. Die Grünzwillinge haben keinen Zweifel daran gelassen, dass du meine Hilfe brauchst.« Sein schwarzer Schwanz zitterte stolz. »Du kannst mich übrigens Malve nennen.«

Tins wilde Locken lagen angeklatscht am Kopf, und seine Kleider klebten so sehr an seiner Haut, dass sich seine Brust und seine Schultern, die durch Jahre voller Hunger knochig und mager geworden waren, deutlich abzeichneten. Er starrte den Hasen fassungslos an.

»Was, und sprechen kannst du auch nicht? Zu einem seltsamen Menschen habt ihr mich da geschickt, alte Grünzwillinge. Wir haben ja schon immer vermutet, dass das Leben innerhalb der Stadtmauern unerfreulich ist, aber das ist noch schlimmer, als ich ...«

»Nein, nein, ich kann sprechen. Tut mir leid«, platzte

es so unvermittelt aus Tin heraus, dass Malve erschrocken zurückwich. »Ich bin Tin. Kommst du von ... jenseits der Mauer? Ich dachte, alle Tiere wären tot! Ich dachte, das wäre ein gefährlicher Ort voller Krankheiten und ...«

»Alle tot?!«, rief der junge Hase und zuckte erheitert mit den Ohren. »Alle tot! Oh nein, ganz im Gegenteil, mein Freund. Da draußen ist es viel schöner als hier, so viel steht fest. An diesem schrecklichen Ort gibt es ja weit und breit kein Fitzelchen Grün, und ich bin am Verhungern!«

Das Geräusch von schweren, schnellen Schritten aus den Gängen unterm Innenhof schreckte beide auf.

»Um ehrlich zu sein, stecke ich ziemlich in Schwierigkeiten«, sagte Tin, der noch immer nicht begreifen konnte, was gerade passierte. »Und ich habe keine Ahnung, wie ich da rauskommen soll.« Er fuhr sich durch seine nassen Locken.

»Na, dann mal los!«, sagte Malve, der bereits davonhoppelte. »Mit bravourösen Fluchten kennen wir Hasen uns bestens aus.«

»Das ist keine Flucht!«, rief Tin. »Das ist eine Rettungsaktion!«

»Wie du meinst«, erwiderte der Hase.

Tropfnass sausten Tin und Malve die Stufen hinab, die auf der anderen Seite des Innenhofes unter die Bibliothek führten. Tin blieb kurz stehen, um die kleine

Rapsöllampe aus seinem Rucksack zu holen und sie mit einem Stück gestohlenem Feuerstein anzuzünden. Sie warf nur ein schwaches flackerndes Licht an die Wände, was aber ausreichte, um sich in den Tunneln zurechtzufinden.

In den Gängen der Katakomben hinterließen sie nasse Schuh- und Pfotenabdrücke. Tin lief vorneweg und versuchte dabei keuchend, dem Hasen seine Einsiedlerspinne auf Rädern zu erklären. Es war natürlich verrückt, seinen Verfolgern entgegenzulaufen, aber er durfte nicht zulassen, dass sie sein Wunderwerk an sich rissen.

Plötzlich kam Malve in dem dunklen Gang zum Stehen. Weiter hinten befand sich die Tür zu dem Raum, in dem Tins Erfindung versteckt war. Malve richtete seine Ohren nach vorn.

»Sie sind schon da und unterhalten sich«, sagte er.

»Woher weißt du das?« Tin konnte nichts hören.

»Ich habe große Ohren, Dummerchen.«

Tin spürte, wie sich sein Herz vor Verzweiflung zusammenzog. Sie waren ihm zuvorgekommen! Es war zu spät. Er saß in der Falle. Aber noch schlimmer war, dass sie ihm seine Einsiedlerspinne wegnehmen würden.

»Du darfst nicht so einfach aufgeben!«, sagte Malve. Er konnte Tins Gedanken lesen wie ein Buch. »Wir haben doch noch gar nicht richtig angefangen!«

»Aber es ist aussichtslos«, sagte Tin fahrig. »Glaub mir. Von den Klosterbrüdern willst du nicht gefangen werden.«

»Wer spricht denn davon, gefangen zu werden? Wir müssen eben listig sein. Wie Füchse oder Raben«, sagte der Hase ein wenig selbstgefällig. »Wir Hasen lernen so viel wie möglich von unseren Fressfeinden, indem wir sie belauschen. Ich habe eine Idee. Du schreist jetzt so, als wärst du hingefallen und hättest dir ein Bein gebrochen. Locke sie zu uns.«

Tin schnaubte. Das war der dümmste Einfall, von dem er je gehört hatte.

»Und wir verstecken uns hier«, fuhr Malve unbeirrt fort. »In diesem praktischen Riss in der Felswand.«

Tin hob seine Lampe, und das Licht fiel auf eine enge Spalte. »Woher wusstest du, dass dort eine Spalte ist?«

»Luftströmungen. Riecht anders.«

»Hauptsache, die Klosterbrüder drehen sich nicht um, wenn sie an uns vorbeilaufen«, brummte Tin.

»Hoffentlich nicht«, sagte Malve. »Für den Fall der Fälle zeige ich dir, wie du erstarrst, und zwar ganz genau wie ein Hase. Eine effektive und lang erprobte Technik. Werde ruhig und richte deine Augen ins Nichts, atme so flach wie möglich und richte auch deine Gedanken ins Nichts. Sei so unauffällig und uninteressant, dass sie deine Anwesenheit überhaupt nicht wahrnehmen, auch wenn sie sich umdrehen.«

Tin musterte den Hasen. Selbst mit aufgerichteten Ohren reichte er ihm nur bis zu den Knien, trotzdem stand der Hase voller Selbstvertrauen und mit wackelnder Nase neben ihm.

»Und wie geht es weiter?«

Der Hase drehte seine Ohren nach hinten. »Das weiß ich auch nicht.«

Die übermütige Tapferkeit des jungen Hasen erinnerte Tin an sich selbst, und er musste lächeln. Dann schrie er auf, als hätte er große Schmerzen.

»Gut«, flüsterte Malve, nachdem das Echo verhallt war. »Sie haben dich gehört. Sie kommen.«

Er stupste den Jungen in den engen Felsspalt, doch Tins linke Schulter und sein Fuß waren noch immer sichtbar. Der Hase klemmte sich zwischen seine Waden. Als Tin seine Lampe ausblies, wurde es vollkommen dunkel.

»Jetzt leere deinen Kopf. Stell dir einfach ein Wasserbecken vor, das ausläuft, bis nichts mehr drin ist. Wenn ich es dir sage, rührst du dich keinen Millimeter. Und hältst die Luft an.«

Tin versuchte eine gefühlte Ewigkeit, seinen Geist zur Ruhe zu bringen, aber ihm kam immer wieder Sebastian in den Sinn. Sebastian, der Wache hielt, während Tin bei Kerzenlicht leise Geschichten erzählte. Sebastian, der mit ihm durch niedrige Tunnel kroch: stets direkt hinter ihm, ein wenig nervöser als er selbst und etwas kleiner, aber schnell und schlau. Sebastian, der hervorragende Kartenleser, der gut darin war, ein paar zusätzliche Eicheln aus dem Fass im Keller zu stehlen.

»He, schhhhh.«

»Ich habe doch gar nichts gesagt!«, flüsterte Tin verdutzt.

»Nein, aber dein Geist. Die Betriebsamkeit ist so deutlich zu hören wie knackende Zweige. Leere ihn, schnell, sie sind nicht mehr weit!« Dabei zwickte der junge Hase Tin in den Fußknöchel.

Tin hörte polternde Schritte. Er atmete aus, aber an Sebastian dachte er trotzdem. Flucht, grübelte er. Was hatte der Hase damit gemeint? War es wirklich möglich, dem Kloster zu entfliehen? Aber er konnte Seb nicht einfach zurücklassen, er war sein einziger Freund.

Malves dunkle Augen funkelten ihn an.

Jetzt waren die Schritte ganz nahe. Tin rührte sich nicht. Das schwache Licht einer Lampe hüpfte über die Wände.

»Wo ist dieser kleine Rotzlöffel nur hin?«, drang Bruder Warrens Stimme nicht weit von ihrem Versteck entfernt zu ihnen herüber. Er klang angespannt. »Der Schrei kam ganz aus der Nähe.«

»Er ist ein zäher Bursche«, antwortete Vater Ralstein. »Wahrscheinlich ist er gestolpert und dann direkt Richtung Schlafsaal fortgerannt. Vielleicht hat er geglaubt, wir hätten ihn nicht bemerkt, und er wollte wegen des Lauschens keinen Ärger kriegen.«

Plötzlich blieb Bruder Warren stehen, und zwar genau neben dem Felsspalt, in den Tin und Malve sich hineingequetscht hatten. Langsam drehte er den Kopf und die Laterne in seiner Hand.

Tin bekam einen trockenen Mund, aber dann dachte er an Malves leise Stimme und seine vollkommene Ruhe, und sein Kopf füllte sich mit Wolken und mit dem weiten Himmel.

Tin sah, wie der Blick des Bruders direkt auf Malves goldene Hinterläufe fiel, doch er schien sie gar nicht wahrzunehmen.

»Eigenartig«, sagte Bruder Warren und schnupperte, ehe er sich endlich wieder in Bewegung setzte. »Tut mir leid, Vater. Ich habe etwas gespürt, fast als wäre jemand in der Nähe. Ich dachte, ich hätte einen Hauch von verbranntem Rapsöl gerochen.«

»Siehst du Geister, Bruder?« Vater Ralstein lachte. »Wie gesagt: Wahrscheinlich ist der Junge durch diesen Gang zu den Schlafsälen zurückgerannt.« Er klang ein wenig gereizt. »Aber warum behandeln wir ihn eigentlich wie einen Dieb? Wir wollen ihn doch auf unserer Seite haben, und er soll uns das Geheimnis seiner goldenen Maschine verraten – die auf mich allerdings keinen besonders goldenen Eindruck gemacht hat. Warum ziehen wir ihn also morgen früh nicht einfach aus der Alchemie-Werkstatt ab und reden mit ihm von Mann zu Mann? Wir könnten seinem Ego bei einer Tasse Zichorien-Kaffee schmeicheln.«

Bruder Warren schwieg. »Ich denke, der Junge ist gewieft«, erwiderte er. »Ich denke, er wird nicht tun, was wir von ihm verlangen. Wir sollten ihn einfangen und seine Maschine sofort an uns nehmen.«

Die Stimmen der beiden Männer wurden immer schwächer.

»Unsinn, Bruder«, sagte der Vater. »Es gibt nichts, das sich von uns nicht brechen ließe. Nichts, das wir nicht bestechen können. Mit den Egos junger Männer kenne ich mich aus, glaub mir. Wir wollen keine große Sache daraus machen und ihn durch die Schlafsäle jagen, sonst ergreifen die anderen Jungen am Ende noch Partei für ihn. Sie sollen uns doch nicht für Diebe halten, Bruder. Besser ist es, wenn uns der Junge seine Erfindung aus freien Stücken bringt. Wir müssen ihm gut zureden, ihm Honig ums Maul schmieren.«

Als die Stimmen und Schritte, die durch den Tunnel hallten, allmählich erstarben, blieben Tin und Malve trotzdem noch eine Weile ganz still in ihrer Spalte.

Dann zündete Tin seine Lampe wieder an, warf Malve einen Blick zu und grinste. »Das war knapp!«

»Es ist immer knapp«, sagte der Hase, schüttelte seine langen Ohren und putzte erleichtert, aber auch noch ein bisschen nervös seine Brust. »Man gewöhnt sich daran. Und irgendwann lernt man, so still zu sein, dass nicht mal mehr das Herz laut klopft.«

Tin lockerte seine verkrampften Schultern und lief in dieselbe Richtung, in die seine Verfolger verschwunden waren.

»Warte mal!«, rief Malve, der sich auf seine Hinterläufe gesetzt hatte. »Ich hüpfe keinen Schritt mehr weiter, bis du mir erklärst, was um alles in der Welt hier los ist und was es mit dieser Einsiedlerspinne auf sich hat. Vorhin hast du so schnell geredet, da konnte ich gar nichts verstehen. Außer, dass du ein … ein *Ding* aus alten Teilen gebaut hast, das wie eine Spinne aussieht, obwohl es nicht wirklich eine Spinne ist. Und dass es etwas hat, das man einen Motor nennt – was so ähnlich wie ein Herz ist. Und wenn du dich in das Ding reinsetzt, wird es zu Gold und lebendig. Das klingt wie Zauberei!«

Tin musste über den ernsthaften Gesichtsausdruck des Hasen lächeln und versuchte, ihm alles zu erklären: die Einsiedlerspinne, die Alchemie-Werkstatt, die Brüder und ihr Gold und ihre Sternenbrecher. Währenddessen wurden die Augen des jungen Hasen immer größer, bis er Tin schließlich unterbrach.

»Das ist in der Tat sehr schlimm«, sagte Malve. »Die Grünzwillinge ahnen gar nicht, wie richtig sie damit lagen, mich zu dir zu schicken. Kennst du die wahre Natur von Sternengold? Haben sie euch je die Geschichten über das Wilde Volk erzählt?«

»Die Geschichten über das was?«

»Oje …« Der Hase seufzte. »Lass uns später darüber reden. Im Moment heißt die Devise Flucht! Wir müssen deine Einsiedlerspinne hier rausschaffen. In den falschen Händen ist sie sehr gefährlich.«

»Gefährlich?«

Doch Malve sprang bereits durch den Gang zur Einsiedlerspinne.

»Warte!«, rief Tin. »Zuerst müssen wir Sebastian holen. Er begleitet uns. Egal, wohin wir gehen.«

»In aller Hasen Namen, der Junge hat keinen Schimmer von schneller Flucht!«, grummelte der Hase in seine Schnurrhaare und hoppelte wieder zurück. »Wer ist Sebastian?«

»Er ist mein bester Freund. Wir haben immer gesagt, dass wir gemeinsam aus dem Kloster rauskommen. Ich muss ihn holen, sonst bin ich keinen Pfifferling wert.« Tin schaute finster zu Malve. »Ich will mir erst gar nicht angewöhnen, Leute im Stich zu lassen. Schließlich bin ich selbst im Stich gelassen worden.«

Eines war dem Hasen klar: In diesem entschlossenen Blick lag etwas von der Stärke, von der Bruder Warren gesprochen hatte. Wenn der Junge sich erst einmal etwas in den Kopf gesetzt hatte, konnte man ihn nicht so leicht davon abbringen. Tins Augen erinnerten Malve an seine Zwillingsschwester Myrte und den blauen Himmel. Er dachte an die Zeit, als sie gerade erst auf die

Welt gekommen waren und ihre Mutter sie in einem weichen Grasnest zurückgelassen und der Morgenhimmel sich weit über ihnen erstreckt hatte. Später hatten ihnen die Grünzwillinge erzählt, dass ihre Mutter von einem Kojoten erbeutet worden war. Er erinnerte sich an die Wärme seiner Schwester an diesem Tag, sie war seine einzige Familie in der ganzen großen, grünen und blauen Welt. Myrtes Blick war voller Furcht gewesen, als die Schleiereule sie mit ihren schrecklichen Krallen gepackt hatte und mit ihr in die Abenddämmerung geflogen war, um sie – genau wie Malve – ihrem Schicksal und ihrer Aufgabe entgegenzutragen. Das mutige Herz des jungen Hasen pochte. War das wirklich erst ein paar Stunden her? Es kam ihm vor wie eine Ewigkeit. Aber die Grünzwillinge hatten es so gewollt. *Der Junge und das Mädchen sind eure Schützlinge,* hatten sie gesagt. *Die Form der Dinge verrät uns, in welcher Gefahr Farallone wieder schwebt. Dieses Mal könnte die gesamte Insel sterben und Mutter Hirsch nicht stark genug sein, um ihre Schöpfung zu retten, so wie sie es zum Zeitpunkt des Zusammenbruchs getan hat. Es ist sehr wichtig, dass ihr die Kinder findet. Ihr und die Kinder habt etwas mit der Ganzheit zu tun, mit der Überwindung von Mauern und Grenzen und all den anderen Dingen, die uns – Stadtvolk und Hinterlandvolk und Wildes Volk – die letzten zweihundert Jahre in Angst voreinander leben ließen. Deshalb müsst ihr uns vertrauen und eure Aufgabe erfüllen. Wir kennen nicht die Einzelheiten, wir sehen nur die größeren Zusammenhänge: Uns allen droht furchtbare Gefahr. Folgt den Kindern, wohin sie auch gehen, und helft ihnen auf all ihren Wegen. Hoffentlich ist es noch nicht zu spät.*

Myrte war zu einem Dorf im Hinterland gebracht worden. Wie sollte er sie jemals wiederfinden, ohne Tin dabei zu verlieren? Der junge Hase ließ die Ohren hängen.

»In Ordnung, niemand wird im Stich gelassen, Tin«, sagte Malve ernst. »Jetzt bist du mit einem Plan an der Reihe.« Er fasste wieder Mut und hielt schnuppernd die Nase in die Luft. »Nicht, dass am Ende noch rumerzählt wird, wir Hasen wären Feiglinge, nur weil wir schnell rennen können.«

Tin lächelte und sah gleich viel freundlicher aus. »Ich soll dich in *meinen* Plan einweihen? *Deinen* Plan hast du mir auch nicht verraten. Also gut, ich habe mir Folgendes überlegt: Wir wecken Sebastian, schleichen uns alle drei wieder runter zur Einsiedlerspinne, hüpfen hinein und dann ... puff, verschwinden wir!« Er lachte.

»Das kann man ja wohl kaum einen Plan nennen!«, sagte Malve. »Für mich hört sich das eher nach *keinem* Plan an.«

»Seb fällt bestimmt etwas Besseres ein«, sagte Tin. »Er hat alle Karten, die wir gezeichnet haben. Erst neulich haben wir einen Tunnel entdeckt, der viel tiefer nach unten geht als die anderen und der bis zur anderen Seite des Klosters zu führen scheint. Irgendwann haben wir fast keine Luft mehr bekommen, aber das ist bestimmt der richtige Weg nach draußen.«

»Lebendig begraben werden oder sich in Luft auflösen, mehr hast du nicht zu bieten?«, fragte Malve mit einem verächtlichen Schnaufen. »Großartig. Die Grünzwillinge haben mich in eine Todesfalle geschickt! Na, dann lass uns wenigstens keine Zeit mehr verlieren und uns ins Verderben stürzen! Hopp, hopp!« Mit diesen Worten sprang der junge Hase flink den Gang entlang.

»Und lass uns hoffen, dass sie nicht schon hinter der Falltür auf uns warten«, murmelte Tin, als er Malve nachlief.

Malve führte sie geschickt durch Gänge, die Tin selbst noch gar nicht erkundet hatte, und die beiden gelangten ohne Zwischenfälle wieder ins Freie. Tin musste sich eingestehen, dass er ohne den Hasen, der sich auf seinen Geruchssinn verließ, in diesen dunklen, verwinkelten Katakomben vollkommen verloren gewesen wäre.

Zu Tins Überraschung gelangten sie am Fuß des Westglockenturms durch eine sehr kleine Holztür, die hinter einem abgewetzten Wandteppich versteckt lag. Auf dem Teppich waren Früchte abgebildet, die Tin noch nie gegessen hatte – Granatäpfel, Aprikosen, Trauben –, und ein paar ungeschälte Mandeln. Eine schmale Stiege aus Eisen führte spiralförmig zu der Bronzeglocke hinauf, die zwar schon alt war und einen großen Sprung hatte, aber trotzdem jeden Tag morgens, mittags und abends in einem eigenartigen Moll-Ton läutete. Sowohl diesen als auch den anderen Glockenturm kannte Tin nur von außen, und bis auf die schwindelerregend steile Wendeltreppe gab es hier drinnen ja auch nichts zu sehen.

Tin hielt seine kleine Lampe in die Höhe, in der inzwischen fast kein Öl mehr war, und schlich auf Zehenspitzen durch den Raum zu der Tür, die in Richtung der Schlafsäle führte. Im Schloss steckte ein schwerer Schlüssel. Malve hoppelte dicht hinter ihm her.

»Warte«, sagte der Hase plötzlich und wandte seine Ohren zur Tür.

Tins Hand schwebte kurz über dem Schlüssel in der Luft.

»Dreh ihn zur Sicherheit ganz langsam um. Ich kann es kaum erwarten, von hier zu verschwinden. So eine gruselige Höhle. Wer kommt bloß auf die Idee, in so einem fürchterlich dunklen und kalten Steinbau zu wohnen?«

Tin überhörte das Murren des Hasen. Das Schloss knackte leise, und er öffnete vorsichtig die Tür, damit sie nicht knarzte. Jetzt standen sie im großen Versammlungssaal, auf der Seite, wo es zu den Schlafsälen ging.

»Gut«, seufzte er. Hier befand er sich wieder auf vertrautem Terrain – an diesen hohen, dunklen Wänden waren er und Sebastian schon unzählige Male vorbeigehuscht und hatten sich ihre Pläne zugeflüstert.

Hinter dem Rosettenfenster hatte das Unwetter einen Moment nachgelassen. Zwischen den Wolken schob sich die Mondsichel hervor und schickte einen langen weichen Lichtstrahl mitten über den Boden. Malve blieb stehen und betrachtete gebannt die Rosette mit den funkelnden Regentropfen, dem bunten Glas und dem Mondlicht. So etwas hatte er noch nie gesehen.

»Lass uns weitergehen«, flüsterte Tin und hielt die Tür zum Westflügel mit den Schlafsälen auf. Er zog seine abgenutzten Segeltuchschuhe aus und schlich fast so lautlos wie ein Hase die zwei steinernen Treppenabsätze hinauf. Malve folgte ihm. Im Flur herrschte eine Stille, wie sie wohl nur gegen drei Uhr in der Früh vorkam. Selbst die grauen Schatten schienen gedämpfter zu sein als sonst.

Tin machte sich mit seinem Dietrich an einem Schlüsselloch zu schaffen. Es kratzte, knackte, und gab dann nach. Sie waren in seinem Schlafsaal. Leise schloss Tin die Tür. Ihm schlug der vertraute Geruch nach frischen Bettlaken, die gewissenhaft jeden Sonntag gewaschen wurden, nach Schweiß und der muffigen Feuchtigkeit der Wände entgegen. Die Gerüche trösteten ihn auf sonderbare Weise; dieses überfüllte Zimmer kam für ihn einem Zuhause am nächsten.

In dem Schlafsaal standen vier Reihen aus jeweils acht schmalen Metallbetten. In der Mitte war ein Gang frei gelassen worden, der von der Tür zur Toilette führte. Am Fußende jedes Bettes befand sich eine kleine Holzkiste für Kleider, und neben jedem Bett gab es noch eine weitere Kiste, die als Nachttisch diente, auf dem man eine Kerze oder einen Wasserbecher abstellen konnte.

In der vorletzten Reihe stand Tins Bett, die Decke war zerknittert und um sein Kopfkissen geschlungen. Und direkt dahinter lag Sebastian. Seine dichten schwarzen Haare fielen ihm sanft ins Gesicht, als er sich im Schlaf bewegte. Tin packte schnell ein paar Dinge in seinen Rucksack und huschte dann leise zu Sebastian. Malve folgte ihm und bekam ganz große Augen. Der Hase musste sich sehr zusammennehmen, um beim Anblick so vieler Menschenkinder nicht zu zittern.

»Seb«, flüsterte Tin und rüttelte seinen Freund vorsichtig. »Seb, wach auf. Es geht los!«

Malve stellte seine Vorderpfoten auf die Bettkante und schnupperte an Sebs Kopf. Als der Junge sich plötzlich mit einem Ruck aufsetzte, wich der Hase erschrocken zurück.

»Was ist los? Ist was passiert?« Seb rieb sich die Augen.

»Pst, leise!«, wisperte Tin. »Wir verschwinden von hier, und zwar jetzt gleich!« Er war müde, verängstigt und aufgeregt. Und in dem Moment, wo er es aussprach, wurde ihm die ganze Tragweite seiner Worte bewusst. Inzwischen prasselte auch wieder der Regen aufs Dach.

Als Malve aufs Bett hüpfte, staunte Seb nicht schlecht.

»Was ist *das* denn, Tin?«, flüsterte er heiser. »Und wovon redest du?« Er schaute ungläubig zwischen dem Hasen und seinem Freund hin und her.

»Ich bin ein Schwarzschwanz-Hase«, sagte Malve. »Und kein *das*. Ich heiße Malve, und wir haben überhaupt keine Zeit für große Erklärungen. Tin hat darauf bestanden, dass wir dich holen. Ansonsten wären wir schon längst auf direktem Weg durch diese hasenverlassenen Straßen eurer finsteren Stadt zur Geheimtür in der Mauer.«

»Zur Geheimtür in der Mauer?«, flüsterten die Jungen gleichzeitig.

Tin hatte bisher nicht viel weiter als bis zu den Klostermauern gedacht, und Sebastian war noch damit beschäftigt, die vielen Wunder zu verarbeiten.

Der Hase blickte sie erstaunt an. »Was? Wollt ihr die Stadt etwa nicht verlassen?«

»Na ja ... ist es auf der anderen Seite der Mauer denn nicht gefährlich? Und sind die Leute aus dem Hinterland nicht alle vergiftet und krank? Würden wir nicht ...

sterben?«, stotterte Seb, dem all die Dinge einfielen, die man ihnen erzählt hatte.

Malve stieß einen kleinen Hasenschnauber aus. »Krank? Gefährlich? Verglichen mit diesem Ort? Ihr ahnungslosen Menschen, was haben sie euch nur erzählt? Das Hinterland ist der schönste Ort auf der Welt. Im Frühling sind die Berge voller köstlicher Blumen – habt ihr jemals Blumen gesehen? Vermutlich nicht ... Oh, bei den Sternen, was für arme Geschöpfe ihr doch seid! Seit hundertfünfzig Jahren hat es keine schweren Krankheiten mehr gegeben, und die Flüsse sind so klar wie der Regen!« Malve dachte an den leckeren Rotklee, an seine Schwester und an sein Zuhause.

Die beiden Jungen blickten sich an, ihnen schlug das Herz bis zum Hals.

Tin tat so, als hätte er das alles längst gewusst. »Siehst du! Es ist wahr«, wisperte er seinem Freund zu. »Und jetzt lass uns aufbrechen. Ich kann dir das im Augenblick nicht genauer erklären. Wir müssen zu den Tunneln, schnell.«

So leise wie möglich stand Seb auf, zog seine graue Hose und den Pullover mit den löchrigen Ellbogen an und klemmte sich seine abgerissenen Schuhe unter den Arm. Er verstand zwar kein Wort, vertraute Tin aber voll und ganz. Aus den Schlafsaalfenstern sah man durch den Regen die weißen Stromblitze auf der Stadtmauer.

»Wir kommen nicht wieder«, sagte Tin, dessen Gesicht vom Wetterleuchten erhellt wurde, und versuchte, überzeugend zu klingen. »Also pack ein, was dir wichtig ist, aber beeil dich. Sie wollen mir bei Tagesanbruch meine Einsiedlerspinne wegnehmen.«

»Deine *was*?« Seb stopfte gerade Socken, seine Zahnbürste und eine kurze Halskette aus glänzenden Kupferpfennigen, die ihm das Küchenmädchen Sophie eingewickelt in ein blaues Tuch geschenkt hatte, in den Rucksack. Doch nun hielt er mitten in der Bewegung inne.

»Psst! Ist jetzt egal. Erzähle ich dir auf dem Weg.«

Malve zwickte Seb in die Wade, damit er sich beeilte.

Sie schafften es ohne große Probleme bis zur Tür, nur ein paar Jungen bewegten sich im Schlaf. Tin und Seb hatten jahrelange Übung darin, sich beinahe lautlos fortzubewegen und zu unterhalten. Sie waren Meister darin, die Zeichensprache des anderen zu verstehen und Worte von den Lippen abzulesen. Aber die ganze Aufregung zehrte an Tin. Er war jetzt schon seit fast vierundzwanzig Stunden wach, und eine Verfolgungsjagd und das Zusammentreffen mit Malve, ganz zu schweigen von dem goldenen Aufleuchten der Einsiedlerspinne, lagen hinter ihm. Als Tin die selbstverriegelnde Tür mit seinem kleinen Dietrich öffnen wollte, flatterten seine Hände. Der Dietrich fiel hinunter und landete klirrend auf dem kalten Steinboden.

Seb zuckte zusammen.

Da! Bettfedern quietschten, jemand rührte sich und setzte sich auf.

Malve blieb ruhig stehen und zitterte leicht.

»Du schon wieder, Tin«, drang eine Stimme zu ihnen herüber.

Im Halbdunkel erkannten die beiden Jungen Thomas, dessen Haare wie Federn abstanden.

»Wenn du nicht den Mund hältst, Thomas, dann werde ich heißes Quecksilber in dein Bett schütten«, zischte Tin nach einem Moment angespannter Stille.

»Ach, ja, wirklich?«, knurrte Thomas laut und weckte dadurch ein paar weitere Jungen auf.

»Raus, raus!«, flüsterte Malve. Er sprang Tin mit einem großen Satz in die Arme.

»Was zum Teufel ist *das*?«, fragte Thomas. »Diesmal bist du wirklich zu weit gegangen, Tin. Ein *Tier*?«

»Ein Tier?«, fragte nun jemand anderes.

Jetzt erwachte der halbe Schlafsaal, noch mehr Decken raschelten, noch mehr Sprungfedern quietschten, und Hälse wurden gereckt.

»Beeilt euch!«, drängte Malve und drückte seine Pfoten gegen Tins Brust.

Seb hob den Dietrich auf und reichte ihn seinem Freund.

Tin ruckelte mit dem Dietrich ein wenig im Schloss herum, und dann ging die Tür endlich auf. Die Jungen rannten auf Strümpfen los, ihre Schuhe, die sie mit den Schnürsenkeln an die Rucksäcke gebunden hatten, schlugen dagegen. Malve war aus Tins Armen gehüpft und sprang vorneweg.

Sie schafften es unbehelligt bis zu der Falltür neben dem roten Teppich im Sitzungssaal, wo Vater Ralstein und Bruder Warren vorhin auf der Lauer gelegen hatten. Jetzt war der Raum leer, und die Jungen rasten im Dunkeln die aus Erde gestampften Stufen hinunter. Über ihnen schlug die Tür zu.

Erst als sie die Kellerküchen erreichten, blieben sie stehen, um durchzuatmen.

»Bestimmt sind die Hausväter inzwischen wach, und Thomas hat ihnen alles erzählt«, sagte Seb keuchend. »Ich hoffe, du hast einen verdammt guten Plan, Tin. Wie stellst du dir das überhaupt vor? Na klar, wir haben uns oft darüber unterhalten, wegzulaufen. Aber wir stecken jetzt schon im Schlamassel, dabei haben wir gerade einmal die Schlafsäle hinter uns gelassen!«

»Endlich ein kluges Kind!«, seufzte Malve. »Ich habe auch schon versucht, ihm das zu erklären. Nur leider ist der Junge dickköpfig und leichtsinnig und glaubt, kein Plan wäre der richtige Weg.«

Seb war kleiner als Tin, doch von breiterer Statur, hatte sehnige dunkle Arme und dicke Augenbrauen, die sich hoben, wenn er so wie jetzt lächelte. »Ja, das ist typisch für unseren Tin. Er ist immer guten Mutes und findet für alles irgendeinen Ausweg – im Zweifel erzählt er einfach eine Geschichte. Also wird uns hoffentlich überhaupt nichts passieren.« Nachdenklich betrachtete er die Wände des Tunnels. »Und du, Tin, verrätst mir jetzt besser, was du vorhast. Fang mit der Einsiedlerspinne an.«

»Wir haben keine Zeit«, sagte Tin und zog Seb am Arm. »Sie sind uns bestimmt schon auf den Fersen und werden die Einsiedlerspinne holen, bevor wir sie retten können! Ich erkläre dir alles, wenn wir drinnen sind.«

»Drinnen? Worin denn?«, rief Seb.

Aber da waren Tin und Malve schon längst wieder losgespurtet.

5

MYRTE

Kurz nachdem Comfrey vom Opferaltar nach Hause gekommen war, setzte der Regen ein und ließ die ganze Nacht über nicht nach. Es peitschte und stürmte, und der Donner grollte. Sämtliche Kerzen auf den Altären entlang des Grenzlandes erloschen zischend. Comfrey erzählte ihrer Mutter nichts von den Korb-Hexen. Sie tat so, als sei alles in Ordnung, und flüchtete in ihr Zimmer. Dann zog sie das Stück Filz vor ihrem Fenster zurück, das die Feuchtigkeit abhielt, und starrte nach draußen in den Sturm. Es regnete hinein, und die Tropfen spritzten ihr ins Gesicht.

In Gedanken war sie wieder auf der Lichtung bei der Frau mit den dunklen Augen und dem senfgelben Kleid, die sie angesprochen hatte. Warum hatte sie so seltsam gelächelt, warm und grimmig zugleich? Und der Korb, den die Frau geflochten hatte – noch nie hatte Comfrey etwas derartig Zartes, fein Verarbeitetes, etwas so Wundervolles gesehen.

»Der Korb meines Schicksals. Meine Bestimmung suchen«, flüsterte sie und streckte ihre Hände aus dem Fenster, um den Regen zu spüren. Was bedeutete das? Hatte das irgendetwas mit dem Luchs-Mädchen zu tun, das ihren Namen gekannt hatte? War das Schicksal wirklich etwas, was man gestalten konnte wie einen Korb?

Plötzlich flatterte eine weiße Gestalt direkt auf ihre Fensterbank zu. Erschrocken zog Comfrey die Hände zurück. Ihr blieb nicht einmal mehr Zeit, aufzuschreien, denn im nächsten Moment flog die nasse Schleiereule bereits so nah an ihr vorbei, dass sie Comfrey mit den Flügeln an den Haaren streifte. Der Vogel setzte einen quietschenden und zappelnden Hasen aufs Fensterbrett, schüttelte empört seine Flügel und flog auch schon wieder davon.

»So wahr mir die Hasengötter helfen, hoffentlich hat sich das gelohnt!« Vor Schreck schüttelte sich nun auch der junge Hase, wobei die Regentropfen aus seinem Fell spritzten.

Feine Tropfen, die nach feuchter Wolle und Gras dufteten, bedeckten Comfreys Gesicht. Sie wischte sich über die Augen und starrte den Hasen an, der sich anmutig das weiße Stück Fell um seine Nase herum putzte. Dann hüpfte er auf den Fußboden.

Comfrey konnte ihre Aufregung nicht länger verbergen. War das etwa schon die *dritte* Begegnung? »Ich möchte ja nicht unhöflich sein, aber ... gehörst du zum Wilden Volk?«

Der Hase legte die Ohren zurück und hob den Kopf. »Ach herrje, ich? Wie kommst du denn darauf? Ist mir bei diesem schrecklichen Eulenflug etwa ein seltsamer Menschenarm gewachsen?«, fragte er und schaute erschrocken an sich hinab.

»Nein, nein, es ist bloß, weil ... du sprechen kannst, obwohl du ein Hase bist. Was Hasen ja normalerweise nicht tun. Nur die vom Wilden Volk sehen aus wie Tiere und können wie Menschen sprechen«, sagte Comfrey atemlos, die Worte sprudelten förmlich aus ihr heraus. »Haben die Korb-Hexen dich geschickt?« Auf einmal wurde ihr schwindelig. Sie ließ sich auf ihr zusammengerolltes Bettzeug auf den Boden plumpsen. »Stecke ... stecke ich in Schwierigkeiten?«

Der junge Hase sprang zu ihr hinüber. »Korb-Hexen? Schwierigkeiten? Es sieht ganz so aus, als wäre ich gerade rechtzeitig gekommen«, sagte er gut gelaunt und wackelte mit den Schnurrhaaren. »Ich bin übrigens eine Häsin und heiße Myrte. Und um ehrlich zu sein, habe ich nach diesem Eulenflug durchaus Appetit. Hast du vielleicht eine Kleinigkeit für mich zu essen? Mit leerem Magen lässt es sich nur schwer in deiner Menschensprache unterhalten.« Kurz betrachtete das Hasenmädchen die Wolldecke, dann setzte sie sich bequem auf ihre Hinterläufe und schaute Comfrey erwartungsvoll an.

Comfrey sauste auf leisen Hausschuhsohlen in die Küche und konnte vor Aufregung kaum atmen. Aus dem Steinguttopf beim Fenster nahm sie einen kleinen Eichelkuchen und packte ihn in eine Serviette aus Nesselfasern. Dazu legte sie noch eine Möhre aus der Vorratskiste, dann schlich sie mit dem Essen wieder zurück. Allerdings schätzte Comfrey in der Dunkelheit den Abstand zu ihrem Türrahmen falsch ein, stieß sich mit einem Rums den großen Zeh und fluchte unterdrückt.

Ihre Mutter, deren Bett im Zimmer nebenan stand, regte sich.

»Frey?«, rief Maxine schlaftrunken.

Comfreys Herz klopfte. »Ich habe mir nur Wasser geholt, Mama. Entschuldige, ich wollte dich nicht wecken«, flüsterte sie laut an der Tür ihrer Mutter.

Maxine seufzte beruhigt und drehte sich wieder um.

Comfrey wartete, bis ihre Mutter gleichmäßig atmete. Dann schlüpfte sie zurück in ihr Zimmer, schloss ganz sachte die Tür und legte das Essen vor die Häsin.

Myrte langte sofort zu. Eine Weile war nichts außer ihrem heißhungrigen Knabbern zu hören.

»Schon viel besser«, sagte die Häsin schließlich, als sie bereits den kompletten Eichelkuchen und die halbe Karotte verputzt hatte.

»Myrte?«, fragte Comfrey ungeduldig, nachdem die Häsin den letzten Bissen hinuntergeschluckt hatte. »Was hast du mit *gerade rechtzeitig gekommen* gemeint?«

Die Häsin sah zu dem Mädchen hoch. Comfrey hatte sich zwei Kissen aus gewebten Nesselfasern hinter ihren Rücken geschoben und saß gegen die Lehmwand gelehnt im Schneidersitz auf ihrer zusammengerollten Schlafmatte. Im Kerzenlicht schimmerten ihre Zöpfe so dunkel wie Gewitterwolken. Sie waren von der Kletterpartie durch die Weidenbäume zwar etwas zerzaust, hatten sich aber nicht vollständig aufgelöst. Das Mädchen war schlank und groß, wahrscheinlich war sie erst vor Kurzem tüchtig gewachsen und hatte sich noch nicht an ihre schlaksigen Arme und knöchernen Knie gewöhnt, die im Moment unter dem robusten alten Leinenstoff ihres Nachthemdes hervorlugten.

Myrte näherte sich schnuppernd Comfreys Hand und zögerte. Im Gegensatz zu dem ordentlichen kleinen Haus, den eingezäunten Gemüsebeeten oder den Bienenstöcken und Ziegen roch das Mädchen ungewöhnlich wild. Unter dem Duft von Pfefferminzseife und wildem Lavendel lag ein gewisser scharfer Moschusgeruch. Die Häsin sah wieder hoch. Comfreys Augen setzten sich hell gegen ihre dunkle Haut ab, im Kerzenlicht wirkten sie grünlich, wissbegierig, aber ohne Arglist. Myrte war Expertin und spürte jede Art von Trickserei oder Unehrlichkeit. Diese Dinge lernte jeder Hase schon kurz nach der Geburt.

»Hör mal«, sagte sie und setzte sich neben Comfrey wieder auf ihre Hinterläufe. »Ehrlich gesagt ist mir das Ganze auch ein Rätsel. Ich bin nicht wie ein normaler Schwarzschwanz-Hase im Unterholz und auf Wiesen aufgewachsen, wo man lernt, herumzuspringen und sich selbst zu versorgen. Ich wurde mit meinem Zwillingsbruder Malve von deinesgleichen großgezogen. Na ja ...« Die junge Häsin zögerte. »Von irgendwas zwischen deinesgleichen und meinesgleichen – von den Grünzwillingen.«

»Den Grünzwillingen? Gibt es sie denn wirklich?«, fragte Comfrey und hielt die Luft an. Auf ihrem Gesicht breitete sich ein erstauntes Lächeln aus.

»Aber natürlich!«, sagte Myrte.

»Und du hast mit ihnen zusammengelebt? Wie war das? Haben sie tatsächlich grüne Haare und ...« Comfrey unterbrach sich. »Es tut mir leid. Ich bin einfach so neugierig, verstehst du, weil hier nämlich kaum jemand etwas über das Wilde Volk weiß. Und wenn doch, dann heißt es gleich, es sei ein *verbotenes Thema.*«

»Ist das so? Wie seltsam ihr Menschen doch seid«, sagte die junge Häsin verwundert. »Ja, ich habe fast die ganzen neun Monate meines bisherigen Lebens in ihrem grünen Wagen gewohnt, der von Hirschen gezogen wird. Sie und mein Zwillingsbruder Malve sind meine einzige Familie. Die Grünzwillinge haben uns immer wieder verschiedene kleine Aufgaben gegeben: Einmal sollten wir ein Büschel Bärentraubenblätter herbeiholen, und zwar die Blätter von den Pflanzen, die auf der Felszunge mit dem grünem Marmor wachsen. Ein andermal sollten wir Gauklerblumen sammeln, doch nicht irgendwelche, sondern nur die besonders orange leuchtenden, die auf dem heißesten Hangstück gedeihen. Oder sie trugen uns auf, uns das gebrochene Herz der kurvenreichen Straße näher anzuschauen, wo vor vielen Jahren, in der Zeit, als es noch Automobile gab, Hunderte von Waschbären ermordet wurden.«

»Straßen können gebrochene Herzen haben?«, flüsterte Comfrey mit großen Augen.

»Aber natürlich. Und Seelen. Im Grunde genommen sind die Grünzwillinge das, was ihr wahrscheinlich Ärzte nennen würdet«, fuhr Myrte fort. »Doch sie kümmern sich um ganze Berge und Wiesen und Luchsfamilien oder eben um alte Straßen und uralte Geisterscheunen. Um alles, was während des Zusammenbruchs oder in der Zeit danach verwundet wurde. Und mein Bruder und ich sind – oder besser gesagt, waren bis jetzt – ihre flinken Helfer. Sie haben uns beigebracht, uns in der Menschensprache mit ihnen zu unterhalten. Sie haben uns die Straßen und Wege durch alle Hügel und Täler und Berge und Wüsten des Hinterlandes gezeigt.

Und heute Abend baten sie uns, tapfer zu sein und zwei Eulen zu gestatten, uns hoch hinauf in den Nachthimmel zu tragen. Sie erklärten uns, das sei unsere bislang wichtigste Aufgabe. Angelika, die Zwillingsschwester, sagte, dass mich die Eule zu dem Mädchen Comfrey fliegen würde, das in einem Strohlehmhaus in einem Dorf namens Erle wohne. Ich dürfe unterwegs nicht zappeln, und wenn ich bei dem Mädchen sei, solle ich ihr einfach nur folgen. Aber ich sollte sie, wenn nötig, auch führen, weil es hier um Leben und Tod gehe – und zwar nicht nur für sie und mich, sondern für ganz Farallone. Meinem Zwillingsbruder Malve ist das Gleiche passiert, er wurde allerdings in die Stadt ...«

»Die Stadt?«, fragte Comfrey heiser, ihr Herz klopfte wie verrückt. »Und du wurdest zu mir geschickt? Die Grünzwillinge wissen also auch, wie ich heiße, genau wie das Luchs-Mädchen?«

»Luchs-Mädchen?«, fragte Myrte. Sie putzte sich ihr Brustfell und dachte nach. »Irgendetwas scheint hier wirklich gerade im Gange zu sein ...«

»Ich habe kaum etwas gesagt!«, stammelte Comfrey, die inzwischen vor Aufregung fast glühte. »Das Luchs-Mädchen hat mit *mir* gesprochen! Und dann habe ich heute aus Versehen ein paar Korb-Hexen beobachtet, und sie haben mich gefragt, ob ich lernen möchte, meinen Schicksalskorb zu flechten!«

»Haben sie das tatsächlich?«, fragte Myrte mit wackelnder Nase. »Du bist aber auch ein neugieriges Menschenmädchen, genau wie du riechst. Wie ich schon vermutet habe: Es scheint, als wäre ich gerade rechtzeitig gekommen! Du kannst dich nicht einfach auf eigene Faust in die Gebräuche und Sitten des Wilden Volkes einmischen. Allerdings weiß ich gar nicht, was wir eigentlich gegen all das tun sollen.«

»Gegen was?«, fragte Comfrey und lehnte sich nach vorn.

»Genau das ist das Problem«, antwortete die junge Häsin. »Darüber haben die Grünzwillinge kein Wort verloren! Sie sind nun mal sehr geheimnisvoll, verstehst du? Ich weiß nur, dass ich dich begleiten und unterstützen soll und wir auf diese Weise ganz Farallone helfen.«

»Ganz Farallone?«, flüsterte Comfrey. »Aber ich bin noch nie weiter als bis nach Holzapfel gekommen! Und das auch bloß ein einziges Mal, als wir zum Blütenfest eingeladen waren ... Von dort aus konnte man das schneebedeckte Wacholdergebirge sehen! Ich habe schon vom Reihertal gehört, wo die Weintrauben herkommen, und einmal ist der Schuster zur Hochzeit seiner Schwester nach Teichbinse ans Flussdelta gereist. Aber ganz Farallone kenne ich deswegen noch lange nicht. Schwebt die Insel wirklich wieder in Gefahr, Myrte? Wird es einen zweiten Zusammenbruch geben? Es scheint doch gerade alles so friedlich und ... normal.«

Als Comfrey an die Geschichten aus der Zeit des Zusammenbruchs dachte, lief ihr eine Gänsehaut über den Rücken. Wenn jemand krank wurde, und hatte er auch nur eine normale Erkältung, löste das bei den Dorfbewohnern gleich Panik aus. Sie erinnerten sich an das, was schon die Großmütter ihren Großmüttern erzählt hatten: an die Seuchen und vergifteten Gewässer und die vielen Menschen, die gestorben waren.

»Ich kann es dir nicht sagen«, meinte Myrte und blinzelte mit ihren goldenen Augen. »Die Grünzwillinge sind überzeugt, dass die Art und Weise, wie wir uns voneinander abgeschottet haben – die Stadt vom Hinterland und das Hinterland vom Wilden Volk –, unser Verderben sein wird. Niemand traut mehr dem anderen, und es gibt keine Vermittler zwischen den drei Parteien. Aber wie zwei junge Hasen und zwei Menschenkinder diese Parteien zusammenführen sollen, ist mir auch ein Rätsel!«

Comfrey schwieg eine Weile, zupfte an einem Stück Decke und betrachtete das Licht der Kerze an der Wand. In Gedanken war sie bei ihrem Vater, und sie fragte sich, was ihn vor acht Jahren dazu bewogen hatte, in die Stadt aufzubrechen. Visionen, Träume? Was hatte er gewusst? Was gesehen? Würde sie in seine Fußstapfen treten? Trotz ihrer Angst keimte so etwas wie Stolz in ihr auf.

»Hör mal, Myrte«, sagte sie und versuchte, möglichst erwachsen zu klingen, so wie jemand, auf den die Grünzwillinge zu Recht all ihre Hoffnung setzten. »Die Korb-Hexen scheinen etwas über mein Schicksal zu wissen. Und wenn mein Schicksal mit dem von Farallone zusammenhängt, sind die Frauen vielleicht ein guter Ausgangspunkt, oder?«

Ihre Worte hörten sich etwas dünn an, so, als würde sie ihnen selbst nicht wirklich glauben. Schließlich war sie nur ein ganz normales Mädchen aus dem Hinterland! *Und doch*, sagte eine zweite Stimme in ihr, *und doch waren deine Augen dein ganzes Leben lang auf die Welt des Wilden Volkes gerichtet. Vielleicht bist du ja gar nicht so gewöhnlich.*

Myrte musterte sie. »Aber Comfrey, du kennst das Wilde Volk nicht. Stell ihnen eine Frage, und sie antworten dir mit einer Gegenfrage. In Olima ist nichts so einfach, wie es scheint. Trotzdem ist dein Plan so gut wie jeder andere. Er ist immerhin ein Anfang.« Und dann gähnte das Hasenmädchen, wobei ihre langen stumpfen Vorderzähne und ihre rosafarbene Zunge zu sehen waren. Sie setzte sich bequem hin, legte das Kinn auf die Brust und die Ohren flach auf den Rücken und schlief kurz darauf fest ein.

Obwohl Comfrey immer noch ein wenig zitterte, weil

der Tag ihr so viele außergewöhnliche Wunder auf die Türschwelle gelegt hatte, blies sie die Kerze aus, rollte ihr Bettzeug aus, zog die Wolldecke bis zur Nasenspitze und versuchte, ein wenig zu schlafen. Irgendwo hinter all dem Staunen spürte sie eine seltsame Zuversicht. Und als es fast schon wieder dämmerte, versank sie endlich in ihren Träumen.

Comfrey wachte erst wieder auf, als ihre Mutter ins Zimmer kam. Die Sonne stand bereits hoch am Himmel und schien warm durchs Fenster.

»Comfrey, Liebes, bist du krank?«, fragte Maxine besorgt.

Schlaftrunken blinzelte Comfrey, ihre Augenlider waren schwer und voller Schlafsand. Sie rieb sich die Augen, setzte sich mit einem Ruck auf und legte die Hand auf die Stelle, wo Myrte gesessen hatte. »Schlecht geträumt, schrecklich geschlafen«, murmelte sie und versuchte, ihre Sorge um die Häsin zu verbergen.

»Ich habe dich nicht geweckt, Schatz, weil ich dachte, dass du dir vielleicht eine Erkältung geholt hast. Aber jetzt stehst du besser auf, am Holzofen steht heißes Wasser zum Waschen. Und nachdem du die Gänse gefüttert hast, kannst du mir mit den Milchkuchen für heute Abend helfen.« Maxine tätschelte Comfreys Beine, die unter der Decke steckten, und ließ ihre dunklen Augen forschend über das Gesicht ihrer Tochter gleiten. Dann machte sie sich auf den Weg zurück in die Küche. Als sie schon fast aus dem Zimmer war, bückte sie sich und hob verwundert ein herrenloses Karottenstück auf. Sie machte die Tür hinter sich zu, und ihre nackten Füße tappten auf die vertraute Weise über den Flur, wie Comfrey es gerne abends und morgens hörte.

Kaum war die Tür geschlossen, sprang Comfrey auf.

»Myrte? Wo bist du?«, flüsterte sie. Doch sie bekam keine Antwort, und ihr wurde ganz schwer ums Herz. Hatte sie das etwa alles nur geträumt? Sie zog den Filz vor dem Fenster weg.

Da sprang Myrte zwischen Ringelblumen und Pfefferminzstauden hervor und hüpfte mit einem großen Satz aufs Fensterbrett. An ihrem braungelben Fell hingen einige der klebrigen, orangefarbenen Blütenblätter, und sie brachte den Duft von Minze mit ins Zimmer.

»So schnell vergrault mich niemand«, sagte die Häsin und leckte sich den Schmutz von der schlanken Pfote. »Ich hab nur gefrühstückt. Köstliche Möhren, vorzüglicher Grünkohl.«

»Myrte, das ist unser Essen! Was, wenn dich jemand gesehen hätte? Es ist gefährlich. Die Leute töten Kaninchen und Wild, das über die Grenze in unsere Dörfer kommt. Sie glauben, dass sich diese Tiere freiwillig als Nahrung anbieten und das Wilde Volk es gutheißt.«

»Ich bin kein Kaninchen! Ich bin ein Hase«, sagte

Myrte beleidigt. »Das ist ein großer Unterschied. Hasen sind viel schneller. Und Menschen, die mich fangen wollen, machen mir auch keine Angst, nur Falken und Luchse. Die sind unglaublich leise, und ihre Krallen sind schärfer als jedes Messer.« Myrte hüpfte lautlos auf den Boden.

»In Ordnung«, stotterte Comfrey, die von dem Gefühlsausbruch der Häsin ein wenig überrascht war. »Hör mal, ich habe vergessen, dass heute ein Feiertag ist. In der Dorfmitte gibt es ein Festmahl, wir feiern das Kerzenfest und die Rückkehr von Milch und Saft und Pflanzen. Jeder kocht etwas und bringt es zum Feuer, und während die Sonne untergeht, wird getanzt und musiziert. Ich weiß noch nicht, wann ich mich davonschleichen kann, ohne dass meine Mutter es bemerkt.«

Comfrey ging zu der Tannenholztruhe in der Ecke des Zimmers und nahm ein Paar Wollstrümpfe heraus. Bei dem Gedanken an ihre Mutter geriet sie ins Grübeln. Und während sie langsam ihre Strümpfe anzog, fiel ihr ein, wie traurig Maxine gestern bei der Erwähnung ihres Vaters ausgesehen hatte. War sie eigentlich verrückt, einfach so dem Wilden Volk hinterherzujagen? Und wenn das nun die allumfassende Ordnung durcheinanderbrachte? Womöglich bekam ihre Mutter die Grippe, oder sämtliche Gänse wurden von einem Luchs gefressen?

»Myrte?«, sagte sie und klang gar nicht mehr so zuversichtlich wie am Abend zuvor.

Die Häsin sah von ihrer Fellpflege auf – die Ringelblumenblütenblätter waren sehr klebrig und nur schwer zu entfernen – und musterte das Gesicht des Mädchens.

»Werde ich Unglück über meine Familie bringen, wenn ich den Korb-Hexen nachlaufe? Ist das nicht verboten? Ich habe keine Angst, nicht um mich.« Ihre Stimme kippte, verriet die Lüge. »Aber meine Mutter ... sie hat schon meinen Vater verloren. Und ich könnte es nicht ertragen, wenn ich etwas Falsches tue, was sie verletzt.« Und doch wanderten Comfreys Gedanken weiter zu dem Luchs-Mädchen, das aus den Büschen hervorgelugt hatte. Sie dachte daran, wie sie aus Ton Luchse getöpfert hatte. An die gelben Weidenzweige an der Stelle, wo sie die Frauen mit den Händen, die so alt wie der Regen waren, beobachtet hatte.

Dünne weiße Wolken schoben sich über den Morgenhimmel. Eine Drossel sauste am Fenster vorbei, dann ein Rotkehlchen.

»Ich weiß nicht, was passieren wird«, sagte die junge Häsin schließlich. »Aber ich weiß, dass die Grünzwillinge uns nicht zusammen losschicken würden, wenn es nicht absolut erforderlich wäre. Trotzdem ist es wahrscheinlich am besten, kein Risiko einzugehen. Und da ich kein Mensch bin: Wie wäre es, wenn du mich als eine Art Vermittler über die Grenze schickst? Ich werde mir diese Korb-Hexen mal genauer ansehen und so viel wie möglich herausfinden und dir Bericht erstatten. Und dann ...«

»Ja!« Comfrey strahlte wieder. »Das ist eine gute Idee. Ich werde dich bis zu den Opferplätzen begleiten, und wenn die Luft rein ist, folge ich dir. Wir werden ja sehen, was wir herausbekommen. Ich helfe meiner Mutter nur noch mit ein paar Sachen, dann können wir uns auf den Weg machen.«

Comfrey lief in die Küche und wusch sich schnell am Becken beim Holzofen.

Maxine beobachtete ihre Tochter aus den Augenwinkeln, und sie bemerkte ihr geheimnisvolles Lächeln. Während sie einen Kürbis schälte und ihn in Scheiben schnitt, schüttelte sie den Kopf. Die Stimmungsschwankungen zwölfjähriger Mädchen waren immer wieder überraschend.

Comfrey zog sich ein braunes Wollkleid und einen Pullover über. Dann fütterte sie die Gänse und versorgte sie mit Wasser und melkte die Ziegen in einen Holzeimer und schnitt für die Kuchen mehrere Hände voll Grünkohl ab – und das alles tat sie viel zügiger als sonst. Vom schnellen Melken schmerzten ihre Hände, und die Ziegen musterten sie wissend mit ihren eigenartig schrägen Pupillen.

»Ich will nur noch eben nach unseren Opfergaben

schauen, Mama!«, platzte es aus Comfrey heraus, als sie ins Haus zurückkam. Ihr Gesicht war vor Kälte und von der geschäftigen Tüchtigkeit gerötet.

»Ich brauche Hilfe bei diesen Küchlein, Frey. Zwölf Stück kann ich nicht allein backen!« Maxine, die vor der Küchenanrichte stand und bis zu den Handgelenken in dem milchig-süßen Teig steckte, sah wenig erfreut auf.

Comfrey kannte diesen Gesichtsausdruck, und er gefiel ihr gar nicht. »Nur eine halbe Stunde. Bitte! Ich möchte so gerne wissen, ob sie alles mitgenommen haben!« Normalerweise verbarg sie nichts vor ihrer Mutter, doch nun lächelte sie unschuldig, und ihre brennenden Wangen überdeckten, dass sie errötete.

Maxine verdrehte die Augen und scheuchte sie davon. »Aber beeil dich.«

In ihrem Schlafzimmer legte sich Comfrey wieder den blauen Umhang um, dieses Mal versteckte sie allerdings Myrte unter ihrem linken Arm. Die Häsin beschwerte sich und beulte den Umhang ein wenig aus. Als Comfrey in ihren Wildlederstiefeln aufgeregt nach draußen lief, blickte Maxine zum Glück nicht von ihrer Arbeit auf.

»Du musst unter dem Umhang bleiben, bis wir aus dem Dorf raus sind«, flüsterte Comfrey, während sie auf die Bienenstöcke zuging.

»Das ist lächerlich!«, sagte Myrte und strampelte

sich frei. »Ich kann mich ganz gut alleine verstecken, vielen Dank.«

Comfrey schaute auf die dickköpfige Häsin hinab, die nur aus Fell und Muskeln bestand, und seufzte. »Wie du willst.«

Vor den Bienenstöcken machte das Mädchen kurz halt, neigte ihren Kopf und murmelte, sie wolle nach den Opfergaben sehen. Dann stellte sie den Bienen Myrte vor.

Die Häsin beugte respektvoll Kopf und Ohren. »Die Grünzwillinge haben mich geschickt.«

Comfrey schaute sich unwillkürlich um und hoffte, dass niemand vorbeikam und den sprechenden Hasen entdeckte. Dann machte sie kehrt und lief schnell einen matschigen Feldweg entlang. Die Häsin hüpfte unterdessen flink hinter einen Brombeerstrauch in das hohe, nasse Gras, wobei ihr goldenes Fell kurz aufblitzte.

Als sie den Weg erreichten, der das Weidetal bis zu den Opferhügeln durchschnitt, sahen sie, dass der Sturm ein paar silbrig-graue Esskastanienbäume umgeknickt hatte, die nun quer über dem Weg lagen. Es roch nach frischer Erde und Holzrauch und harzigen Blättern. Comfrey rannte vorneweg, sie wollte unbedingt noch kurz nach den Opfergaben schauen, bevor sie Myrte zu der Stelle führte, wo sie die Korb-Hexen entdeckt hatte. Schließlich erreichten sie einen Trampelpfad, über den Rinnsale strömten, die von Erlen- und Lorbeerblättern übersät waren.

»Es ist weg! Alles ist weg, sogar das Tuch und die Kerzen!«, rief das Mädchen aufgeregt, als sie den Opferplatz am Berghang schon sehen konnten. »Normalerweise nehmen sie nicht den ganzen Altar mit!« Sie kletterte den Hang hinauf, um sicherzugehen. Und tatsächlich: Von den Opfergaben war nichts als ein roter Faden übrig, der an einer Distel hing, und ein bisschen verlaufenes goldenes Wachs, das auf dem glatten Stein ausgehärtet war.

Myrte war ihr im Nu hinaufgefolgt und schnupperte die Ränder der Felszunge aus grünem Marmor ab. »Ich bin mir ziemlich sicher, dass ich niemanden vom Luchs-Volk rieche«, sagte sie und schnüffelte weiter im Gras herum. »Den Geruch von Luchsen kenne ich gut!« Sie stellte sich auf die Hinterläufe und hielt die Nase in die Luft, dann setzte sie ihre Vorderpfoten wieder ab. »Ich rieche Weiden und Rehe und gut geölte Räder. Aber ganz sicher bin ich mir nicht; es ist ein verwirrender Geruch.«

»Denkst du, das sind die Korb-Hexen, Myrte?«

»Ich springe noch ein bisschen weiter den Berg hinauf und schaue nach«, sagte die kleine Häsin, »ich bin in Windeseile wieder zurück!« Und schon hüpfte sie davon.

Comfrey spürte ein nervöses Flattern in der Brust.

Was trieb sie überhaupt hier draußen? Und was fiel ihr ein, an der verbotenen Grenze entlangzulaufen?

Ein hohes Kreischen, das von der anderen Seite des Bergkammes zu kommen schien, riss sie aus ihren Gedanken. »Comfrey!«, drang Myrtes gepresste Stimme verzweifelt zu ihr. »Hilfe!«

Jetzt war nicht der richtige Augenblick, um sich über verbotene Grenzen Sorgen zu machen. Sie schaute noch einmal zurück, über das sumpfige Weidetal, in die Sicherheit des Hinterlandes. Dann atmete Comfrey tief ein, murmelte ein Schutzgebet Richtung Opferplatz und rannte den Berg hinauf. Vom steilen Anstieg brannten ihre Beine, aber sie hielt nur kurz bei einem Felsvorsprung mit Lorbeerbäumen an, um nach Luft zu schnappen. Zwischen den schlanken Stämmen der Lorbeerbäume sah sie etwas Rotes aufblitzen.

»Myrte, wo bist du?«, rief sie.

Fünf Meter weiter oben war bereits der Gipfel. Wieder blitzte etwas rot auf. Dieses Mal mit einem Hauch von Orange, fast wie Feuer.

Im selben Moment tauchte ein großer Vogel über dem Bergkamm auf. Er flog ganz schief, denn er hielt Myrte in den Fängen, die ihm mit ihren starken Hinterläufen in den Bauch trat. Zuerst dachte Comfrey, es wäre ein riesiger Rotschwanzbussard. Aber als er auf dem Luftstrom segelte und seine Flügel und Schwanzfedern voll ausbreitete, keuchte Comfrey laut auf – es war ein Falke, aber die roten, aufgefächerten Schwanzfedern leuchteten glühend orange und wurden, genau wie die Flügel, von Flammen umzüngelt.

»Halt!«, schrie Comfrey, der im gleichen Augenblick bewusst wurde, wie dumm das klang. Vögel kümmerten sich nicht um die Befehle eines Mädchens!

So schnell sie konnte, rannte sie weiter den Berg hinauf, direkt auf den flammengefiederten Falken zu, der Myrte inzwischen mit seinen Klauen gegen den Boden drückte und ihr mit seinem scharfen Schnabel jeden Moment die weiße Kehle aufschlitzen würde. Die Panik verlieh Comfrey ungeahnte Kräfte. Sie brüllte, raffte mit einer Hand ihr braunes Kleid zusammen und winkte hektisch mit der anderen.

Überrascht von dem schreienden Geschöpf, das mit zwei fliegenden schwarzen Zöpfen so plötzlich auf ihn zugerast kam, hüpfte der Vogel ein Stück zurück. Dieser Bruchteil einer Sekunde genügte Myrte, um zu fliehen. Sie stürzte sich in Comfreys Arme.

Der Falke zischte die beiden mit weit geöffnetem Schnabel an, sodass man seine leuchtend rote Zunge sehen konnte, und hob ab.

Comfrey hielt die bebende Häsin gut fest und beobachtete, wie der Falke mit orangefarbenen Flügelschlägen über sie hinwegflog und dann auf der anderen Seite des Berges nach unten schoss. In seinem Sog wirbelten Funken durch die Luft. Der Falke kreiste nun über einem schief stehenden Wagen, der ein Stück unterhalb des Bergkammes stand. Und eine Frau mit einer aufgetürmten kegelförmigen Frisur in einem gelben Kleid, das sich leuchtend von ihrer mammutbaumdunklen Haut abhob, rührte in einem Kessel, der daneben über einem Feuer schaukelte. Comfrey spürte ein aufgeregtes Kribbeln im Bauch. Sie schaute zu Myrte, die ihren Kopf in den Falten des blauen Umhangs vergraben hatte. Die Brust der Häsin hob und senkte sich zitternd mit jedem Atemzug.

»Schhh, alles in Ordnung, jetzt bist du in Sicherheit«, sagte Comfrey und streichelte die zarten Ohren der Häsin. Sie wunderte sich selbst über die Zuversicht in ihrer Stimme. Dann untersuchte sie Myrtes Rücken, wo der Falke mit seinen Klauen zugepackt hatte.

Als der Falke auf dem Wagen landete, blickte die Frau vom Topf über dem Feuer auf. Klappernd legte sie den Suppenlöffel beiseite.

Comfrey sprang ein paar Schritte zurück. Erst jetzt wurde ihr bewusst, was sie und Myrte getan hatten. Sie befanden sich auf der Rückseite des Bergkamms. Sie waren in Olima! Ungezügelte Panik breitete sich in Comfrey aus, sie drehte sich um und rannte los.

»Nicht so eilig, meine Liebe«, sagte die Frau. Sie rief nicht, trotzdem war ihre Stimme mit dem rauchigen Klang selbst über die weite Distanz hinweg klar und deutlich zu hören, wie das Echo in einer Höhle.

»Wir wollten nicht so weit gehen. Na ja, in gewisser Weise schon, aber …«, stotterte Comfrey nun und stolperte rückwärts. Was würde die Frau mit ihr machen? Wie naiv sie doch gewesen war, zu glauben, die Korb-Hexen könnten ihre Freunde werden! »Wir sollten jetzt besser nach Hause.«

Doch die Frau lief bereits zu ihnen hinauf, der Falke saß inzwischen lodernd auf ihrer Schulter, versengte aber nicht ihr aufgetürmtes Haar.

»Nach Hause? Du kannst nicht nach Hause gehen, Kind. Du bist in das Land Olima eingedrungen. Schau hinter dich«, sagte sie mit nun honigsüßer Stimme und zeigte den Berg hinunter. Der Falke plusterte sich auf, Funken flogen.

Myrte streckte ihren Kopf aus dem Umhang, schnüffelte, fiepte und tauchte wieder ab.

Comfrey drehte sich um. Dort unten, am Rand des sumpfigen Weidetals, das die Grenze zwischen den Welten bildete, hatten sich hochgewachsene Kojoten-Männer mit goldfarbenem Fell aufgestellt. Ihre langen Menschengesichter wechselten beängstigend schnell von einem freundlichen Ausdruck in einen drohenden. Sie trugen das eng anliegende Gewand der Krieger, schwarz und zerfetzt, und ihre Gürtel strotzten nur so vor verschieden großen Knochenmessern. Jetzt bleckten sie die Zähne, und einer legte den Kopf nach hinten und stieß ein durchdringendes Heulen aus.

6

SPINNENSEIDE

Als Tin die alten Teppiche von der Einsiedlerspinne zog, bekam Seb ganz große Augen. Malve hüpfte um die glänzenden Beine herum und schnupperte.

»Wie hast du es geschafft, das geheim zu halten? Es ist unglaublich!«, stieß Seb hervor.

»Wart's nur ab«, sagte Tin, machte die Tür zum Fahrerhaus auf und stieg ein.

Seb folgte ihm und strich beeindruckt über die Ledersitze, die goldenen Räder und die farbigen Fenster.

»Heiliges Grasland!«, ertönte Malves Stimme aus der Nähe des Motors. »Ihr solltet besser mal kommen und euch das ansehen!«

Beide Jungen kletterten wieder aus dem Fahrerhäuschen und gingen in die Hocke. Tin leuchtete mit seiner Lampe unter die Spinne, im Lichtschein warfen ihre Beine lange Schatten.

»Was ist los, Malve? Was ...?« Aber dann sah Tin, was Malve meinte, und ließ beinahe seine Lampe fallen. Über und unter den Metallspeichen, die die Unterseite der Einsiedlerspinne bildeten, war ein dichtes Netz gesponnen, und zwar komplett aus goldenen Fäden! Nun war die Spule, um die ein paar Stunden vorher nur ein wenig Baumwollgarn gewickelt gewesen war, randvoll mit goldener Seide. Gut daran festgeknotet hing der Enterhaken. An der Spule hatte sich eine große Einsiedlerspinne zusammengekauert, die sich dort wohl niedergelassen hatte. Auf ihrem Rücken trug sie einen Sack mit Eiern, der fast so groß war wie sie selbst und aus denselben feinen Goldfäden wie das Netz bestand.

Tin war vollkommen überrascht und konnte sein Glück kaum fassen. Auch Malve beugte sich etwas näher zu der Spinne. Die setzte sich erwartungsvoll auf und beobachtete die drei.

»Höchst ungewöhnlich, Herr Kein-Plan«, murmelte der junge Hase. »Scheint so, als hättest du die Loyalität einer giftigen Mutterspinne gewonnen. Und nicht irgendeiner Spinne, sondern einer Spinne, die Seide zu Gold spinnen kann. Eine der ältesten Handlungen auf dieser Welt ...« Malve klang ehrfurchtsvoll. Er schnupperte an der Spinne und ihrem Eikokon, wobei seine Schnurrhaare sie fast berührten.

»Aber ... wie ist das möglich?«, platzte es aus Seb

heraus. »Unser Leben lang sollten wir für die Brüder Abfälle in Gold verwandeln! Und die Spinnen haben das die ganze Zeit gekonnt? Sie ...«

»Nein, Spinnen können das eigentlich nicht!«, unterbrach ihn Tin. »Im Schrank von Bruder Christoff war auch eine Einsiedlerspinne, vielleicht sogar die hier, aber ihr Netz war nicht aus Gold ...«

»Pst!«, sagte Malve. »Die Spinne und ich unterhalten uns.«

Tin und Seb schauten sich an.

»Wie denn? In Gedanken, per Telepathie?«, fragte Tin.

»Nein und ja. Es ist zu kompliziert, um das zu erklären. Spinnen sind besonders schwierig zu verstehen, nur ein Bruchteil von dem, was sie sagt, ergibt für mich einen Sinn.« Malve zuckte leicht gereizt mit seinen Ohren, wandte sich aber dann den Jungen zu. »Ich glaube, die Spinne will von dir mitgenommen werden, Tin. Sie hofft, dass du sie und ihre kleinen Kinder im Austausch für diese sehr schöne Spule voll unzerreißbarer Goldseide sicher über die Stadtmauern bringst. Diese widerwärtigen Lampen mit ihren elektrischen Stromstößen hindern sie daran, es auf eigene Faust zu versuchen.« Malve sprach sehr schnell, und in seiner Stimme schwang eine neu gewonnene Achtung vor Tin mit.

»Zu Ihren Diensten, Madam«, sagte Tin. Er verbeugte sich tief und lupfte einen imaginären Hut.

Seb lachte.

»Das ist kein Scherz«, tadelte der Hase. »Das ist eine große Ehre. Spinnen sind sehr geheimnisvoll und uralt. Es gibt sie schon seit Anbeginn der Welt.«

»Ich weiß«, sagte Tin. »Aber vor einer Königin verbeugt man sich doch, oder? Nun ja, und dies hier ist Königin Einsiedlerspinne.« Er klang unbekümmert und lächelte Seb an, aber er war auch von Stolz erfüllt.

Auf einmal donnerten Stiefel über den Tunnelboden; sie kamen aus der Nähe der Kellerküchen.

»Hinein mit euch, hinein!«, rief Malve, der mit den Jungen ins Fahrerhaus der Einsiedlerspinne stürzte.

»Hm, hier tut sich gerade nichts«, murmelte Tin und versuchte verzweifelt, die Einsiedlerspinne zum Laufen zu bringen. Was, wenn seine Erfindung diesmal nicht funktionierte? Er wischte sich seine hellen Locken aus den Augen, legte die Hände auf das silberne Lenkrad und bewegte mit seinen Fingern geschickt mehrere schlanke Hebel gleichzeitig.

Und da erwachte die Einsiedlerspinne doch zum Leben! Alles an ihr glänzte wie Gold! Und sie wirkte noch viel lebendiger als je zuvor, rollte aus ihrer Ecke heraus und dann rasch zu der niedrig gewölbten Türöffnung, wobei sie eine Menge Staub aufwirbelte.

Seb schrie vor Überraschung beinahe auf. »Was zum Teufel ...!«, keuchte er.

Die kleine Lampe, die vorne an der Spinne baumelte,

flackerte dermaßen, dass ihnen regelrecht schwindelig wurde.

»Sehr ungewöhnlich«, stieß Malve hervor, der auf Tins Schoß saß, und versuchte, das Gleichgewicht zu halten.

Die Stiefelschritte wurden lauter.

»Sie sind in der Spinne!«, hörte man nun Bruder Warrens Stimme. »Schnell, sämtliche Falltüren müssen verschlossen werden!«

»Sie versperren alle Türen«, stöhnte Seb. »Wir kommen hier nicht mehr raus! Wohin sollen wir fliehen?«

»Direkt zu den Mauern! Mit der Seide im Gepäck kommen wir bestimmt drüber, genau wie eine echte Spinne. Jetzt oder nie!«, sagte Malve drängend.

»Und was ist, wenn die Seide uns nicht hält?«, fragte Seb, während Tin die Einsiedlerspinne ruckelnd und wankend durch den Tunnel lenkte.

»Sie wird uns halten«, sagte Tin überzeugt und schaute konzentriert an dem kleinen Lichtkegel vorbei in eine vollkommene Dunkelheit.

»Am besten fahren wir zum Innenhof, der liegt von hier aus am nächsten an der Mauer!«, sagte Seb und schloss kurz die Augen, um sich die Karten, auf denen er die unterirdischen Gänge des Klosters eingezeichnet hatte, in Erinnerung zu rufen. Sie steckten zwar in seinem Rucksack, aber in der Einsiedlerspinne war es zu eng, um sie herauszuholen. Als der Tunnel sich gabelte, zeigte er nach links.

Tin nickte und bog ab, wobei das Gefährt auf den hellgoldenen Rädern ein wenig ins Rutschen kam. Hinter ihnen waren inzwischen wieder schnelle Stiefelschritte zu hören, viel näher, als sie vermutet hatten. Und im selben Moment rannte auch schon Bruder Warren um die Kurve.

»Raus aus dem Gefährt, Martin Hyde! Wenn du sie uns jetzt aushändigst, können wir noch so tun, als wäre das alles nicht passiert!«, rief er keuchend.

Doch Tin gelang es, die Spinne noch mehr an Fahrt aufnehmen zu lassen.

Je weiter der Tunnel anstieg, desto enger wurde er. Schließlich mündete er in einer schmalen Treppe, an deren Ende sich ein Fallgitter befand. Die beiden Jungen und der Hase stürzten aus der Einsiedlerspinne. Sie hoben die Spinne an, drückten sie mit der Oberseite gegen das Gitter, bis es sich anhob, falteten die Beine ein und schoben das Gefährt hindurch. Wobei sie immer darauf achteten, dass der kleinen Spinne, die sich zur Spule zurückgezogen hatte, und ihrem Eikokon nichts passierte. Unerschütterlich und mutig kauerte sie in ihrem Netz, der goldene Kokon hing inmitten der Fäden und schaukelte hin und her. Dann kletterten sie aus dem Tunnel hinaus und ließen das Gitter fallen.

Hinter ihnen kam Bruder Warren angerannt, er war ganz blass vor Erschöpfung und stieg keuchend die Stufen hinauf. Die beiden Jungen sahen sich an, nickten und hoben das Fallgitter erneut an. In dem Moment, als der Bruder sich durch die Öffnung schieben wollte, ließen die Jungen das Gitter runterfallen und klemmten dabei mehrere seiner Finger ein. Bruder Warren brüllte vor Schmerz und fluchte, aber sie stellten schnell die Einsiedlerspinne auf und stiegen wieder ein.

Inzwischen war der Mond untergegangen, und obwohl es noch immer wolkig war, hatte es aufgehört zu regnen. Auf dem Kopfsteinpflaster des Innenhofes hatten sich Pfützen gebildet, und Tin dachte kurz daran, wie Malve nur wenige Stunden zuvor aus den Fängen der Eule herabgefallen war. In diesen Stunden war die Welt um ihn herum so viel größer geworden, es hätten auch gut Monate oder sogar Jahre vergangen sein können.

»Schneller, schneller!«, rief Seb und zeigte dabei hektisch auf die Südtür, durch die man in die Bibliothek gelangte und aus der gerade vier Brüder in hohen Gummistiefeln und Mönchskutten angelaufen kamen.

Hinter ihnen stöhnte Bruder Warren schmerzerfüllt, als er das Gitter hochdrückte.

Tin gab Gas und griff gleichzeitig vorsichtig durch das Loch im Sitz nach dem Enterhaken. Der Seidenfaden war straff gewickelt und klebrig. Als der Faden beim Abspulen durch Tins Hände glitt, bedeckte er sie mit Goldstaub. Die Räder hüpften über die nassen Pflastersteine, und die Einsiedlerspinne sauste unermüdlich zur gegenüberliegenden Seite des Klosterhofs. Die lange Reihe von Klassenzimmern, die dort angrenzten, wurde von einer hohen Steinmauer überragt, die über die Jahre ganz glatt geworden war. Tin dirigierte die Einsiedlerspinne direkt darauf zu.

»Dreh ab, dreh ab, schnell!«, schrie Malve ihm ins Ohr, denn ein großer, dünner Bruder näherte sich ihnen von rechts.

Tin bremste und scherte aus, er steuerte die bewegliche Einsiedlerspinne wie ein umherflitzendes Tier im Zickzack über den Hof. Dann riss er das Lenkrad herum und fuhr wieder direkt auf die Mauer hinter den Klassenzimmern zu.

»Ich habe das noch nie ausprobiert, aber es ist alles vorhanden. Zuerst werde ich den Enterhaken so weit wie möglich auswerfen, und ich hoffe, dass er irgendwo hängen bleibt. Danach drehe ich an dieser Kurbel hier, und wir werden hochgezogen. Allerdings hängen wir dann kopfüber, genau wie eine echte Spinne, also haltet euch irgendwo fest!«

Im selben Augenblick knallte ein Schuss.

»Die schießen auf uns!«, keuchte Seb. »Ich dachte, die dürfen nur auf Verbrecher schießen!«

Doch der Schuss war nicht auf sie gerichtet gewesen, sondern in den Himmel. Tin entdeckte Vater Ralstein. Er stand im Türrahmen zu den Klassenzimmern und hielt eine rauchende Pistole in der Hand.

»Wenn du uns dieses Ding nicht sofort aushändigst, Martin Hyde, dann schieße ich ihm die Beine ab!«, dröhnte seine Stimme über den dunklen Hof.

»Das glaube ich nicht! Ich weiß, was Sie vorhaben!«, brüllte Tin, der versuchte, seine Angst hinunterzuschlucken. Er hielt auf Vater Ralstein zu und drehte erst in letzter Sekunde ab.

Vater Ralstein sprang erschrocken zurück.

Tin beugte sich nach vorn und warf den Haken, so weit er nur konnte, aus dem Spinnengefährt, direkt auf das steile Dach des Schulgebäudes. Wie erhofft, blieb der Haken am Dachfirst hängen, und die Seide haftete schneller an den Steinschindeln als jeder Kleber.

»Hoch, hoch!«, brüllte Seb, der sah, dass Vater Ralstein auf die Einsiedlerspinne zielte.

Tin schluckte, kurbelte ihr Gefährt aber so schnell wie möglich nach oben: Die Einsiedlerspinne machte einen Satz und drehte sich einmal um sich selbst. Tin bekam Malve gerade noch rechtzeitig zu fassen, bevor sich der Hase den Kopf an der Decke stieß.

Sekunden später erreichten sechs oder sieben Brüder die Stelle, die sie eben verlassen hatten, und starrten staunend auf die goldene Einsiedlerspinne, die jetzt kopfüber hing und sich an der unglaublich stabilen Goldseide himmelwärts hangelte. Vater Ralstein ließ schockiert seine Pistole sinken.

Mit einem Klappern erreichte die Einsiedlerspinne das Dach. Tin sprang hinaus, machte den Haken von den Schieferplatten los und warf ihn zu der Hauptmauer des Klosters, die hinter den Klassenzimmern aufragte. Aber die Mauer war höher als erwartet, der Haken verfehlte die Brüstung und fiel wieder zurück. Tin verließ der Mut. Hier draußen war es kalt und feucht und der Himmel noch immer dunkel. Zu ihrer Linken ragte drohend die spitze Krone eines Sternenbrechers auf, darüber kringelte sich eine dünne Dampfsäule in der Luft.

Tin schaute zu Seb. »Es ist zu hoch«, sagte er und versuchte die Panik in seiner Stimme zu verbergen.

Malve stieß einen Seufzer aus. Er legte seine Ohren flach an den Körper.

»Stimmt, aber vielleicht schaffen wir es nach und nach«, schlug Seb vor. »Wenn wir den Haken auf halber Höhe in einer Mauerfuge befestigen, können wir ein Stück hinauf ...«

Tin fuhr sich verzweifelt durch seine Locken und überlegte krampfhaft.

Malve seufzte wieder, diesmal lauter, und murmelte etwas von »Kein-Plan«.

Unter ihnen waren die Brüder eigenartig ruhig geworden, sie ließen die Kinder nicht aus den Augen und betrachteten die Einsiedlerspinne, die abwartend mit angezogenen Beinen auf dem Dach des Schulflügels saß. Vater Ralstein hatte den Brüdern befohlen, nicht mehr zu schießen. Er wollte unbedingt vermeiden, dass Tin aus Versehen durch einen Querschläger getötet oder seine Erfindung beschädigt wurde. Der Junge hatte tatsächlich Sternengold erschaffen. Nicht bloß die goldene Einsiedlerspinne, sondern auch den goldenen Faden. Sie brauchten den Jungen und seine Einsiedlerspinne unversehrt. Mit einer unmissverständlichen Geste winkte er die Brüder zu sich. Dann zogen sie sich ins Kloster zurück.

»Wohin gehen sie?«, fragte Seb. »Geben sie auf?«

Tin spähte über die Dachkante nach unten in den dunklen Hof. Ihn fröstelte. »Das ist bestimmt nur ein Trick!«, sagte er und stellte sich wieder auf das schräge Dach.

Malve setzte sich ruckartig auf und spitzte die Ohren, als hätte der Wind ihm eine Gefahr angekündigt. Die Jungen sahen sich um, hörten aber nichts. Hinter dem allgegenwärtigen Lichtschein der Laternen entlang der Mauer zeichnete sich im Osten ein schmaler hellblauer Streifen am Himmel ab.

Plötzlich stieß eine Schleiereule zu ihnen herab, lautlos flog sie in der Dämmerung direkt auf die Einsiedlerspinne zu. Als der Vogel landete, sprang Malve hinter

Tins Beine. Zitternd linste er zu der Eule hinüber. Aber als er in ihr weißes Gesicht und ihre dunklen, glänzenden Augen schaute, wusste er, dass sie nicht wegen ihm da war. Sie hatte ihn das erste Mal nicht verspeist, warum sollte sie es jetzt tun? Wenn Eulen mit Hasen zusammenarbeiteten und Spinnen mit Jungen, ging es ganz eindeutig um etwas Größeres. Malve seufzte ein drittes Mal. »Gib ihr die Seide«, sagte er bestimmt zu Tin.

»Warum überrascht mich das jetzt nicht?«, murmelte Tin vor sich hin. »Gestern hätte ich das noch für unmöglich gehalten ...«

Während er mit einer Hand den heruntergefallenen Enterhaken und das lange Seidenseil aufhob und es dann der Eule entgegenstreckte, hielt er die andere Hand schützend über den Kopf des Hasen. Er beobachtete, wie die Eule elegant auf lautlosen Schwingen nach unten glitt und zuckte nicht zurück, als sie die Goldseide aus seiner Hand pflückte. Mit der Seide in den sichelförmigen Krallen flog die Eule dann nach oben zur Mauer, befestigte den Haken in einer Spalte und hockte sich mit angelegten Flügeln auf den Sims.

Tin und Seb jubelten vor Freude und kletterten zurück in die Einsiedlerspinne, Malve sprang hinterher. Dann begann Tin, sie nach oben zu kurbeln. Schon kurz darauf erreichten sie die Mauerkuppe, die nicht viel breiter war als die Einsiedlerspinne. Malve und die

Eule sahen sich durch die geöffnete Frontscheibe an, der Hase saß geschützt auf dem Schoß des Jungen. Tin hob dankend die Hand, und die Eule blinzelte einmal und flog davon. Malve atmete erleichtert auf, und obwohl er sonst sehr stolz war, durfte Tin seine Ohren streicheln. Es erinnerte den jungen Hasen an seine Schwester oder daran, wie sie bei heraufziehendem Nebel mit den Grünzwillingen am Feuer gesessen hatten.

»Schau nur, Tin«, sagte Seb und zeigte hinunter. »Gleich gehen wir in die richtige Stadt.«

»Das ist kein Ort, an dem ich länger als nötig bleiben will«, sagte Malve und zog schnuppernd die Luft hinter den Klostermauern ein.

Tin lächelte, der Anblick erfüllte ihn mit Staunen. Unter ihnen hob und senkte sich die Stadt bis in weite Ferne: Hügel voller geteerter Straßen, alte verzierte Häuser und dicht gebaute, große Wohnanlagen mit bröckelnden Fassaden, die hoch aufragten. Und ganz im Osten das Meer, das um diese Tageszeit fast schwarzblau aussah.

»Wir machen das wirklich«, flüsterte Tin und versuchte, die Stadtmauer mit ihren grellen Lichtern nicht weiter zu beachten. Dabei würde selbst seine Einsiedlerspinne aus Stoff und Metall an diesen tödlichen Lampen nicht vorbeikommen, ganz zu schweigen von der echten Spinne, die sich in der Spule versteckte. Er kurbelte die Seide ein und lenkte die Einsiedlerspinne auf die andere Seite der Klostermauer. Das Gefährt drehte sich, und sie hingen wieder kopfüber. Langsam wickelte er die Seide Stück für Stück ab, und sie sanken nach unten.

»Ich hätte nicht gedacht, dass ich einmal kopfüber an der Außenmauer des Klosters baumeln würde«, sagte Seb mit funkelnden Augen. »Na ja, höchstens vielleicht als Bestrafung.«

Tin lachte. »Unglaublich, dass die Seide immer noch hält!« Konzentriert und präzise bediente er die Kurbel. Es waren ungefähr dreißig Meter bis zum Boden, und die Spinnenseide hatte nahezu die passende Länge, so als wäre die kleine Einsiedlerspinne, die jetzt unter der Spule saß, vorher die ganze Mauer entlanggekrabbelt und hätte sie mit ihren makellosen Beinen ausgemessen.

»Da haben wir aber Glück«, sagte Malve und schnaufte vernehmlich.

Nicht weit entfernt von ihnen waren Stimmen und das Trappeln von Stiefeln zu hören. Bewaffnet mit einem unhandlichen Netz, stürmten die Brüder in Begleitung von Vater Ralstein durch einen Nebenausgang aus dem Kloster. Drei Friedenspolizisten rasten auf Fahrrädern um die Kurve auf die Zweiundfünfzigste Straße.

»Alle Mann nach links!«, rief Tin und wickelte den letzten Rest Seide ab. Als die Jungen sich mit ihrem ganzen Gewicht gegen die Lederwand der Innenkabine warfen, stürzte die Einsiedlerspinne ein Stück nach unten und überschlug sich. Der Enterhaken und das goldene Seil wurden mitgerissen. Gerade noch rechtzeitig fuhr Tin die Spinnenbeine aus, um den Aufprall abzufedern, und holte panisch die Seide ein, während die Einsiedlerspinne weitersauste. Die Räder drehten sich wie kleine Sonnen an den langen Beinen. Einer der Polizisten wich ihnen überrascht aus und geriet ins Schleudern. Seine Pistole fiel klappernd auf den Asphalt.

»Mir wird schlecht«, murmelte Malve, der zusammengekauert inmitten des sich drehenden und leuchtenden Durcheinanders saß.

»Wohin fahren wir?«, brüllte Seb, als sie die Straße entlangzischten, wo zu dieser Tageszeit kaum etwas los war.

»Keine Ahnung!«, schrie Tin zurück.

Die beiden Jungen lachten, so verrückt war ihre Lage.

»Hast du nicht gesagt, es gibt eine Tür in der Mauer, Malve?«

Der junge Hase stöhnte. »Ja, aber ich habe nicht den leisesten Schimmer, wo die ist! Mein Hirn ist von diesem Herumgehüpfe und Kopfüberhängen vollkommen durchgerüttelt, außerdem war ich noch nie in der Stadt!«

»Ach, sieh mal einer an, wer ist denn jetzt Herr Kein-Plan?«, neckte ihn Tin.

»Auf Wiedersehen!«, rief Seb nach hinten. Dort rasten zwei Polizisten heran, und plötzlich zischte ein Schuss nicht weit an einem Bein der Einsiedlerspinne vorbei.

»Beschädigt die Spinne nicht!«, schrie Vater Ralstein, der in einiger Entfernung hinter den Polizisten herlief. »Sie sollen nur Angst bekommen!«

Tin steuerte die Einsiedlerspinne in eine schmale Seitenstraße. Bei der rasanten Fahrt hoben sich ein paar Beine vom Boden ab, und Seb wurde ein bisschen grün im Gesicht.

»Sie kennen die Stadt viel besser als wir, Tin, wir können uns nicht vor ihnen verstecken«, sagte Seb.

Tin biss sich auf die Lippe. Du bist der Geschichtenerzähler, sagte er zu sich selbst. Du hast dir schon Hunderte von Fluchten ausgedacht. Was macht ein Mensch in dieser Lage? Wo versteckt er sich?

Wenigstens für den Moment hatten sie die Polizisten abgeschüttelt, und die Einsiedlerspinne rumpelte über einen großen Kanaldeckel. Tin zog so fest an der Bremse, dass das Gefährt ins Schleudern geriet.

»Heilige Mutter aller Hasen!«, rief Malve. »Was machst du da?«

»Über so ein Ding habe ich schon einmal etwas gelesen«, sagte Tin und sprang aus der Spinne hinaus.

Als Seb sah, wie sein Freund sich mit dem Kanaldeckel abmühte, stieg er ebenfalls aus.

»Fließen dort nicht die Abwässer durch oder so was?«, fragte er und verzog das Gesicht.

»Immer noch besser als der Ort, wo wir herkommen«, sagte Tin leise. Dann zog er an mehreren Hebeln, um die Beine der Einsiedlerspinne eng an ihren goldenen Kugelkörper zu legen. »Wir müssen sie da reinquetschen.«

Ächzend schoben sie die Einsiedlerspinne in den Kanalschacht. Durch den Druck bekam ihr Körper eine längliche Form und passte tatsächlich hinein.

Malve saß angespannt auf der kalten asphaltierten Straße und schnupperte am schwarzen Teer. »Wo ist die Erde? Ist die Stadt bloß ein einziges großes Menschenhaus?« Seine Hasensinne waren ganz durcheinander.

Tin kletterte in den Kanalschacht und fand einen Felsvorsprung, auf den sie sich kauern konnten. »Nun mach schon, Malve!«, rief er hinauf, seine Worte hallten von den Kanalmauern wider.

Der Hase sprang auf die Schulter des Jungen, und Seb quetschte sich neben die beiden. Die Einsiedlerspinne steckte ein kleines Stück unter ihnen im Schacht. Dann stemmte Tin den Kanaldeckel wieder über das Loch und zog gerade noch rechtzeitig die Finger weg. Über ihnen fuhren die drei Polizisten die Straße entlang und pressten das Metallgitter fest an seinen Platz.

Um sie herum war es jetzt vollkommen dunkel. Die Jungen zitterten. Es roch muffig und abgestanden und noch viel übler als in den verschimmelten Duschen, die sie nach ihren Leibesübungen im Hof immer benutzen mussten. Tin schob vorsichtig einen Fuß nach vorne und ertastete eine Metallleiter, die tiefer in die Dunkelheit führte.

»Tut mir leid, aber in diesem hasenverlassenen Untergrund werde ich euch keine große Hilfe sein und euch nirgendwohin führen können«, sagte Malve. »Meine Sinne sind hier völlig nutzlos. Ich brauche Erde um mich herum oder unter meinen Pfoten.« Er versuchte empört zu klingen, damit man ihm seine Angst nicht anmerkte.

»Dann bleibt uns wohl nichts anderes übrig, als weiter nach unten zu klettern. Dort finden wir hoffentlich einen Platz, wo wir uns ausruhen können. Und dann überlegen wir, was wir als Nächstes tun«, sagte Tin so ruhig wie möglich.

»Genau so habe ich es mir vorgestellt, Herr Kein-Plan«, sagte Malve.

»Ich würde sagen, bis jetzt hat alles ziemlich gut geklappt, Herr Hase«, widersprach Tin.

»Kommt schon, ihr beiden«, schaltete Seb sich ein. »Wir haben keine Zeit, uns zu streiten.«

Also kletterten sie die Leiter hinab. Tin hielt die Seide fest und schob die verformte Spinne nach unten, hier und da seilte er sie auch ein Stück ab. Malve saß auf seiner Schulter. Die Sprossen waren glitschig, und die Jungen mussten mit einigem Mut nach ihnen tasten. In dem Schacht waren nur ihre Tritte und die Einsiedlerspinne zu hören, die mit ihrem Metallkörper an den engen Wänden entlangschabte.

Als Tin überlegte, wie weit der Schacht wohl noch hinabreichte und was passieren würde, wenn er hinunterfiel, traten ihm Schweißperlen auf die Stirn.

»Ich höre Wasser rauschen«, sagte Malve in die angespannte Stille.

Bei dem Gedanken an ein dunkles, fließendes Abwasser zog sich Tins Magen zusammen. Im selben Moment rutschte er aus. Panisch suchte er nach Halt und fasste nach einer Sprosse, erwischte stattdessen aber Sebs Bein, wodurch auch der ins Wanken geriet. Und dann stürzte Tin auf die Einsiedlerspinne herab, die unter ihm im Schacht festklemmte. Malve und Seb landeten ebenfalls auf dem zusammengedrückten Dach der Einsiedlerspinne. Durch das Gewicht löste sich das Gefährt aus der Verkeilung, und sie fielen einige Meter in die Dunkelheit. Sie klammerten sich aneinander und an die Einsiedlerspinne, die schließlich ins Wasser klatschte, ihren Sturz etwas abfederte, und sich dabei ein paar Beine brach.

Kurz vor dem Aufprall fragte Tin sich verzweifelt, ob sich die kleine Spinne, die ihr Versteck unter dem

Gefährt hatte, rechtzeitig in Sicherheit bringen konnte. Seb wurde vor lauter Panik noch im Fallen ohnmächtig. Tin verlor das Bewusstsein, als er bei dem harten Aufprall mit dem Kopf gegen das Dach ihres Gefährts schlug. Die Spinnenseide hatte er noch immer um die Hand gewickelt. Malve, der eher dafür geeignet war, aus großer Höhe zu landen, kauerte auf dem Dach der im Wasser schaukelnden Einsiedlerspinne und starrte die beiden Jungen voller Entsetzen an.

7

DER FEUERFALKE

»Heißt das etwa, dass ich nie wieder nach Hause kann?«

Comfrey stand oben auf dem Berg und bemühte sich, ihrer Stimme einen festen Klang zu verleihen. Myrte hielt sie eng an sich gedrückt. Die Kojoten-Männer waren nach wie vor hinter ihr aufgereiht, und das Lager der Korb-Hexen befand sich gleich dort vorne den Hang hinunter. Erst jetzt wurde Comfrey klar, was sie getan hatte, und sie hätte am liebsten geweint. Sie hatte ihre Mutter nicht für immer verlassen wollen, sondern dem Wilden Volk nur ein paar Fragen stellen.

Die Korb-Hexe in ihrem senfgelben Kleid stemmte eine Hand in die Hüfte und winkte sie heran. Der Falke auf ihrer Schulter öffnete seinen Schnabel und fauchte. Dabei sah man seine Zunge, die eine orangefarbene Flamme war.

»Zeig nicht deine Furcht, zeig nicht deine Schwäche«, flüsterte Myrte. »Geschöpfe wie der Feuerfalke können Angst riechen.«

»Feuerfalke? Er hat einen Namen?«, fragte Comfrey leise und betrachtete den leuchtenden Vogel.

»Natürlich, Dummerchen! Wir sind jetzt in Olima!«, sagte die Häsin zitternd.

Comfrey atmete tief ein. Hatte sie nicht erst gestern damit geprahlt, wie mutig sie war? Sie zog die Nase hoch, blinzelte die Tränen weg und lief dann den Berg hinunter. Vorsichtig setzte sie einen Fuß vor den anderen und folgte dem schmalen Wildwechselpfad zum Lager der Korb-Hexen.

»Kopf hoch, Mädchen, ich werde dich schon nicht in meinen Kochtopf werfen und essen«, sagte die Frau in dem gelben Kleid, als Comfrey näher kam. Sie rührte inzwischen wieder in dem Kessel voller Brennnesseln, Löwenzahnblätter und Wildknochen. »Und *nie wieder* sind starke Worte«, fügte sie hinzu. »Aber was hätte es gebracht, hierherzukommen, nur um dann gleich wieder umzukehren und nach Hause zu laufen! So schnell darf niemand das Land des Wilden Volkes verlassen. Das Kojoten-Volk bewacht die Grenzen gut.« Sie lächelte beinahe belustigt.

»Dann ...«, stammelte Comfrey, »bin ich nicht die Erste, die die Grenze übertreten und die Vorschriften missachtet hat?«

Die Frau legte lachend die Schöpfkelle weg. Die Meise in ihren Haaren flatterte und zwitscherte, und der Feuerfalke flog davon.

»Ach, meine liebe Comfrey, ach, meine liebe Myrte! Ja, du, kleiner Hase, du kannst dich jetzt aus deinem Versteck wagen.«

Myrte schob ihre Nase aus Comfreys Umhang.

»Wahrscheinlich seid ihr das erste Mädchen-und-Hase-Gespann, das hier in Olima auftaucht«, fuhr die Frau fort. »Das ist in der Tat ungewöhnlich. Aber was glaubst du, Kind, wie die Geschichten über das Wilde Volk entstanden sind? Woher soll man wissen, wo die Grenzlinie zwischen zwei Orten verläuft, wenn sie nie jemand überschreitet und erst nach fünfzig Jahren als alter grauer Mann zurückkehrt?«

»Du – du weißt auch, wie ich heiße?«, rief Comfrey. »Genau wie das Luchs-Mädchen und die Grünzwillinge! Woher wissen alle, wer ich bin? Siehst du, deshalb haben wir versucht, euch zu finden ...«

»Möchtest du Suppe?«, fragte die Frau. Comfreys überraschter Gesichtsausdruck brachte sie wieder zum Schmunzeln. Sie hielt dem Mädchen eine Schale aus Fasern der Adlerfarnwurzel hin, die so groß wie eine Teetasse und mit einer dampfenden grünen Brühe gefüllt war.

Der Falke stieß nach unten und landete auf einem der Wagen. Er hob den Kopf und schlug mit den Flügeln, um die es glühend orange flimmerte, und ein Schwall Hitze wehte zu ihnen.

»Nicht für dich, mein Lieber«, sagte die Frau zu dem Vogel. »Heute gibt es keine Hasensuppe. Das sind unsere Gäste.« Dann wandte sie sich wieder dem Mädchen zu. »Zuerst wird gegessen, Fragen stellen kannst du später.« Sie drückte Comfrey die Schlüssel in die Hand und bedeutete ihr, sich auf den Boden ans Feuer zu setzen. Myrte verkroch sich hinter Comfreys Füßen.

Der Geschmack der Suppe war überwältigend und mit nichts vergleichbar, was Comfrey bisher gegessen hatte: Grünzeug, Salz und Sahne und durch die Wildknochen ein Hauch von Blut. Als die Frau Comfreys verzücktes Gesicht sah, lachte sie, setzte sich mit ihrer Suppentasse hin und streckte die Hand aus, um Myrte freundlich am Kopf zu tätscheln. Aber Myrte duckte sich erschrocken weg.

»Was eure Namen betrifft«, sagte die Frau, nachdem sie fast die ganze Schale leer getrunken hatte, »nun ja, das ist einfach zu erklären. Wusstet ihr, dass wir vom Wilden Volk direkt in eure Köpfe blicken können? Und eure Namen sind gleich dort an der Oberfläche und so einfach auszumachen wie ein Geruch oder eine Farbe.«

Comfrey schaute sie überrascht an.

»Ihr könnt mich Salix nennen«, fuhr die Frau fort, »und meine Schwestern heißen Segge und Binse.«

»Oh«, stotterte Comfrey, als die beiden erwähnten

Frauen hinter dem Wagen hervortraten. Sie schleppten lange Bündel mit Teichbinsenstängeln, Riedgraswurzeln und frischen Weidenruten.

»Kannst du mir verraten, was du gestern meintest, als du vom Korb meines Schicksals gesprochen hast?«, fragte das Mädchen vorsichtig und warf einen scheuen Blick zu den anderen Korb-Hexen.

Salix schöpfte Suppe in zwei weitere geflochtene Schalen und reichte sie ihren Schwestern, die ihre Bündel inzwischen abgelegt hatten und sich jetzt mit einem zufriedenen Seufzen zu ihnen auf die Wiese setzten.

»Gib acht, wonach du fragst«, sagte die Frau, die Binse genannt wurde. »Man weiß nie, was man dabei erfährt.« Ihre Haare waren hell wie Goldhafer. Sie hatte eine cremefarbene Haut, so wie die Milch von Säugetieren oder manchen Blumen, war von kräftiger Statur und trug einen hellen, gewebten Rock aus Teichbinsen. Ihre Augen waren noch blauer als der Winterhimmel. In ihrem geflochtenen Haar hockte ein Goldzeisig mit leuchtend gelbem Gefieder.

»Und was ist mit dem Schicksal von Farallone?«, hakte Comfrey nach. »Die Grünzwillinge sagen, dass Gefahr droht. Vielleicht ein neuer Zusammenbruch, noch schlimmer als der erste. Farallone könnte sterben!«

»Unsinn, Kind«, sagte die Frau, die Segge genannt

wurde. Sie war so schlank wie das Riedgras, ihre schilfartigen Haare waren ebenfalls zu einer geflochtenen Kegelkorbfrisur aufgesteckt, in der ein Sumpfzaunkönig gluckste, und ihre Haut hatte die Farbe von Eicheln. Sie war ganz in Grün gekleidet, und an ihren nackten Fußzehen steckten silberne Ringe. Ihre Stimme war klar und durchdringend. »Kennst du eure Geschichten nicht und weißt du nicht, was Mutter Hirsch alles geopfert hat, um Farallone zu beschützen? Diesen Grünzwillingen, die lieber freiwillig unter euch leben, kann man nicht trauen. Ihr Menschen habt schon vor langer Zeit gezeigt, wie töricht ihr seid, und wie unfähig, Farallone zu beschützen. Du solltest dich für dein Volk schämen. Wenn irgendein Übel drohen würde, wären wir die Ersten, die das wüssten. Und nicht du oder die Grünzwillinge, die ihr die Grenzen nicht respektiert, die der Hirsch damals in der Zeit des Zusammenbruchs festgelegt hat.«

Comfrey wusste nicht, was sie sagen sollte. Die Worte hatten sie verletzt, aber auch mit Ehrfurcht erfüllt. Also stimmten die uralten Legenden über den Hirsch doch?

»Ich habe dir ja gesagt, dass man nur schwer mit dem Wilden Volk reden kann«, sagte die Häsin und kam zaghaft hinter Comfreys Füßen hervor, da der Feuerfalke sich mittlerweile in einiger Entfernung auf dem Ast eines Baumes niedergelassen hatte. »Sie sind den

Menschen in der Regel nicht besonders zugetan. Wofür sie gute Gründe haben.«

»Aber ich bin kein schlechter Mensch! Und meine Mutter oder die alten Damen, die im Dorf Geschichten erzählen, auch nicht. Genauso wenig wie der Schuster, der in Teichbinse war. Und hast du nicht gesagt, die Grünzwillinge seien Ärzte? Ich weiß, es war schrecklich, was da zwischen der Stadt und dem Hinterland passiert ist, aber ich kenne nur gute Menschen …« Comfrey verstummte, als sie Segges kalten Blick bemerkte.

Die anderen beiden Korb-Hexen brachen in gackerndes Gelächter aus. Und der Vogel in Salix' Haaren flatterte und zwitscherte.

»Segge ist manchmal ein wenig harsch«, sagte Salix glucksend, während sie die Weidenruten spaltete. »Und du bist ein unschuldiges junges Mädchen. Da ist es womöglich ungerecht, dich für die ganze Geschichte der Menschheit verantwortlich zu machen. Schließlich waren vor der Ankunft der Sternenpriester – diesen Männern aus Albion, die sich nun Brüder nennen – die Bewohner von Farallone im Großen und Ganzen recht respektabel. Trotzdem haben wir vom Wilden Volk tatsächlich gute Gründe, euch Menschen nicht zu trauen.«

In diesem Moment ließ sich der Feuerfalke mit ausgestreckten Fängen hinabgleiten. Durch den Luftzug seiner Flügel wurden Comfreys Zöpfe leicht angesengt.

»Allmächtige Hasenmutter im Himmel!«, rief Myrte, die sich wieder in Comfreys Arme stürzte und unter deren Umhang verkroch.

»Du scheinst seine Neugierde geweckt zu haben«, sagte Binse und betrachtete den Feuerfalken aufmerksam. Gedankenverloren strich sie sich über ihren gewebten Teichbinsenrock und wandte sich dann an ihre Schwestern. »Vielleicht erfahren wir etwas, wenn das Mädchen einen Korb flicht. Der Feuerfalke war in letzter Zeit ein wenig träge. Unsere beiden Gäste scheinen ihn aber zu faszinieren.«

»Na, so was«, murmelte Myrte. »Das hängt wohl damit zusammen, dass ich ein Hase bin.«

»Wer ist der Feuerfalke überhaupt?«, fragte Comfrey und sah dem leuchtenden Vogel hinterher.

»Comfrey, sei vorsichtig!«, zischte Myrte. »Es geht nie gut aus, wenn man dem Wilden Volk die falschen Fragen stellt, und niemand weiß, was die falschen Fragen sind!«

Salix lächelte, ihr breites Gesicht wurde ganz faltig, und sie reichte Comfrey ein Bündel frischer Weidenruten.

Comfrey biss sich auf die Unterlippe, damit ihr keine weitere Frage herausrutschte, atmete tief ein und nahm das Bündel.

»Die Welt ist sehr viel größer, als du dir vorstellen kannst, Comfrey«, sagte Salix. »Man weiß nie, wie eine

Frage, die man stellt, ein bestimmter Weg, den man einschlägt, oder eine Entscheidung, die man fällt, das große Ganze beeinflusst. Schau, die kleine Einsiedlerdrossel, die dort in der Tanne vom Leben im Wald singt. Oder der Luchs, der am Rande der Wiese nach Wühlmäusen jagt. Würde sich etwas ändern, wenn sie es nicht tun?«

Comfrey fiel es schwer, nicht zu erwidern, dass das keine Antwort war.

»Und jetzt sei ein braves Mädchen und hilf uns, diese Weidenzweige zu spalten«, sagte Binse und berührte Comfreys Hand mit ihren blassen Fingern. »Dann darfst du deinen eigenen Korb flechten, und bei Tagesanbruch werden wir daraus lesen.«

In dieser frostigen und sternenklaren Nacht schliefen Comfrey und Myrte unter freiem Himmel. Comfreys Bett bestand aus einer Teichbinsenmatte und einer Decke aus Fischotterfellen und Gänsefedern.

»Myrte?«, flüsterte Comfrey. Die Häsin lag eingekuschelt unter der Decke. »Habe ich uns in Schwierigkeiten gebracht?«

Es war ein langer Tag gewesen, ihr Korb war ganz schief geraten und voller Löcher. Sie dachte daran, wie ungeduldig sie zu Hause immer beim Flechten war. Auch wenn sie den Tag über ein ums andere Mal unauffällig bei den Korb-Hexen nachgebohrt hatte, mehr herausbekommen hatte sie kaum. Die Frauen hatten nur über die Vögel gesprochen, die im Wald sangen, und wie schön die Gräser und Schilfrohre nach dem Regen wuchsen. Ihre Worte schwirrten ständig durch Comfreys Gedanken.

Myrte schwieg einen Moment und leckte sorgsam die Stelle zwischen ihren Schultern, wo der Feuerfalke ihr Fell verbrannt hatte. »Nun ja«, sagte die Häsin schließlich und schob Ohren und Nase unter der Decke hervor. »Sie lassen dich immerhin einen Korb flechten. Und wenn du erst einmal damit fertig bist und sie ihn deuten, wird bestimmt etwas Brauchbares dabei herauskommen. Der Feuerfalke zehrt allerdings ganz schön an meinen Nerven. Er lässt mich den ganzen Tag nicht aus den Augen!« Myrte verkroch sich wieder unter die Decke.

Comfrey lag noch lange wach und beobachtete das Sternenbild Orion, das am Südhimmel nach unten wanderte, während sich der zunehmende Mond über den Himmel schob. Sie dachte an ihre Mutter, die die Milchküchlein ganz alleine machen musste, an deren kräftige Arme, wenn sie den Teig knetete, und ihren Geruch nach Lavendel und Salz, wenn sie Comfrey abends zudeckte und ihr Gute Nacht sagte. Tränen rannen dem Mädchen die Wangen hinab, und auf einmal war eine überwältigende Sehnsucht in ihr. Sie wollte wieder zu Hause bei ihrer Mutter sein, unter

Menschen, die sie liebten und schätzten. Da war so viel Hass in Segges harschen Worten gewesen. Alle Erzählungen, die bisher so klar und eindeutig schienen, standen plötzlich infrage. Die Stadtbewohner waren doch die schlechten Menschen und nicht die des Hinterlandes, oder?

Ihr wurde klar, dass sie nur eine einfache Version der Geschichte über den Zusammenbruch kannte, nämlich eine, die man sich leicht merken und weitererzählen konnte: Erdbeben, dunkle Zeiten, Seuchen aus dem Wasser, die von Insekten übertragen wurden. Und ein paar Brüder, die gierig den letzten Rest Sternengold horteten, um die von Mauern umringte Stadt mit Energie zu versorgen, und die jeden umbrachten, der versuchte, dort hineinzugelangen. Draußen im Hinterland tauchte das Wilde Volk in den Bergen und verlassenen Städten auf, als wären sie schon immer dort gewesen, und heilten Wasser und Erde und Luft. Aber was hatte es mit dem Hirsch und dem Feuerfalken auf sich? Während des Zusammenbruchs waren viele der uralten Überlieferungen der ersten Menschen verloren gegangen, sodass das Hinterlandvolk nur Bruchstücke davon kannte. Stattdessen waren neue Geschichten entstanden. Vier menschliche Überlebende wurden zu Rettern all jener, die außerhalb der Stadtmauern zurückgelassen worden waren: der Alte John, seine Schwester Bethany und Bethanys Töchter Hatta und Rose. Sie waren Bauern, die sich mit dem Ackerbau auskannten. Sie wussten, wo Wasser floss, wie man Kompost machte, welche Pflanzen gut nebeneinander gediehen, in welcher Reihenfolge man was anpflanzte und wie man aus Lehm und Stroh Häuser baute.

Inzwischen waren sie heiliggesprochene Heldengestalten aus der Vergangenheit, die nur noch teilweise menschlich erschienen. Comfrey waren sie durch Tischgebete vertraut, bei denen ihre Namen oft fielen. Auch galt »Alter John« oder »Selige Bethany« als großes Lob für weise oder kluge Entscheidungen. Und wenn Comfrey besonders eifrig bei der Ernte im Garten half, nannte Maxine ihre Tochter manchmal »meine kleine Hatta-Rose«.

Das Wilde Volk hatte sich aus dem Hinterland nach Olima zurückgezogen und wurde kaum noch gesehen. Währenddessen gründeten die Überlebenden neue Dörfer. Ein klar formulierter Verhaltenskodex schützte das Land, das Wasser und die Tiere vor einer erneuten Ausbeutung. Neben den Opfergaben wurden noch weitere Regeln festgelegt, die sicherstellten, dass die Menschen sich nie wieder mehr nehmen würden, als sie brauchten. Aber niemand konnte genau sagen, warum das Wilde Volk sich von ihnen fernhielt. Diese schreckliche Zeit war geheimnisumwoben.

Damit erschöpfte sich Comfreys Wissen über den Zusammenbruch aber auch schon. Und über die Zeit

Davor konnte sie so gut wie gar nichts sagen. Ihr war nur bekannt, dass die Gier der Sternenpriester Farallone in ein Ödland verwandelt hatte. In ihrer Stadt Neu Albion hatten sie eine Möglichkeit gefunden, abgebautes Sternengold in Energie zu verwandeln, was gegen die Gesetze der Natur und der Ganzheit verstieß. Durch den Gebrauch dieser Energie wurden große Teile Farallones mit Asphaltstraßen, Wasserleitungen und riesigen Weizenfeldern überzogen, und das Gift aus dem Bergbau und den Sternenbrechern verschmutzte Wasser und Luft. Die daraus folgenden Erdbeben und Seuchen wurden als Strafe dafür angesehen, dass die Menschen es zu weit getrieben hatten. Seither achteten die Bewohner des Hinterlandes streng darauf, alles richtig zu machen. Comfrey hielt sich und alle anderen Menschen des Hinterlandes für rechtschaffen und gut, während die Leute aus der Stadt böse waren. Sie wollte nicht zu den Bösen gehören. Und sie wollte auch nicht, dass die Korb-Hexen, das Luchs-Mädchen oder Myrte dachten, sie wäre gedankenlos und egoistisch.

Comfrey lag unter dem kalten Sternenhimmel und grübelte, Tränen liefen ihr über die Wangen.

»Ich werde ihnen zeigen, dass sie sich irren«, flüsterte sie. »Ich werde nicht so sein, wie sie es erwarten. Und auch nicht wie die Menschen aus der Zeit Davor ...«

Als Comfrey aufwachte, dämmerte es gerade. Sie schob die schwere Decke ein wenig zurück, damit sie sich aufsetzen konnte. Der Himmel war noch dunkel, nur hier und da blitzten ein paar Sterne, doch hinter dem Berghang wurde es hell. Es war, als würde das Licht seine Schwingen ausbreiten und funkelnde Tropfen verteilen. Plötzlich begriff Comfrey, dass dort der Feuerfalke flog, der aus seinen Träumen erwacht war und weite, hohe Kreise zog, um sich mit den Sternen zu unterhalten. Von Stauen erfüllt, seufzte sie auf. Es war, als würde man einem der Sterne beim Tanzen zusehen. Sie zog sich ihren Wollumhang über die Schultern und rannte barfuß auf die Wiese, um das Schauspiel genauer zu betrachten.

»Was ist los?«, murmelte Myrte, die sich nun ebenfalls unter den Decken hervorschob. Ihre Ohren waren vom Schlafen ganz geknickt. Aber da lief Comfrey schon den Berg hinab und folgte dem Feuerfalken.

»Oh verflixt!«, schimpfte die Häsin und flitzte trotz der Angst, die ihr kleines Herz erfasste, durch das taunasse Gras hinter ihr her. »Comfrey! Komm zurück!«

Doch Comfrey war wie verzaubert von den strahlenden Flügeln des Feuerfalken und von den Mustern, die sich aus den Funken in seinem Sog vor dem Himmel abzeichneten – Blüten, Spiralen, Netze. Jetzt schob sich das Licht der Dämmerung endgültig über den Bergkamm, und eine lange, leuchtende Feder löste sich aus dem Flügel des Feuerfalken und schwebte zu Boden. Als sie das taunasse Gras berührte, zischte es. Comfrey war bereits auf dem Weg dorthin.

»Denk nicht mal daran, sie aufzuheben!«, quiekte die Häsin. Ihre Stimme ließ den hungrigen Feuerfalken aufmerksam werden, und er steuerte auf sie zu. Die kleine Häsin versteckte sich zwischen den grünen Blättern dicht wachsender blauer Schwertlilien und rührte sich nicht, obwohl sie doch eigentlich das dumme Mädchen davon abhalten wollte, etwas Unüberlegtes zu tun.

Comfrey hingegen hörte Myrte nicht. Sie war wie in Trance, ihre Augen hatte sie fest auf die wunderschöne leuchtende Feder gerichtet, die so lang war wie ihr Unterarm und ständig ihre Farbe veränderte – Gold, Orange, Rot, Silber –, fast wie ein Stück Glut oder vielleicht auch wie ein Stern. Comfrey fühlte sich seltsam schwach, gleichzeitig war ihr einziger Wunsch, dass die Feder ihr gehörte. Sie würde alles dafür tun, um sie in ihren Händen zu halten und nicht mehr hergeben zu müssen. Wie sich die Feder wohl anfühlte? Bestimmt war sie voller Magie und Macht, schien der Feuerfalke doch selbst aus Sternen zu bestehen.

»Lass das sein, Comfrey, ich meine es ernst!«, schrie die Häsin aus ihrem Versteck, während die Kreise des Feuerfalken über ihr immer enger wurden.

Doch da schlossen sich Comfreys Finger bereits um den Federkiel. Er war heiß, verbrannte sie aber nicht.

Sie führte die Feder näher an ihr Gesicht, sog den süßen Duft nach Kiefernharz und Rauch ein und staunte über das Licht. Es war ständig in Bewegung und veränderte sich. Die Feder war zu einem Spiegel geworden, in dem eine Reihe von Bildern aufblitzten. Zuerst blickte Comfrey von hoch oben aus der Vogelperspektive auf Olima hinab, auf die Küstenlinie, die wie die Umrisse eines Kojotenkopfes aussah, und auf das Grenzland, das als grünes Tal im Norden und im Süden von einem Meeresarm begrenzt wurde, und im Osten und Westen von Bergkämmen. Darüber blitzten Abertausende helle Lichter, wie Sterne. Das Bild änderte sich. Aus der Nähe betrachtet erkannte Comfrey, dass all diese leuchtenden Punkte die Herzen der Geschöpfe des Wilden Volkes waren. Durch ihre Adern strömte goldenes Licht. Aber sie waren aneinandergekettet, einer an den anderen, und wurden von Männern in eigenartigen grauen Roben bewacht. Von Männern mit aschfahlen Augen und starken Händen und unendlich vielen Schusswaffen. Comfrey sah, wie eine Puma-Frau mit breiter Hüfte und gelb-braunem Fell plötzlich mit ihren messerscharfen Krallen nach einem der Männer schlug. Ein Schuss knallte, und die Puma-Frau fiel zu Boden. Sie lag in einer Lache aus purem Gold. Da verfielen die Männer in einen Blutrausch. Von allen Seiten wurde geschossen. Ganz Farallone brannte. Die Oberfläche der Feder war voller Rauch.

Comfrey schrie. Die Feder war mit einem Mal so heiß wie Feuer, aber sie konnte sie nicht loslassen.

»Oh, heilige Mutter aller Hasen!«, fluchte Myrte und sprang mit halsbrecherischer Geschwindigkeit aus ihrem Versteck zu Comfrey. »Dummes Menschenmädchen. Ich dachte, du wüsstest es besser!«

Comfrey schaute sich nach der heranspringenden Häsin um, als wäre sie gerade aus einem Traum erwacht. Aus dem Himmel schoss ein orangefarbener Blitz, der einen Goldstreifen hinter sich herzog.

»Nicht schon wieder«, wimmerte die Häsin.

Comfrey nahm gerade noch rechtzeitig ihre fünf Sinne zusammen und rannte mit einem Schrei auf den Feuerfalken zu. Sie versuchte ihn wegzuschlagen, aber der Vogel schloss bereits seine messerscharfen Krallen um Myrtes Hals. Diesmal flog er nicht mit der Häsin davon, sondern verharrte im Gras.

»Lass sie los!«, flehte Comfrey und streckte ihm die Feder entgegen. »Es tut mir so leid. Hier, nimm sie zurück. Ich weiß, dass sie dir gehört. Ich hätte sie nicht anfassen dürfen, ich hätte es besser wissen müssen! Oh, Myrte, was habe ich getan?«

Der Feuerfalke stieß einen Pfiff aus, zischte und fixierte Comfrey mit seinen glimmenden Augen.

»Bitte!«, schrie Comfrey. »Bestrafe lieber mich!«

»Was in aller Welt ist das hier für ein Tumult?«, drang plötzlich eine Stimme vom Lager zu ihnen.

Binse, die in der Nähe von Comfrey geschlafen und die Nacht mit dem Duft von Zitronenmelisse erfüllt hatte, war von ihrer Bettmatte aufgestanden und steckte ein paar herausgerutschte, milchig weiße Locken zurück in ihre Frisur. »Oh, ihr Sterne im Himmel«, flüsterte sie, als sie Comfrey mit der leuchtenden Feder in der Hand auf der Wiese stehen und Myrte in den Fängen des Feuerfalken sah. »Ich hätte nie gedacht, dass es so passiert.«

Auch Segge und Salix hatten sich inzwischen von ihren Lagern erhoben. Der Sumpfzaunkönig in Segges grünen Haaren stieß einen schnarrenden Laut aus.

»Schaut!« Segge zeigte voller Entsetzen auf die Stelle neben dem Feuer. Von Comfreys Korb war bloß noch ein Aschekreis übrig. Die anderen Körbe waren dagegen alle heil und glänzten taunass.

Aber Salix und Binse rannten bereits den Berg hinunter zu Comfrey.

»Leg die Feder hin, Kind, dann wird der Falke den Hasen loslassen!«, rief Salix, die ihre gelben Röcke beim Laufen hochheben musste. »Er will dich nur warnen – und niemanden verletzen. Er ist einfach sehr schnell gereizt!«

Comfrey ließ sich mit tränenüberströmten Gesicht vor dem Feuerfalken auf die Knie fallen und legte die Feder ins Gras. Der Vogel zischte erneut, lockerte aber seinen Griff. Myrte machte einen verzweifelten Satz nach vorne und versteckte sich unter Comfreys Umhang.

»Es tut mir so leid«, schluchzte Comfrey, beugte sich schützend über den Hasen und neigte ihren Kopf vor dem Falken. »Myrte, es tut mir so leid. Und was ich da in der Feder gesehen habe ... Oh, das war schrecklich!«

Um ihre Schultern legte sich ein warmer, starker Arm, und dann wurde sie von dem Geruch nach Bäumen umhüllt.

»Du hast das getan, was jeder Mensch getan hätte«, beruhigte sie Salix. Die Korb-Hexe drehte sich zum Feuerfalken. »Es gibt keinen Grund für so einen dramatischen Auftritt, mein Lieber«, schalt sie ihn. »Du wusstest, dass das Mädchen nicht anders konnte, darauf hast du wahrscheinlich nur gewartet.«

Der Vogel blinzelte mit seinen glimmenden Augen und segelte davon, Funken regneten auf sie herab. »Das ist eine sehr ernste Angelegenheit«, fuhr Salix an Comfrey gewandt fort.

»Ich weiß, ich hätte dem Feuerfalken ein Geschenk geben und ihn fragen müssen, ob ich seine Feder berühren darf! Entschuldigt bitte, ich habe mich genau wie all die anderen gierigen Menschen verhalten ...« Comfrey unterdrückte ihr Schluchzen und wagte nicht, Salix ins Gesicht zu schauen.

»Nun ja ...«, erwiderte die Korb-Hexe, in ihrer Stimme lag eine gewisse Traurigkeit. »Das meinte ich nicht, auch wenn es stimmt. Einem Feuerfalken sollte man mit Geschenken und Liedern für seine Feder danken. Deshalb ist er auch wütend geworden. Was ich meinte, meine Liebe, ist, dass die Lage ernst ist. Unser Feuerfalke hat nämlich noch nie eine Feder verloren. Er wurde uns in der Zeit des Zusammenbruchs von dem Hirsch aus Milch und Gold anvertraut. Die Schöpferin hat ihn aus den glimmenden Feuern der Verwerfungslinie erschaffen, damals war er ihr Bote. Als sie ihn bei uns ließ, hat sie gesagt: Wenn er jemals eine Feder verliere, müsse ihr derjenige, der sie findet, die Feder bringen. Denn verliert der Feuerfalke eine Feder aus seinen Schwingen, so bedeutet es, dass der Feuerfalke stirbt und Farallone wieder in Gefahr schwebt. Der Feuerfalke ist ein Abbild von Farallones Seele im Kleinen. *Bringt ihr mir die herabgefallene Feder*, hat der Hirsch damals mit Nachdruck gesagt, *dann ist es an der Zeit, die Worte des ersten und des letzten Tages, die ich in mir trage, zu lesen.*«

»Das muss ein Irrtum sein«, schnitt Segges Stimme messerscharf durch Salix' sanft gesprochene Worte. »Ein Menschenmädchen kann ja wohl kaum durch Olima zu Mutter Hirsch geschickt werden. Das war bestimmt nicht ihre Absicht, als sie den heiligen Feuerfalken in unsere Obhut gab. Das Mädchen wird es niemals allein bis dorthin schaffen. Oder schlimmer noch, sie wird uns verraten.«

»Das würde ich nie –«, begann Comfrey.

»Na, na«, sagte Binse und legte beschwichtigend eine Hand auf die Schulter ihrer Schwester und die andere Hand auf die Schulter von Comfrey. »Du hast doch gesehen, Segge, dass der Falke Comfreys Korb verbrannt hat. *Das* war ganz sicher kein Irrtum.« Vorsichtig hob sie die glimmende Feder aus dem Gras auf, legte sie in ein Stück weißes Wildleder und ging den anderen zur Feuerstelle voraus.

Sie zeigte auf den silberfarbenen Ring aus Asche und hockte sich hin, um das Muster genauer zu untersuchen.

»Die Botschaft ist ja wohl mehr als eindeutig!« Segge kochte vor Wut und weigerte sich, sich wie ihre Schwestern hinzuknien. »Er hat ihren Korb *zerstört*, das ist eine Warnung. Sie ist gefährlich. Sie ist ein Mensch. Und wir müssen sie zum Wohl aller loswerden.«

Comfrey wurde ganz kalt. »Mich ... loswerden? Meinst du, mich nach Hause schicken?« Doch tief in ihrem Herzen wusste sie, dass die Korb-Hexe etwas viel Schlimmeres gemeint hatte.

»Segge«, sagte Salix mit ernster Miene. »Dein Misstrauen ist natürlich gerechtfertigt. Aber sie ist doch bloß ein Mädchen, und wenn wir deinen Vorschlag befolgen, wären wir nicht besser als die Menschen. Außerdem ist jetzt nicht der richtige Zeitpunkt für ein Opfer, und wir nehmen dafür ausschließlich Rehkitze.«

»Wir haben hier ganz klar ein durchgehendes Band,

das zum Hirsch führt«, murmelte Binse, die noch immer über der Asche kauerte und mit dem Finger vorsichtig das Muster nachzeichnete. Ihre cremeweißen Wangen waren gerötet.

»Zum Hirsch?«, brachte Comfrey schwer atmend hervor. In diesem Moment hätte sie am liebsten auf der Stelle kehrtgemacht, um über die Grenze nach Hause zu laufen, egal, ob dort die Kojoten-Männer warteten oder nicht. Segge hatte recht. Wie sollte sie, ein Menschenmädchen, das Land des Wilden Volkes alleine durchqueren? Wie sollte sie die Schöpferin aufspüren? Und was um alles in der Welt sollte sie tun, wenn sie Mutter Hirsch gefunden hatte?

»Kopf hoch, Comfrey, du hast doch mich!«, sagte Myrte, aber ihre zitternden Ohren verrieten ihre Angst.

»Ja. Das Band führt zum Hirsch aus Milch und Gold«, sagte Salix und ging neben Binse in die Hocke, um die Asche ebenfalls genauer anzusehen. Eine Weile schwieg sie. »Am Anfang gab es nur Dunkelheit, Sternengold und die Milch, die von Müttern und Monden kommt.« Es klang, als würde sie ein sehr altes Lied aufsagen. »Am Anfang gab es nur die Spinne und den Hirsch, die Farallone und alle, die dort leben, erschaffen haben. Die Alte Spinnenmutter Neeth verwob den Staub der Sterne und brachte ihn zur Erde. Sie bat den Hirsch, ihn zum Herzblut von Farallone zu machen, zu dem Funken, der alles beseelt. Zu dem Gold, dass die

Menschen den Bergen und Flüssen entrissen haben. Der dritte Magen des Hirschs ist ein Buch mit unendlich vielen Seiten, und auf diesen Seiten steht alles über den ersten und den letzten Tag. Man nennt es auch das Psalterium, und es ist ebenfalls aus Sternengold erschaffen. Öffnen darf man es nur in Zeiten größter Not. Einzig, wenn die Existenz von Farallone auf dem Spiel steht. Niemand weiß, was passieren wird, wenn jemand das Buch aufschlägt, aber es scheint, als wäre es so weit. Denn der Feuerfalke wurde nicht geboren, um zu lügen.«

»Wir haben von keiner Gefahr gehört, die aus der Stadt kommt. Weder haben uns die Vögel etwas verraten noch die Weidekätzchen oder die Wurzeln, und unsere Körbe auch nicht«, sagte Segge und fasste nach ihren schilfartigen Haaren, um den Zaunkönig mit seinem aufgeregten Gezwitscher zu beruhigen. »Und da wollt ihr dieses Menschenmädchen, das wir gar nicht kennen, durch unser heiliges Land schicken, damit sie es mit jedem Schritt entweiht? Was, wenn *sie*, dieser erbärmliche Mensch, die wahre Gefahr ist? Unsere Schöpferin, der Hirsch, ist schon so alt, dass sie es womöglich gar nicht bemerkt.«

Obwohl sie von den Schöpfungsgeschichten fasziniert war, fand Comfrey, dass man sie nun genug beleidigt hatte. »Ich bin keine Bedrohung und auch nicht gefährlich«, sagte sie trotzig. »Und ich habe mein ganzes Leben lang versucht, liebevoll und freundlich zu allen Geschöpfen zu sein! Ich bin nicht besonders gut gerüstet, um euer Land zu durchqueren, aber ich würde nie wissentlich oder willentlich irgendetwas entweihen. Das hier ist der schönste Ort, an dem ich je gewesen bin. Und ihr alle und der Feuerfalke seid auch wunderschön ... Aber warum fragt ihr eigentlich nicht, was ich in dieser Feder gesehen habe? Interessiert es euch überhaupt, warum ich geschrien habe?

Nun gut, ich werde es euch erzählen. Es war schrecklich. Ihr, das wunderbare Wilde Volk, seid aneinandergekettet von grau gekleideten Männern weggeführt worden. In euren Körpern leuchteten die Adern golden, und dann wurde geschossen, und euer Blut lief über den Boden. Doch es war gar kein Blut, sondern flüssiges Sternengold, und die Männer stürzten sich darauf wie ausgehungerte Hunde, und ...« Aber da wurde Comfrey von der Erinnerung an die entsetzliche Vision überwältigt. Weinend sank sie zu Boden.

Myrte kam unter dem Umhang hervor und kauerte sich mit angelegten Ohren schützend neben sie. *Wagt euch ja nicht in die Nähe meiner Freundin!,* schienen ihre bernsteinfarbenen Augen zu sagen, die entschlossen funkelten.

Binse und Salix hielten sich aneinander fest. Die Vögel in ihren Haaren hatten sich tief in ihre Nester verkrochen. Sogar Segge schwieg.

»Sie muss gehen«, sagte Binse schließlich und wischte sich eine Träne aus dem Gesicht. »Das Muster lässt keinen Zweifel zu, Schwestern. Und die Grünzwillinge haben ihr bereits diesen prächtigen kleinen Hasen anvertraut. Sie wird also nicht allein sein. Die Feder ist nun einmal *ihr* vor die Füße gefallen und hat *ganz allein ihr* diese Visionen gezeigt. Der Feuerfalke hat *ihren* Korb verbrannt. Daher ist *sie* es, die zum Hirsch gehen muss, und keine von uns. Natürlich haben wir immer angenommen, wenn die Zeit gekommen ist, wäre es eine von uns. Doch die Wege der Schöpferin sind geheimnisvoll.«

»Aber das Mädchen hat gesehen, was niemand wissen soll. Sie hat das Sternengold in unserem Blut gesehen. Sie hat gesehen, was der Hirsch immer verstecken wollte ...«, sagte Segge. Inzwischen klang sie nicht mehr feindselig, in ihrer Stimme schwang jedoch eine uralte Sorge und Angst mit.

»Genau deshalb müssen wir ihr vertrauen«, sagte Salix und legte sanft ihre dunkle Hand auf Myrtes Stirn.

Die Häsin zuckte nicht zurück, sie blinzelte nur einmal und wackelte mit ihrer Nase. »Und was genau sollen wir jetzt eigentlich tun?«, fragte sie forsch. »Das hört sich alles sehr nach Weltuntergangsstimmung an!«

Salix prustete, und selbst Comfrey konnte sich ein Lächeln nicht verkneifen.

»Ihr müsst nach Norden gehen«, sagte Binse. »Zum Ende der Insel bis zu der Spitze, die Tamal genannt wird, wo unsere Schwestern, die Grizzly-Hexen, leben. Sie sind die Hüterinnen der Hirschherden, der Grasebenen und des Nordsterns. Inmitten dieser Herde lebt der Hirsch aus Milch und Gold, was allerdings noch lange nicht heißt, dass man die Schöpferin einfach findet. Sie wird von den anderen Hirschen sehr, sehr gut bewacht. Doch man erkennt sie leicht: Ihre Hufe sind aus Gold. Ihre Augen veilchenblau. Ihr Fell hat die Farbe von Milch. Finde sie, um ihr diese Feder zu geben und ihr zu erzählen, was du gesehen hast. Und um sie zu fragen, was wir tun sollen.«

»Das wird nicht einfach, Kind«, sagte Salix und strich über Comfreys Wange. Ihre alten Augen waren traurig. »Die Grizzly-Hexen hassen das Menschengeschlecht, weil dein Volk ihnen einst Schreckliches angetan hat. Sie sind mächtig und stark, und es wird ihnen einerlei sein, dass ihr als Freunde gekommen seid – wenn sie können, werden sie euch töten. Womöglich wird Mutter Hirsch euch in ein Häufchen Asche verwandeln, bevor ihr auch nur die Möglichkeit hattet, ein Wort an sie zu richten. Schließlich ist sie eine Schöpferin und kann vernichten oder Leben schenken, so wie die Erde selbst. Und sie trägt viel Leid. Trotz allem hat es den Anschein, dass du diejenige bist, die aufbrechen soll, und das so schnell wie möglich.«

»Aber – sollte nicht der Feuerfalke losfliegen und es ihr erzählen? Ich bin nur ein Mädchen, und er ist wunderbar und stark und wild. Wenn so viel davon abhängt, ist es sicher besser, wenn ein magisches Wesen den Hirsch holt!« Comfrey errötete. »Ich will nicht unhöflich sein, es ist nur –«

»Eben weil du ein Menschenkind bist, musst du gehen«, sagte Binse leise. Der gelbe Goldzeisig in ihren Haaren sang eine melancholische Melodie. »Unterschätze nicht die Macht einer Menschenhand, die in Freundschaft und friedlicher Absicht ausgestreckt wird. Ich denke, es geht nicht anders. Dieses Unheil ist menschengemacht, und die Heilung muss es ebenfalls sein.«

8

DAS MYCELIUM

Als Tin zwölf Stunden später mit starken Kopfschmerzen aufwachte, lag er unter einer ausgewaschenen, aber dicken Steppdecke in einem warmen Bett. Es stand in einer Kammer, die aus Treibholz und alten Metallteilen eines längst vergessenen Fahrzeugs zusammengebaut worden war, und von Laternen erhellt wurde. Tin hörte das Plätschern von Wasser, und einen Moment lang fragte er sich, ob er gestorben und in einem anderen Leben aufgewacht war. Als er den Kopf drehte, sah er neben seinem Bett verschwommen einen großen dunkelhaarigen Mann. Er hielt ein warmes Tuch mit einer Paste aus zerstoßenen Blättern in den Händen, das er dem Jungen immer wieder auf seinen verletzten Kopf gelegt hatte.

»Hallo, Tin«, sagte der Mann lächelnd.

Tin hob den Kopf und war erleichtert, als er Seb

gleich neben sich in einem zweiten Bett entdeckte. Er schlief noch. Auf der anderen Seite des kleinen Zimmers saß Malve zusammengekauert bei einem älteren Mann und einer Frau mit dicken grauen Haaren am Holzofen. Als der Hase Tins Blick spürte, hoppelte er los und sprang voller Erleichterung auf sein Bett. In dem Jungen breitete sich ein warmes Glücksgefühl aus.

»Wo sind wir?«, fragte Tin mit rauer Stimme und drehte sich wieder zu dem dunkelhaarigen Mann. »Und ... wer bist du?«

»Ich heiße Doornton«, sagte der Mann. »Und was unseren Aufenthaltsort angeht – nun, der ist streng geheim. Aber da dein außergewöhnlicher Freund Malve mir erzählt hat, dass du vor den Brüdern geflüchtet bist, will ich dir zumindest ein wenig verraten. Als ihr auf dem Wasser aufgeschlagen seid, bist du bewusstlos geworden. Du befindest dich jetzt unter der Erde in der alten Kanalisation der Stadt. Das Wasser hier ist ungenießbar – trinke es besser nicht –, aber man kann sich wunderbar darauf fortbewegen. Wir sind Leute aus dem Mycelium, und wir leben in diesem Hausboot.« Doornton deutete in den warm beleuchteten Raum.

Der ältere Mann und die Frau sahen auf. Tin bemerkte, dass ihre Haut durch das fehlende Sonnenlicht fast durchsichtig war, genau wie Doorntons. Und jetzt erkannte er auch, dass der Raum vorne spitz zulief, wie der Bug eines Schiffes und dass es dort ein Steuerrad gab.

»Von uns leben knapp fünfzig überall im Untergrund.«

»Das Mycelium«, sagte Tin langsam. »Was bedeutet das? Seid ihr ein Geheimbund? Was macht ihr in der Kanalisation?«

»Immer mit der Ruhe, Junge«, sagte Doornton lachend. »Scheint so, als hätte die Kopfverletzung deinen Verstand nicht im Geringsten beeinträchtigt! Als eure Retter sind allerdings *wir* diejenigen, die hier die Fragen stellen sollten.« Plötzlich wirkten seine Gesichtszüge angespannt, und er sah Tin prüfend an. Seine Augen waren sehr hell und stechend grün.

Tin wurde vor Verlegenheit rot. Konnte er diesen Leuten trauen? Aber er hatte Doornton sofort gemocht, sogar schon bevor er aufgewacht war. Die väterliche Hand, die fachmännisch den Umschlag auf seine Stirn legte, hatte sich gut angefühlt. Er mochte die zotteligen Haare, die hier und da von grauen Strähnen durchzogen waren. Er mochte Doorntons tiefe, ruhige Stimme und dass er so geschmeidig wie ein Tier wirkte. Wahrscheinlich könnte er überall hindurchschlüpfen, durch jeden Tunnel oder jedes Gitter. Er sah von Kopf bis Fuß wie ein Gesetzloser aus und ähnelte den Brüdern nicht im Geringsten. Er war jemand, über den Tin gerne eine Geschichte erzählen würde.

»Das Mycelium sind kleine farblose Zellfäden, und wenn sie Früchte tragen, entstehen Pilze«, sagte Doornton. »Aber in der Zwischenzeit verrichtet das Mycelium, das Pilzgeflecht, unter der Erde die ganze Arbeit: Wasser und Mineralien finden und tote Tiere zersetzen.« Er lächelte Tin an. Es verbindet die Wurzeln aller Pflanzen und gibt ihnen im Austausch für Zucker Wasser und Nährstoffe. Dieses Pilzgeflecht ist wie ein geheimes, unterirdisches Netzwerk. Es weiß, wie alles zusammenhängt.« Doornton stand auf und streckte sich.

»Und ... ihr lebt die ganze Zeit hier unten?«, fragte Tin, der so tat, als hätte er die Mycelium-Geschichte verstanden, obwohl er außer einem verirrten Löwenzahn im Klosterhof eigentlich gar keine Pflanzen kannte. »Wissen die Brüder, dass ihr hier unten seid? Wie bewegt ihr euch fort, ohne entdeckt zu werden? Seid ihr Schmuggler?« Die Fragen sprudelten nur so aus Tin heraus.

Malve klopfte mit seinem Hinterlauf, damit er Ruhe gab, aber der Junge beachtete ihn nicht.

»Du weißt, wie man die richtigen Fragen stellt. Nur ist das alles streng geheim, junger Mann.« Doornton zwinkerte ihm zu. »Vielleicht werde ich dir später noch ein paar Antworten geben. Jetzt sollten wir uns aber stärken und dann allmählich auf den Weg machen. Wir wollen Richtung Süden, zu einem alten verschütteten Fluss.« Doornton wandte sich an den Mann und die Frau beim Holzofen. »Ich habe erfahren, dass dort in der Sedimentschicht sehr alte Bärenknochen liegen, samt ihrem Geist und einer Geschichte.« Er sah die Frau vielsagend an.

Inzwischen war auch Seb aufgewacht und hatte sich im Bett aufgesetzt.

»Seb!«, rief Tin. »Wir sind von Untergrundpiraten gefunden worden, die sich nach Pilzen benannt haben und mit Bärenknochen handeln!«

Doornton lachte. »So ähnlich«, sagte er. »Habt ihr Hunger, Jungs?«

Tin und Seb strahlten sich an. Auf dem Holzofen köchelte in einem Eisentopf Suppe. Doornton schöpfte etwas davon in zwei verbeulte Blechschüsseln und brachte sie ihnen.

»Gestohlenes Fleisch und Löwenzahnwurzeln«, sagte Doornton. »Fragt nicht, wie wir da rangekommen sind. Das bleibt unser Geheimnis.«

Die bitteren Wurzeln waren wunderbar nahrhaft, die Suppe cremig und mit wohlschmeckenden Kräutern gewürzt. Tin schlürfte sie so schnell, dass ihm ganz warm wurde. Während er trank, dachte er über das Mycelium-Untergrundnetz nach. Was für Informationen diese Leute wohl sammelten und wie so ein Pilzgeflecht aussah? Waren sie wie ein unterirdisches Spinnennetz? Da fiel ihm auf einmal wieder ein, wie sie hierhergelangt waren, und er hätte sich fast verschluckt.

»Meine Einsiedlerspinne!«, rief er erschrocken.

»Keine Bange, sie ist in Sicherheit und hat nur ein paar gebrochene Beine. Das lässt sich leicht reparieren«, sagte der Mann, der neben dem Herd saß. Er stand auf und kam zu ihren Betten. »Ich bin Anders, und das ist meine Frau Beatrix.« Die Frau trat lächelnd zu ihm, und ihre hoch aufgetürmten Haare bewegten sich wie eine Katze, die einen Buckel macht. Sie war kräftiger und größer als ihr Mann, und es schien, als könnte sie ohne Probleme den kompletten Holzofen in einem Schwung über den Kopf stemmen. Aber ihre grünen Augen waren die sanftesten, die Tin je gesehen hatte.

»Hast du die Suppe gekocht?«, fragte Tin, der nicht wusste, was er zu der alten Frau sagen sollte, schließlich war er noch nie einer begegnet. Schwach erinnerte er sich an einen Zusammenhang zwischen Großmüttern und Suppe, wahrscheinlich vom Hörensagen.

Sie lachte. »Ach du lieber Himmel, nein. Ich kann gar nicht kochen. Das macht alles er.« Sie deutete auf ihren Mann.

»Wo ist denn meine Einsiedlerspinne?«, fragte Tin. »Ich muss sie sehen, um sicherzugehen ...« Er verstummte. Wie viel sollte er diesen Mycelium-Leuten erzählen? Und hoffentlich hatte die kleine Spinne in ihrem Kokon alles unbeschadet überstanden. Er versuchte aufzustehen, aber seine Beine waren zerschrammt und taten furchtbar weh.

»Sie ist dort«, sagte Doornton und zeigte in die Ecke hinter dem Holzofen. »Das ist ein genialer Apparat«, sagte er bedächtig und kniff die Augen zusammen. Da war er wieder, dieser angespannte Gesichtsausdruck.

»Aus seinem Mund ist das ein großes Lob«, sagte Anders. »Doornton hat die meisten unserer kleinen Kanalboote zusammengebaut, sie laufen mit einer Kombination aus Holzfeuerdampf und unserer eigenen Tretkraft. Zum Anfeuern nehmen wir ausschließlich alte, abgestorbene Wurzeln, die wir hier unten finden und dann trocknen.« Er lächelte Tin an. »Vielleicht könnt ihr euch uns ja anschließen. Ein paar junge Hände können wir immer gebrauchen.«

Tin streichelte Malve unwillkürlich über den Rücken. Der Hase war genauso nervös wie er selbst und warf den beiden Männern einen stechenden Blick zu. »Ihr habt da etwas missverstanden«, sagte Tin. »Wir können keinesfalls in der Stadt bleiben.«

»Was?«, fragte Seb unglücklich, im Schein der Lampe wirkte sein schmales Gesicht kupferfarben. »Ich dachte nicht, dass wir das wirklich ernst meinen, Tin. Zumindest nicht *den* Teil.«

Anders lachte schnaubend. »Ihr erwartet doch nicht, dass wir euch so einfach gehen lassen, oder? Jetzt, wo ihr über uns Bescheid wisst.«

»Zumal *wir* fast nichts über *euch* wissen«, ergänzte Doornton mit ernster Miene. »Ihr Jungen seid uns ein paar Erklärungen schuldig.« Er ging zu der Einsiedlerspinne und schob sie mitten in den Raum. »Etwas sehr Seltsames ist im Gange. Dieses Gefährt. Zwei Jungen, die die Stadt verlassen wollen. Ein sprechender Hase. Ich bin ein Seher, der Auffälligkeiten und Abweichungen erkennt. Das Muster der Dinge verändert sich. Lass dir gesagt sein, Tin, dass du etwas sehr Mächtiges und deshalb auch sehr Gefährliches erschaffen hast. Daher erzähle uns bitte bis ins kleinste Detail, was gerade vor sich geht.« Seine Augen blitzten.

»Aber ich habe selbst keine Ahnung, was passiert!«, erwiderte Tin. Ihm war auf einmal ganz mulmig zumute, und zugleich wurde er wütend. Woher sollte er wissen, ob Doornton und seine Leute nicht genauso gierig wie die Brüder waren? Ob sie die Einsiedlerspinne nicht für ihre Zwecke missbrauchen würden? »Malve kann das alles besser erklären«, fuhr er fort und versuchte, ruhig zu bleiben. »Der Hase kommt aus dem Hinterland und wurde von den Grünzwillingen geschickt.«

Zu Tins Überraschung wirkte Doornton plötzlich tief erschüttert, und seine Augen füllten sich mit Tränen.

»Die kleine Einsiedlerspinne, die die Goldseide gemacht hat«, stotterte Tin und überlegte krampfhaft, was er sagen sollte. »Ich habe versprochen, sie aus der Stadt in die Freiheit zu bringen. Und ich werde mein Versprechen halten. Besonders nach allem, was sie für uns getan hat.«

Doch Doornton schien ihm gar nicht mehr richtig zuzuhören, er war mit den Gedanken ganz woanders.

»Hat denn tatsächlich schon mal jemand die Stadt verlassen?«, warf Seb ein. »Können wir dem Wort eines Hasen wirklich vertrauen, dass es außerhalb der Mauern ungefährlich ist? Die Klosterbrüder, bei denen wir leben, haben uns von Krankheiten und noch viel schlimmeren Dingen erzählt.«

»Entschuldige mal!«, rief Malve und klopfte mit seinem Hinterlauf auf den Boden. »Was denkst du dir! Meine Worte sind über jeden Zweifel erhaben.«

Da lachte Doornton lauthals, von seiner Traurigkeit war keine Spur mehr zu sehen.

Erschrocken zuckte Malve zusammen.

»Was ist daran so lustig?«, fragte Seb verwundert.

»Ich hoffe, ihr fallt vor Schreck nicht um, wenn ihr erfahrt, dass ich eigentlich aus dem Hinterland stamme«, sagte Doornton.

Tin kribbelte es von den Füßen bis zur Kopfhaut.

Malve setzte sich aufrecht hin. »Irgendetwas an dir kam mir gleich so vertraut vor«, sagte der junge Hase und hüpfte vom Bett, um an Doorntons umgekrempelten Hosenbeinen und den nackten, schmutzigen Füßen zu schnuppern.

»Es war ja zu erwarten, dass sie im Fünften Kloster der Gnade und des Fortschritts so einen Unsinn lehren«, sagte Doornton.

»Und warum wohnst du jetzt hier?«, fragte Seb neugierig.

Tin saß still da und spürte, wie ihm ganz leicht zumute wurde, weil auf einmal alles zusammenpasste: Doorton, das Hinterland, die kleine Spinne im Schrank und seine Einsiedlerspinne. Obwohl die Kanäle so dunkel waren und das Boot so eng, fühlte er sich wie befreit. Die Stadtmauer war nicht länger das Ende der Welt, sondern der Anfang.

»Auge um Auge«, antwortete Doornton. »Erzähl mir erst von deiner Einsiedlerspinne, Tin. Wie bist du dazu gekommen, so etwas zu bauen? Dann werde ich euch mehr darüber verraten, wer ich bin und was ich weiß.«

Anders nahm einen zerbeulten Wasserkessel vom Holzofen, goss einen Tee auf und reichte den Jungen mit einem Augenzwinkern je eine Tasse. Dann goss er auch Doornton eine Tasse Tee ein.

»Tja«, sagte Tin und holte tief Luft. Es roch nach Rapssamenöl und Holzrauch und frisch aufgegossenem Schwarztee. Und dann erzählte Tin alles ganz von Anfang an: von der Einsiedlerspinne, die er im Schrank gesehen hatte, und von dem Moment, als seine eigene Spinne golden glänzte und plötzlich losfuhr, und wie sie schließlich durch den Kanalschacht in den Untergrund gefallen waren.

»Wenn die Spinne Gold webt, das Land dereinst erlebt, wie das Alte sich erhebt«, wiederholte Doornton staunend,

nachdem Tin verstummt war. »Heute wurden wir zweifach gesegnet, meine lieben Jungen!«

Tin und Seb warfen einander einen Blick zu, und Malve klopfte alarmiert auf den Boden.

»Die Brüder haben uns unwissentlich ein großes Geschenk gemacht«, fuhr Doornton fort. »Denn selbst unter bösen Menschen gibt es hin und wieder gute oder zumindest weise. Dieser Solomon Pierce, von dem sie gesprochen haben, hat die Sterne richtig gelesen. Doch er hat die Bedeutung der Aussage nicht wirklich verstanden. Ich habe dieses Orakel schon einmal gehört, allerdings kannte ich nur den ersten Teil: *Die Spinne aus Gold*. Und eure Brüder glauben also, dass sie mit *dem Alten* gemeint sind?« Doornton trank einen großen Schluck von seinem Tee.

»Das sind nicht *unsere* Brüder!«, widersprach Tin. »Aber ja, das haben sie gesagt. Und dass sie das Hinterland perfektionieren und von der Barbarei befreien wollen. Für mich klingt das schrecklich, denn alles, was die Brüder berühren, wird zu Gift oder bringt Leid. Wir Waisenkinder sind nicht viel mehr als ihre Sklaven. In der Zeit vor dem Zusammenbruch hätten sie uns bestimmt ganz genauso behandelt, und wir hätten lediglich andere Aufgaben erledigen müssen. Wahrscheinlich hätten sie uns damals in die Minen geschickt und nach Sternengold graben lassen. Sie verlangen, dass ich ihnen meine Einsiedlerspinne überlasse, weil sie Sternengold brauchen, um der Stadt wieder zu ihrer alten Größe zu verhelfen. Aber ich will nicht, dass sie die Spinne bekommen! Nicht, nachdem ich eine echte Spinne gesehen habe und Malve begegnet bin und – und euch! Die Welt ist ein geheimnisvolles, unerklärliches Wunder und hat nichts mit der Art von Fortschritt zu tun, von dem die Brüder sprechen. Deshalb habe ich auch meine Einsiedlerspinne gemacht ...«

»... und deshalb ist deine Einsiedlerspinne so wunderbar geworden und funktioniert«, unterbrach ihn Doornton. »Was die Brüder nie verstehen werden. Komm, ich will dir etwas zeigen.« Er drehte sich zu dem Gefährt und öffnete die Tür. »Malve, hinein mit dir!«

»Ich?«, fragte der Hase überrascht.

»Er?«, fragte Tin.

Trotzdem hüpfte Malve hinein, machte es sich auf dem Fahrersitz bequem und beschnupperte alles neugierig.

Die Einsiedlerspinne erwachte mit einem goldenen Aufleuchten zum Leben. Dann bewegte sie sich, wegen der gebrochenen Beine allerdings ein wenig humpelnd. Malve sprang erschrocken wieder hinaus, und die Einsiedlerspinne blieb stehen.

»Verflixter Menschenapparat«, schimpfte der Hase.

Doornton lachte.

»Was hat das zu bedeuten?«, flüsterte Tin staunend. »Warum bewegt sich die Spinne, wenn ich nicht darin bin?«

»Sie läuft mit Sternengold«, antwortete Doornton.

»Das habe ich mir schon gedacht«, sagte Tin. »Aber wie? Es gibt doch kein Sternengold mehr – auch wenn die kleine Einsiedlerspinne ein wenig hergestellt hat …«

»Oh doch«, sagte Doornton. »Das tut es sehr wohl. Es fließt direkt in deinen Adern. In jedem von uns steckt ein klein wenig davon. Aber du, mein Junge, scheinst mehr als nur ein bisschen zu haben. Und dieser Hase hier … Tja, er kommt aus dem Hinterland und steht in Verbindung mit den Grünzwillingen und dem Wilden Volk. Sein Blut besteht praktisch aus Sternengold, so wie ihres.«

»Was?«, sagten Tin und Seb wie aus einem Mund. Sie hoben ihre Hände und Arme und hielten sie gegen das Licht.

Malve blinzelte einmal und schwieg. Er erinnerte sich an eine Geschichte, die die Grünzwillinge ihm erzählt hatten. Als Hasenkind hatte er sie nicht wirklich verstanden, damals wusste er noch nichts über die Menschen, die Stadt oder das Gold.

»Lasst mich eine Geschichte erzählen«, sagte Doornton und sah Malve lächelnd von der Seite an.

Der Hase zuckte überrascht mit den Ohren. Konnte der Mann etwa seine Gedanken lesen?

»Eine Geschichte?«, rief Seb. »Aber du wolltest uns doch etwas über das Hinterland erzählen und uns sagen, was du weißt.«

»Genau das tue ich. Manchmal versteht man Dinge durch eine Geschichte besser«, sagte Doornton. Er goss sich eine weitere Tasse Tee ein und hockte sich neben die Einsiedlerspinne auf den Boden. »Es ist eine lange Geschichte, und sie ist von großer Bedeutung. Ihr habt sie bestimmt noch nie gehört. Geschichten sind wichtig, denn sie erklären uns die Welt. Acht Jahre habe ich gebraucht, um diese Geschichte wie ein Puzzle zusammenzusetzen. Denn sie ist während des Zusammenbruchs und auch schon in der Zeit Davor – in den vielen Jahrhunderten, als die Sternenpriester regierten – verloren gegangen. Hört zu! Am Anfang gab es nur Dunkelheit, Sternengold und die Milch, die von Müttern und Monden kommt.«

Doornton schloss die Augen, und der Klang seiner Stimme jagte Tin einen Schauer über den Rücken.

»Am Anfang herrschte Dunkelheit, und die Alte Spinnenmutter Neeth verwebte den Sternenstaub zu einem Hirsch, der so groß wie ein Gebirge war, und zu einem wilden, ungezähmten Luchs. Aus den Spinnweben und aus der Milch und dem Blut ihres eigenen Körpers erschuf Mutter Hirsch die Insel Farallone. Es war eine Insel mit hohen Bergen, die sich während der heißen Sommermonate golden färbten und von den

Gesängen der Zikaden erfüllt wurden. Mit Tälern voller funkelnder Bäche und Sommerbeeren; mit grünen Küstenabschnitten, an denen die unterschiedlichsten Blumen wuchsen und häufig Nebel aufzog; und mit vielen Buchten, in denen die stürmische See schäumend gegen die Felsen krachte. Es war ein friedliches Land und reich an wilden Tieren und Pflanzen. Die Bäume trugen das ganze Jahr über Blätter, und Nahrung war immer vorhanden – seien es Nüsse, Beeren, Samen, Pilze, Fische oder Geflügel –, denn das Klima war mild und angenehm. In der Welt, die der Hirsch erschaffen hatte, blühte das Leben.

Das Sternengold der ersten Tage lag glitzernd im Schlick der Flüsse und Bäche von ganz Farallone. Tief in der Erde unter den Bergen und Tälern strömte das Sternengold für niemanden sichtbar entlang und schenkte der Insel ihre Lebenskraft. Die Urbewohner von Farallone, die der Hirsch mithilfe des Luchses aus Lehm und ein wenig Sternengold und dem Wasser des Meeres erschaffen hatte, glaubten, dass ihr Land heilig war.

So lebten die Menschen von Farallone lange Zeit einträchtig in ihren kleinen Dörfern, von denen die meisten an den Rändern der drei großen Sumpfgebiete und in den vier breiten Tälern zwischen den Mittelgebirgen lagen, die Farallone durchzogen. Die Familien folgten der Natur und fanden ihre Nahrung, wenn sie blühte, reif wurde oder Früchte trug – Eicheln und Lachs im Herbst, Zugvögel im Winter, Wild und Grünzeug im Frühling, Waldbeeren und die Samen aus den weitläufigen Grasebenen im Sommer.

Da alles zu ihrer Zufriedenheit gelungen war, zog sich Mutter Hirsch an den nördlichsten Zipfel von Farallone zurück, wo sie inmitten einer Herde von Hirschen lebte und für die Alte Spinnenmutter Neeth die Schöpfung im Auge behielt. Sie sah aus wie ein gewöhnlicher Hirsch, nur ihre Hufe aus reinem Sternengold und ihre Augen, die violett wie die Milchstraße strahlten, verrieten, wie besonders sie war. Aber auch, dass sie Generationen überdauerte und nie starb.

Ab und zu bekam ein Mensch sie zu Gesicht, und sie wurde der Hirsch aus Milch und Gold genannt. Wahrscheinlich hätte sie alle Lebewesen so wie sich selbst unsterblich gemacht, wenn da nicht der Erste Luchs gewesen wäre. Er fand, Veränderungen würden die Welt ausmachen. Denn nur durch Veränderung, Verlust und Erneuerung könnten die Geschöpfe würdigen, was ihnen gegeben wurde. Der Hirsch befand diesen Gedanken für weise. Also kehrten die Seelen der Toten wieder tief ins Innere der Erde zurück, wo das Sternengold lag. Der Erste Luchs begleitete sie hinab in die Unterwelt, um über die Toten zu wachen. Und so wurde seit vielen Generationen das Gleichgewicht bewahrt.«

Doorntons Erzählung wurde von einem Zischen

unterbrochen, als Anders frische Wurzeln ins Feuer legte, außerdem schnurrten mehrere Propeller, die den Boden erzittern ließen. Beatrix hatte den Motor angeworfen, saß nun hinter dem Steuerrad und lenkte das Kanalboot ruhig flussabwärts.

»Durch unser Netzwerk erreichte uns gerade die Nachricht, dass sich in den westlichen Gebieten der Stadt ungewöhnlich viele Brüder versammeln«, sagte sie mit leiser Stimme an Doornton gewandt. »Ich bringe uns tiefer in den Südosten. Aber ich wollte dich nicht unterbrechen, Kapitän. Uns erzählst du nie die alten Geschichten; du würdest einen guten Barden abgeben.«

Doornton schnaufte laut. »Ich erzähle das, weil es notwendig ist. Du brauchst dir keine Hoffnung auf eine Wiederholung machen. Und ja, bring uns in den Süden. Am besten zum alten Pelikanfriedhof.«

Seb und Tin warfen sich fragende Blicke zu.

»Wo war ich stehen geblieben?«, wollte Doornton wissen, der sich wieder den Jungen widmete.

»Bei den Seelen der Toten!«, sagte Seb gespannt.

»Ah, stimmt.« Doornton atmete langsam aus, zog den Korken aus einer Flasche mit einer dunklen Flüssigkeit, trank einen Schluck und fuhr dann fort. »Und so vergingen auf Farallone friedliche Jahre, in denen sich alles im Gleichgewicht befand. Bis eines Tages am östlichsten Punkt der Insel ein gewaltiges Schiff ankerte, das aus einem fernen Land kam. Männer in glänzenden Rüstungen waren auf der Suche nach Gold um die ganze Welt gereist, denn sie wussten, wie man Sternengold in seine wesentlichen Bestandteile spaltete und ihm die Macht und Energie der Sterne entzog. In Farallone fanden sie in Hülle und Fülle, wonach sie suchten, und ein mildes Klima obendrein, ganz zu schweigen von den riesigen Hirschherden, den Gänsescharen und Flüssen voller Lachs. Auf der Insel herrschte ein Überfluss, der ihnen so in keinem anderen Land begegnet war. Sie wollten alles haben, und sie nahmen sich alles, verschlangen es geradezu. Und es gab nichts, was das Urvolk von Farallone tun konnte, um sie aufzuhalten, denn Eroberungen, Krieg oder Gier waren ihnen fremd.

Die neuen Bewohner nannten die östlichste Spitze Neu Albion. Bisher war dieser Teil der Insel ein heiliger Ort gewesen, an dem niemand lebte, weil die Alte Mutter Neeth dort ihre Höhle hatte. Als die Eindringlinge die Spinne in ihrer Höhle entdeckten, beschimpften sie sie als Monster und töteten sie. Dann erbauten sie an dieser Stelle ihre riesige Stadt. Die gepflasterten Straßen und Türme und Brücken und knochenweißen Observatorien, die aus dem Kalkfelsen der Insel gemacht worden waren, bedeckten die Sanddünen und die tiefen Höhlen. Die Eroberer verwandelten die geschützten Täler in Ackerland und gründeten weitere florierende Städte. Den entlegensten Küstenabschnitt mit seiner großen Landspitze und seiner Bucht, seinem Bergkamm und seinen weiten Grasebenen besiedelten sie mit Rindern, die die Hügel bis auf den Boden abgrasten, und die anderen Geschöpfe fanden fast keinen Platz mehr. Aus den Bächen und dem großen Fluss, der im Wacholdergebirge entspringt, wurde das Sternengold mit riesigen Schläuchen und brachialer Gewalt aus den Uferbereichen ausgespült und gesammelt. Für die harte Arbeit versklavten sie die Ureinwohner von Farallone und pferchten sie in Unterkünften zusammen. Dort ließ man sie schuften, lehrte sie die Sprache von Albion und brachten ihnen bei, die weißen Türme und den Himmel anzubeten. Wenn die Ureinwohner die alten Geschichten erzählten, wurden sie bestraft. So gingen die Namen des Hirschs und des Ersten Luchses und der Alten Spinnenmutter mit der Zeit fast verloren. Viele der Leute vom Urvolk starben – an Krankheiten, die von den Bewohnern Albions eingeschleppt worden waren, oder vor Trauer. Diejenigen, die überlebten, verschlossen ihr altes Wissen als Geheimnis in ihren Herzen. Bis sie eines Tages nicht einmal mehr sagen konnten, wer sie einst gewesen waren.

In Farallone hatten die Eroberer derweil schreckliche Maschinen errichtet, sogenannte Sternenbrecher, in denen das Gold gespalten wurde, um die Energie freizusetzen und um es als Brennstoff für die Stadt zu nutzen. Diejenigen, die das Geheimnis um die Sternenbrecher kannten, nannten sich Sternenpriester. Trunken vor Macht verprassten sie das Sternengold, und die Sternenbrecher liefen Tag und Nacht und versorgten die Stadt Neu Albion mit dem scheinbar unendlichen Treibstoff. Diesen brauchten sie unter anderem für ihr ausgeklügeltes System, mit dem sie ihre sorgsam gezüchteten Pflanzen bewässerten. Als die Flüsse allmählich austrockneten, bauten sie entlang der Küsten Entsalzungsanlagen und pumpten das Wasser über Wasserleitungen und Kanäle durch die Stadt bis zu den bewirtschafteten Tälern und viele Kilometer weit bis zu den Molkereien. Sie nannten Farallone das Land, in dem Milch und Honig fließen. Aber die Tiere, Pflanzen und einfachen Leute, die kein Sternengold besaßen, kannten die Wahrheit: Farallone wurde bis aufs Blut ausgesaugt und verwandelte sich innerhalb weniger Jahrhunderte in eine Einöde. Die Insel wurde ihres Wassers, ihrer wilden Tiere, ihrer duftenden Pflanzen und fast ihres kompletten Sternengoldes beraubt, es existierte nur noch das Gold, das tief, tief unter der Erde lag. Das Band zwischen den Lebewesen war zerrissen. Im Wald gab es keine Singvögel und keine alten Mutterbäume mehr. Die Insel lag im Sterben.

In dieser Zeit hielt sich der Hirsch aus Milch und Gold versteckt und trauerte. Den Hirsch und auch den Ersten Luchs, der über die Toten wachte, kostete es all ihre Kraft, um unentdeckt und am Leben zu bleiben. Sie fürchteten, dass ihnen dasselbe Schicksal wie der Alten Mutter Neeth drohte, und so versteckten sie sich in den tiefsten Gängen, Höhlen und Wäldern der Insel, und ihre Macht löste sich immer mehr auf.

Letztlich war sie aber noch mächtig genug, um zu verhindern, dass Farallone starb. Mutter Hirsch wagte sich aus ihrem Versteck und stampfte mit ihrem goldenen Huf auf die Verwerfungslinie, die durch die Insel verlief. So wurde Farallone von einem schrecklichen Erdbeben heimgesucht. Das Beben legte die halbe Stadt in Schutt und Asche, doch die Sternenbrecher vermochte es nicht zu zerstören. Der Luchs öffnete das Tor zur Unterwelt und setzte tödliche Krankheiten frei, die man später Seuchen nannte.«

»Die Seuchen ...«, flüsterte Tin ungläubig. »Sie sind – wegen des Luchses und des Hirschs ausgebrochen?« Obwohl Malve ihm schon einiges über das Hinterland und das Wilde Volk erklärt hatte, war Doorntons Geschichte unheimlich schwer zu verstehen.

»Sie sind wegen euch Menschen ausgebrochen!«, sagte Malve. »Der Erste Luchs und der Hirsch aus Milch und Gold mussten einschreiten, sonst wäre die ganze Insel zerstört worden.«

»Du kennst diese Geschichten also auch?«, fragte Seb und sah den jungen Hasen überrascht an.

»Natürlich! Die Grünzwillinge haben mich gut unterrichtet«, antwortete Malve und schnupperte beiläufig an seinen Pfoten.

»Das haben sie«, sagte Doornton sanft, ehe er sich wieder an die Jungen wandte. »So sieht es also aus. Ich weiß, es ist eine Menge, was ich euch zumute, aber es ist wichtig, dass ihr es versteht. Und es ist noch immer nicht alles gesagt. Nehmt einen Schluck von Anders' Löwenzahnwurzellikör, damit ihr mir bis zum Schluss zuhören könnt. Der Likör wird euch beleben.«

Tin und Seb rümpften die Nase, tranken aber ein paar Schlückchen von dem süßen, erdigen Likör, während Doornton seinen Erzählfaden wieder aufnahm.

»Als das Beben aufhörte, taten die Sternenpriester von Neu Albion alles, was in ihrer Macht stand, um sich zu retten. Sie verbarrikadierten sich in ihren Türmen und Klöstern. Sie schmolzen dunkle Metalle und errichteten daraus eine Mauer um die Überreste ihrer Stadt, die zu einer furchtbaren, uneinnehmbaren Festung wurde. Es gab nur eine einzige geheime Tür, damit niemand hinein- oder nach draußen gelangen konnte, ausgenommen derer, die den Schlüssel hüteten. Und während die Welt jenseits der Mauer zunehmend von Krankheiten, Überschwemmungen und Bränden heimgesucht wurde, durfte niemand anderes als die Begünstigten in die Stadt: die besten Arbeiter, aber auch die mächtigsten Familien. Sie nannten sich die Brüder und gaben vor, die Retter zu sein.

Nach einem Jahr schickten sie einen Kundschafter aus, der die Bewohnbarkeit der Insel außerhalb der Mauern überprüfen sollte. Er kehrte sehr krank zurück und starb zwei Tage später. Vorsichtiger geworden, schickten die Brüder erst fünf Jahre später einen weiteren Kundschafter los. Er kehrte ebenfalls krank zurück, und sein Bericht ließ ihnen das Blut in den Adern gefrieren. Bevor er starb, beschrieb er, dass durch das Gift, das ins Wasser und die Luft gelangt war, Menschen- und Tiermutanten entstanden waren. Anders konnte er sich die abscheulichen Geschöpfe, halb Mensch und halb Tier, die er dort gesehen hatte, nicht erklären. Farallone war zu einer verseuchten Einöde geworden, zu einer Gefahr für die Zivilisation, den Fortschritt und das Menschengeschlecht. Es galt zu verhindern, dass diese Schadstoffe in das Wasser oder die Luft der Stadt gelangten. Einige wenige Bewohner hatten die Stadt mit Schiffen verlassen, um nach Hilfe zu suchen, waren aber nie zurückgekehrt.

Dabei geschah in Farallone in Wirklichkeit etwas Außergewöhnliches. Kein schädlich zersetzender Prozess, sondern eine wahre biologische Verwandlung. Mutter Hirsch aus Milch und Gold, die inzwischen zu einer sehr alten und müden Schöpferin geworden war, hatte ihre letzte Kraft aufgeboten, um das übrig gebliebene Sternengold in Geschöpfe und Halbgötter zu verwandeln und so die Tiere, Pflanzen, Steine und Flüsse vor der menschlichen Gier zu schützen. Für jede Gattung, ganz gleich ob Pflanze, Tier oder Stein, und für alle Bäche, Flüsse und Seen erschuf der Hirsch einen eigenen Stamm von Beschützern – und nannte sie das Wilde Volk. Es glich sowohl den wilden Tieren als auch den Menschen, um zwischen der Natur und den Menschen zu vermitteln. Sie sollten sich wie Menschen bewegen und sprechen können, damit die Menschen auf sie hörten, von ihnen lernten und sie verehrten. Am wichtigsten aber war, dass diese Geschöpfe in ihren Körpern das letzte lebensspendende Sternengold von Farallone trugen.

Das Land westlich der Verwerfungslinie, auf der Halbinsel Olima, wurde zu ihrem Lebensraum. Östlich davon lernten die Überlebenden des Zusammenbruchs in den vielen Tälern, Hügeln und Sümpfen – dem sogenannten Hinterland – vom Wilden Volk, aber auch voneinander, wie man im Gleichgewicht, in Ehrfurcht, in Frieden und in Wohlstand lebte. Viele Jahre lang kümmerte sich das Wilde Volk um ganz Farallone außerhalb der Stadtmauern. Es brachte Samen wieder zum Wachsen, heilte tiefe Narben in den Steinen, pflegte Wälder und Gewässer und auch das noch so kleinste Tier. Nach und nach erholte sich Farallone und blühte unter den Händen des Wilden Volkes erneut auf. Eines Tages überließ das Wilde Volk die Gebiete östlich der Verwerfungslinie den Menschen aus dem Hinterland und zog sich in den Westen nach Olima zurück, damit es in der Nähe des Hirschs leben konnte – in dem Land ohne Zeit, in das sich kein Mensch wagte.

Als der Hirsch aus Milch und Gold das Wilde Volk erschuf, war auch ein wenig von dem letzten Sternengold in die Körper gewöhnlicher Menschen, Pflanzen und Tiere gelangt. Aber das wusste niemand, und den Geschöpfen sah man es nicht an. Nur wer in ihr Inneres blicken konnte, wäre in der Lage gewesen, ein Hauch von Gold zu entdecken und diese lebensspendende Kraft zu spüren, die davon ausging. Viel besser als andere wurde so ein Lebewesen dadurch aber nicht, schließlich waren alle Geschöpfe mit Liebe gemacht worden, doch es erkannte Dinge deutlicher und blickte leichter durch den Schleier der scheinbaren Realität. Menschen, die ein wenig Sternengold in sich hatten, wurden als Heiler oder wegen ihres unglaublich grünen Daumens geschätzt. Wegen ihrer Fähigkeit, kleine Dinge vorauszusagen, oder wegen ihres außergewöhnlichen Zugangs zu Tieren.«

Doornton blickte Tin durchdringend an. »In deinen Adern, Tin, fließt Sternengold. Ich weiß nicht, wie es dort hineingelangt ist, aber auch ich trage es in mir. Mir war das schon sehr früh klar, weil ich in meinen Träumen Dinge sah, von denen die anderen Kinder nichts wussten. Ich war damals nicht viel älter als du, Tin, und diese Visionen quälten mich sehr. Sie waren allerdings undeutlich, und es war schwer zu sagen, welche sich bewahrheiten würden und welche bloß Albträume waren. Ich sah, wie die Städter ins Hinterland einmarschierten und den Boden und alle Dörfer auseinanderrissen, um wieder an das Gold zu gelangen. Ich erkannte, dass die Grenzen, die durch Farallone verliefen, das Verderben des Landes waren – die Grenzen zwischen Wildem Volk, Hinterland und Stadt – und dass ich in dem Ganzen eine Rolle zu spielen hatte. Als junger Mann ging ich, töricht wie ich war, zur Stadtmauer und wollte mich als eine Art friedlicher Botschafter anbieten.«

Nun blickte Doorton zu dem Hasen.

»Glücklicherweise wurde ich von denjenigen abgefangen, die dich geschickt haben, Malve. Auf meinem Weg entdeckten mich die Grünzwillinge, und sie warnten mich: Wenn den Brüdern durch mich offenbart würde, dass Farallone, versteckt hinter der Salviawüste und dem Salviagebirge, wieder heil und gesund war, würde ich das Hinterland in große Gefahr bringen. Sie zeigten mir einen Geheimgang, der durch einen alten Schacht und ein verborgenes Flussbett unter der Mauer hindurchführte. Und so bin ich in die Stadt gekommen und habe Menschen getroffen, die noch Träume hatten und sich ein Leben jenseits der Mauern in Freiheit wünschten. Lauter einfache Leute, die in Wassermühlen arbeiteten oder Straßen fegten, Mütter mit hungrigen Kindern und Großväter, die in ihren Taschen die Samen von ganz gewöhnlichen Kräutern versteckten. Zusammen wurden wir zum Mycelium.«

Das Feuer war inzwischen erloschen, und alle schwiegen. Doorton wirkte in sich gekehrt, und Anders' Gesicht war tränennass. Seb saß mit vor Staunen offenem Mund da. Und Malve dachte voller Wehmut an Myrte, an die Grünzwillinge, an die schlammigen Wege, die von Lorbeerbäumen gesäumt waren, und an die mit Buschwerk bewachsenen Hügel seines geliebten Hinterlandes, wo es in Hülle und Fülle essbare Äste und Blätter gab.

Tin kribbelte es am ganzen Körper. Wenn er sich jetzt bewegte oder auch nur ein Wort sagte, würde bestimmt alles verschwinden – Doornton, die Einsiedlerspinne, die Geschichte von Farallone und dem Hirsch aus Milch und Gold, das Sternengold in seinem Blut. Sternengold in meinem Blut?, dachte er und schaute auf die blauen Adern in seinem Handgelenk. Er versuchte, einen goldenen Schimmer zu entdecken.

Doornton holte tief Luft. Er war noch nicht ganz fertig. »Ich weiß nicht, wie du es angestellt hast, mein Junge«, sagte er zu Tin. »Aber du hast etwas von großer Magie erschaffen, das durch dein Staunen angetrieben wird und auf die Lebenskraft von Farallone, auf das Sternengold in deinem Blut, reagiert. Und es ist bestimmt kein Zufall, dass deine Erfindung die Gestalt einer Spinne hat, genau wie die älteste der drei Schöpferinnen dieser Insel. In den Händen der Brüder würde dein Werk katastrophale Folgen haben, denn sie sind sehr klug und bekämen schnell heraus, wie es funktioniert. Wenn sie *jemals* entdecken, dass Farallones letztes Gold im Blut des Wilden Volkes versteckt ist und in geringerem Maß auch in Tieren und einigen Menschen ... Nun, ich möchte mir das Blutbad, das sie deshalb anrichten würden, nicht vorstellen.«

»Heißt das, ich soll meine Einsiedlerspinne zerstören?«, fragte Tin erschrocken.

Doornton zögerte. »Nein«, sagte er schließlich, »obwohl ich zuerst dachte, es wäre das Beste. Bis ich die lebendige Spinne mit ihrem Eikokon gesehen habe. Diese kleine Einsiedlerspinne hat deinem Werk ihren Segen gegeben. Sie hat es als Fahrzeug gewählt, um aus der Stadt zu kommen, und dir dafür ihr ganzes Sternengold und damit ihr Vertrauen geschenkt. Die Alte Mutter Neeth wurde zwar vor vielen Jahren getötet, aber diese Spinne ist sehr außergewöhnlich. Da sind unbekannte Kräfte am Werk, die wir nicht vollständig begreifen. Eines aber weiß ich: Ihr müsst raus aus dieser Stadt, und zwar schnell. Ihr müsst nach Olima aufbrechen und mit dem Wilden Volk reden. Sie werden sich nicht mit euch unterhalten wollen. Vielleicht werden sie sogar versuchen, euch zu töten. Sie misstrauen den Menschen und verabscheuen die Bewohner der Stadt. Ihr Hass macht sie brutal, aber ihr Hass entspringt einer großen Angst und einem großen Verlust. Und dort, weit, weit weg von den Brüdern, müsst ihr sie dazu bringen, euch zuzuhören. Damit sie erfahren, was du mir erzählt hast, Tin. Und vielleicht solltest du ihnen sogar deine Einsiedlerspinne anvertrauen.«

»Wirst du mit uns kommen?«, fragte Tin leise. »Schließlich bist du aus dem Hinterland und kennst die Grünzwillinge.«

»Ich verlasse die Stadt erst, wenn meine Arbeit getan ist«, sagte Doornton mit rauer Stimme. »Wenn ich gehe, werde ich nicht mehr zurückkehren können, und das Mycelium wird auseinanderbrechen. Wenn ich gehe, gibt es niemanden mehr, der zu gegebener Zeit den Widerstand von innen heraus anführt. Aber es ist wichtig, dass sich sowohl in der Stadt als auch außerhalb der Widerstand formiert. Sonst wird das Zerbrochene nie wieder heil. Ich habe ein Versprechen gegeben.«

»Warum kannst du nicht mehr zurückkommen?«, fragte Seb. »Du kennst doch bestimmt den Weg.«

»Meine Füße würden mich jederzeit hierher zurücktragen, Kind«, flüsterte Doornton. »Aber nicht mein Herz.«

Tin, der sonst nie weinte, traten Tränen in die Augen. Er wagte nicht zu fragen, warum Doornton seine Heimat verlassen hatte und niemals zurückgekehrt war.

Also nickte er bloß und tat so, als verstünde er, was es bedeutete, wenn das Herz woanders hingehört.

»Wir kartografieren die gesamte Unterseite dieses Ortes«, fuhr Doornton fort, seine Stimme klang nun wieder fester. »Und zeichnen jede einzelne Seele ein, die unter der Stadt verschüttet ist. Die Seelen von Flüssen, von verschiedensten Geschöpfen und Menschen, die vor langer Zeit hier begraben wurden. Die einzelnen Punkte verbinden sich miteinander zu einem Netz. Und wenn wir die ganze Unterseite vermessen haben und verstehen, wie es früher einmal war, müssen wir nur noch an einem Faden dieses Netzes ziehen. Dann werden die alten Flussläufe die Straßen fluten. Die Sanddünen werden sich erheben. Und die Stadt wird bersten und zu ihrer ursprünglichen Wildheit zurückkehren. Die Menschen, die hier leben, werden vom Joch der Brüder und der Gier nach dem Sternengold befreit. Wir werden eine neue Gemeinschaft schaffen, eine neue Ordnung.

Noch ein paar Monate, dann haben wir alles vollständig vermessen. Acht Jahre haben wir bisher gebraucht, weil wir uns nur heimlich durch den Untergrund bewegen können. Wenn wir fertig sind, werde ich die Grünzwillinge rufen. Und sie werden den Faden ziehen. Denn sie waren es, die mir damals in der Wüste erklärt haben, wo und wie ich beginnen soll. *Wenn es so weit ist,* sagten sie, *werden wir uns auf den Weg machen. Du musst die Geschichte von der Stadt und ihrer Vergangenheit zusammensetzen. Wir werden dir helfen, sie mit neuem Leben zu füllen. Warte auf die Spinne aus Gold. Dann rufe nach uns, und wir werden kommen.«*

»Das haben dir die Grünzwillinge gesagt?«, flüsterte Malve. »Mir gegenüber haben sie nie eine Spinne erwähnt!«

»Mir haben sie erzählt, dass sie gut darin wären, Bruchstücke vom großen Ganzen zu erkennen«, sagte Doornton. »Sie wandern durch das Land und sammeln die Bruchstücke. Das zumindest haben sie die letzten zweihundert Jahre über getan. Sie haben Visionen, doch sind diese nie sehr detailliert, nie ganz genau. Als sie dich zu Tin in die Stadt schickten, Malve, wussten sie wahrscheinlich gar nicht, dass dein Auftrag mit der Spinne zusammenhängt, die sie mir einst beschrieben hatten. Lediglich, dass beides wichtig ist.«

»Aber – was passiert denn jetzt?«, fragte Seb. Er war inzwischen zu Tin ins Bett gekrochen, und die Jungen hielten einander fest und taten so, als würden sie die Furcht des anderen nicht bemerken. »Wird – wird es Krieg geben? Müssen wir kämpfen? Was geschieht, wenn Farallone stirbt?«

Es war Malve, der antwortete. »Dann wird auch alles Leben auf der Insel sterben.« Von den Ohren bis zu seinem schwarzen Schwanz lief ein Zittern.

Doornton meinte, Tin und Seb sollten den Rest der Nacht schlafen. Die Jungen wussten nicht, ob Tag oder Nacht war, aber Doornton hatte mehrere Stundengläser und einige Gucklöcher, die ihm die Tageszeit verrieten.

Am nächsten Morgen reparierten er und Tin die gebrochenen Beine der Einsiedlerspinne. Doornton grüßte die kleine Spinne, die sich zur Spule zurückgezogen hatte, und tat so, als würde er an einen Hut tippen. Sie hatte sich einen winzigen Netztunnel gewebt, aus ganz normalen weißen Fäden. Anders kochte ein starkes Gebräu aus bitteren Kräutern, das ihre Prellungen und den Muskelkater möglichst schnell vertreiben würde, wie er Seb und Tin erklärte. Die Jungen tranken widerwillig den dunklen, schlammigen Tee, fühlten sich danach aber gleich viel besser. Als sie Anders fragten, wie er hier im Untergrund an die Heilkräuter gekommen sei, erklärte er grinsend, dass selbst die Brüder Pflanzen nicht vom Wachsen abhalten konnten und Maulwürfe ab und zu tief in der Nacht an die Oberfläche kämen. Außerdem kannte er die Ecken, an denen kein Giftmüll abgeladen wurde.

Beatrix steuerte das Boot durch alte, geflutete Straßenbahntunnel und Rohre, in denen Fließgewässer begradigt worden waren. Sie fuhren Richtung Stadtrand, wo Doornton ihnen helfen würde zu fliehen.

»Reisen wir dann übers Meer weiter?«, fragte Tin, als Doornton ihm erzählte, wo sie waren.

»Ja«, sagte Doornton. »Ihr müsst nach Süden und anschließend nach Westen, immer an der Küste entlang, bis ihr nach Olima kommt.«

Je näher sie dem Stadtrand kamen, desto stiller wurde Seb. Er saß auf seinem Bett und hatte seine Nase in die Untergrundkarte gesteckt, die Doornton ihm geliehen hatte. Malve döste am Holzofen vor sich hin. Und Tin war so versunken in seine Träume über das Grasland, den Wind und die Nadelbäume und die Schluchten, die Doornton ihm beschrieben hatte, während sie an der Einsiedlerspinne arbeiteten, dass ihm das Schweigen seines Freundes gar nicht auffiel.

»Müssen wir ein Boot nehmen, um über das Meer zu gelangen?«, fragte Tin.

Doornton zögerte und schaute dann mit leuchtenden Augen auf. »Ich hoffe, dass ihr Flügel nehmen könnt.«

Den Stadtrand erreichten sie kurz vor Tagesanbruch, in der Zeit, wenn die Nacht am dunkelsten ist. Anders packte den Jungen geröstete Wurzeln, Reis und ein paar warme Socken in einen zerschlissenen Beutel. Beatrix legte ihnen ihre Hände an die Wangen, flüsterte Worte, die sie nicht verstanden, und küsste sie auf die Stirn. Sie verließen das Kanalboot. Tin zog die Einsiedlerspinne über feuchten, sandigen Grund hinter sich her. Hörte er nicht ganz in der Nähe ein sanftes Rauschen? Doornton führte sie zu einer vollgestopften Abstellkammer direkt unter der Erdoberfläche. Er hob seine Laterne ein wenig hoch und leuchtete die Wände ab. Im flackernden Schein sahen sie dünne, ausgeblichene Knochen, die dicht an dicht aufeinandergestapelt waren, und lange orangefarbene Schnäbel.

Um sie herum waberte Nebel, und Tin atmete scharf ein. Inmitten der weißen Schwaden bildete sich aus den Knochen ein halbes Dutzend riesiger Vögel mit großen Schnäbeln. Geistervögel!

Doornton verneigte sich tief vor ihnen. Die Jungen taten es ihm gleich und versuchten, ihre Angst zu verbergen.

»Seid gegrüßt, Nashornpelikane«, sagte Doornton.

Die Geister der Nashornpelikane antworten ihm alle gleichzeitig, als wären sie ein einziges Wesen. In ihren Stimmen hallte der Wind im Schilf und der Wind über den Wellen wider. Für Tin und Seb waren die Worte unverständlich, aber Malve und Doornton hörten aufmerksam zu.

Dann hob einer der Vögel ab und flog davon – direkt durch den Erdboden.

»Die Geisterpelikane sind sehr großzügig«, sagte Doornton. »Den Menschen vertrauen sie nicht, aber dem Mycelium schon. Sie haben einen Boten fortgeschickt, der ihre lebenden Brüder aus dem Hinterland darum bitten wird, herzukommen, um euch und eure Einsiedlerspinne an einen Ort ganz in der Nähe von Olima zu bringen, den ich gut kenne. Er liegt gleich hinter der Grenze bei einem Dorf namens Erle.« Dieses Dorf schien für ihn von großer Bedeutung zu sein, wie seine Stimme verriet.

»Ich gehe nicht mit«, platzte es plötzlich aus Seb heraus. Er zitterte am ganzen Leib.

»Was sagst du da?«, rief Tin und packte seinen Freund am Arm.

»Ich kann nicht mitkommen. Ich kann nicht aus der Stadt raus. Ich gehöre nicht ins Hinterland oder Olima. Das ist nicht meine Einsiedlerspinne. Und ich habe auch kein Sternengold in mir, so wie du.« Er weinte und wich Tins Blick aus.

Doornton legte ihm eine Hand auf die Schulter.

»Ich will einer vom Mycelium werden«, fuhr Seb mit wackliger Stimme fort. »Mit Karten kenne ich mich aus.« Er schaute Doornton flehentlich an.

Doornton lächelte und nickte, er schien die Verzweiflung des Jungen nur allzu gut zu verstehen. Dies war nicht Sebs Reise, sondern Tins.

Tin sagte kein Wort. Er fühlte sich betrogen und hätte am liebsten auch geweint, aber er versuchte, sich nichts anmerken zu lassen. »Wie du willst«, sagte er und ballte die Fäuste.

In diesem Moment kehrte der Pelikanbote mit rauschenden Flügeln durch die Erde zu ihnen zurück.

»Sie sind da«, sagte Doornton und wandte sich an Tin. »Wir müssen dich und Malve noch vor Tagesanbruch von hier wegbringen. Die Dunkelheit schützt euch und die Einsiedlerspinne vor den Blicken der Brüder.«

Plötzlich drehte sich Tin mit einem kleinen Schluchzer um und schlang die Arme um Seb. Die Brust seines Freundes hob und senkte sich heftig.

»Du bist wie ein Bruder für mich«, murmelte Tin. »Und wenn ich zurückkomme, erwarte ich, dass die ganze Stadt mit Löwenzahn überwuchert ist.«

Doornton und Seb halfen Tin dabei, die Einsiedlerspinne durch die engen, sandigen Gänge und schließlich ins Freie und bis auf den Strand zu schieben. Dort trieben fünfzehn quicklebendige Nashornpelikane im Wasser. Ihr weißes Gefieder leuchtete so hell, als wären sie zur Erde gefallene Teile des Mondes. Tin blieb staunend stehen, und Malve setzte sich auf seine Hinterläufe und reckte die Nase in die Luft. Er fürchtete, dass diese Vögel Hasen fraßen, doch sie rochen ausschließlich nach Fisch, also hockte er sich zufrieden hin und putzte betont beiläufig sein Fell.

»Gesegnet seist du, Kind«, sagte Doornton, und hielt Tins Hand einen Augenblick lang ganz fest. »Mögest du deine Einsiedlerspinne in Sicherheit bringen, und mögen wir uns wiedersehen.« Er lächelte Tin zu und öffnete die Tür zum Fahrerhaus.

Tin hatte einen dicken Kloß im Hals. »Ich werde mein Bestes geben«, flüsterte er.

»Mehr kann man nicht tun«, antwortete Doornton, aber in seinen Augen blitzten Zweifel und Sorge auf. »Gib gut auf ihn acht«, sagte er mit einer leichten Verbeugung zu Malve.

Der Hase neigte würdevoll den Kopf.

Tin schaute sich um und winkte Seb zu, der bereits zum Tunnel, der in die Kanalisation führte, zurückgelaufen war. Dann holte er tief Luft und kletterte mit Malve unter dem Arm in die Einsiedlerspinne.

Und schon wurde die Spinne von fünfzehn Nashornpelikanen in den Winterhimmel gehoben, wo sie im Mondlicht schimmerte. Hoch und immer höher flogen die Pelikane, und Tin klammerte sich an den Sitz seines Gefährtes. Es dauerte eine Weile, bis er sich mutig genug fühlte, um in die Tiefe zu schauen. Die Stadtmauer lag schon weit hinter ihnen. Der graue Ozean breitete sich scheinbar unendlich unter ihnen aus. Die Küste vor ihm war zerklüftet, die Felsen riesig und von Pflanzen gesäumt. Wellen krachten weiß schäumend dagegen. Tin atmete den Duft der Seeluft so lange ein, bis ihm schwindlig wurde. Fast war es, als würde er sie trinken.

Plötzlich musste er weinen, erst nur ein wenig, doch

dann in tiefen, kurzen Schluchzern. Tröstend rollte sich Malve auf seinem Schoß zusammen, und Tins Tränen tropften in sein Fell. Tin weinte aus Sorge um Seb und aus Angst vor dem, was vor ihm lag. Aber vor allem weinte er, weil er nicht geahnt hatte, wie riesig und schön die Welt war.

Weit weg, auf der westlichen Stadtmauer, stand einsam ein Mann an einem alten Sternenbrecher und spähte durch ein Fernrohr. Er beobachtete den außergewöhnlichen Flug von fünfzehn Pelikanen, die ein eigenartiges, spinnenförmiges Ding in ihrer Mitte trugen. Nach einer Weile legte er zufrieden das Fernglas zur Seite und ging zurück in die Stadt.

9

KOJOTEN-VOLK

Am kommenden Morgen brachen Comfrey und Myrte in aller Frühe vom Lager der Korb-Hexen auf. Das Mädchen schaute nicht zurück, weil sie fürchtete, sonst vollkommen den Mut zu verlieren. Krampfhaft hielt sie das Stück Erdbeerbaumrinde in der Hand, auf das Salix eine Karte von Olima gezeichnet hatte, und betrachtete die verschiedenen Linien, die Wege markierten.

»Glaubst du nicht, dass ich dich zu Mutter Hirsch führen kann?«, fragte Myrte verärgert, als sie eine Lichtung erreichten. Am Ende der Lichtung wich die grüne Wiese der Steilküste und dem Meer. »Deshalb bin ich doch schließlich hier.«

»Sch, Myrte«, sagte Comfrey, die sich mehr auf die Karte als auf den Weg vor ihrer Nase konzentrierte. »Du hast doch selbst gesagt, dass so eine Karte ganz hilfreich sein könnte. Immerhin bist du ja noch nicht *überall* gewesen. Und ganz bestimmt nicht bei den Grizzly-Hexen!«

»Pass auf!«, rief Myrte. Der Weg schlängelte sich nun dicht an der zerklüfteten Steilküste mit seinem Küstensalbei und Lupinen entlang. In der Tiefe donnerte das Meer.

Comfrey schreckte keuchend zurück.

»Also wirklich …«, stöhnte Myrte. »Wir sind noch ewig weit von den Grizzly-Hexen weg. Ich kenne den Weg, zumindest bis zu den Traumbildbergen. Ab dort müssen wir tatsächlich zusehen, wie wir uns zurechtfinden.«

»In Ordnung«, seufzte Comfrey und steckte die Erdbeerbaumrinde in ihre Tasche. Sie nahm sich vor, sich nicht zu viele Sorgen zu machen, und lief weiter.

Die Häsin hüpfte vorneweg und suchte den Weg schnuppernd nach saftigem Grünzeug ab.

Comfreys Tasche war prall mit Proviant gefüllt, den die Korb-Hexen sorgfältig ausgewählt hatten – ein Paket Eichelkuchen, mehrere Streifen Trockenfleisch, getrocknete Heidelbeeren und eine Wasserflasche. Außerdem hatten die Korb-Hexen ihr die Otterfelldecke mitgegeben.

Comfreys Gedanken schweiften zu ihrem Zuhause, in die warme, gemütliche Küche an einem verregneten Morgen. Das Gesicht ihrer Mutter tauchte vor ihr auf, sie spürte ihre sanften Hände mit dem Duft nach Erde und Zitronenmelisse und bekam einen Kloß im Hals. Würde sie ihre Mutter jemals wiedersehen? Bestimmt war Maxine inzwischen völlig außer sich. Würde sie hinter der Grenze nach ihr suchen lassen? War so etwas überhaupt schon einmal passiert? Ihr Vater hatte die Grenzen des Hinterlandes überschritten, aber er war nicht in das Land des Wilden Volkes gegangen ...

Myrte hoppelte neben dem Mädchen her und achtete nicht auf ihre Schweigsamkeit. Die Häsin war so erleichtert, außer Sichtweite des Feuerfalken zu sein, dass sie nur an das köstlich frische Gras und die leckeren Sauerampferblätter dachte, die am Wegesrand wuchsen. In einem Strauch raschelten und gurrten junge Wachteln, und Myrte grüßte sie mit einem freundlichen Klopfen ihrer Hinterläufe auf den Boden.

»Myrte«, sagte Comfrey nach einer Weile, als der Weg sie durch ein Tannenwäldchen führte – die Bäume waren allesamt jung und ihre Zweige durch den Winterregen voller neuer leuchtend grüner Triebe. »Was wird geschehen, wenn wir es nicht schaffen? Wenn wir Mutter Hirsch nicht finden oder sie uns nicht helfen will? Oder wenn wir vorher von den Grizzly-Hexen oder von irgendjemand anderem aus dem Wilden Volk gefressen werden? Und wie soll es einem Mädchen aus dem Hinterland und einer kleinen Häsin überhaupt gelingen, etwas so Großes zu tun?«

»Ich mag zwar klein sein«, sagte Myrte ein wenig beleidigt, »aber vor allem bin ich wild und entschlossen. Immerhin haben die Grünzwillinge so viel Vertrauen in mich, dass sie mich zu dir geschickt haben. Die Grünzwillinge sind weise, auch wenn man oft nicht gleich versteht, was sie meinen. Und dieser glühende Fidibus hat deutlich gemacht, was er will. Schließlich hat er die Feder direkt vor deiner Nase fallen gelassen, damit du sie zur Schöpferin von Farallone bringst. Ihr Menschen macht euch ständig Gedanken darüber, was schiefgehen könnte. Für einen Hasen hingegen ist jeder Tag ein Glücksspiel, was die Dinge einfacher macht! Uns bleibt nichts anderes übrig, als das Beste zu hoffen und unser Bestes zu geben – und uns an dem köstlichen Geschmack von Blättern zu erfreuen!« Und damit setzte Myrte sich an den Wegesrand und knabberte zufrieden an einem Büschel Gras.

Comfrey schnaubte. Sie fragte sich, wie man in aller Ruhe essen konnte, wenn solch eine Aufgabe vor einem lag. Aber die Zuversicht der jungen Häsin brachte sie dennoch zum Lächeln. Und eigentlich hatte Myrte ja recht. Ihnen blieb gar nichts anderes übrig, als weiterzulaufen. Sollten sie etwa beim ersten Anzeichen einer Herausforderung nach Hause rennen? Hatte sie sich nicht heimlich immer nach einem Abenteuer gesehnt, danach, etwas Mutiges und Wichtiges zu tun, so wie ihr Vater? Sie ließ ihren Blick über die große blaue

Oberfläche des Meeres schweifen. Es roch nach Salz. Ein Schwarm riesiger weißer Pelikane flog entlang der Steilküste auf sie zu. Ihre Flügelschläge waren schwer und langsam und von uralter Anmut. Als sie näher kamen, bemerkte Comfrey, dass sie ein seltsam rundes und sperriges Teil mit sich trugen.

»Myrte, was ist das?«

»Ach, du meine Güte!«, rief die Häsin und stellte sich auf ihre Hinterbeine, um einen besseren Blick darauf werfen zu können.

Die Pelikane glitten nach oben und flogen nun fast gleichauf mit dem Mädchen und der Häsin. Ihre Last schien golden zu leuchten. Neben spinnenartigen, dürren Beinen hatte das seltsame Etwas noch eine Glastür und eine offene Sichtluke, durch die ein Junge erstaunt zu ihnen herunterschaute. Neben ihm tauchte ein kleines pelziges Gesicht mit langen Ohren auf.

Comfrey schrie überrascht auf.

»Malve!«, rief Myrte voller Angst.

Als Malve hörte, wie die Stimme, die er seit seiner Geburt kannte, nach ihm rief, machte er einen Satz zur Luke. Tin konnte ihn gerade noch festhalten. Die Nashornpelikane änderten ihren Kurs und drehten zur Spitze einer gedrungenen Tanne ab.

»Das ist meine Schwester Myrte! Lass mich los, lass mich los!«, rief Malve. Er wand sich und trat Tin mit seinen starken Hinterläufen in den Bauch.

In dem Moment setzten die Nashornpelikane die Einsiedlerspinne in den obersten Ästen des Baumes ab. Sie dachten, sie täten Tin und Malve einen Gefallen, wenn sie ihnen einen bequemen Landeplatz anböten, den jeder Vogel dem Boden bevorzugen würde.

Malve sprang mit einem großen Satz durch die Luke und landete zwei Meter tiefer auf dem Boden. Er schüttelte sich und hoppelte den schmalen Pfad entlang durch das hohe Gras.

Tin streckte seinen Kopf durch die Sichtluke der Einsiedlerspinne und sah, wie Malve mit weiten Sprüngen zu einem anderen Hasen lief. Die Nashornpelikane segelten schon wieder in weiter Ferne über dem Meer. Trotzdem hob Tin eine Hand und winkte ihnen zum Dank hinterher.

Durch einen Windstoß geriet die Einsiedlerspinne plötzlich ins Wanken und fiel vom Baum. Sie prallte unsanft zu Boden, wobei sich die Beine einklappten, rollte ein Stück über das Gras und kam bei einem Büschel Lupinen zum Stehen.

Tin stöhnte, rieb sich den Arm und setzte sich auf. Durch das Fenster der Einsiedlerspinne sah er, wie Malve und Myrte sich mit ihren Nasen berührten. Eine Weile standen sie ganz ruhig und schweigend da, nur ihre Schnurrhaare bewegten sich. Dann putzte Malve seine Schwester sanft im Nacken, dort, wo der Feuerfalke sie verbrannt hatte.

»Wie merkwürdig ...«, hauchte Tin. Der Anblick der wiedervereinten Geschwister machte ihn traurig und froh zugleich. Er dachte an Seb, der jetzt bei Doornton und dem Mycelium viele Kilometer entfernt in der Stadt war. Soweit Tin sich erinnern konnte, waren sie bisher nie länger als einen Nachmittag voneinander getrennt gewesen. Er schüttelte den Gedanken ab, kletterte aus der Spinne und setzte sich in das nasse, saftige Gras.

Von oben aus betrachtet, war ihm die Welt in der Morgendämmerung wie ein Meer aus wogenden Tälern und Bergen in verschiedenen Grüntönen vorgekommen, ein wunderschöner Anblick nach zwölf Jahren umgeben von Steinen und Zement. Aber nun, da er hier unten saß, erschien ihm alles noch viel herrlicher! Tin konnte sich gar nicht sattsehen. Die Sonne war erst vor einer Stunde aufgegangen und verwandelte den Tau auf den Gräsern in einen goldenen Schleier. Jetzt drang die Feuchtigkeit des nassen Grases durch seinen Hosenboden, und die Erde unter seinen Händen war angenehm kühl und weich. Sie roch süß und moschusartig und lebendig. Tin legte sich auf den Rücken und atmete tief ein. Sein ganzes Leben über hatte dieser Ort schon unter dem weiten Himmel gelegen, und der Wind war darüber hinweggefegt, und er war schöner, als Tin jemals geahnt hätte. Eine ungewohnte Ruhe und Zufriedenheit überkam ihn.

Neben seinem Ohr hörte er ein Kratzen, ein Schaben

von kleinen Zähnen, und dann tauchte der Kopf eines Erdhörnchens aus einem Loch auf. Erschrocken fuhr Tin hoch – und er bemerkte, dass es noch mehr Beobachter gab. Gar nicht weit entfernt saßen Malve und Myrte auf dem Weg, die beiden Hasen hätte Tin in all der Aufregung beinahe vergessen. Und zwischen ihnen stand ein Mädchen! Ihre hellgrünen Augen hoben sich leuchtend von ihrer dunklen Haut ab. So jemandem war er noch nie begegnet, dennoch wirkte sie seltsam vertraut.

»Hast du noch nie ein Erdhörnchen gesehen?«, fragte das Mädchen belustigt, weil sie nicht wusste, was sie sonst zu diesem eigenartig gekleideten Jungen sagen sollte, der vom Himmel gefallen zu sein schien.

»Ein Erdhörnchen? Ähm, nein«, stotterte Tin und zuckte mit den Schultern.

Comfrey musterte ihn: seine Locken, die in alle Richtungen standen, seine zerschlissenen Leinenschuhe mit Gummisohlen, seinen robusten Arbeitsmantel, seine blasse, fast farblose Haut. »Wo kommst du auf einmal her?«, fragte sie.

»Vom Mond natürlich!«, warf Malve spöttisch ein, um seinen jungen Freund zu verteidigen.

»Ich dachte, ich hätte dich vermisst, aber vielleicht habe ich mich geirrt«, sagte Myrte und boxte ihren Bruder spaßhaft in die Seite.

»Was?« Comfrey sah zwischen den beiden Hasen

hin und her und dann wieder zu dem fremden Jungen. Er und der Hase waren *wirklich* aus dem Himmel gekommen, und zwar in einer Art riesiger, leuchtender Spinne. »Kommst du von den Sternen? Warum bist du so blass? Bist du ein Geist? Und warum hast du dieses große skelettartige Spinnending bei dir?«, fragte sie.

Jetzt war es Tin, der lachte. »Ich habe tatsächlich das Gefühl, ich käme vom Mond. Aber nein, ich bin vom Fünften Kloster der Gnade und des Fortschritts.« Als Comfrey nicht reagierte, sondern ihn bloß mit leicht geöffnetem Mund anstarrte, fügte er hastig hinzu: »Das ist ein Waisenhaus in der Stadt. Und Malve wurde von einer Eule ins Kloster fallen gelassen. Ich heiße Tin.«

Der Junge streckte höflich seine Hand aus, aber Comfrey funkelte ihn nur an. Zögernd setzte sie sich schließlich neben den Jungen ins Gras. Sie dachte an die Stadt und ihren Vater. Waren die Stadtbewohner denn nicht böse? Er roch ein wenig merkwürdig, aber sein Lächeln wirkte aufrichtig.

»Bist du vom ... vom Wilden Volk?«, fragte der Junge.

Comfrey musste kichern. »Wächst mir irgendwo Fell? Natürlich nicht, du Dummerjan. Ich bin bloß ein Mädchen aus dem Hinterland. Und du kommst gar nicht aus der Stadt, oder? Das ist unmöglich. Wieso solltest du dann durch den Himmel hierher geflogen sein?«

»Doch, tue ich«, bestätigte er. »Und wie heißt du?«

Comfrey musterte ihn ein wenig ängstlich. Ob sie

ihm trauen konnte? Vielleicht war er ein Spion. Womöglich wurde einem in der Stadt beigebracht, einen freundlichen und aufgeschlossen Eindruck zu machen. »Comfrey«, antwortete sie gepresst.

Myrte hoppelte zu ihr, und Comfrey strich über ihre langen Ohren. Aber war das überhaupt Myrte? Die beiden Hasen sahen sich ziemlich ähnlich. Doch dann erkannte sie Myrte an dem weißen Fleck auf der Schnauze – der andere Hase hatte dafür einen auf der Brust.

»Moment mal!«, rief Comfrey. »Wie kommt es eigentlich, dass du Myrtes Bruder bei dir hast?«

»Ich bin Malve, wenn es nicht zu viel Mühe macht«, warf der junge Hase ein, bevor Tin antworten konnte. »Hat Myrte dir nicht erzählt, dass sie einen Bruder hat und wir beide von den Grünzwillingen losgeschickt wurden?«

»Natürlich habe ich das«, sagte Myrte und stupste Malve in die Seite. »Wir hatten nur sehr viel um die Ohren. Daher hat das Mädchen es verständlicherweise vergessen.«

»Haben diese schrecklichen Verbrennungen etwas damit zu tun?«, fragte Malve mitfühlend und betrachtete das versengte Fell seiner Schwester. »Tin und mir ist es auch nicht besonders gut ergangen.«

»Na, dann«, erwiderte Myrte, »ergeben wir zusammen doch einen lustigen Haufen. Wir sind auf dem Weg nach Norden, um die Feder des Feuerfalken direkt an den Grizzly-Hexen vorbei zum Hirsch aus Milch und Gold zu bringen.«

»Die *was*?«, fragte Malve. Der weiße Fleck auf seiner Brust zitterte.

»Die Feder des Feuerfalken«, wiederholte Comfrey. »Der Feuerfalke stirbt. Deshalb hat er auch seine Feder verloren. Und ich habe sie aufgehoben. Das passiert nur, wenn die Welt auf ihr Ende zugeht, versteht ihr? Nun ja, so haben es uns zumindest die Korb-Hexen erzählt. Und sie haben allen Grund zur Annahme, dass die Gefahr aus der Stadt kommt, so wie es immer ist. Die Bedrohung geht also von *euch* aus«, sagte sie und funkelte Tin an. »Ich weiß nicht, wann oder wie es geschehen wird. Nur, dass die Bilder, die ich in der Feder gesehen habe, die Vernichtung des Wilden Volkes bedeuten. Vielleicht bist du der Anfang von all dem, vielleicht bist du ihr Bote oder ihr Spion!«

»Du bist auch nicht besser als wir, wenn du glaubst, alle Stadtbewohner wären böse!«, rief Tin, der nun wütend aufsprang. »Mir wurde beigebracht, dass alle Leute aus dem Hinterland verseuchte Wilde sind. Ich weiß sicher mehr über die Gier der Stadt als du und hasse sie daher auch mehr als du. Und ich wurde vom Mycelium geschickt, um meine Einsiedlerspinne außer Reichweite der Brüder zum Wilden Volk zu bringen.« Er zeigte zu seinem achtbeinigen Gefährt. »Außerdem weiß ich über die drohende Gefahr längst Bescheid.

Und über den Hirsch aus Milch und Gold! Vielleicht weiß ich sogar *mehr* als du.«

»Das bezweifle ich stark!«, rief Comfrey aufgebracht. Was fiel diesem Stadtjungen ein! Obwohl sie sich insgeheim eingestehen musste, dass ihr über den Hirsch fast nichts bekannt war und sie auch keine Ahnung hatte, was es mit diesem Mycelium auf sich hatte. Aber das würde sie gegenüber Tin auf keinen Fall zugeben! »Sie sind also hinter *diesem* Ding her?«, fauchte sie stattdessen und nickte zur Einsiedlerspinne. »Dann werden dir also vermutlich noch mehr Stadtbewohner folgen?« Ihre Nasenflügel bebten. »Du kannst doch nicht einfach mit diesem Apparat hier auftauchen und uns mit den Folgen allein lassen!« Jetzt warf sie Malve einen wütenden Blick zu, ihre Wangen glühten. »Und wie kannst du ihm nur bei all dem helfen?«

Der Hase sprang beschützend auf Tins Schoß.

Comfreys Wutausbruch machte Tin einen Moment lang völlig sprachlos. Die Vorstellung, wie die Brüder ins Hinterland einmarschierten, war im Mycelium zwar sehr erschreckend, aber auch sehr abstrakt gewesen. Doch durch die Worte dieses ungestümen Mädchens erschien ihm auf einmal alles so wirklich, ihm wurde die ganze Tragweite der langen Geschichte klar, die Doornton erzählt hatte. Warum hatte Doornton überhaupt das Hinterland verlassen? Plötzlich glaubte Tin die Antwort zu kennen: Diesen Ort verließ man nur, um ihn zu beschützen, selbst wenn es bedeutete, dass man dabei vielleicht starb. Und auch Comfrey schien bereit zu sein, alles zu tun, um das Hinterland zu retten. Mit ihren zerzausten schwarzen Zöpfen, die ihr über die Schultern fielen, ihrem schmutzigen grünen Wollkleid und den Wildlederstiefeln sah sie unglaublich mutig aus. In ihr loderte eine Stärke, wie er sie bei einem Stadtmenschen nie gesehen hatte. Sein ganzes Leben lang war ihm eingetrichtert worden, dass die Menschen aus dem Hinterland verseucht und schwächlich wären. Und nun stand Comfrey putzmunter mit roten Wangen und dunkler Haut vor ihm. Warum nur kam ihm ihr Gesicht so vertraut vor?

Ich bin in den Ästen einer echten Tanne gelandet und habe ein kleines, wildes Erdhörnchen aus seinem Loch auftauchen sehen, dachte Tin und bekam immer mehr das Gefühl, dass er vielleicht doch verstand. Dafür würde ich auch sterben. Allein, damit diese Lebendigkeit durch meinen Körper strömt. Ich würde lieber sterben, als das Land in die Hände der Stadt fallen zu lassen.

»Wieso sagst du nichts?«, fragte das Mädchen ungeduldig. »Hat dir deine Mutter keine Manieren beigebracht?«

»Ich habe keine Mutter«, antwortete Tin, der aus seinen Gedanken hochschreckte. »Und wo wir schon darüber reden, auch keinen Vater. Außerdem ist das kein *Ding*. Es ist eine Erfindung. Mit ihr habe ich eine besondere Spinne aus der Stadt bringen können. Ganz zu schweigen von ... ach, es wäre dir wahrscheinlich ohnehin egal.« Mit diesen Worten ließ Tin das Mädchen einfach stehen, marschierte zu seiner Einsiedlerspinne, faltete die Beine auseinander und wischte Gras und Tannennadeln vom Leder des Fahrerhauses. Malve hoppelte Tin nach und beobachtete, wie er das Gefährt unter die Lupe nahm. Zum Glück schien die Spinne durch den Sturz vom Baum nicht beschädigt worden zu sein.

»Was wäre mir egal?«, fragte Comfrey vorsichtig, die ihm, gefolgt von Myrte, hinterhergelaufen war. Nun war sie doch neugierig geworden, und sie musste sich eingestehen, dass von dieser Erfindung eine eigenartige Schönheit ausging. Der Seewind zerrte an ihren schwarzen Haaren und löste ihre Zöpfe noch mehr auf.

Tin schaute Comfrey kurz an und hockte sich dann hin, um den Motor und die Goldseide in Augenschein zu nehmen. Außerdem wollte er wissen, wie es der kleinen Spinne und ihren Eiern ging.

»Sie ist weg!«, rief er.

»Wer ist weg?«

»Die Einsiedlerspinne! Sie hat einen goldenen Faden gewebt, damit ich sie und ihre Kinder aus der Stadt bringe. Wir haben uns gegenseitig geholfen.« Tin wünschte, er hätte sich ordentlich bedankt und Auf Wiedersehen gesagt, selbst wenn die Spinne ihn nicht verstanden hätte. Er fragte sich, wohin sie so eilig gekrabbelt war, ob sie die ganze Zeit einen bestimmten Ort erreichen wollte, vielleicht um ihren Eikokon abzulegen. Hoffentlich hatte sie keiner dieser lärmenden, blauen Vögel aufgepickt, die in der Nähe krächzend auf einem Ast wippten.

Der Junge sah so traurig aus, dass Comfrey beschloss, ein bisschen netter zu ihm zu sein. »Hast du diese Maschine wirklich selbst gebaut?«, flüsterte sie und starrte auf Tins magere Hände. »Und welche Spinne kann goldene Fäden weben? Von so etwas habe ich noch nie gehört.« Auf einmal schämte Comfrey sich. Wie überheblich sie doch gewesen war! Von Grund auf böse konnte Tin nicht sein, wenn eine Spinne freiwillig Seide für ihn gewebt hatte.

Myrte musterte den Jungen neugierig.

»Das ist es ja gerade«, sagte Tin. »Ich habe keine Ahnung. Ich glaube nicht, dass sie eine gewöhnliche Spinne war. Aber das ist noch nicht alles.« Er drehte sich zu Malve, der an dem verlassenen Netz der Einsiedlerspinne schnupperte. »Komm, Malve, zeigen wir es ihnen.«

Tin und Malve setzten sich ins Fahrerhäuschen der Spinne, und plötzlich war das Gefährt golddurchflutet und erwachte so unerwartet zum Leben, dass die Häsin überrascht Schutz in Comfreys Armen suchte. Eine Zeit lang stand das Mädchen wie angewurzelt da.

Die Einsiedlerspinne fuhr und drehte sich, funkelte im Sonnenlicht und sah in der Tat äußerst lebendig aus.

»Wie funktioniert das?«, fragte Comfrey, nachdem sie ihre Stimme wiedergefunden hatte.

»Es fährt mit Sternengold!«, rief Tin. »Mit dem Gold, hinter dem die Brüder die letzten zweihundert Jahre her waren und das sie Farallone vor langer Zeit fast vollständig entrissen haben.«

Tin hielt die Spinne an und kletterte wieder hinaus. Malve folgte ihm mit einem großen Satz.

»Ich verstehe es nicht richtig, aber es fährt, wenn ich oder Malve darin sitzen«, fuhr Tin mit seiner Erklärung fort. »Vielleicht funktioniert es auch bei Myrte oder ... bei dir. Der Anführer des Myceliums – das ist die Widerstandsbewegung im Untergrund der Stadt – hat uns eine Geschichte erzählt. Sie handelte von dem Hirsch aus Milch und Gold. Um den Rest des Sternengoldes zu schützen, schuf die Schöpferin zur Zeit des Zusammenbruchs daraus das Wilde Volk. Das Blut des Wilden Volkes ist aus Sternengold! Das zumindest hat der Mann gesagt. Und er meinte, dass auch ein kleiner Teil davon in einige Menschen und Tiere gelangt ist. Vielleicht sollten wir beide zusammen zum Hirsch gehen. Sieht fast so aus, als wären wir dafür bestimmt. Meine Einsiedlerspinne –«

»Ihr Blut«, unterbrach Comfrey ihn und wurde auf einmal ganz blass, »ist aus Sternengold? Ist das wahr,

Tin? Das Sternengold, aus dem der Hirsch die Welt gemacht hat?«

»Ja«, erwiderte Tin. »Aus dem letzten Sternengold von Farallone. In den Geschöpfen des Wilden Volkes hat der Hirsch versteckt, was davon übrig geblieben war. Aber wenn es zerstört wird, muss ganz Farallone sterben.«

»Genau das habe ich gesehen«, flüsterte Comfrey. »In der Feder des Feuerfalken. Wildes Volk, das von Männern in Metall getötet wurde, und über den ganzen Boden verteilt leuchtendes, goldfarbenes Blut, das gar nicht mehr aufhörte zu fließen. Wie ausgehungerte Dämonen stürzten sich die Männer darauf und schöpften es zusammen ... Und deine Einsiedlerspinne hat etwas damit zu tun? Sie spürt Sternengold auf und erwacht damit zum Leben? Ist sie dann in den falschen Händen nicht sehr gefährlich? Was, wenn die Brüder aus der Stadt dir gefolgt sind und du eine Art Köder bist?«

»Das wäre schlimm, aber die Brüder haben keine Ahnung, wo ich bin«, sagte Tin. »Ich möchte die Einsiedlerspinne ja gerade vor ihnen verstecken und beim Wilden Volk in Sicherheit bringen.« Er seufzte. Die Vorstellung, seine Einsiedlerspinne wegzugeben, sie nie mehr aufleuchten zu sehen und die Wärme des Goldes zu spüren, die ihn beim Fahren durchströmte, gefiel ihm gar nicht.

»Waren die Bilder, die ich in der Feder gesehen habe, nun wahr oder falsch?«, fragte Comfrey. »Wie können wir die Brüder davon abhalten, hierherzukommen? Ist dir eigentlich klar, dass deine Anwesenheit der Grund sein könnte, warum sich meine Vision erfüllt?«

»Visionen«, warf Myrte ein, »sind bekanntlich launisch. Das haben uns die Grünzwillinge beigebracht. Sie sind Warnungen und Hoffnungen, zeigen uns Möglichkeiten auf und nur manchmal die Wahrheit. Es spielt keine große Rolle, ob das, was du in der Feder des Feuerfalken gesehen hast, stimmt. Viel wichtiger ist, dass es *möglich* wäre. Und das ist schon schlimm genug!«

»Vielleicht«, ergänzte Malve, der den Mund mit jungen Schafgarbenblättern voll hatte, »könnten wir uns über das Ende der Welt und alles andere unterhalten, während wir weiterziehen. Eine alte Hasenweisheit besagt, dass es nie gut ist, müßig herumzustehen. Es sei denn, man frisst, aber dann steht man ja ohnehin eindeutig *nicht* müßig herum.«

»Du hast recht«, sagte Tin und lächelte entschuldigend. Er drehte zur Sicherheit noch einmal an jedem der goldenen Räder und überprüfte, ob noch alle Schrauben und Scharniere fest waren.

»Myrte«, flüsterte Comfrey leise. »Können wir ihm wirklich vertrauen?« Sie schielte zu Tin und seiner Einsiedlerspinne.

»Malve ist mein Zwilling«, sagte Myrte mit angelegten Ohren. »Und die Grünzwillinge hätten meinen Bruder bestimmt nicht zu jemandem geschickt, der nicht vertrauenswürdig ist.« Unruhig hoppelte die Häsin um Comfreys Füße herum. »Wenn wir das Land des Wilden Volkes durchqueren, können wir jede Hilfe gebrauchen!«

»In Ordnung«, sagte Comfrey so laut, dass Tin sie hören konnte. »Gehen wir.«

Tin grinste und lud das Mädchen mit einer höflichen Verbeugung ein, in die Einsiedlerspinne zu steigen. Myrte und Malve sprangen mit einem großen Satz hinterher, und das Gefährt erwachte unmittelbar zum Leben und strahlte goldener denn je.

»Unglaublich!«, rief der Junge. »Es scheint, als hätten wir alle vier ein bisschen Sternengold in unserem Blut. Das wird eine wilde Fahrt!«

Comfrey lächelte ihn an, und Tin lächelte zurück und rutschte neben sie auf den Sitz. Dann brausten sie los. Die Einsiedlerspinne wankte und hüpfte über Steine und Gras, bis sie schließlich auf dem feuchten Boden des Weges zum Stehen kam.

»In welche Richtung wollen wir?«, fragte Tin.

Comfrey zog die Landkarte aus Erdbeerbaumrinde hervor.

»Immer den Weg entlang, bis er an einer Gruppe Erlen landeinwärts führt«, mischte Myrte sich ein, während Comfrey noch auf die brüchige Rinde schaute.

»Dann folgen wir dem Bach, bis wir eine große Aue und ein paar alte Scheunen aus der Zeit Davor erreichen. Von dort ist es nicht mehr weit bis zu der alten Straße, die geradewegs nach Norden führt.«

»Vermutlich kennst du *wirklich* den Weg«, sagte Comfrey.

»Hast du mir nicht zugehört?«, antwortete Myrte. »Natürlich kenne ich ihn!« Zufrieden schüttelte die Häsin ihre Ohren und machte es sich an der Seite ihres Bruders bequem. Dort genoss sie seine Nähe und Wärme und den wortlosen Frieden der Hasen.

Auf dem östlichen Bergrücken beobachteten eine Kojoten-Frau und ihre drei Söhne, wie die Einsiedlerspinne mit einer gewissen Anmut den Weg entlangfuhr. Sie sahen den Staub, den dieser merkwürdige, achtbeinige Apparat aufwirbelte. Sie nahmen den Geruch des Jungen und des Mädchens wahr, den der beiden Hasen und der Erfindung. Fasziniert blickten sie sich an. Dann nickte die Kojote-Frau ihren Söhnen zu und trabte den Grat des Bergrückens entlang, wobei sie mit aufgestellten Ohren ständig nach dem beinahe lautlosen Surren und Brummen der Einsiedlerspinne lauschte.

Die Kinder und die Hasen fuhren bis zum Sonnenuntergang. Zur Mittagszeit hatten sie einmal eine Rast eingelegt, und zwar dort, wo die Gruppe von Erlen stand und der Weg landeinwärts führte. Als Tin seinen ersten Eichelkuchen zusammen mit einer Handvoll getrockneter Blaubeeren gegessen hatte, hatten ihm die Augen getränt, so intensiv war der Geschmack. Comfrey hatte über seinen komischen Gesichtsausdruck lachen müssen. Später waren sie im dunklen Schatten der Erlenbäume, wo es nach süßer Rinde und Wasser roch, weitergereist. Ihnen begegnete niemand vom Wilden Volk, und sie bemerkten nicht, dass sie aus den Bäumen und von den Hügeln beobachtet wurden. Nur einmal erhaschte Comfrey einen Blick auf einige sehr große, grüne Frauen, die sich tief im Erlenwald über ein Büschel frischer Brennnesseln beugten. Die Einsiedlerspinne bewegte sich schnell und leise vorwärts und wurde von den Tieren gar nicht als fremd wahrgenommen. Tin war fasziniert von den Eindrücken und Gerüchen des wilden Landes, die am Fenster der Einsiedlerspinne vorbeirauschten. Die Form der Erlen und ihre Schatten; die lehmigen, unebenen Wege; der schwere Duft von Waldboden und frischem Gras, Tannennadeln und Moos. Er fühlte sich frei und glücklich.

Auf einer Wiese, wo der unbefestigte Weg auf die breite alte Straße traf, schlugen sie ihr Nachtlager auf. Comfrey verhielt sich in der Nähe des Jungen inzwischen etwas ungezwungener. Es war ein sehr friedlicher Tag gewesen, meistens hatten sie schweigend auf die Landschaft geschaut, die an ihnen vorbeizog. Vielleicht würde es doch nicht so schwer, den Hirsch aus Milch und Gold zu finden. Vielleicht war Olima gar nicht so, wie die Leute ihr immer erzählt hatten. Vielleicht würden sie es tatsächlich schaffen ...

Comfrey machte sich in der Dämmerung auf die Suche nach trockenen Ästen und Zweigen für ein kleines Feuer. Sie wollte Tin unbedingt zeigen, was sie konnte, bestimmt hatte der Stadtjunge so etwas noch nie gesehen. Aus der Ferne betrachtet, wirkte die Einsiedlerspinne, die dort mitten auf der Wiese stand, wie ein großes Skelett oder ein Traumgeschöpf.

»Comfrey!«, rief Myrte plötzlich schrill. »Mach die Augen auf!«

Das Mädchen wusste im ersten Moment nicht, was die Häsin von ihr wollte, und wirbelte herum. Direkt vor ihr standen vier schlanke, hochgewachsene Geschöpfe vom Kojoten-Volk mit aufgestellten Ohren. Drei von ihnen waren junge Männer mit muskulösen, pelzigen Armen, die kleine Knochenmesser in den Händen hielten. Ihre Begleiterin war eine ältere Frau, über deren Gesicht von einem Auge zum gegenüberliegenden Kieferknochen eine lange Narbe verlief. Sie grinste und zeigte ihre scharfen Zähne. Comfrey schrie erschrocken auf.

»Schnell, Comfrey, komm zu uns!«, rief Tin.

Sie lief los. Die Einsiedlerspinne, die eben noch unweit ihres Nachtlagers allein auf der Wiese gestanden hatte, war nun von anderen Mitgliedern des Kojoten-Volkes umzingelt.

»Ich habe keine Ahnung, wo die so plötzlich herkommen!«, sagte Tin, als Comfrey ihn und die Hasen erreicht hatte.

»Erstaunlich hinterhältig«, stöhnte Malve. »Wie konnten wir die nur übersehen?« Er sprang in Tins Arme.

Malve hoppelte zu Comfrey und versteckte sich unter ihrem Umhang.

»Was wollt ihr?«, fragte Comfrey mutig und ging langsam und mit funkelnden Augen auf das Kojoten-Volk zu, das sich um die Einsiedlerspinne versammelt hatte. Aber sie antworteten gar nicht, sondern tanzten und sprangen nur heulend um das Gefährt.

Als Comfrey ihnen bereits ziemlich nahe gekommen war, schnappte einer vom Kojoten-Volk nach ihr. Beim Anblick der spitzen Reißzähne in dem menschlichen Gesicht sprang sie zurück. Gerade noch rechtzeitig! Denn der Kojoten-Mann hatte zugleich seine pelzige Hand nach ihr ausgestreckt und sie beinahe am Zopf erwischt.

»Geht weg!«, brüllte Comfrey und warf einen Stein.

Die Kojoten-Geschöpfe lachten jaulend.

Tin stand nun neben Comfrey, und auch er warf mit Steinen. Doch es waren einfach zu viele! Von überall her ertönten kläffend und schreiend ihre Jagdrufe.

Auch die Frau und die drei jungen Männer, die ihre Söhne zu sein schienen, tanzten jetzt mit den anderen um die Einsiedlerspinne.

Voller Angst fassten sich Comfrey und Tin an den Händen. Myrte hielt sich noch immer unter Comfreys Umhang versteckt, und auch Malve war inzwischen unter Tins Mantel gekrochen.

Da stürzte sich das Kojoten-Volk plötzlich wie auf ein Zeichen hin auf die Einsiedlerspinne. Jeder schnappte sich eines der langen, dünnen Beine. Die Kojoten-Frau schaute Comfrey mit ihren sternenklaren Augen intensiv an. Dann liefen sie, ihre drei Söhne und die anderen Kojoten in langen Sätzen davon und zogen die entführte Einsiedlerspinne rumpelnd mit sich.

Einen Moment lang war Tin wie erstarrt, dann stürmte er verzweifelt hinter ihnen her. Malve sprang aus Tins Mantel hervor auf den Boden und folgte ihm. Comfrey suchte hektisch ihre Taschen zusammen, und dann sausten auch sie und Myrte los. In der Ferne durchbrach ein mehrstimmiges, lang anhaltendes Gejaule die Dunkelheit.

10

DAS GASTHAUS ZUM HEILIGEN NARREN

Comfrey brauchte nicht lange, bis sie Tin eingeholt hatte. Sie flog regelrecht durch die Dunkelheit und spürte die Kraft in ihren Atemzügen und Beinmuskeln. Sie wusste, dass sie sich auf ihren Körper verlassen konnte.

Die Hasen waren beiden Kindern inzwischen weit voraus, immer wieder hielten sie ihre Nasen in die lorbeerschwere Luft und suchten nach der Spur des diebischen Kojoten-Volkes. Gut einen Kilometer weit führte die Fährte direkt auf einer mit Büschen und kleinen Bäumen überwucherten alten Straße aus der Zeit Davor entlang. Die Hasen konnten ihr mühelos folgen, nur ab und zu blieben sie stehen und stellten ihre Ohren lauschend auf, während sie auf Tin und Comfrey warteten.

Das Kojoten-Volk war schnell. Obwohl sie die Einsiedlerspinne mit sich führten, waren ihr Heulen, die knackenden Zweige und raschelnden Büsche nur noch schwach zu hören.

Nach einiger Zeit verließ das Kojoten-Volk die Straße und es ging über eine flache, mit Buschwerk bewachsene Weide weiter, auf der in der Zeit Davor Kühe gegrast hatten. Comfrey fluchte, als sie sich an einem alten Stück Zaun den Saum ihres grünen Wollkleides aufriss. Endlich hatte sie die Hasen erreicht, ihre Lunge brannte. Tin war ihnen dicht auf den Fersen. Sie liefen durch eine Gruppe von Weidenbäumen, wateten bis zu den Knien durch einen Bach und gelangten schließlich tropfnass und keuchend zu einer Kreuzung mitten in einer verlassenen Geisterstadt.

Comfrey betrachtete staunend die Häuser. Unter dem Gewicht der Brombeerbüsche waren sie mit der Zeit in sich zusammengefallen und nur noch Skelette aus Holz und Stein. Solche Ruinen hatte Comfrey noch nie gesehen. Sie hatte immer gedacht, dass alle Städte aus der Zeit Davor niedergebrannt waren. Ein hohes Holzhaus stand noch aufrecht, mit einer überdachten Veranda, einem Balkon und riesigen Glasfenstern. Die dunkelgraue Farbe des Gebäudes blätterte in langen Streifen ab und gab ihm ein fleckiges Aussehen. Die Veranda kippte auf der einen Seite gefährlich nach unten, und beim Balkon fehlte die Hälfte der Brüstung.

Doch alles schien irgendwie von dem rankenden Blauregen zusammengehalten zu werden, bei dem sich gerade die ersten Blätter des Jahres hervorschoben. Trotzdem hatte das Haus etwas Faszinierendes an sich. Über der Veranda baumelte ein Schild aus Treibholz, auf dem in roter Schrift *Gasthaus zum Heiligen Narren* stand.

»Sie sind verschwunden!«, rief Myrte und durchbrach damit den Zauber.

»Für Kojoten durchaus nicht ungewöhnlich«, sagte Malve. »Sie sind vollendete Betrüger.«

»Vielleicht haben sie herausgefunden, was man mit der Seide anstellen kann«, sagte Tin. Er hatte ganz in der Nähe ein lautes Rascheln gehört, rannte zu einer großen, mächtigen Eiche und schaute hoch.

»Sie sind bestimmt dort oben!«, rief er.

Malve stellte sich auf seine Hinterläufe und reckte vorsichtig seine Nase in die Luft. Nach Kojoten-Volk roch es zwar nicht, aber irgendetwas war dort oben wirklich.

Da sprang ein großes silbergraues Wesen aus den Zweigen des Baumes herab und landete direkt neben Tin. Es war eine füllige, bucklige Waschbär-Frau in einem Kleid aus Stoffresten und Knochen, die vor Freude keckerte.

»So, so, so«, sagte sie mit rasselnder Stimme. »Was haben wir denn da für ein Prachtexemplar. Du bist ein Menschenjunge, nicht wahr?« Sie legte ihre beiden kräftigen Hände um Tins Hals und zog ihn ganz nah zu sich heran. Ihr Gesicht war pelzig grau mit einer schwarzen Augenmaske, und beim Sprechen blitzten mehrere lange Reißzähne auf. Ihr Atem roch nach Fisch, Erde und verfaulten Früchten.

Tin schnappte nach Luft und versuchte nicht zu schreien.

Die Waschbär-Frau drückte noch ein wenig fester zu, dann kratzte sie ihn mit ihren Nägeln, betastete seine Kehle und seinen Nacken und strich geschäftig mit ihren schrecklichen Händen über seine Schultern. »Ich habe mich schon immer gefragt, was ich tun würde, wenn ich einen wie dich in die Finger bekäme«, murmelte sie. »Ob ich dich in den Fluss tauche und wie einen Flusskrebs auseinanderbreche, damit ich dich saftig und roh essen kann. Oder ob ich dich eher an einen Strick gebunden als mein Haustier halte, und du für mich ums Feuer tanzen musst. Vielleicht sollte ich dich lieber überm Feuer rösten und an meine Kinder verfüttern, ja, das wäre wahrscheinlich das Beste – und nach dem, was deine Landsleute vor langer Zeit getan haben, wahrscheinlich auch gerecht. Oh, was man wohl alles mit deinen dicken *Knochen* anstellen kann ... Sie würden sich sehr gut in meiner Sammlung machen.«

Die Waschbär-Frau beschnupperte ihn. Als ihre spitze Zunge vorschoss, mit der sie seine Haut kosten wollte, schrie Tin auf.

»Lass ihn los, du böses Wesen!« Comfrey hob eine Weidenrute auf und rannte entschlossen auf die Waschbär-Frau zu.

»Comfrey, nicht!«, rief Myrte warnend. »Du kannst jemanden vom Wilden Volk doch nicht mit Schlägen vertreiben! Weißt du nicht, was sie dann vielleicht tun wird?«

»Hören Sie«, stammelte Tin, der krampfhaft überlegte, wie er entkommen konnte. »Treffen wir eine Vereinbarung. Sie erzählen meinen Freunden, ob hier eine Gruppe vom Kojoten-Volk mit einer großen Spinne auf goldenen Rädern vorbeigekommen ist, und i-ich gehe mit ihnen.«

»Das wirst du nicht, Tin!« Comfrey hatte keine Ahnung, was sie tun sollte.

Wütend und aufgeregt drehte die Waschbär-Frau sich zu Comfrey. »Rieche ich da etwa *noch* ein Menschenkind?«, kreischte sie. »Gleich zwei auf einmal! Doch, doch, ich brauche unbedingt eure hübschen Knochen. Hach, wie schön sie im Wind klirren und klimpern werden!«

Plötzlich öffnete sich mit einem lauten Knarren die Tür des dunkelgrauen Gasthauses. Von drinnen drang goldenes Licht und Musik über die Veranda die Stufen hinab.

»Delila!«, tönte eine tiefe, raue Stimme. Ein Mann mit einer ungewöhnlich langen Stirn trat in den Lichtkegel auf die Veranda. Auf seinem Körper wuchs kein einziges Härchen.

Die Waschbär-Frau blickte grimmig zu ihm rüber. »Siehst du nicht, dass ich beschäftigt bin, du alter Narr?«, fauchte sie empört.

Der Mann holte aus den Taschen seines bunt gemusterten, zusammengeflickten Gewandes drei Orangen, jonglierte mit ihnen und warf sie dann Delila zu. Sie keckerte erfreut, ließ Tin los und fing die Früchte mit ihren langen Fingern.

»Lass die Kinder in Ruhe«, sagte der Mann. Obwohl er sehr ruhig klang, meinte Comfrey doch eine Spur von Furcht in seiner Stimme mitschwingen zu hören. »Wir Narren haben nur diesen einen Ort, und der gehört uns ganz allein. Wenn du dich nicht gastfreundlich verhältst, wollen wir dich in der Nähe unseres Hauses nicht mehr sehen. Diese Kinder sind Menschen und befinden sich auf *unserem* Grundstück. Überlasse sie also uns.«

»Na schön, na schön«, knurrte Delila verärgert. »Der Junge hätte bestimmt ohnehin widerlich geschmeckt.« Sie spuckte vor Tins Füße, schälte mit einem langen Fingernagel eine Orange, schlenderte auf die andere Straßenseite und verschwand zwischen den dunklen Weidenbäumen. Zurück blieb nur der Duft nach Zitrus.

»Gelobt seien alle Hasen!«, keuchte Malve und putzte sich zur Beruhigung das Fell.

»Wer um alles in der Welt bist du?«, fragte Myrte und

hoppelte zu dem Mann auf der Veranda. »Du gehörst nicht zum Wilden Volk.« Schnuppernd versuchte sie ihn einzuschätzen.

»Nein, nein«, erwiderte der Mann mit einem Glucksen. »Ich bin Oro, und das ist das *Gasthaus zum Heiligen Narren*.« Er machte eine einladende Handbewegung. »Kommt schnell heraus aus der Dunkelheit, wo das Wilde Volk lauert. Delila ist gar nicht so übel, das Wilde Volk hat Menschen bloß nicht allzu gerne.« Aufmerksam musterte er die Kinder und die Hasen mit seinen hellen Augen. »Ich kann euch aber versichern, hier bei uns seid ihr herzlich willkommen. Es ist eine Weile her, seit ich ein anderes Menschengeschöpf gesehen habe. Was für eine Freude! Kommt herein, kommt herein.«

»Um ehrlich zu sein, sind wir ziemlich in Eile«, platzte Tin heraus. »Würde es Ihnen etwas ausmachen, uns einfach nur die Richtung zu zeigen, in die vor Kurzem ein Rudel des Kojoten-Volkes mit einem achtbeinigen Gefährt gelaufen ist, das wie eine Spinne aussieht? Oder haben sie das Kojoten-Volk gar nicht gesehen?«

»Wir sollten nicht unhöflich sein«, flüsterte Malve, den dieser merkwürdige Außenposten im Land des Wilden Volkes nervös machte. Hatten die Grünzwillinge jemals davon gesprochen? Der Name *Heilige Narren* klang irgendwie vertraut, aber die Grünzwillinge hatten ihnen so viele Geschichten erzählt, dass es schwierig war, sich an alle zu erinnern.

Oro legte seinen langen Kopf schief und lächelte amüsiert. »Was für ungewöhnliche Fragen. Ich bin sehr gespannt auf eure Geschichte!«

»Entschuldigung, aber haben Sie das Kojoten-Volk nun gesehen oder nicht?«, bohrte Tin nach.

»Tut mir leid, Junge, da muss ich dich enttäuschen. Die Dunkelheit hat sich inzwischen vollständig herabgesenkt, und wie ihr selbst erfahren musstet, ist es besser, sich nicht mitten in der Nacht draußen aufzuhalten, jedenfalls nicht als Mensch. Glaubt mir, weit schlimmere Gestalten als Delila ziehen zu dieser Zeit umher. Wenn sie eine rachsüchtige Puma-Frau gewesen wäre, hättet ihr eine offene Kehle gehabt, noch bevor ihr einen Mucks von euch hättet geben können. Eine gute Rast und ein gutes Mahl, und morgen könnt ihr weiterziehen. Vielleicht schenkt ihr uns vor dem Aufbruch zum Dank für unsere Gastfreundschaft ja eure Geschichte. Geschichten halten die Welt am Laufen, nicht wahr? Uns Narren bereiten sie jedenfalls viel Vergnügen. Wir genießen sie wie andere Männer und Frauen ihren Tee oder einen Grog. Es passiert nicht oft, dass Leute aus dem Hinterland hier auftauchen. Kommt hinein, meine Freunde. Ihr seht vollkommen erschöpft aus.«

»Aber ... meine Einsiedlerspinne!«, sagte Tin.

»Sei still, Tin«, flüsterte Malve. »Dieser Mann hat recht. Olima ist kein Ort, wo sich Hasen und Kinder nachts im Freien aufhalten sollten. Davon abgesehen, gehören die Kojoten zum Wilden Volk. Und wurde uns nicht aufgetragen, die Einsiedlerspinne zum Wilden Volk zu bringen?«

»Ja«, sagte Tin. »Nur – ich hätte mich zumindest gerne mit ihnen unterhalten und erkundigt, wie das wirklich funktioniert, mit dem Sternengold ...« Er verstummte.

Oro winkte sie zu sich, und Comfrey fiel auf, dass er sechs Finger an den Händen hatte. Fasziniert folgte sie ihm ins Haus, die Hasen blieben dicht bei ihr. Tin dachte an seine Erfindung, die jetzt vom Kojoten-Volk durchs Unterholz geschleift wurde, und seufzte. Er ballte die Hände in seinen Manteltaschen zu Fäusten und stieg hinter den anderen die Stufen hinauf.

In dem Gasthaus flackerte und knisterte ein Feuer in einem gemauerten Kamin. Gewebte Teppiche in matten Farben bedeckten die hohen Wände, und von einer Ecke zur anderen waren aufgefädelte Beeren des Erdbeerbaums und kleine Glöckchen gespannt. Im hintersten Raum sah man eine lange Festtafel. Überall standen Regale und kleine Beistelltischchen, und auf dem Boden lagen Felle und Kissen, auf denen es sich Männer, Frauen und Kinder bequem gemacht hatten. Einige von ihnen waren jünger als Tin und Comfrey, andere so alt wie die Großväter in Erle. Manche spielten mit ledrigen Karten, auf denen bucklige, gekrönte

Figuren abgebildet waren. Und manche ließen Murmeln, die wie kleine Planeten aussahen, über ein Holzbrett kullern; jonglierten mit Winterzitronen; zupften Geigen und schlugen Felltrommeln oder lasen kleine Bücher, deren Seiten nur lose an den Ledereinbänden hingen.

Der dritte Raum auf der linken Seite vom Eingang war leer. Unter dem Fenster schief ein Stinktier, zusammengerollt auf einem Kissen, eine einsame Kerze flackerte. An den Wänden standen offene Regale voller ungewöhnlicher und wunderschöner Dinge – glänzende Planeten in einem bronzenen Sonnensystem, eine getöpferte Urne, auf die tanzende Reiher-Frauen gemalt waren, indigoblau gefärbte Wirbelsäulenknochen von Seehunden, gelbe Glasflaschen mit feinen Etiketten.

»Das ist unsere Wunderkammer, dort landen alle Geschichten«, sagte Oro zu Tin und Comfrey, die neugierig durch die Tür lugten.

»Gäste, Gäste!«, rief da ein kleiner Junge und sprang von seinem Murmelspiel auf. Aus der Tasche seines weiten Gewandes zog er eine kleine, goldglänzende Trompete und blies hinein.

Malve und Myrte machten erschrocken einen Satz in Tins und Comfreys Arme.

Tin betrachtete den Jungen und bemerkte, dass er wie Oro merkwürdig gewachsen war – seine Lippe war in der Mitte gespalten, deswegen konnte man dahinter die Zähne sehen. Eines seiner Augen blickte zu seiner Nase, und an seinen Füßen fehlten die großen Zehen, was seine Bewegungen eigentümlich anmutig aussehen ließ. Tin schaute sich um und schluckte. Welch ein Tumult! Es war ein langer Tag gewesen, und er war plötzlich unglaublich müde – war es schon Mitternacht oder noch später?

Inzwischen hatten sich alle Bewohner des *Gasthauses der Heiligen Narren* um die vier Besucher versammelt und starrten sie neugierig an.

Comfrey und Tin sahen sich um. Jeder im Gasthaus war ein wenig unförmig, irgendwie eigenartig proportioniert, doch niemand hatte Hufe oder Schwänze oder Fell. Sie alle strahlten eine große Wärme und Freundlichkeit aus. Es fühlte sich gut an, bei ihnen zu sein.

Sie gehören nicht zum Wilden Volk, dachte Comfrey. Es sind einfach nur Menschen, die ein wenig anders gestaltet sind.

Oro bemerkte ihre Blicke. »Wir haben alle unsere Eigentümlichkeiten, wisst ihr. Es sind unsere Gaben, unsere einzigartigen Geschichten. Manche tragen sie eben sichtbar mit sich.« Er tippte auf seinen kahlen langen Kopf. »Und andere hier.« Er zeigte auf seine Brust. »Aber leider sind nicht alle unserer Meinung, stimmt's, Amber?«, fügte er traurig hinzu.

Er ging zu einer Frau, die auf Hirschfellen auf dem

Boden saß und mit Knochennadeln eine sehr große Decke strickte, und legte ihr eine Hand auf die Schulter. Ihre Haut war hell und dunkel gefleckt, und eines ihrer Augen war blau und das andere braun. Ihr freundlicher Blick hatte dadurch etwas Schwindelerregendes an sich.

»Aber, aber, Oro. Die Kinder sehen völlig erschöpft aus«, sagte Amber. Sie stand auf und ließ ihr Strickzeug auf dem Boden liegen. Einen Moment lang schien sich der gestreifte Wollhaufen zu rekeln und zu strecken, so wie eine Katze. Comfrey rieb sich ihre Augen.

»Ich glaube, was unsere jungen Gäste jetzt brauchen, ist eine ordentliche Mahlzeit und ein heißes Bad, nicht wahr?«, sagte sie und tätschelte Comfrey mütterlich den Kopf. Dann hob sie das Kinn des Mädchens an, um ihr in die Augen zu schauen. »Wie heißt ihr, Kinder?«

»Ich bin Comfrey und komme aus einem Dorf namens Erle, das gleich hinter der Grenze liegt. Und das hier ist mein Freund Tin aus der Stadt«, sagte Comfrey.

»Die Stadt, die Stadt!«, juchzte der Trompetenjunge.

Und ein Mädchen mit gekrümmtem Rücken, das neben ihm stand, kicherte.

»Tatsächlich?«, sagte Oro und musterte Tin interessiert.

»Wo bleiben eure Manieren?«, fauchte Malve. »Es ist ja nicht so, dass es in der Stadt eine andere Art von Menschen gäbe. Er ist genau wie ihr.«

Oro lachte in sich hinein. »Oh, mein lieber kleiner Hase, wem erzählst du das? Ich beurteile ihn nicht, sondern betrachte ihn nur. Uns Heilige Narren begeistern Unterschiede sehr! Schließlich sind wir die größten Sonderlinge, die es gibt. Wir passen nirgendwohin. Und jetzt brenne ich noch viel mehr auf eure Geschichte. Uns ist noch nie eine Person aus der Stadt begegnet. Was für eine Freude, wahrhaftig, was für eine Freude!«

Malves Loyalität und Oros Güte rührten Tin, er schaute verlegen zu Boden.

Amber drehte sich zu dem Trompetenjungen und dem buckligen Mädchen. »Lauft los, ihr zwei, macht die Betten für unseren Besuch und kümmert euch um heißes Waschwasser«, sagte sie und schob die beiden sanft davon. Dann scheuchte sie Tin, Comfrey, die Hasen und Oro zum Kamin.

Dort saßen sie auf abgewetzten Kissen vor dem Feuer und aßen ihr Abendessen. Myrte und Malve waren entzückt, als ein alter Mann mit einer herabhängenden, rüsselartigen Nase einen Keramiktopf brachte, der bis zum Rand mit wilden Rettichblättern aus dem Garten gefüllt war.

Obwohl die Kinder müde waren, schwirrten die Eindrücke der letzten Tage durch ihre Köpfe. Abwechselnd erzählten Comfrey und Tin von den wichtigsten Ereignissen seit der Nacht, als die Grünzwillinge die Hasen zu ihnen geschickt hatten. Als Comfrey zum

Feuerfalken, seiner Feder und der Vision kam, versagte ihre Stimme. Myrte, die an Rettichblättern mümmelte, hüpfte in ihren Schoß und zupfte beruhigend an den Ärmeln des Mädchens.

»Hast du diese Feder denn jetzt bei dir, mein Spatz?«, fragte Amber leise. »Was für eine Last für so ein junges Wesen wie dich.«

»Sie ist hier, in meiner Tasche«, sagte Comfrey. »Bis jetzt hatte ich zu viel Angst, um sie noch einmal auszupacken. Die Bilder, die sie mir gezeigt hat, waren so schrecklich.«

»Mein liebes Mädchen«, murmelte Oro. »Ich besitze die Gabe des Sehens. Zum Wahrsagen genügt mir irgendeine Pfütze, was manchmal sehr verwirrend sein kann. Vielleicht sollte ich einen Blick in diese Feder werfen. Eine Feder aus dem Flügel des Feuerfalken, um das Ende der Welt anzukündigen. Ach, du lieber Himmel, möge es nicht wahr sein.«

»Aber es ist doch alles wie immer!«, sagte ein blindes Mädchen. »Die Welt geht bestimmt nicht unter. Ich habe gerochen, dass die Pflaumenbäume dieses Jahr früh blühen. Und das würden sie ja wohl nicht, wenn Farallone im Sterben läge.«

»Das ist richtig, mein Kind«, sagte Amber, aber über ihr Gesicht huschte ein Schatten. »Die Pflaumenbäume werden bis zum Schluss blühen. Das ist schließlich ihre Aufgabe.«

Einen Moment lang schwieg sie nachdenklich. »Aber lasst uns nicht vergessen, meine Lieben«, fuhr sie schließlich fort, und ihre ungleichen Augen blickten von einem zum anderem im Raum, »dass in jedem Ende ein neuer Anfang wohnt, wie winzig kleine Samen. Man muss nur nach ihnen Ausschau halten und wissen, wie man sich um sie kümmert, damit sie wachsen und gedeihen können. Das ist jeden Tag aufs Neue unsere Aufgabe.«

»Hier ist die Feder«, sagte Comfrey und öffnete ihre Tasche.

Die Narren, murmelten einander nickend etwas zu und streichelten sich tröstend über Wangen und Hände.

Comfrey nahm das weiche Hirschlederbündel aus der Tasche und rollte es so behutsam auseinander, als wäre darin ein Kind eingewickelt.

Tin beugte sich nach vorn. Zu Beginn des Tages waren sie so mit ihren Streitereien beschäftigt gewesen, dass er gar nicht auf die Idee gekommen war, nachzufragen, was es mit der Feder auf sich hatte und wie sie mit dem Hirsch aus Milch und Gold zusammenhing. Außerdem war ihm nicht ganz klar gewesen, dass sie die ganze Zeit in Comfreys Tasche gesteckt hatte. In dem Wildleder lag ein weiteres Bündel, eine fein gewebte Bartflechte. Es roch nach feuchtem Wald und Rauch, die hellgrüne Flechte war jedoch nicht verbrannt.

Aber die Feder brennt doch nicht wirklich?, überlegte Tin.

Doch als Comfrey sie aus der Bartflechte wickelte und den Federkiel vorsichtig zwischen Daumen und Zeigefinger hielt, sah Tin, dass sie tatsächlich glimmte wie ein Stück Glut. An den zarten Rändern der Feder züngelten kleine Flammen. Sie war so lang wie Comfreys Unterarm und tauchte den ganzen Raum in ein wunderschönes Licht.

Der Trompetenjunge stieß einen ehrfürchtigen Seufzer aus.

»Oh ihr heiligen Sterne«, sagte Oro und streckte seine Hand aus.

»Das würde ich an deiner Stelle nicht tun!«, rief Myrte und sprang auf Oro zu, um ihn aufzuhalten. »Fass sie besser nicht an. Der Feuerfalke hat allein Comfrey seine Feder anvertraut. Er ist ein ganz besonderes Geschöpf. Und er könnte es uns womöglich übel nehmen, wenn sie jemand anderes berührt. Oder er könnte glauben, sie wäre gestohlen!«

»Bei allen Hasen«, murmelte Malve. »Das ist das Letzte, was wir jetzt gebrauchen können.«

»Ihr seid kluge kleine Hasen!«, rief Oro und zog seine Hand zurück. »Was habe ich mir nur gedacht? Ihr Kinder könnt euch sehr glücklich schätzen, dass sie euch begleiten! Und nun lass mich aus sicherer Entfernung einen Blick auf die Feder werfen, in Ordnung?«

Er kniff die Augen zusammen und atmete heftig, das Licht der Feder tanzte über sein regloses Gesicht. Als er die Augen wieder öffnete, waren sie angsterfüllt.

»Für die Kleinen ist jetzt Schlafenszeit«, sagte er unvermittelt. »Ab mit euch! Nur Tin, Comfrey und ihre Hasen dürfen noch wach bleiben. Ihr Armen, ihr seid zu jung für diese Dinge, und doch tragt ihr sie mit euch, also müsst ihr Bescheid wissen.«

Amber trieb die wild protestierende Kinderschar durch die hohe Glastür zum Schlafengehen. Mit kratzender Stimme sang sie Wiegenlieder, die wie dunkle Eulenrufe klangen.

»Ist es so schlimm?«, fragte Tin leise und ließ Oro nicht aus den Augen. Comfrey hatte ihre Hände vors Gesicht geschlagen.

Oro starrte wieder in die Feder. Sie sprühte Funken, und einer fiel auf den Teppich. Keiner wagte, ihn zu berühren, obwohl er ein kleines schwarzes Loch in den Teppich brannte. Die Narren, die noch im Raum waren, traten näher und stützten sich gegenseitig. Comfrey wünschte sich, dass sie auch jemand hielt. Doch nur Myrte saß jetzt wieder auf ihrem Schoß und zitterte.

»Das ist es«, sagte Oro. »Das ist es.« Er schloss die Augen. »Du darfst die Feder gerne wieder wegpacken, mein Mädchen«, sagte er zu Comfrey. »Mehr Bilder ertrage ich nicht.«

Mit bebenden Fingern legte Comfrey die glühende

Feder zurück auf das Flechtenpolster und versuchte, sie dabei nicht direkt anzuschauen. Aber sie konnte nicht anders, ihre Augen wurden unerbittlich von der Feder angezogen. Plötzlich sah sie ihre Mutter zu Hause am Küchentisch, wo sie einem blassen Mann Suppe reichte.

»Meine Mutter!«, rief sie.

»Oh nein«, sagte Oro. »War sie es, die ich gesehen habe? Eine Frau mit schönen Augen und Abertausenden dunklen Locken?«

»Du hast sie gesehen?« Comfrey schluchzte und drückte Myrte fest an sich.

»Vorsicht«, röchelte die Häsin. »Ich bin es nicht gewohnt, dass man mich so fest drückt.«

»Ja, wenngleich nur kurz«, sagte Oro. »Ich habe eine Frau mit einem blassen Mann an einem Tisch gesehen. Einem Mann, mit dem irgendetwas nicht stimmte. Er wirkte kalt und habgierig und könnte einer der Stadtbrüder sein, der sich nicht zu erkennen geben will.«

Tin stöhnte, und Comfrey stieß einen erstickten Schrei aus. Aber Oro hob eine Hand.

»Lasst mich erst zu Ende erzählen, meine Lieben. Das ist noch nicht alles. Da waren noch viel mehr merkwürdige Männer. Ich habe sie aus der Perspektive eines Falken gesehen, der übers Hinterland flog. Getarnt in den Kleidern der Landbevölkerung betraten sie einer nach dem anderen die Dörfer, die in den friedlichen

Tälern und auf den Bergen Farallones liegen. Ich habe gesehen, wie sie fahrende Kaufleute und Händler verfolgt und getötet haben, damit sie sich ihre Kleider anlegen konnten.«

»Sind sie hinter meiner Einsiedlerspinne her? Aber wie können sie überhaupt wissen, dass ich hier im Hinterland bin?«, fragte Tin.

»Ich kann dir nicht sagen, was sie im Hinterland wollen, mein Junge«, sagte Oro. »Aber was schlimm genug ist: Sie wissen nun, dass das Hinterland weder vergiftet noch verseucht ist. Dass die Gewässer rein und die Täler fruchtbar sind und die Menschen friedlich und unbewaffnet. Dass Farallone von allein gesund geworden ist, während sie sich hinter ihrer Mauer verschanzt haben. Dass es reich an all dem ist, was in der Stadt wahrscheinlich fehlt. Und sie werden wieder alles für sich allein beanspruchen. Das hat Mutter Hirsch nicht vorhergesehen! Das Überleben der Stadt hat sie in keinster Weise vorhergesehen. Sie war zu erschöpft, um richtig einzuschätzen, wie langlebig Bosheit und Gier sind.«

In diesem Moment kam Amber zurück. Ein Blick in die leeren, müden Augen der Anwesenden genügte. »Ihr Lieben!«, rief sie. »Es ist weit nach Mitternacht und Zeit zum Schlafen. Nur Narren würden das Ende der Welt zur Geisterstunde diskutieren.« Und dann zog sie Comfrey und Tin schwungvoll auf die Beine und drückte sie an ihre warme, weiche Brust. »Visionen werden durch den Schlaf deutlicher«, sagte sie.

»Aber ... meine Mutter!«, rief Comfrey aufgebracht.

»Und die Brüder! Ob das, was Oro gesehen hat, wirklich schon passiert ist?«, fragte Tin.

»Jetzt wird geschlafen, um die Visionen kümmern wir uns morgen«, sagte Amber bestimmt. Sie führte die Kinder ins Obergeschoss des Hauses. »Das Bad ist dort entlang. Und hier schlaft ihr.« Sie drehte am Türknauf eines Zimmers. »Wir haben leider nur einen freien Raum. In den anderen Gästezimmern wohnen Geister. Sie sind zwar von der harmlosen Sorte, können aber durchaus für schlaflose Nächte sorgen. Und dann gibt es noch ein Schlafzimmer für Oro. Er bleibt lieber im Gasthaus, der alte Wachhund. Der Rest von uns – tja, wir mögen es beim Schlafen gern ein wenig rustikaler.«

Lächelnd führte Amber sie in die kleine Kammer und zündete ein paar Kerzen an. Im Lichtschein sah man alte schmiedeeiserne Bettgestelle; darauf lagen gestreifte Steppdecken mit zarten Blumenmustern, die mit Wolle gestopft waren. An der Wand stand eine Holzkiste mit Schubladen, und von der Decke hing ein floraler Kristallkronleuchter.

Amber ging zum Fenster und öffnete es, von der Kerze in ihrer Hand tropfte ein wenig Wachs auf den ausgeblichenen roten Teppich. »Da – unsere Zelte«, sagte sie stolz und deutete hinaus.

Am Rand einer saftigen Weide und umringt von Apfelbäumen zeichneten sich ungefähr ein Dutzend gemütlicher, kegelförmiger Zelte in der Dunkelheit ab, die aus Leder und Binsen gebaut waren. In einigen brannten Feuer.

»Und jetzt ab ins Bett mit euch. Frische Nachtwäsche liegt in der Kommode. Ich wecke euch zum Frühstück. Morgen wird euch gleich alles in einem freundlicheren Licht erscheinen. Dann können wir in Ruhe darüber sprechen, was zu tun ist.« Sie gab den Kindern einen Kuss, der nach Veilchen duftete, und ließ die beiden allein.

Comfrey und Tin gingen nacheinander ins Bad, putzten ihre Zähne mit einem Stück Weide und nach Pfefferminze schmeckender Tonerde und wuschen sich mit einer Seife, die nach Orangenblüten duftete. Schweigend kletterten sie in ihre Betten. Und obwohl ihnen schwer ums Herz war, sorgten die weiche Leinennachtwäsche und der Duft nach Orangenblüten, Minze und der frischen Nachtluft für eine gewisse Behaglichkeit. Myrte und Malve schmiegten sich unter dem Fenster eng aneinander, legten ihre Ohren flach auf den Rücken und schliefen sofort ein; der Tag und die vielen schlechten Nachrichten hatten sie erschöpft.

Tin schaute auf Comfreys Umrisse, die sich im Dunklen abzeichneten. Ihre Haare hatte sie zum Trocknen offen gelassen, und sie ergossen sich über ihrem Kissen.

Noch nie hatte er mit einem Mädchen im selben Zimmer geschlafen, und plötzlich schämte er sich, weil er sie betrachtete. Er drehte sich zur Wand.

»Tin?«, flüsterte Comfrey nach einer Weile.

»Ja?«, antwortete Tin zögernd. Hoffentlich würde sie ihn nicht nach der Stadt oder den Brüdern fragen, oder ihm Vorwürfe machen, weil er die Einsiedlerspinne hierhergebracht hatte.

Draußen rief leise ein Uhu.

»Ich bin froh, dass du da bist«, sagte Comfrey zaghaft. »Und dass ich das nicht allein machen muss. Wenn meine Mutter wüsste, dass ich einen Freund gefunden habe, würde sie sich freuen. Nein, sogar drei Freunde«, fügte sie mit einem Blick auf die schlafenden Hasen hinzu. Sie sah Tins strubbelige Haare, die unter der Decke hervorlugten und drehte sich, genau wie Tin, verlegen weg. Sie hatte ebenfalls noch nie mit einem Jungen im selben Raum geschlafen.

»Ich auch«, erwiderte Tin. Er hätte gern noch mehr gesagt und ihr erzählt, wie sehr ihm Farallone gefiel – die Fülle und Lebendigkeit dieses Landes und all seiner Geschöpfe; die Kraft der grünen Pflanzen, der Sonne, der Berge und des Vogelgezwitschers. Aber er war zu müde und fand nicht die richtigen Worte, deshalb lächelte er bloß in die Dunkelheit.

Dann schliefen sie beide ein und waren so erschöpft, dass sie nicht einmal träumten.

11

DIE WUNDERKAMMER

Amber weckte die Kinder mit einem Lied über die Morgendämmerung und Mütter und goldene Glöckchen. Tin hatte Tränen in den Augen. Es war, als hörte er die Stimme seiner eigenen Mutter, obwohl er erst drei Monate alt gewesen war, als die Brüder ihn zu sich ins Kloster genommen hatten. Auch Comfrey dachte wehmütig an Maxine. Amber tupfte ihnen Rosmarinöl auf die Stirn. Beide Kinder hielten ihre Augen ein wenig länger geschlossen, um ungestört Ambers Stimme zu lauschen – so samtig wie polierter Bernstein, was Ambers Name ja auch bedeutete. Der Duft des Rosmarins prickelte angenehm in ihren Nasen. Amber legte frische Kleider ans Fußende der Betten und sagte ihnen, dass im Garten das Frühstück wartete. Für Comfrey gab es ein langärmeliges Kleid, das aus robusten roten und gelben Leinenresten zusammengenäht war, dazu eine dicke grüne Wollweste. Für Tin hatte Amber einen wunderschönen gestrickten blauen Pullover mit runden Lederflicken an den Ellbogen und eine feste braune Hose herausgesucht. Myrte und Malve waren bereits draußen, wie Amber ihnen erzählte. Sie saßen beim Gemüsebeet, und ihre Ohren wackelten voller Freude über das vorzügliche Essen.

Als die Kinder nach unten kamen, blieben sie staunend in der großen Gaststube stehen. Es war ein verblüffender Anblick, wie die Morgensonne sich glitzernd im Raum ergoss. Sie ließ die Glasscheiben funkeln, die Murmeln, die der kleine Trompetenjunge beim Kamin vergessen hatte, herabhängende Kristalle und auch die winzigen Spiegelmosaike an den Wänden, die genau dort von jemandem angebracht worden sein mussten, wo am Morgen die Sonne hinstrahlte.

Amber brachte die Kinder nach draußen zu den Apfelbäumen, wo leckere Dinge angerichtet waren: frische Eier, knusprige Toastscheiben, die mit Brombeermarmelade bestrichen waren, und kräftiger Schwarztee mit Ziegenmilch. Der Dampf aus den riesigen Bechern schwebte in der kalten Morgenluft hinauf zu den Zweigen der Apfelbäume, an denen sich erste winzige Knospenansätze gebildet hatten. In einer Erdgrube knisterte ein wärmendes Feuer, und ein Mädchen mit rotbrauner Haut briet in der Glut Äpfel. Die Lederzelte, in denen die Narren geschlafen hatten, glänzten in der Sonne, und ein Mann klopfte mit einem Stock den Staub aus einem bunten Teppich.

»Meine Mutter«, sagte Comfrey und starrte auf ihren Toast. Plötzlich hatte sie keinen Appetit mehr. »Schwebt sie jetzt im Moment in Gefahr? Haben die Bilder in der Feder die Gegenwart oder die Zukunft gezeigt?«

»Die Brüder«, ergänzte Tin ihre Überlegung. »Sind sie schon da? Wissen sie, wie man in das Land des Wilden Volkes kommt? Werden sie herausfinden, dass der letzte Rest von Farallones Gold durch ihre Adern fließt?«

»Bei allen Narren, nicht, wenn wir es verhindern können«, erwiderte Amber mit einer ungeahnten Schärfe in der Stimme. »Aber jetzt stärkt euch erst einmal. Wenn ihr es durch ganz Olima bis zum Hirsch aus Milch und Gold schaffen wollt, um der Schöpferin die Feder zu überbringen, müsst ihr stark und gesund sein.«

»Aber was ist mit meiner Einsiedlerspinne?«, fragte Tin. »Warum hat das Kojoten-Volk sie mitgenommen? Wissen sie über die Brüder Bescheid? Haben sie eine Ahnung, wie gefährlich es wäre, wenn die Brüder sie in die Finger bekämen?«

In dem Moment tapste ein kleines Stinktier zum Tisch und zog ihn mit seinen Zähnen am Hosenbein. Tin hätte beinahe überrascht aufgeschrien.

»Lauf zur Wunderkammer, Tin. Oro erwartet dich!«,

sagte Amber. »Was du dort sehen wirst und was er dir geben wird, ist alles, was wir dir an Antworten und Hilfe bieten können.«

In der Wunderkammer, dem Zimmer voller seltsamer Schätze, in das Tin und Comfrey gestern Abend bei ihrer Ankunft bereits kurz hineingelugt hatten, bat Oro den Jungen, an einem Tisch mit einer Spiegelplatte Platz zu nehmen.

»Was siehst du?«, fragte Oro.

In der Tischplatte spiegelten sich Oros langer Kopf und Tins Locken, die von der Nacht noch in alle Richtungen standen, ihre aufgestützten Arme und die Morgensonne, die durch das Fenster schien. Eine blaue Porzellanteekanne hinterließ Dampfkringel. Tin betrachtete sich einen Moment lang in der Oberfläche des Tisches. Seine Augen waren vom Schlafen noch ganz klein. Er seufzte.

»Nichts. Nur uns«, antwortete er und versuchte, sich die Enttäuschung nicht anmerken zu lassen. »Ich dachte, wir würden uns über die Brüder und die Einsiedlerspinne unterhalten und darüber, was wir tun können, damit sie nicht weiter ins Land eindringen!«

»Mein lieber Junge«, sagte Oro. »Manchmal bringt einen Reden nicht weiter. Was wir hier machen, wird dir weit mehr helfen als irgendwelche Mutmaßungen. Aber jetzt lass uns erst einmal eine Tasse Tee trinken und es dann noch einmal versuchen. In so einem Spiegel wirst du nicht wirklich etwas erkennen, solange dein Kopf noch voller anderer Dinge ist.«

Oro zog die Teekanne zu sich. Dann nahm er aus dem untersten Regalfach zwei verschiedene, angeschlagene Teetassen.

Auf dem Holzregal blieben zwei helle staubfreie Kreise zurück, dort hatten die Tassen in einer Reihe mit dem bronzenen Sonnensystemmodell und den anderen kleinen Kostbarkeiten gestanden.

Oro goss einen dampfenden Strahl dunkelgrünen Tee in jede Tasse. Tin trank und versuchte, seinen Kopf zu leeren, so, wie Malve es ihm an ihrem ersten gemeinsamen Abend beigebracht hatte, als sie sich in den Katakomben unter dem Kloster versteckt hatten. Das musste in einem anderen Leben gewesen sein, so lange her kam es ihm vor.

Oro beobachtete ihn. Kurz schienen seine goldgesprenkelten Augen wie die einer Katze aufzuleuchten.

Tin pustete in den heißen Tee, wodurch der Spiegeltisch beschlug. »Jetzt sehe ich gar nichts mehr«, murmelte er.

Oro grinste ihn schief an. Dann forderte er Tin mit einer Handbewegung auf, noch einmal zu schauen.

Und nun konnte Tin tatsächlich etwas erkennen! Anstelle des beschlagenen Spiegels sah er sich in den dunklen Katakomben des Fünften Klosters der Gnade und des Fortschritts. Er keuchte und beugte sich weiter über den Tisch. Es war eigenartig, sich selbst dort unten in dem dunklen Raum mit den Steinwänden zu sehen, in dem er so viele Nächte an seiner Einsiedlerspinne gearbeitet hatte. Er wirkte mager und blass, und der Anblick machte ihn traurig. Einsam tüftelte er an seiner Einsiedlerspinne herum und führte dabei Selbstgespräche. Hatte er wirklich die ganze Zeit beim Arbeiten laut vor sich hingeredet? Eigenartig, dass er sich daran nicht erinnerte. Dann fiel es ihm ein – er hatte eine Geschichte erzählt! Eine von den vielen, die ihm ständig durch den Kopf spukten.

In den Alchemie-Werkstätten hatten die Brüder, die die Arbeit der Jungen überwachten, sein »fürchterliches, endloses Geschwätz« verboten. Als er einmal nicht daran dachte, hatte er mit einem scharfen Stahlseil drei Schläge auf die Zunge einstecken müssen. Seither hatte er es nicht mehr vergessen und sich die Geschichten stattdessen in Gedanken ausgemalt. Es beruhigte ihn, und er geriet weder in Panik, noch war er wie viele der anderen Jungen nach den langen Stunden in den Werkstätten vollkommen erschöpft. Was er sich wohl erzählt hatte, als er seine Einsiedlerspinne baute? Er wusste es nicht mehr – nur, dass er glücklich gewesen war, wie immer, wenn er etwas mit seinen Händen schuf.

Er schaute so konzentriert in den Spiegel, dass er

fast mit der Nase gegen das Glas stieß. Da bemerkte er etwas Merkwürdiges: Das Spiegelbild zeigte, wie aus seinen Fingern und seinem Mund Licht floss! Ein schimmerndes goldenes Licht, das von seinem Körper in jedes Teil der Einsiedlerspinne strömte, das er berührte. Wie die Ranken einer Pflanze schob sich das Licht von ihm ausgehend durch die Drähte und das Leder und den Motor der Einsiedlerspinne. Ohne sich dessen bewusst zu sein, streckte Tin die Hand aus, um seine goldumrandeten Finger im Spiegel zu berühren.

»Halt!«, rief Oro warnend, aber es war zu spät.

Die Vision verschwand.

»Gut, gut«, murmelte Oro und legte eine Hand auf Tins Rücken. »Allmählich verstehe ich …«

»Hast du das auch gesehen?«, hauchte Tin.

»In der Tat, mein Junge, in der Tat. Erstaunlich, was du da erschaffen und auch wieder verloren hast! Du hast die Einsiedlerspinne mit deinen Händen und Worten zum Leben erweckt. In dir schlummert viel schöpferische Kraft. Das ist das goldene Licht, das du gesehen hast. Darin liegt die eigentliche Macht des Sternengoldes. Du hast eine erstaunliche und seltene Gabe!«

»Ich bin gestern Abend gar nicht mehr dazu gekommen, von Doornton zu erzählen. Das ist der Mann, den wir getroffen haben und der zu den Rebellen der Stadt gehört. Er hat mir erklärt, dass ich die Einsiedlerspinne nur erschaffen konnte, weil ich ein wenig Sternengold in meinem Blut habe. Und dass viele Leute ein bisschen davon in sich haben. Vielleicht auch du? Aber was bedeutet das? Der Spiegel hat mir etwas gezeigt, was ich schon wusste … nur viel schöner als in meiner Erinnerung.« Tin schaute auf seine Hände und seufzte. Er wünschte, er könnte das goldene Licht jetzt sehen und es irgendwie beherrschen.

»Was du erzählt hast, ist alles wahr, mein Junge«, erwiderte Oro. »Das Sternengold ist die Lebenskraft von Farallone. Und diejenigen, die es in sich tragen, haben dadurch dem Land gegenüber eine Verpflichtung, so zumindest verstehe ich es. Aber es geht noch weiter. Schau nur.«

Mit seiner sechsfingrigen Hand zeigte Oro auf einen Langschwanzmäuserich, der ein Tischbein hochkletterte und zur Tischmitte lief. In seinem Maul trug er etwas kleines Rotes und schwang stolz seinen Schwanz hin und her.

»Er hat deine Eigentümlichkeit gefunden!«, rief Oro. »Er und seine Artgenossen bauen in den Zwischenräumen der Wände ihre Nester. Sie sammeln Schätze aus der Welt der Menschen aus der Zeit Davor. Und sie lauschen unseren Geschichten. Deshalb wissen sie, welche Sache zu welcher Person passt – und das ist dann die besondere Eigentümlichkeit jeder Person. Im Gegenzug geben wir ihnen ein wenig Käse und Beeren und Apfelbaumzweige. Alles in allem ist es ein gutes Tauschgeschäft.«

»Das verstehe ich nicht«, sagte Tin.

»Du hast gerade in den Spiegel der Eigentümlichkeit geschaut und deine wahre Natur gesehen«, antwortete Oro. »Mit deiner Eigentümlichkeit wurdest du bereits geboren, du hast sie nur nie so klar vor Augen geführt bekommen. Aber manchmal gibt es Momente im Leben, wo sie sehr deutlich zutage tritt, unverhüllt, wenn du so willst. Deine Eigentümlichkeit ist zugleich deine Stärke, deine Gabe.«

Die Langschwanzmaus wackelte zustimmend mit den Schnurrhaaren und legte mit ihren weißen Pfoten den Schatz auf den Tisch. Der Gegenstand war nur wenig länger als ein Daumen und ungefähr genauso breit. Die rote Farbe war teilweise abgeblättert.

»Was ist meine Eigentümlichkeit denn nun?«, fragte Tin unsicher.

Oro lächelte. »Das Ding hier nennt man Taschenmesser. Vor vielen Jahren besaß jeder Junge so eins. Als deine Eigentümlichkeit trägt es die Kraft des Erschaffens und des Vernichtens in sich. Es ist sehr mächtig und sehr gefährlich.« Er schob das Werkzeug näher zu Tin.

»Ich dachte, es wäre für die Wunderkammer«, sagte Tin.

»Stimmt. Es gibt immer zwei davon, genau wie es

dich zwei Mal gibt: du und dein Schatten, du und du in deiner Erinnerung.«

Und dann griff Oro nach dem Spiegelbild des Messers, direkt durch die gläserne Tischplatte hindurch! Es machte ein Geräusch, als würde er in Wasser fassen, und er holte ein zweites Messer aus dem Spiegelbild des ersten. »Für die Wunderkammer«, sagte er zu der Langschwanzmaus, die das Messer ins Maul nahm, damit zum Regal huschte und es neben dem Schachkönig ablegte.

»Ich erkläre dir, wie es funktioniert«, sagte Oro zu Tin, der sein Taschenmesser ratlos in der Hand hin und her drehte. Er zeigte dem Jungen, wie man die verschiedenen Werkzeuge mit dem Fingernagel ausklappte: Messerklinge, winzige Schere, Korkenzieher, Dosenöffner, Schraubenzieher, Pinzette, Drahtschere, Nadel. Der letzte Gegenstand unterschied sich von den anderen. Er war aus Holz und hatte eine winzige Dornenspitze.

»Darin ist das Gift der Einsiedlerspinne«, sagte Oro leise. »Stich dich nicht daran. Man kann es nur ein einziges Mal benutzen, und das will wohlüberlegt sein. Was die anderen Sachen betrifft, sind sie auf zweierlei Weise einsetzbar: für ihren eigentlichen Verwendungszweck, also das Messer zum Schneiden, der Dosenöffner zum Dosenöffnen oder der Schraubenzieher, um eine Schraube herauszudrehen. Und dann gibt es auch noch den sinnbildlichen Verwendungszweck.«

»Den sinnbildlichen?«, wiederholte Tin und schaute Oro fragend an.

»Ja. Der Dosenöffner ist dazu da, Dinge zu öffnen, die verschlossen sind. Der Schraubenzieher, um zwei Sachen miteinander zu verbinden – Hoffnung und Mut beispielsweise. Oder um sie voneinander zu lösen, etwa Angst von der Freude. Die Pinzette hilft dir, etwas nicht Sichtbares zu entfernen, was dir wehtut.« Oro lächelte, als wäre das alles vollkommen klar. »Du wirst herausfinden, wie es geht, keine Sorge. Und denk daran, mit einem Taschenmesser kann man auch eine Geschichte schnitzen. Zumindest mit diesem Taschenmesser. Das ist es schließlich, was du tust, nicht wahr? Du erzählst Geschichten, durch das, was du erschaffst.«

Tin schwieg.

»Wenn du noch lange deine Augenbraue so hochziehst, mein Junge, wirst du bald fürchterliche Kopfschmerzen bekommen. Genug geredet, nun machen wir uns die Hände schmutzig! Du kannst mir gerne draußen im Gemüsegarten helfen, während Comfrey an der Reihe ist.« Und damit stand Oro auf und ließ ein Stück Käse für die Langschwanzmaus auf dem Tisch zurück.

Tin folgte ihm in den Garten. Oro brachte ihn direkt zu den Bienenstöcken, damit Tin ihrem Summen lauschen konnte. »Das ist gut für die Nerven nach einer Runde in der Wunderkammer«, sagte er.

Dann musste der Junge kräftig mit anpacken und mit einer rostigen Schaufel das Gemüsebeet umgraben, damit Wintergrünzeug angepflanzt werden konnte. Einstechen, herausheben, Unkrautwurzeln aus den Erdklumpen ziehen.

»Um Himmels willen, Junge, das ist wertvolle Medizin!«, rief Oro, als Tin sich anschickte, die Löwenzahnwurzeln auszustechen.

Während er in der Erde grub, fragte Tin sich, was Comfrey wohl für eine Eigentümlichkeit hatte, welches kleine Objekt die Langschwanzmaus für sie aus den Wänden holen und ihr hinlegen würde. Malve, der mümmelnd in einem Büschel Kapuzinerkresse saß, hüpfte zu Tin und kniff ihn in die Hose, weil er endlich hören wollte, wie es in der Wunderkammer gewesen war.

Als Comfrey in den Spiegeltisch schaute, sah sie ihre Erinnerung sofort. Sie brauchte keinen Rosmarin-Brennnessel-Tee, wie Tin ihn von Oro bekommen hatte. In dem Spiegel erschien das Luchs-Mädchen auf dem mit Sträuchern bewachsenen Berg, die sich mit ihren grünen Augen nach Comfrey umdrehte und *Hallo, Comfrey* sagte.

Aber die Szene im Spiegel war viel lebendiger als in ihrer Erinnerung. Und so sah Comfrey etwas, an das sie nicht mehr gedacht hatte, und eine andere Sache, die sie zuvor gar nicht hätte sehen können. Sie beobachtete, wie sie hinter ihren Cousinen zurückblieb, ihren Rock hochraffte und ihren Blick umherschweifen ließ. Dann beugte sie sich über einen kleinen Graben neben dem Weg, in dem sich ein wenig Grundwasser gesammelt hatte, was die Brennnesseln bis spät in den Herbst wachsen ließ. Eine rot gestreifte Strumpfbandnatter schlängelte sich in einer fließenden Bewegung ins Gras. Ohne nachzudenken, streckte Comfrey einen Finger aus, um die Schuppen der Schlange zu berühren, aber da war das Tier bereits verschwunden. Als ihre Mutter rief, stand sie schnell auf, ihre Familie war schon weit voraus.

Im selben Moment entdeckte sie das Luchs-Mädchen. Im Spiegel konnte Comfrey ihren eigenen Gesichtsausdruck sehen, eine Mischung aus Schreck und Freude. Das Bild im Spiegel zitterte kurz und veränderte sich. Um Comfrey herum wurden zarte Bänder sichtbar. Ein langes dünnes reichte von ihrer Brust zu der Brust des Luchs-Mädchens. Weitere, noch schmalere Bänder führten von ihren Fingern zu der Schlange im Sickerwasser und weiter über den Weg zu der Stelle, wo diese nur wenige Minuten vorher eine Grille gegessen hatte, und von dort zu den Halmen des trockenen Herbstgrases. Die dünnen Bänder verknüpften alles miteinander. Genau wie das Luchs-Mädchen schienen die Bänder Comfrey etwas mitteilen zu wollen; als würden sie Worte formen. Was sagten sie? Comfrey streckte die Hand aus, um die Worte zu berühren, sie festzuhalten, aber da war das Bild verschwunden.

»Deine Eigentümlichkeit«, sagte Amber nach einem Moment der Stille.

In Comfrey kribbelte es von Kopf bis Fuß. »Meine ... Eigentümlichkeit?«, fragte sie.

Amber lächelte und erklärte Comfrey dasselbe, was Oro zuvor zu Tin über Eigentümlichkeiten und Stärken gesagt hatte. »Deine Eigentümlichkeit liegt darin, die Verbindung zwischen allen Dingen zu erkennen«, sagte sie. »Du siehst, was anderen verborgen bleibt, was andere vergessen haben oder wovor sie aus Angst die Augen verschließen. Wenn du eine von uns wärst«, fügte Amber hinzu, »und deine Eigentümlichkeit für alle sichtbar nach außen tragen würdest, sähst du vielleicht so aus.«

Sie legte ihre gefleckte Hand auf Comfreys Spiegelbild. Plötzlich hatte sie große Rehaugen und eine merkwürdige Beule auf der Stirn, fast wie ein drittes Auge, allerdings war es geschlossen und wurde von dichten Wimpern bedeckt. Comfrey berührte die Stelle in ihrem Gesicht und schrie entsetzt auf. Im Spiegel sah es aus, als hätte sie Schwimmhäute zwischen den Fingern, weil sie durch die Bänder verbunden waren. Aber in Wirklichkeit war ihre Stirn so glatt wie immer und auch ihre Finger waren ganz normal. Sie holte tief Luft und schloss die Augen.

Erst als es leise klickte, öffnete sie die Augen wieder und entdeckte die Langschwanzmaus, die mit ihren hellen Pfötchen eine dünne goldgerahmte Brille über den Tisch schob.

»Solche Augen wollen alles wissen«, sagte Amber leise.

Als Comfrey in ihrem Spiegelbild plötzlich die schwelende, leuchtende Feder in der Hand hielt, zog Amber eine ihrer buschigen Brauen hoch.

»Wie …?«, stammelte das Mädchen und senkte sofort ihre Hand, aber da war gar keine Feder. »Wer *seid* ihr überhaupt? Und was ist *das*?« Sie beugte sich zu der Brille.

»Deine sichtbar gewordene Eigentümlichkeit. Ein Geschenk aus dem Magazin der Bücherei der Langschwanzmäuse, wo sie alte Dinge aus der Menschenwelt von Davor sammeln«, sagte Amber und reichte Comfrey die Brille. Dann fischte sie eine zweite Brille wie vom Grund eines Sees aus dem Spiegelbild heraus. »Und dies ist dein Geschenk für unsere Wunderkammer. Früher haben Menschen so etwas benutzt, wenn sie schlecht oder verschwommen gesehen haben, beim Bücherlesen etwa. Diese Brille hier ist aber noch ein wenig spezieller und sollte nur aufgesetzt werden, wenn du sie unbedingt brauchst. Sie kann nichts vergrößern oder verkleinern, dafür macht sie die Verknüpfung zwischen den Dingen sichtbar und übersetzt die Sprache der Bänder, also die Worte, die sie gemeinsam ergeben. Sie zeigt, wie alles miteinander zusammenhängt: der Herzschlag einer Schlange mit dem Lebenszyklus von Grillen, die flaumigen Samen einer Distel mit dem Nest eines Goldzeisigs. Mit dieser Brille wirst du das Ganze erkennen und die Bedeutung der Verknüpfungen begreifen. Aber du kannst sie nur drei Mal tragen und kein einziges Mal mehr, sonst werden deine kostbaren Augen erblinden, als hättest du zu lange in die Sonne geschaut.«

»Oh«, flüsterte Comfrey und berührte vorsichtig ein Glas der goldgerahmten Brille. »Woher weiß ich, wann ich sie benutzen soll?«

»Das wird sich ergeben. Das ist das Besondere an dieser Brille. Außerdem wird Myrte dir helfen können, als Hase steht sie im Zentrum vieler Verknüpfungen.« Amber lachte leise.

Die Mittagssonne fiel durch das Glasfenster, und das Stinktier, das die ganze Zeit dort in der Wärme zusammengerollt geschlafen hatte, seit es Tin vor ein paar Stunden zur Wunderkammer geführt hatte, streckte sich nun und erhob sich langsam von seinem Platz. Es stand auf seinen vier kurzen Beinen und wackelte mit der Nase und dem weißen, buschigen Schwanz.

Comfrey zuckte unwillkürlich zurück, von einem Stinktier wollte sie nicht unbedingt besprüht werden.

»Keine Angst, keine Angst. Unsere Rosie hat keine

Stinkdrüsen. Deshalb ist sie auch hier. Ohne diese Verteidigung kommt sie dort draußen in der rauen Welt nicht zurecht. Sie ist ein wenig wie wir, würde ich sagen. Ihr fehlt, was sie vor anderen schützt. Dafür ist sie außerordentlich zutraulich. Und eine großartige Wespenvertilgerin, sie frisst die Wespen direkt aus ihren Erdnestern, damit sie unsere Bienen nicht stören. Wespen sind für Stinktiere eine wahre Delikatesse.« Als Amber aufstand, beugte sie sich vor und tätschelte Rosies Kopf. »Komm mit, meine kleine Rosie. Zeigen wir Comfrey, was es mit dem Summen der Bienen auf sich hat und wie man darin den Herzschlag der Blumen hört. Rosie und ich könnten den Bienen den ganzen Tag lang lauschen.«

»Können wir im Spiegel noch nach meiner Mutter schauen?«, traute Comfrey sich zu fragen.

»Oh nein, Liebes, das geht nicht. Das ist kein Wahrsagespiegel, sondern ein Spiegel der Eigentümlichkeit. Lass uns erst einmal in den Garten gehen und hören, was Oro zu alldem meint. Und dann brecht ihr mit euren Geschenken auf.«

Das Stinktier sah mit seinen dunklen, glänzenden Augen zu Comfrey hoch und schnüffelte. Auf Rosies schwarzer Nase waren rosa Flecken. Comfrey strich kurz über die Brille und verstaute sie dann vorsichtig in einer Tasche ihres Kleides. An ihr nagte die Frage, wie das Stinktier wohl aussehen würde, wenn sie die

Brille aufsetzte. Oder Amber, das Gasthaus oder der Himmel … Sie überlegte, wie die Welt wirklich war. Als sie in dem Spiegeltisch die Bänder gesehen hatte, die zwischen ihr, dem Luchs-Mädchen, der kleinen Schlange und dem Herbstgras verliefen, und als sie in ihrem Kopf gehört hatte, wie das Luchs-Mädchen ihren Namen sagte, war die Antwort zum Greifen nah gewesen.

Amber spürte, dass die Finger des Mädchens sich fester um die Brille schlossen, und erriet ihre Gedanken. »Am besten trainiert man zuerst die eigenen Augen und hält nach großen und kleinen Details Ausschau. Mit ein wenig Übung erkennt man gleich viel mehr, als man je für möglich gehalten hätte.« Amber klopfte auf den Spiegeltisch und ging dann zur Tür. Oben auf den Türrahmen, neben einem Loch in der Wand, legte sie ein Stück Käse aus ihrer Tasche. Der Langschwanzmäuserich huschte heraus und sammelte es eilig ein.

Sie gingen zu Oro, Tin und dem Mädchen mit dem Buckel, das Pieta hieß, die im Garten bei den Bienenstöcken im Gras lagen und frisch gepressten, kühlen Apfelsaft tranken. Ihre Hände und Arme waren von der Gartenarbeit voller Erde. Comfrey fiel auf, dass Pieta Tin unablässig anstrahlte.

»Mit diesen beiden bärenstarken jungen Leuten habe ich das alte Tomatenbeet in Rekordzeit umgegraben!«, rief Oro und hob seinen Becher mit Apfelsaft. »Comfrey, das ist Pieta.«

Pieta lehnte sich nach vorne und schob ihre roten Haare aus dem Gesicht. »Tin hat mir *alles* über eure Abenteuer erzählt«, sagte sie begeistert. »Ich würde auch gern in die Welt hinausziehen.«

Tin grinste sie freundlich an, er genoss die Aufmerksamkeit.

Comfrey spürte einen kleinen Stich. »Ich weiß ja nicht, was er dir erzählt hat«, antwortete sie forsch, »aber unsere bisherige Reise war bestimmt kein Spaziergang oder, um es anders auszudrücken: nicht so einfach wie das Umgraben eines Gemüsebeetes. Schön habt ihr es hier. Diesen Ort würde ich an deiner Stelle nicht verlassen, denn wie es aussieht, stehen die Dinge in der Welt momentan *ziemlich* schlecht.«

»Tja«, unterbrach sie Tin, »manche Leute sind von Natur aus neugierig, und es zieht sie in die Ferne, mehr nicht.«

»Oh, ganz recht, vielleicht ist das bei mir so ...«, murmelte Pieta sehnsüchtig und nickte.

Comfrey wurde rot, sie war wütend auf Tin und wünschte, sie könnte zurücknehmen, was sie gerade gesagt hatte. Stattdessen drehte sie sich zu Oro, weil sie unbedingt mehr über das Schicksal von Farallone und ihrer Mutter erfahren wollte.

»Ich würde meiner Mutter gerne eine Nachricht zukommen lassen«, sagte sie. »Ist das von hier aus möglich? Kann man jemanden zu ihr schicken? Sollten wir die Dorfbewohner nicht vor den Brüdern warnen? Vielleicht könnte Tin ja gehen –?«

»Aber ich muss doch meine Einsiedlerspinne finden und vom Kojoten-Volk zurückholen, damit sie auch wirklich in Sicherheit ist! Wer weiß, was das Kojoten-Volk mit ihr anstellt.«

»Wahrscheinlich ist die Einsiedlerspinne beim Kojoten-Volk geschützter als bei uns«, warf Myrte hastig ein. »Wenn die Brüder das Gefährt bei dir vermuten, kommen sie bestimmt nicht auf die Idee, beim Kojoten-Volk danach zu suchen. Außerdem würde sie kein halbwegs anständiger Kojote auch nur in seine Nähe lassen. Und vergesst nicht, dass das Kojoten-Volk in der Unterwelt des Ersten Luchses ein und aus geht. Den Weg dorthin kennen die Brüder garantiert nicht.«

»Im Kojoten-Volk gibt es einige Gauner«, ergänzte Malve mit einem kleinen Hasenseufzer, »aber Verräter nur selten. So gut wie sie kann sich niemand auf Sichtweite heranschleichen und verstecken.«

»Du meinst, sie bringen meine Spinne in die Unterwelt?«, rief Tin aufgebracht. »Für mich hört sich das nicht sehr geschützt an! Und einen sehr hilfsbereiten Eindruck haben die Kojoten auf mich auch nicht gemacht. Wahrscheinlich ist die Spinne jetzt schon kaputt!« Aber er musste selbst zugeben, wie kindisch seine Worte klangen.

»Kannst du auch noch an etwas anderes denken?«,

rief Comfrey wütend. »Wenn die Brüder tatsächlich schon einen Fuß ins Hinterland gesetzt haben, müssen wir die Feder so schnell wie möglich zum Hirsch bringen. Myrte, könntest du vielleicht zu meiner Mutter laufen?«

»Ich glaube, es ist besser, wenn ich dich durch das Land des Wilden Volkes begleite«, sagte die junge Häsin und zog nachdenklich ihre Nase kraus. »Ohne Malve und mich wärt ihr längst schon gefressen oder umgebracht oder entführt worden. Das Wilde Volk hat uns aus den Bäumen und Feldern und Schatten heraus die ganze Zeit beobachtet und uns nur in Ruhe gelassen, weil wir wilde Hasen sind. Und wilde Hasen reisen normalerweise nicht mit Menschenkindern durch die Gegend, es sei denn, die Menschenkinder umgibt etwas Ungewöhnliches.«

»Aber ich habe meine Mutter im Stich gelassen, und wir wissen, dass ihr Schlimmes droht, also müssen wir sie warnen –«

»Na, na«, beschwichtigte Oro. »Immer einen Schritt nach dem anderen. Ich habe mir den Kopf zerbrochen und denke, ich habe einen Hinweis gefunden, der euch beruhigen wird. In der Vision blühten entlang der Wege, die die Brüder genommen haben, wilde Schwertlilien. Und obwohl es durch die frühen Regenfälle schon recht warm war, müssen die Schwertlilien in diesem Jahr ihre violetten Blüten erst noch öffnen. Was bedeutet, dass deine Mutter im Moment noch in Sicherheit ist, Comfrey. Daher beeilt euch und bringt die heilige Feder zu Mutter Hirsch. Sie allein kann das Herz Farallones beschützen. Sie weiß, was getan werden muss, um uns alle vor dem drohenden Unheil zu retten.«

»Möge es so sein, möge es so sein«, murmelte Amber beschwörend. »Wenn unsere Schöpferin das nicht weiß, werden sie uns holen. Wir Sonderlinge wurden vom Hinterlandvolk nie akzeptiert, ganz zu schweigen von den Brüdern der Stadt.«

»Warum denn nicht?«, wollte Tin wissen. Aber noch während er sprach, dämmerte ihm die Antwort, und er schämte sich wegen seiner voreiligen Frage.

Einen Moment lang schwiegen Amber und Oro. Über ihre Gesichter huschte ein Ausdruck von Kummer.

»Wahrscheinlich, habt ihr euch bereits gefragt, was die Geschichte von uns Narren ist«, sagte Oro in das Schweigen hinein.

»Anfangs lebten wir ...«, sagte Amber und blickte Comfrey an, »wie du, in den Dörfern des Hinterlandes.«

»Was?«, rief Comfrey erschrocken. »Warum habe ich dann nie von euch oder eurem Gasthaus gehört?«

»Es ist so. Wenn in einem Dorf ein Kind mit einer Auffälligkeit zur Welt kommt, mit einem Buckel wie Pieta oder einem Kopf wie Oro oder einer Haut wie meiner, wird es von der Hebamme sofort weggenommen und dem Berg preisgegeben.«

»Preisgegeben?«, sagte Tin. Er bekam eine Gänsehaut, auch wenn er sich nicht ganz sicher war, ob er das Wort richtig deutete. Hieß das, dass man ein Waisenkind war, so wie die Kinder, die den Brüdern überlassen wurden – nur schlimmer?

»Anders gesagt: Es wird in die Berge gebracht, um zu sterben.« Ambers Stimme war ganz leise geworden, und sie hatte den Blick gesenkt.

»Zumindest gehen alle davon aus. Das Kind wird dort draußen ausgesetzt und den wilden Tieren oder dem Wilden Volk überlassen. Eine Form von extremer Opfergabe. Wir nennen uns Sonderlinge. Sie nennen uns Vergiftete.« Oro verzog das Gesicht.

Comfrey bekam kaum Luft. Insgeheim fragte sie sich, ob es vor ihr ein auffälliges Geschwisterchen gegeben hatte, von dem sie nichts wusste. Was, wenn Comfrey mit einem dritten Auge auf ihrer Stirn geboren worden wäre?

»Dieses Vorgehen beruht auf einem alten Erlass aus der Zeit des Zusammenbruchs«, sagte Amber. »Damals gab es unzählige Krankheiten, und das Wasser und die Luft waren dermaßen vergiftet, dass Menschen eigenartig auf die Welt kamen. Ein Kind, das, aus welchen Gründen auch immer, anders gewachsen ist, tut natürlich niemanden etwas zuleide. Aber es war eine dunkle Zeit, in der viel Angst herrschte. Man glaubte, wenn man die Vergifteten aussetzte, würde das den Rest des

Dorfes vor einem ähnlichen Schicksal schützen. Die Hebammen waren jedoch anderer Meinung, und sie teilten ein Geheimnis.

Als nach dem Zusammenbruch die Dörfer gegründet wurden, kam ein Zwillingspärchen auf die Welt, das an den Händen zusammengewachsen war, mit Haaren so grün wie Kastanienblätter. Der Anführer des Weilers forderte die Hebamme auf, die Babys in die Berge zu bringen und sie dort allein zurückzulassen, doch sie widersetzte sich dieser Anordnung. Die Hebamme blieb die ganze Nacht oben im Gebirge, saß unter einer Eiche und betete zu den drei Schöpferinnen. In der Morgendämmerung tauchte am Rand des Eichenwaldes ein eigenartiges Geschöpf auf – jemand aus dem Berg-Volk. Das Wesen hatte die großen, dunklen Augen einer Wühlmaus, die Statur einer breit gebauten Frau und trug einen Rock aus Erde und Grasschichten. Um die Arme der Frau rankten so viele zarte Wurzelfasern, dass man meinen konnte, sie wären in Spitzenstoff gehüllt. Sie nahm die kleinen Zwillinge an sich und stillte sie, aber nicht mit Milch, sondern dem süßen Nektar, der in den Adern aller Berge fließt.

Als wieder ein besonderes Kind in einem der Dörfer geboren wurde, waren siebzehn Jahre vergangen. Die Hebamme des Dorfes brachte es an die Grenze zum Land des Wilden Volkes, so wie ihr befohlen worden war. Durch die Geschichten, die unter den Hebammen kursierten, wusste sie, dass sie die Berg-Frau anrufen musste. Doch die Berg-Frau kam nicht. Stattdessen traten bei Einbruch der Dunkelheit die aneinandergewachsenen Zwillinge zwischen den Bäumen hervor und hoben das Baby mit ihren drei Händen auf. Von einer Berg-Frau gestillt, waren die beiden zu einem Teil des Wilden Volkes geworden. Sie kannten die Sprachen von jedem Tier und jeder Pflanze und jedem Stein. Eine Zeit lang wohnten sie hier in diesem Gasthaus und nahmen einen kleinen Sonderling nach dem anderen bei sich auf. Als einige von ihnen alt genug waren, um das Gasthaus weiterzuführen, bauten die Zwillinge sich einen grünen Wagen. Sie lockten eine kleine Hirschherde zu sich und zogen davon, um alles und jeden zu heilen, der geheilt werden musste, und um ungeachtet der Grenzen und Mauern, die errichtet worden waren, das Land Farallone und seine vielen Geschichten kennenzulernen. Das ist nun zweihundert Jahre her. Inzwischen werden sie die Grünzwillinge genannt, und obwohl sie so aussehen wie wir Heiligen Narren, gehören sie doch auch zum Wilden Volk, weil sie von einer aus deren Reihen gestillt wurden.«

»Unsere Grünzwillinge!«, rief Myrte. »Alle möglichen Geschichten haben sie uns erzählt, nur ihre eigene nicht.«

»Aber sie hatten schon immer einen ganz besonderen Geruch«, sagte Malve. »Sie scheinen im Mittelpunkt vieler verschiedener Netze zu stehen. Sogar im Mycelium der Stadt. Erinnerst du dich noch, was Doornton gesagt hat, Tin? Wie er sie auf dem Weg in die Stadt getroffen hat, und dass sie ihm versichert haben, sie wären zur Stelle, wenn der Zeitpunkt gekommen wäre und er sie riefe?«

»Doornton?«, fragte Comfrey. »Wer ist Doornton?« In ihrem Herzen hatte sich während der Unterhaltung eine große Traurigkeit breitgemacht, weil in ihrem schönen Dorf Erle die ganzen Jahre über solch schrecklichen Dinge passiert waren. Sie dachte an ihre Opfergaben und fragte sich, ob ihre Mutter wusste, dass auch Babys dort abgelegt wurden. Aber jetzt klopfte ihr Herz auf einmal ganz aufgeregt. Der Name, den Tin eben erwähnt hatte, war dem ihres Vaters beängstigend ähnlich. Doorn, hatte ihre Mutter ihn genannt, während Comfrey immer nur Papa gesagt hatte. In ihr machte sich ein Hoffnungsschimmer breit. War das möglich?

Myrte hüpfte in Comfreys Arme. Obwohl sie noch nicht lange zusammen waren, hatte die Häsin gelernt, dass sie einen Menschen dadurch tröstete – so, wie wenn sie und Malve sich gegenseitig das Fell putzten. Sie schnupperte an Comfreys Kinn, ihre Schnurrhaare zuckten.

Tin sah Comfrey überrascht an. Er verstand ihre plötzliche Aufregung nicht. »Doornton ist der tollste Mann, den ich je getroffen habe. Er ist der Anführer vom Mycelium und hat erzählt, dass er vor Jahren aus dem Hinterland gekommen ist, weil er schreckliche Visionen von der Zerstörung seiner Heimat durch die Stadt hatte.«

Da schluchzte Comfrey so heftig auf, dass Tin nicht weitersprach. Er dachte an Doorntons Kummer. Jedes Mal, wenn er vom Hinterland erzählt hatte, sah es so aus, als müsste er gegen Tränen ankämpfen. *Meine Füße würden mich jederzeit hierher zurücktragen. Aber nicht mein Herz.*

»Was ... was hast du, Comfrey?«, fragte Tin. Er hätte sie gern getröstet, aber er wusste nicht, ob er das überhaupt richtig konnte.

»Den Mann, den du beschreibst«, sagte Comfrey, während sie zitternd Luft holte, »ich glaube, ich kenne ihn – unter dem Namen Doorn. Das kann kein Zufall sein! Oder wie wahrscheinlich ist es, dass es zwei Männer gibt, die wegen ihrer Visionen aus dem Hinterland in die Stadt aufbrechen und auch noch beinahe gleich heißen? Das ist bestimmt mein Vater!«

Amber nahm das Mädchen schnell in die Arme, und der Kummer der letzten Jahre strömte aus Comfrey heraus. Amber tupfte ihr die Wangen mit einem dünn gewordenen Taschentuch trocken, summte leise und streichelte über ihre zerzausten Haare.

Tin beobachtete sie und dachte, dass es wahrscheinlich eine Weile brauchte, bis man lernte, jemanden so zu trösten, wie Amber es tat. Im Kloster hatte nie jemand ein Kind in die Arme genommen. »Dein Vater …«, flüsterte Tin. Und nun wusste er, warum ihm Comfreys Gesicht gleich so vertraut vorgekommen war, als er sie zum ersten Mal gesehen hatte. Die schwer zu bändigenden schwarzen Zöpfe, die hellgrünen Augen, das ausgeprägte Kinn und die Geschmeidigkeit eines Fischotters. »Natürlich ist er dein Vater«, sagte Tin mehr zu sich selbst. »Warum ist mir das nicht gleich aufgefallen?«

Comfrey lächelte ihn tränennass an. In dem Moment wusste Tin, dass er in seinem ganzen Leben noch nie etwas so Gutes getan hatte, wie Comfrey diese Nachricht zu überbringen und ihr dieses Lächeln zu entlocken.

»Glaubst du wirklich, Tin? Du musst mir alles von ihm erzählen, oh, bitte! Ich will alles wissen, jedes Wort von ihm. Es gibt so viel, was ich mir bislang nur zusammenreimen konnte, so viel zu verstehen!« Sie tastete in ihrer Tasche nach der goldenen Brille. Wenn sie durch die Brille doch nur verstünde, wie die Bänder miteinander verknüpft waren. Und ihre Mutter – sie musste das ihrer Mutter erzählen! Maxine, die so lange entgegen aller Hoffnungen gehofft hatte.

»Hört sich nach einer guten Unterhaltung für unsere Reise an«, unterbrach Malve und klopfte ungeduldig mit seinem Hinterlauf. »Die Sonne steht schon hoch am Himmel.«

»Wir sollten wirklich keine Zeit mehr verlieren«, bekräftigte Myrte.

»Ich fürchte, die jungen Hasen haben recht«, sagte Oro und stand auf. »Zuerst der Hirsch, dann das Dorf Erle. Wir halten Augen und Ohren nach Informationen oder Gerüchten über die Einsiedlerspinne und das Kojoten-Volk offen. Myrte und Malve, ihr hört auf die Bienen. Sie werden euch mitteilen, wenn es Neuigkeiten von uns gibt.«

Frau Zitron, die Küchenchefin im *Gasthaus zum Heiligen Narren* – eine beeindruckende Frau mit einem dicken Bein, das aussah wie ein Erlenstamm, und mit vom vielen Teigkneten kräftigen Händen –, hatte für sie zwei köstliche Essensbeutel gepackt. Nahrhafte Eichelkuchen und geräucherte Lachsstreifen, Körnerbrot und Käsestücke, kleine Äpfel, gekochte Eier und mehrere Fladenküchlein aus Samen und Honig. Amber packte ihre Taschen randvoll mit dem Proviant, außerdem gab sie beiden eine Feldflasche mit kochend heißem Tee, die sie später als Wasserflasche weiterverwenden konnten. Neben einem Feuerstein und Socken zum Wechseln legte sie die frisch gewaschen und ordentlich zusammengefalteten Kleider der Kinder in die Taschen, in denen sie hergekommen waren – Comfreys blauer Umhang und ihr grünes Wollkleid, Tins Mantel und die weite Hose, die er von Doornton bekommen hatte und die gestern noch ganz verdreckt gewesen war.

Alle Narren begleiteten Comfrey, Tin, Myrte und Malve ein Stück die breite alte Straße entlang, die sich vom Gasthaus nach Norden schlängelte. Sie sangen und warfen Ringelblumenblüten in die Luft, schlugen auf Felltrommeln und jonglierten beim Gehen mit Zitronen. Nach und nach machten die Narren sich auf den Nachhauseweg, küssten die Kinder zum Abschied links und rechts auf die Wange und sagten: »Bleibt gesund und viel Glück, junge Narren! Lebt wohl, lebt wohl.«

Als Pieta Tin auf die Wange küsste, wurde sie rot, und Comfrey unterdrückte ein Grinsen.

Amber und Oro verabschiedeten sich als Letzte und umarmten die Kinder. »Kommt zurück, junge Narren. Kommt zurück zu uns.«

Und dann schritten Tin und Comfrey allein weiter. Die zwei jungen Hasen sprangen neben ihnen her, blieben aber hin und wieder stehen und schnupperten und knabberten an den frischen Grashalmen entlang des Weges. Keiner von ihnen drehte sich nach den immer kleiner werdenden Gestalten des fröhlichen Narrenumzugs um. Sie fürchteten, dass sie dann der Mut verließe – denn bis zum Hirsch aus Milch und Gold mussten sie noch viel tiefer in das Land des Wilden Volkes eindringen.

12

DIE BABA ITHÁ

Sie liefen weit an diesem Tag, schlugen sich durch die winterkahlen orangefarbenen Zweige eines Weidentals und nahmen dann einen Fußweg, der sich an der Ostflanke der Traumbildberge entlangschlängelte. Es war ein steiler Pfad, der durch Nadelbäume und Schwertfarn, niedrige Haselnusssträucher und junge Erdbeerbäume führte. Comfreys Tasche war sehr schwer, und ihre Schultern schmerzten. Doch auch wenn zusätzlich die Verantwortung für die Feder und die Sorge um ihre Mutter auf ihr lasteten, musste sie die ganze Zeit an ihren Vater denken.

Als Tin, Comfrey und die Hasen schon ein Stück die Bergflanke hinaufgeklettert waren, drehten sie sich noch einmal um. Weit unter ihnen erstreckte sich das Weidental, es sah aus, als zöge orangefarbener Rauch darüber, und Comfrey entdeckte die Straße, der sie vom Gasthaus zum Heiligen Narren aus gefolgt waren und die sich wie ein Band durch die Landschaft wand. Das Weidental ging im Norden in das silberblaue Wasser der schmalen Tamalbucht über. Im Osten lagen die steilen goldenen Berge, die zu dieser Jahreszeit durch das frische Gras von einem sanften Grün überzogen waren und die Grenze zum Hinterland bildeten.

Comfrey seufzte und schob die Sehnsucht und die Sorgen, die sie beim Anblick der Hinterlandberge überfielen, beiseite und kletterte stattdessen weiter den Weg durch die Tannen hinauf.

Der Hirsch wird wissen, was zu tun ist. Der Hirsch wird uns allen helfen. Das Beste, was ich für meine Mutter und das ganze Hinterland tun kann, ist, die Feder zum Hirsch zu bringen, sagte sie sich selbst. Aber eine Stimme in ihrem Kopf flüsterte, dass ein Hinterlandmädchen wie sie es nie schaffen würde.

Tin blieb einen Moment länger stehen und schaute auf das Meer hinaus. Als er aus dieser Höhe die hügeligen Berge und Täler von Farallone vor sich liegen sah, musste er an die Wunderkammer der Narren denken und wie er dort in den Spiegel geschaut und sich selber gesehen hatte. Es hatte ihm einen anderen Blick auf alles gegeben, ein Gefühl von Vollkommenheit. Er spürte sein kühles Taschenmesser in der Hosentasche und wünschte, dass er damit diese Schönheit irgendwie festhalten konnte, um sie immer wieder betrachten und besser verstehen zu können. Aus dem Osten wehte ein Wind und rauschte durch die Tannen. Er roch nach Salz und Harz und kühlte seine Stirn. Tin atmete tief ein und fühlte sich glücklich und lebendig. Er drehte sich um und lief Comfrey hinterher, die Hasen hüpften ihm nach.

In dieser Nacht schlugen sie ihr Lager auf einer Lichtung auf dem Bergrücken auf. Es war Tins erste Nacht unter freiem Himmel, darum schlief er sehr unruhig. Die ganze Zeit über wachte er immer wieder auf und starrte von seinem Bett aus Tannennadeln und einer Wolldecke zu der gesprenkelten, schwindelerregenden Himmelsscheibe hoch. Es war fast Vollmond und dementsprechend hell. Die unzähligen Sterne sahen wie vom Wasser gespiegelte Sonnenstrahlen aus. In der Stadt hatte man immer nur wenige Sterne erkennen können, weil die Lichter entlang der Stadtmauer so hell gewesen waren.

Ein Sternenbild mochte Tin besonders. Es war das winzigste von allen, sah aus wie ein kleines Blatt und bestand aus sieben Sternen. Obwohl er so müde war, konnte Tin seine Augen einfach nicht von den Sternen abwenden. Den Nachthimmel hatte er bisher immer nur vom Fenster aus betrachtet. Jetzt, als er unter ihm lag, fühlte es sich an, als wäre er ein großes Zelt, das ihn beschützte und mit seinen funkelnden Händen all seine Sorgen wegnahm. Hatten die Sterne irgendeine Bedeutung, oder ging ihre glitzernde Geschichte vollkommen in einer größeren auf? Und wie kam es, dass etwas von ihrer Materie in seinen Adern floss? Wie hatte der Hirsch aus Sternengold Farallone erschaffen können? Und welcher Stern musste vor vielen Jahren sterben, um dieses Land mit seinem Gold zu überziehen?

Irgendwann, als es bereits fast wieder dämmerte, sank Tin in einen tiefen Schlaf. Er wachte erst auf, als die Sonne schon ganz aufgegangen war, und das auch nur, weil Malve auf seine Brust sprang.

»Aufstehen, du faules Kaninchen!«, rief der Hase. »Comfrey hat schon ein Feuer entfacht, der Tee ist fertig, und wir machen uns besser auf den Hasenweg, bevor der Tau trocknet.«

Tin rieb sich die Augen und schaute sich auf der kleinen Wiese um, auf der sie ihr Lager aufgeschlagen hatten: Myrte und Malve hatten zwei Nester in das hohe Gras zwischen den Schlafsachen der Kinder gegraben, und Tin sah Tannenbäume voller Flechten, deren Äste sanft im Wind schaukelten. Auf der Krone eines Baumes landete ein Blauhäherweibchen, das krächzende Rufe ausstieß.

Tin hörte das knackende Feuer und roch den Rauch, der in seine Richtung wehte. Er drehte sich um und beobachtete Comfrey, die in einem kleinen Metalltopf, der auf den Steinen beim Feuer stand, herumrührte.

Ihre Zöpfe, die vom gestrigen Aufstieg ganz zerzaust und voller Tannennadeln und Moos gewesen waren, hatte sie neu geflochten. Ihre Wangen waren vom Feuer gerötet, und ihre Augen strahlten.

»Brennnesseltee und Eichelbrei!«, rief sie nun und schlug grinsend mit einem Holzlöffel gegen den Topf.

»Igitt!«, rief Myrte. »Matschiges, warmes Essen. Gibt es Schlimmeres? Wie man darauf kommen kann, werde ich nie verstehen.«

Tin lachte, streckte sich und lief zu Comfrey. Er fragte sich, wie sie das Feuer so schnell allein entfacht hatte, sagte jedoch nichts. Er wollte nicht, dass sie ihn für einen dummen Stadtjungen hielt.

Comfrey war schon beim ersten Tageslicht aufgestanden, um das passende Holz für ein Feuer zu sammeln. Jetzt, wo sie hier draußen auf sich allein gestellt waren, wollte sie Tin etwas von ihrem Hinterlandwissen zeigen. Darum hatte sie das Feuer durch Reibungswärme entfacht, und nicht mit einem Feuerstein, was viel einfacher gewesen wäre. Tin sollte sehen, dass sie so geschickt war wie er. Aber er hatte tief und fest geschlafen, und nachträglich damit angeben, mochte sie dann doch nicht.

Nachdem sie das Lager abgebaut hatten, erschnüffelten Myrte und Malve einen für ihr Dafürhalten »guten Weg« – einen schmalen Wildwechselpfad, der sich an saftig grünen Schwertfarnen und schlanken Haselnusssträuchern vorbeischlängelte, die gerade winzige dunkelrote Blüten ansetzten. Am meisten beeindruckten Tin die mächtigen Tannen. Sie waren breiter als er groß! Zwischen ihren Wurzeln schoben sich überall Pilze durch den Nadelteppich. Comfrey sammelte fürs Abendessen cremeweiße von einem alten Eichenstamm und zeigte Tin, wie man sie bestimmte.

Kleine braune Zaunkönige sangen kunstvolle Melodien, und das in einer Lautstärke, die man bei ihrer Größe gar nicht vermutete. Graue Eichhörnchen flitzten durch die hohen Tannenwipfel und schimpften, manchmal sprangen sie in einen benachbarten Lorbeerbaum, dessen Zweige sich unter ihrem Gewicht bogen. Tin staunte, wie sicher die kleinen Tiere immer landeten.

»Gibt es eigentlich auch ein Wildes Volk für die Tannen?«, fragte Tin, als sie an einem plätschernden Bach rasteten, um ihre Becher aufzufüllen, und Malve und Myrte zum Trinken ihre Schnauzen und Zungen ins Wasser tauchten.

»Natürlich«, sagte Comfrey, nippte an ihrem Becher und biss in einen der kleinen, festen Äpfel, die Amber ihnen eingepackt hatte. In Wirklichkeit wusste sie überhaupt nichts über das Wilde Volk von Tannen.

»Oh ja, das gibt es tatsächlich«, sagte auch Myrte, während sie sich mit beiden Pfoten das Gesicht putzte.

In einer Wasserlache klammerte sich eine Ansammlung von Ameisen an winzigen Haselnusspollen fest, um nicht unterzugehen. Comfrey nahm ein flaches Blatt und schob die Ameisen aufs Trockene. Obwohl sie so winzig waren, schienen sie sich wie Hunde zu schütteln, sahen kurz zu ihr hoch und neigten dankbar die Fühler. Comfrey schnappte überrascht nach Luft.

»Wenn du auf unserem Weg jede Ameise aus Pfützen rettest, kommen wir nie an!«, sagte Tin, der Comfreys Rettungsaktion aus den Augenwinkeln beobachtet hatte.

Comfrey funkelte ihn an. »Wenn du eine Ameise wärst, würde ich dich bestimmt nicht retten«, sagte sie.

»Ameisen sind ehrenwerte kleine Kerle, weißt du«, sagte Malve. »Es kann nie schaden, ihnen einen Gefallen zu tun.« Er schnupperte an einem Stück Tannenrinde und kostete nachdenklich davon. »Im Tannenwald leben viele Geschöpfe, und die meisten sind scheu. Behütet werden sie alle von der Baba Ithá, der alten Dame des Tannenwaldes. Ihre Schwestern aus dem Wilden Volk kümmern sich um die Kiefern- und Eichenwälder.«

»Die Baba Ithá ist aber nicht nur das Wilde Volk für die Tannen«, führte Myrte weiter aus, »sondern auch für Haselnusssträucher, Lorbeerbäume und Ahorne, Eichhörnchen, Zaunkönige und Ameisen. Sie kümmert sich um alle Geschöpfe, die in einem Tannenwald leben. Sie ist sehr verschlossen und sehr, sehr mächtig. Die Grünzwillinge haben sie nur ein einziges Mal getroffen und wir nie!« Die Häsin knabberte an einem frischen Tannentrieb, verzog allerdings das Gesicht.

»Zum Glück«, sagte Malve. »Sie hat nämlich einen ziemlichen Appetit!«

»Furchterregend ist die Baba Ithá«, ergänzte Myrte. »Sie nimmt und schenkt Leben, genau wie der Wald. Wenn es sich einrichten lässt, läuft man ihr am besten gar nicht erst über den Weg. Lasst uns weitergehen, ich werde allmählich hungrig, und hier im Schatten ist das Nahrungsangebot eher mager!« Sie sprang auf, aber Comfrey wusste, dass der Häsin ein Schauer über den Rücken gelaufen war, den sie nicht zeigen wollte.

Ein abgestorbener Ast fiel knackend aus dem Tannendach durch die Zweige und landete ganz in der Nähe auf dem Boden, während über ihnen ein Rabe krächzend aufflog.

Tin zuckte zusammen. »Und was, wenn es der alten Dame nicht gefällt, dass wir hier durchgehen?«, stammelte er. »Schließlich hasst das Wilde Volk Menschen!« Der Tannenwald erschien ihm auf einmal dunkler, die Vögel leiser und die Bäume wirkten bedrohlicher und irgendwie lebendig, als würden sie gleich ihre Wurzeln anheben und auf riesigen Füßen davonlaufen.

»Nein, nein«, versuchte Myrte ihn zu beruhigen. »Dieser Wald ist sehr groß, und wir durchqueren nur einen kleinen Teil. Mit den Grünzwillingen sind wir hier schon etliche Male entlanggegangen und haben von Baba Ithá nie auch nur eine Spur entdeckt. Außerdem würden Malve und ich sie lange vor ihrem Auftauchen riechen, schließlich lebt sie in einem Haus aus Knochen.«

»Ja, und hören würden wir sie auch, denn ihr Haus hat lange Beine – bestimmt knackt es laut, wenn sie damit durchs Unterholz läuft. Und die Grünzwillinge haben uns erzählt, dass sie ständig ein Lied vor sich hin summt«, fügte Malve hinzu. »Wir sind also einigermaßen sicher. Weiter jetzt, nicht trödeln!« Und schon sprang er mit großen Sätzen davon, als wollte er beweisen, dass es nichts zu befürchten gab.

Comfrey grinste schief und zuckte ergeben mit den Schultern, und Tin lächelte ihr zustimmend zu. Ein wenig schämte er sich, dass er so ängstlich gewesen war. Sie folgten den beiden Hasen und drangen tiefer und tiefer in den Tannenwald.

Keiner von ihnen wusste, dass das Haus der Baba Ithá so geräuschlos lief wie Eulen. Oder dass sie ihre Lieder in den Stimmen des Waldes sang – knarzende Äste, Zaunkönige, Spechte.

Und schon gar nicht ahnten sie, dass die Baba Ithá nach ihnen Ausschau hielt.

Als sie auf einer feuchten Lichtung mit dichtem

Farnkraut ihre Mittagsrast einlegten, hörten sie nicht, wie sich eine Hütte aus Eulen- und Wühlmausknochen auf gefiederten Eulenbeinen und Krallen, die so breit wie der Wurzelstock von Tannen waren, von hinten an sie heranschlich. Nicht einmal die Hasen bemerkten den Unterschied zu den üblichen Geräuschen des Waldes. Es war Comfrey, die sich umdrehte.

»Aha, wie es aussieht, ist das Herz des Mädchens pelziger als die beiden Hasen hier zusammen!«, sagte die Baba Ithá, als die grünen Augen des Mädchens in ihre schwarzen blickten, die lang und schmal wie die eines Graufuchses waren.

Comfrey verschluckte sich beinahe an ihrem Bissen Körnerbrot und Käse und sprang auf. Auch Tin stand hastig auf, und die beiden Hasen flüchteten zitternd in die Arme der Kinder. Tin zog seine Eigentümlichkeit aus der Hosentasche und hielt sie fest umklammert.

Die Baba Ithá brach in ein lautes Gelächter aus, das wie eine Mischung aus knarrenden Tannenzweigen und dem Kreischen von Eulen klang. Die kleine, knorrige Frau stand im Türrahmen ihres Hauses, das durch ihr Lachen wild wackelte. Die Hände, mit denen sie sich den Bauch hielt, waren dick und faltig, wie die Knoten der Rinde einer Tanne. In ihren grauen Zopf hatte sie Salamanderknochen eingeflochten. Sie trug keine Schuhe, und ihre großen Füße waren von Fell überzogen. Ihre pelzigen Ohren waren so klein wie die eines Eichhörnchens. Und beim Lachen entblößte sie eine Reihe von Zähnen, so scharf und zahlreich wie bei einem Maulwurf. Ihr rundes Knochenhaus hatte ein flaches Dach, von dem ein qualmender Beinknochenkamin emporragte, und zwei Fenster, die wie glänzende Augen aussahen. Von dem Haus ging ein weiches Licht aus, und auf der Dachkante saß ein Fleckenkauz mit halb geschlossenen Augen.

»Vergib uns, Baba Ithá«, sagte Myrte erschrocken und versuchte, würdevoll auszusehen, was ihr nicht gelang. Sie schaffte es nicht einmal, ein Ohr aufzustellen. »Wir haben nicht gedacht –«

»Stimmt, das habt ihr tatsächlich nicht«, unterbrach die Baba Ithá sie mit schneidender Stimme. Sie gab einen tiefen Eulenruf von sich, und die Beine ihrer Hütte knickten ein, sodass sie nun wie eine Kröte auf den Boden hüpfen konnte. »Ich weiß immer, wenn ein neuer Besucher den Wald betritt, den ich bewache. Das Pilzgeflecht verrät es mir.«

Wie bei Doornton, dachte Tin. Er ließ sein Taschenmesser sinken und drückte den zitternden Hasen an sich, dessen Krallen sich in seine Brust bohrten.

»Es ist sehr unhöflich, seine Waffe auf einen Fremden zu richten, Junge«, sagte die Baba Ithá und trat einen Schritt näher. »Besonders auf jemanden vom Wilden Volk. Allein dafür sollte ich euch alle in meinen Ofen stecken.« Als sich vier Augenpaare vor Schreck weiteten, lächelte sie zufrieden. »Tja, was glaubt ihr dummen Geschöpfe denn, wie mein Haus läuft, wenn ich es nicht füttere?« Sie schürzte die Lippen und kniff die Augen zusammen. »Ihr beiden Menschen, die ihr nach Hinterland und Stadt riecht, solltet besser für einen schnellen Tod beten. Habt ihr doch eure verpesteten Füße in meinen Tannenwald gesetzt, ohne vorher eine Opfergabe zu bringen.«

»Baba Ithá«, sagte Comfrey mit möglichst fester Stimme, während ihre Gedanken rasten. »Das ist nicht aus Unhöflichkeit geschehen. In meinem Dorf Erle habe ich die Opfergaben für meine Mutter überbracht, ich weiß über die Bedeutung der Gaben Bescheid.«

Tin sah etwas von Doornton in Comfrey aufblitzen. Es war der selbstsichere Klang ihrer Stimme, die Art, wie sie beim Sprechen ihr Kinn nach vorne schob, und die Zuversicht, die trotz der Angst in ihren Augen aufblitzte. Und nicht zum ersten Mal überfiel ihn neben seiner Bewunderung für sie auch ein Gefühl der Eifersucht, weil sie so einen wunderbaren Vater hatte.

Comfrey holte tief Luft. »Wir wussten wirklich nicht, dass du da bist. Aber wir haben ohne böse Absicht gehandelt.«

»Ja, wirklich ohne böse Absicht«, stimmte Tin ihr zu. »Ein Wort genügt, und wir geben dir, was du willst.«

Malve klopfte warnend gegen die Brust des Jungen, aber es war schon zu spät.

Die Baba Ithá lachte wieder. »Schön gesprochen, Kinder, wirklich hübsche Worte. Doch für Opfergaben ist es wohl etwas zu spät.« Sie zog eine lockige Augenbraue nach oben und holte eine lange Pfeife aus Erlenholz aus der Tasche ihres Kleides. Mit ihrem Fingernagel kratzte sie an einem Stein, um sie anzuzünden, und schmauchte dann die übel riechende Mischung.

»Was soll das heißen, zu spät?«, wagte Tin zu fragen.

»Nun, erstens sind Opfer nur dann Opfer, wenn sie freiwillig gegeben werden. Was für eine Art von Geschenk wäre zum Beispiel ein Geschenk, das man zuvor einfordert?« Die Baba Ithá nahm einen tiefen Zug aus ihrer Pfeife. »Und zweitens, lieber Junge, hast du mir gerade *alles* angeboten, was ich mir wünsche, und für mich geht nichts über ein gutes Spiel.«

Die Sonne verschwand hinter einer Wolke, und das Licht, das durch die Tannenzweige fiel, veränderte sich.

»Aber ...«, stammelte Comfrey, während ihre Wangen ganz rot wurden. »Wir haben keine Zeit für Spiele!« Ob es klug wäre, gegenüber dieser Furcht einflößenden Frau die Feder des Feuerfalken und den Hirsch aus Milch und Gold zu erwähnen?, überlegte sie.

»Keine Zeit, sagst du? Tja, in dem Fall ...«, erwiderte die Baba Ithá und kratzte sich geflissentlich das Kinn, an dem, wie bei einer Ziege, ein paar weiße Barthaare wuchsen, »... gibt es erst einmal Haseneintopf, am besten den großen Kessel voll. Dazu ein paar aromatische Yerba-Buena-Blätter, ja, das wird köstlich! Und dann, hm, ich kann mich nicht recht entscheiden, ob ich euch zwei starke Kinder mit Haut und Haaren in meinen Ofen stecke und damit mein Haus einen ganzen Monat lang ernähre, oder ob ich euch behalte und vielleicht in zwei Rotkehlchen verwandle, die für mich mit den Würmern sprechen. Das sind manchmal recht schwierige, windige Zeitgenossen, wenn man sich mit ihnen unterhalten will.«

Comfrey und Tin lief es eiskalt über den Rücken.

»Warum?«, platzte es aus Tin heraus, seine Angst war einer plötzlichen Wut gewichen. Er dachte an die große Aufgabe, die vor ihnen lag, und an all die Menschen, die er wiedersehen wollte – Seb, Doornton, Anders, Beatrix, die Heiligen Narren. »Du bist das Wilde Volk vom Tannenwald! Du wachst über Bäume. Aber Bäume essen keine Hasen oder Kinder. Sie sind sanft und ruhig. Was gibt dir das Recht –?«

Comfrey packte ihn am Handgelenk und trat ihm auf den Fuß, damit er nicht alles noch schlimmer machte.

»Vergib uns, Baba Ithá«, sagte sie. »Er ist aus der Stadt und weiß nicht, welchen Respekt man jemandem wie dir entgegenbringt. Natürlich spielen wir dein Spiel! Bitte, lass uns spielen, lass es uns wenigstens versuchen! Für ein Spiel ist immer genug Zeit.« Sie versuchte zu lächeln, aber ihre Mundwinkel zitterten.

»Sehr klug, Mädchen«, sagte die Baba Ithá barsch. »Nicht mehr lange und ich hätte die Geduld verloren und euch auf der Stelle verspeist, ohne Suppe und Feuer. Und was deine *Frage* betrifft.« Sie spuckte das Wort wie einen faulen Kern in Tins Richtung. »Bäume ernähren sich genauso von der Verwesung dieser Welt, von dem, was von Würmern und Pilzen und Käfern und noch kleineren Dingen zersetzt wird, wie vom Sonnenlicht. Die Sonne ist für sie natürlich am wichtigsten und auch jeder Atemzug, den ihr ausatmet. Aber die Wurzeln der Bäume brauchen die Nahrung aus den alten Körpern von Maulwürfen und Salamandern, Rotkehlchen, Eulen und Füchsen, die zu einem Teil der Erde geworden sind. Das ist ein Kreislauf, mein Junge, vom Leben zum Tod und wieder zum Leben. Und du, fürchte ich, bist ein Teil davon. Ich säe genauso viele Samen und kümmere mich um neugeborene Eichhörnchen, wie ich ernte und töte.« Sie kicherte, trat näher an Tin heran und kniff ihm fest in die Wange. Ihr Atem roch nach Waldboden und moderigen Wurzeln.

Tin versuchte, nicht zurückzuweichen.

»Dann lasst uns mit dem Spiel beginnen!« Mit einem Lachen winkte sie die Kinder hinter sich und ihrem laufenden Knochenhaus her – den Berg hinauf, zu einer Lichtung am Waldrand.

»Sollten wir nicht besser wegrennen?«, fragte Tin leise.

»Auf keinen Fall!«, zischte Malve. »Wohin denn? Der ganze Wald ist ihre Familie. Nur weil wir sonst niemanden vom Wilden Volk sehen, heißt das noch lange nicht, dass sie nicht da sind und uns beobachten und warten. Auf ihren Befehl hin würden sie uns sofort umzingeln!«

Comfrey atmete aus. »Gehen wir«, sagte sie zu Tin und den Hasen.

Gemeinsam eilten sie hinter der Baba Ithá her den Berg hoch.

»Ich werde euch drei Aufgaben stellen«, sagte die Baba Ithá und winkte den Fleckenkauz vom Hausdach auf ihre breite Schulter, der liebevoll an ihrem Zopf zog. Bei dem Wort *Aufgaben* strahlte sie und rieb sich die Hände. »Wenn ihr jede Aufgabe innerhalb eines Tages löst, werde ich euch durch meinen Wald ziehen lassen und euch außerdem drei Geschenke mitgeben. Doch wenn es euch nicht gelingt – tja, ihr wisst, was ich dann tun werde!«

»Aber ... drei ganze Tage?«, stammelte Comfrey, die an die Brüder dachte und wie weit sie in dieser Zeit kommen würden. Oro hatte gesehen, dass sie nicht in die Dörfer eindringen würden, bis die wilden Schwertlilien blühten, vielleicht also sogar erst in ein paar Wochen. Aber wie lang würden sie und Tin für den Hin- und Rückweg zur Tamalspitze, wo Mutter Hirsch unter den Grizzly-Hexen lebte, brauchen? »Vor uns liegt noch die lange Strecke zu den Grizzly-Hexen, weil wir den Hirsch aus Milch und Gold finden müssen! Und weißt du denn nicht, dass die Brüder aus der Stadt womöglich ganz Farallone umbringen?« Sie konnte nicht verhindern, dass die Wahrheit aus ihr heraussprudelte. Mühsam unterdrückte sie die Tränen. »Ist dir das denn völlig egal?«

»Wagst du es etwa, meine Weisheit infrage zu stellen?«, zischte die Baba Ithá. Ihr Gesicht wurde hart. »Wagst du es etwa, infrage zu stellen, wie ich mich um den Tannenwald kümmere, dessen Wächterin ich bin? Du vergisst, dass du ein Mensch bist und all diese Probleme von euch verursacht wurden. Warum sollte *ich* ausgerechnet *dir* vertrauen? Warum sollte das Schicksal des Wilden Volkes in den Händen von euresgleichen ruhen? Eure Menschenhände sind schmutzige Verräterhände. Sollte ich da nicht besser überprüfen, ob sie der Sache überhaupt würdig sind? Und solltet ihr mir nicht einen guten Grund dafür geben, warum ich euch am Leben lassen sollte, statt euch in meinen Ofen zu stecken? Ich bin nicht so töricht und vertraue allein eurem Wort.«

Die Schärfe in ihrer Stimme ließ Comfrey verstummen. Myrte drückte sich eng an sie.

»Und jetzt, Aufgabe Nummer eins«, sagte die Baba Ithá etwas freundlicher, als sie merkte, dass sie den nötigen Eindruck gemacht hatte. »Seht ihr den Erdhaufen auf halbem Weg zu der Bergwiese bei dem mit Flechten bewachsenen Felsen?«

Comfrey und Tin spähten den Berg hinauf und nickten stumm. Über den Himmel zogen dicke Wolken, die die Sonne erst verdeckten und dann wieder freigaben, wodurch der Berg aussah, als wäre er ständig in Bewegung. Der blühende Mohn überzog den Hang mit einem leuchtenden Orange. Und mittendrin ragte ein dunkler Hügel auf.

»Davon ist nur die Hälfte Erde. Die andere besteht aus den kleinen schwarzen Samen unseres lieblichen Mohns. Bis morgen früh möchte ich zwei Haufen sehen: einer aus Mohnsamen und einer aus Erde, und kein Samenkorn darf fehlen!«

»Aber das ist unmöglich!«, protestierte Tin. »Wie soll irgendjemand ...«

»Das ist nicht mein Problem«, sagte die Baba Ithá kurz angebunden, und schon sprang ihr rundes Knochenhaus mit einem Satz auf seine flaumigen Eulenbeine und glitt so geräuschlos davon wie sich im Wind wiegende Zweige.

13

MOHNBLUMENSAMEN, PERLEN UND STEINSCHUHE

Die erste Stunde saßen Comfrey und Tin am Berghang, nahmen jeweils eine Handvoll Erde und suchten mühsam die Mohnblumensamen heraus. Sie versuchten, nicht die Geduld zu verlieren, obwohl Samen und Erde immer wieder an ihren Fingern kleben blieben. Myrte und Malve konnten ihnen nicht helfen, schließlich hatten sie keine Hände. Und so saßen sie niedergekauert im Gras, wie Hasen es tun, wenn ein Falke über ihnen seine Kreise zieht und sie nicht wissen, wohin sie fliehen sollen.

»Was für ein Riesenfehler, dass wir hier entlanggegangen sind!«, flüsterten sie sich in der Hasensprache zu. »Wie konnten wir nur so töricht sein?« Ängstlich hatten sie ihre Ohren flach angelegt und unterdrückten ein Zittern.

Der Wind frischte auf und fegte über das zwei Zentimeter hohe Erdhäufchen. Die Krümel landeten auf dem gleich großen Samenhaufen – das war alles, was die Kinder bisher sortiert hatten.

Tin sprang wütend hoch und stampfte mit dem Fuß auf. »Das schaffen wir nie!«, rief er. Ein Luftstoß fuhr in seine blonden Locken und pustete sie über die Stirn. »Vielleicht hat sie uns ja absichtlich eine unlösbare Aufgabe gegeben?«

»So denkt das Wilde Volk nicht«, sagte Myrte. »Ein Spiel ist ein Spiel und eine Vereinbarung eine Vereinbarung.«

»Vom Kojoten-Volk natürlich einmal abgesehen«, ergänzte Malve. »Bei denen weiß man nie ...«

»Es muss irgendeine Möglichkeit geben«, sagte Comfrey so ruhig wie möglich, obwohl sie sich alles andere als ruhig fühlte. »Irgendeinen Trick.«

»Ja«, sagte Malve zögernd, »das kann gut sein ...«

»Einen Mohnblumensamen habe ich allerdings noch nie ausgetrickst, nur einmal einen Luchs«, antwortete Myrte, kam vorsichtig näher und schnupperte an den Haufen.

Über Comfreys Hand lief eine Ameise, die sie abschüttelte. Dann tauchte eine zweite auf. Sie dachte an das kleine Rettungsboot in der Pfütze und wie sie die Ameisen aufs Trockene geschoben hatte, und sie musste trotz allem lächeln. Wenigstens hatte sie eine gute

Tat im Tannenwald vollbracht. Als ihr Blick wieder auf ihre Hände fiel, lief plötzlich eine ganze Ameisenstraße darüber.

Malve schüttelte sich und nieste, auch seine Nase war auf einmal voller Ameisen, die weiter zu seinen Pfoten krabbelten und von dort direkt zum Mohnsamen- und Erdhaufen.

»Warum lächelst du?«, fragte Tin ungehalten. »Das ist doch alles vollkommen hoffnungslos!«

»Sieh dir das an, Tin!«, flüsterte Comfrey.

Die Ameisen trugen einen Mohnblumensamen nach dem anderen zu einem neuen Haufen und ließen die Erde, wo sie war. Die Tiere waren so leicht und bewegten sich so vorsichtig, dass unter ihren Füßen nicht ein Körnchen Erde ins Rutschen kam.

»Bei denen hast du ganz eindeutig einen guten Eindruck hinterlassen, Comfrey!«, rief Myrte und schnupperte behutsam an dem schwarzen fingerbreiten Band aus Ameisen, das an Tin vorbeilief.

Tin war verblüfft, wie geschickt jede Ameise einen Mohnblumensamen über dem Kopf trug und wie geordnet alles ablief. »Ich werde mich nie mehr über jemanden lustig machen, der eine Ameise rettet!«, sagte er und ging neben Comfrey in die Hocke. »Sie haben all ihre Freunde zusammengerufen, damit sie dir auch einen Gefallen tun können!«

Bald wimmelten die Haufen vor Ameisen. Die Kinder und die Hasen beobachteten sie bei der Arbeit und bedankten sich immer wieder bei ihnen, während die beiden Hügel unablässig wuchsen. Erst mitten in der Nacht, als der Mond unterging, schliefen sie auf der Wiese ein, die Wolldecken hatten sie bis zum Kinn hochgezogen.

Als die ersten Sonnenstrahlen auf die Kinder fielen, schlich Baba Ithás Haus auf seinen Eulenbeinen vom Waldrand zu ihnen. Geräuschlos kauerte es sich direkt neben sie, und die Alte hüpfte auf ihren breiten, pelzigen Füßen hinaus. Hungrig klackten ihre scharfen Zähne aufeinander. Als sie die beiden makellosen Hügel entdeckte, einer mit Mohnblumensamen, der andere mit Erdkrumen, blitzten ihre Augen gelb auf, und sie fauchte. Schnuppernd beugte sie sich über die Hügel. Genau in dem Augenblick frischte der Wind auf und wehte ein wenig Erde auf den Haufen mit den Samen. Beim Klang von Baba Ithás leisem, vergnügtem Lachen sprangen die Hasen auf. Ihre Ohren zitterten.

Das Lächeln auf dem zerfurchten Gesicht der alten Frau war ein beunruhigender Anblick. Plötzlich knurrte sie, und mit einer schnellen Bewegung packte sie Myrte und Malve mit einer Hand bei den Ohren. Erschrocken traten die Hasen wild mit ihren Hinterläufen um sich und versuchten, die Alte zu kratzen, um sich zu befreien.

»Malve!«, rief Tin, der von dem Aufruhr aus dem Schlaf gerissen worden war.

Auch Comfrey war sofort auf den Beinen, um ihren Freunden zu helfen. Aber die Baba Ithá war flink, wich zurück und lachte grauenhaft, ihr Atem roch nach Tod.

»Das war ein netter Versuch«, knurrte sie und zeigte auf die Hügel. »Aber leider hat der Wind nicht mitgespielt.« Mit den gekrümmten Fingern ihrer freien Hand pickte sie erdige Mohnblumensamen auf und legte sie sich auf die Zunge. »Mir scheint, das bedeutet Suppe für mich und Würmer für euch!« Grinsend hielt sie die zitternden Hasen in die Höhe und leckte sich über die Lippen.

»Das ist nicht gerecht!«, rief Comfrey. Hatten nicht alle gesehen, wie gewissenhaft die Ameisen die Haufen sortiert hatten? »Als wir uns schlafen gelegt haben, waren die Haufen perfekt! Woher sollen wir wissen, ob du nicht die Erde auf die Mohnblumensamen gestreut hast, als wir noch geschlafen haben?« Sie konnte nicht länger mit ansehen, wie die Hasen in der knorrigen Hand der Baba Ithá an ihren Ohren baumelten. Ganz zu schweigen von dem Gedanken, dass sie für immer zu Rotkehlchen würden – oder, noch schlimmer, im Holzofen landeten! Dann würde Comfrey nie wieder ihre Mutter oder ihren Vater in die Arme schließen. Ihren Vater, der lebte! Vor Entsetzen schnürte es ihr die Kehle zu. Am liebsten hätte sie nach Tins Hand gegriffen.

Tin warf der Baba Ithá einen möglichst finsteren Blick zu. Er wollte nicht als Feigling dastehen, aber es war nicht einfach, einer Frau unverwandt in die Augen zu schauen, aus denen einem die ganze Kraft der Wurzeln und Knochen entgegenfunkelte. »Die Ameisen sind von überall hergekommen und Comfrey zu Hilfe geeilt! Zählt das denn nichts?«

Die Baba Ithá knurrte wieder, woraufhin die Hasen erneut um sich traten. Aber die alte Frau hielt sie gut fest. Argwöhnisch kniff sie die Augen zusammen. »Ameisen, sagst du? Ameisen haben euch die Arbeit abgenommen?« Sie betrachtete prüfend die Gesichter der Kinder. »Ameisen lügen nicht«, murmelte sie dann mehr zu sich selbst. Ihr uraltes Gesicht wirkte nun ein klein wenig weicher, aber als ihr Blick auf die strampelnden Hasen fiel, grollte sie verächtlich: »Ich lasse mich nicht austricksen!« Ihre Stimme klang so tief, als käme sie aus der Erde selbst.

Tin griff nach Comfreys Hand.

»Nun gut, die erste Aufgabe mögt ihr gelöst haben. Aber von jetzt an müsst ihr ohne die Hilfe eurer Hasenfreunde auskommen!«, knurrte die Baba Ithá. »So lange bleiben sie in einem Käfig bei mir im Haus. Ein falscher Zug, und der Suppentopf ist gleich zur Hand!« Sie stieß einen heiseren Schrei aus, den Jagdruf einer Eule, und mit ihm den Geruch nach alten Knochen.

Myrte und Malve waren starr vor Entsetzen.

»Bitte, du erschreckst sie noch zu Tode! Lass sie los!«, flehte Comfrey.

Doch die Baba Ithá lachte nur.

Comfrey änderte ihre Taktik. »Wie können wir sicher sein, dass du sie nicht auf der Stelle verspeist?«, fragte sie. »Warum sollten wir dir vertrauen?«

»*Mir vertrauen*? Verscherz dir nicht mein Wohlwollen, Mädchen. *Mir* vertrauen? Weißt du überhaupt, wer ich bin?« Ihre Stimme war so laut geworden wie ein Sturm, der durch uralte Bäume fegt. »Wie ich bereits sagte: Die Frage ist nicht, ob ihr mir vertrauen könnt, sondern warum ich *euch* vertrauen sollte? Was habt ihr Menschen getan, um *mein* Vertrauen zu verdienen?« Der große Kummer, der auf einmal in den Worten der alten Frau mitschwang, erschütterte Comfrey und Tin zutiefst. Unzählige uralte Bäume lagen in ihrer Stimme, gefällt und an den Wurzeln herausgerissen, wie ein Friedhof voller zersplitterter Knochen. Es waren Fleckenkauzmütter zu hören, deren Eier unter den Zweigen der gefällten Bäume zerbrachen, und Maulwurfkinder, deren Gänge vergiftet worden waren.

Comfrey senkte betroffen den Kopf. »Es tut mir leid, Baba Ithá«, sagte sie leise. »Wir vertrauen dir. Und wir tun, was du verlangst.« Sie spürte Tränen aufsteigen und schluckte sie hinunter. »Es tut mir leid, ihr lieben Hasen«, flüsterte sie.

Obwohl Myrte in Baba Ithás Hand zitterte, richtete

sie ihren Blick so vertrauensvoll auf Comfrey, dass sie die Tränen nun doch nicht länger zurückhalten konnte.

Entsetzt beobachteten die Kinder, wie die alte Frau die Hasen in ihr dunkles Knochenhaus trug.

Tin wäre der Baba Ithá am liebsten hinterhergelaufen, um ihr die Hasen aus den Händen zu reißen, doch er wusste, wie aussichtslos das war. Die alte Frau war der Wald, vor ihr konnten sie nirgendwohin fliehen, sich nirgendwo verstecken.

Comfrey wischte sich die Tränen weg und versuchte damit zugleich ihre Angst weit von sich zu schieben. Weder ihr noch den Hasen war damit geholfen. Aber dann trat die Baba Ithá wieder aus dem Haus, der dicke Zopf schlug gegen ihren Rücken, und sie winkte den Kindern, ihr zu folgen. Und schon war die Furcht zurück. Aber ihnen blieb nichts anderes übrig, als der Alten und ihrem Haus hinterherzugehen.

Die Baba Ithá führte sie den Bergrücken entlang, wo Jojobasträucher, Apfelbeeren, Haselnusssträucher und Eichen wuchsen – und dann wieder Tannen. Der Wald war dort sehr dicht, schattig und feucht. Dickes, farnartiges Moos bedeckte einen Großteil des Bodens und auch die Baumstämme. Die Baba Ithá bückte sich und fischte eine Perle, so leuchtend wie der Mond, aus einem Moospolster.

»Früher, vor sehr langer Zeit, hatte ich einmal einen

Verehrer«, begann sie mit leiser Stimme. »Ein Seehund-Mann, der mich am Rand der Tamalbucht besuchte. Damals war ich noch leichtsinnig und jung. Lediglich die Eule ließ ich zurück, die stundenlang auf den Tannenwald aufpassen musste. Ich war verliebt, versteht ihr ...?« Die Baba Ithá seufzte.

Tin war von der plötzlichen Sanftheit der sonst so barschen alten Frau überrascht, versuchte aber, sich nichts anmerken zu lassen.

»Er schenkte mir eine lange Kette, die ich mir sechsmal um den Hals schlingen konnte«, fuhr die Baba Ithá fort. Sie bestand aus dreihundert winzigen Perlen aus der Tamalbucht, die er einzeln mit seinen Zähnen aus wilden Austern gelöst hatte. Ich trug sie jahrhundertelang, auch noch nachdem der Seehund-Mann schon längst gestorben war. Bis ich eines Tages an einem Tannenzweig hängen blieb und die Kette riss. Dreihundert Perlen fielen ins Moos.« Sie hielt die Perle ins Licht. »Wenn ihr eure Hasen lebend wiedersehen wollt, dann sammelt mir jede einzelne Perle bis zum morgigen Sonnenaufgang ein.« Nun war ihre Stimme wieder hart, und das Klacken von Eulenschnäbeln schwang darin mit. Sie ließ die Perle zurück ins Moos fallen, drehte sich mit wehenden Knochen um und zog davon.

Die Kinder kauerten den ganzen Tag lang schweigend auf der feuchten Erde und durchsuchten den Boden und das Moos nach den Perlen. Der Gedanke an ihre Hasen, die in einem Knochenkäfig im Haus der Baba Ithá festsaßen, erfüllte sie mit großer Sorge. Während die Sonne über den Himmel wanderte, die Schatten länger wurden und das Licht golden durch die Tannen fiel, verließen sie der Mut und die Entschlossenheit immer mehr. Sie hatten erst neunzehn Perlen gefunden, viele von ihnen waren viel weiter über den dichten Waldboden verstreut gewesen, als sie vermutet hatten.

Irgendwann ertrug Comfrey es nicht länger und zerrte verzweifelt an dem Moos. »Warum sind wir bloß hierhergekommen?«, rief sie, sprang auf und trat gegen den Stamm eines alten Baumes. Tränen rannen über ihr Gesicht. »Oh, Tin, wir haben sie verloren! Die armen Hasen, wir haben sie für immer verloren! Diese schreckliche alte Frau schürt vielleicht schon das Feuer für die Suppe! Und wir werden es niemals rechtzeitig zum Hirsch aus Milch und Gold schaffen. Wir sind alle verloren.« Sie lehnte sich an eine Tanne, sank zu Boden und schluchzte.

»Comfrey«, sagte Tin besorgt. »Comfrey, bitte weine nicht.« Er legte seine Hand auf ihre Schulter, aber er hatte noch nie versucht, ein Mädchen zu trösten, und wusste nicht, was er tun sollte. Wie hatte Amber das noch mal gemacht?

Comfrey schob mit einem Ruck seine Hand weg und drehte ihr Gesicht zur Seite. Am liebsten hätte sie ihm gemeine Sachen über die Stadt an den Kopf geworfen, schließlich hatte er keine Mutter und kein geliebtes Hinterland, das er verlieren konnte, also wusste er überhaupt nicht, um was es ging. Aber sie behielt die Worte für sich und atmete tief ein und aus.

»Comfrey«, versuchte Tin es wieder, aber sie hielt ihr Gesicht noch immer abgewandt. Verlegen schob er seine Hand in die Tasche. Die Sonne ging unter. Worauf sollten sie hoffen, wenn es erst einmal dunkel war?

Plötzlich blitzte etwas auf dem Boden zwischen ihnen auf.

»Was ist das?«, fragte Tin und streckte seine Hand nach einem filigranen Brillengestell aus.

Comfrey wurde rot. »Fass sie nicht an!«, rief sie, schnappte sich ihre Brille und betrachtete sie dann erstaunt und erleichtert. »Das ist meine Eigentümlichkeit«, murmelte sie, ihre Stimme klang jetzt wieder fester.

»Die Brille?«, fragte er. Ihm war, als wäre ihm ein großer Vertrauensbeweis zuteilgeworden, obwohl er nicht einmal sicher war, ob die Eigentümlichkeiten überhaupt geheim waren. »Was kannst du mit ihr sehen?«

»Natürlich! Das ist es!« Kurz und heftig schlang sie ihm die Arme um den Hals.

»Das ist ... was?«, fragte er verwirrt.

»Ich kann sie nur dreimal benutzen«, fuhr Comfrey fort, die gar nicht richtig zugehört hatte. »Ein einziges Mal mehr, und ich werde blind. Aber das ist jetzt nicht wichtig. Amber hat gesagt, dass die Brille mir die Muster auf dieser Welt zeigt. Sie bringt auch das noch so kleinste Detail hervor und offenbart die wahre Natur der Dinge. Eins ist mit dem anderen verknüpft, alles ist Teil von kleinen oder großen Mustern, als wären sie durch die Fäden eines Spinnennetzes verbunden.« Sie hielt sich die Brille vor die Nase. Die Sonne, die über dem Meer unterging, ließ die Gläser in Regenbogenfarben funkeln.

»Oh«, sagte Tin überrascht. Das klang ganz erstaunlich, allerdings überdies kompliziert. Die filigrane Brille war von einer eigenen Schönheit; das Gestell aus glänzendem Gold, und die Gläser hatten einen besonderen Schimmer.

Sie passt zu Comfrey, dachte er – in erster Linie praktisch, aber auch auffällig und besonders.

»Aber – wenn du sie aufsetzt?«, formulierte er seine Gedanken laut, »siehst du dann nicht unzählige dieser Muster gleichzeitig? Wir sind schließlich in einem Wald! Wahrscheinlich passieren gerade tausend Dinge. Woher weißt du, welches Muster du sehen wirst? Und wie siebst du die Perlen heraus?«

Comfrey dachte angestrengt nach. »Es muss irgendeinen Trick geben, sonst wäre die Brille ja nutzlos.« Sie schaute sich kurz um, betrachtete das fein verästelte Moos, die Tannennadeln und den Ringeltaubenschwarm, der sich vor dem Abendhimmel abzeichnete.

Nachdenklich spitzte sie die Lippen. »Vielleicht muss ich mir die Perlen als Kette vorstellen, dann zeigt sie sich hoffentlich von allein.« Comfrey seufzte. »Ich denke, ich muss es einfach ausprobieren. Eine andere Chance haben wir nicht.«

Tin nickte.

Comfrey schluckte, kniff die Augen zusammen und setzte dann die Brille auf die Nase. »Nimm meine Hand, falls mir schwindlig wird«, sagte sie zu Tin.

Sie öffnete die Augen. Die Nacht hatte sich inzwischen als dunkles Blau über den Wald gelegt, aber durch die Brille wurde die Dunkelheit von Licht durchwebt. Das Geäst der Tannen war wie von einem Heiligenschein umgeben, kreuz und quer verliefen die Erinnerungen an Rotkehlchenfüße und Meisen, die über und unter den Zweigen hindurchgeflogen waren. Auf dem Moos erkannte Comfrey die Pfotenabdrücke eines Pumas, der vorige Nacht hier vorbeigekommen war, darüber die Spur eines Molchs, der durch das Moosbett bis zum Bach gewatet war. Unter diesem Pfad blitzten kurz verwirrend viele Winterquartiere seiner Ahnen auf. Je länger Comfrey schaute, umso mehr spinnenseidenfeine Verbindungen entdeckte sie. Und jeder Strang führte zu der Gestalt eines anderen Waldwesens und seiner Geschichte. Diese pulsierenden, schimmernden Verbindungen weckten in ihr eine ähnliche Sehnsucht wie beim Anblick der Feder des Feuerfalken.

Doch Tin hatte recht gehabt. Durch das Leuchten und die beinahe unerträgliche Schönheit der Verbindungen rings um sie herum konnte sie fast nichts erkennen. Sie versuchte, einen Schritt zurückzugehen, taumelte und fiel zu Boden.

»Was ist? Was siehst du?« Tin hatte sich neben sie gehockt und versuchte, ihr aufzuhelfen.

Doch Comfrey schüttelte nur den Kopf, ihr war zu schwindlig, um zu sprechen.

Immer wieder sagte Tin ihren Namen, aber sie schaute nur zu den Tannen hinauf. Bis er ganz vorsichtig, schließlich wollte er sie nicht erschrecken, seine Hand unter ihr Kinn legte und ihr Gesicht in seine Richtung drehte.

»Ein trächtiges Puma-Weibchen ist hier entlanggelaufen«, murmelte Comfrey und verstummte wieder.

»Comfrey, ich bin hier. Comfrey, erinnerst du dich daran, was du gesagt hast? Denk an die Kette, konzentriere dich. Denk an die Perlen und daran, dass sie alle zusammengehören«, flüsterte Tin beschwörend. Hoffentlich hörte man ihm seine Verzweiflung nicht an.

Comfrey stützte erschöpft ihr Kinn auf seine Hand. »Ich kann nicht«, stöhnte sie. »Ich kann mich kaum rühren. Es ist, als würde ein Blinder plötzlich sehen – viel zu viel auf einmal. Ich kann nicht ...«

»Du schaffst das«, sagte Tin zuversichtlich und blickte zu den Baumspitzen. Eingerahmt von Zweigen, sah er das kleine Sternbild aus sieben Sternen, das er schon vor zwei Nächten entdeckt hatte. Das zierliche, schwebende Blatt schimmerte zart. Seine Schönheit stimmte ihn traurig, gab ihm aber auch Mut. Er wollte nicht, dass die Hasen starben. Er wollte nicht in den Holzofen gesteckt werden. Und am allerwenigsten wollte er, dass dieses herrliche wilde Land mit seinem schrecklichen, aber wundervollen Wilden Volk in die Hände der Städter fiel. Er wollte jede Nacht zum Himmel schauen und dieses kleine Sternbild betrachten, bis er ein alter Mann war. »Schließ deine Augen, Comfrey«, hörte er sich selbst mit beruhigender Stimme sagen. »Halte eine der Perlen in deiner Tasche fest und lasse deinen Geist zu einer werden.«

Comfrey streckte tastend ihre Hand aus, und Tin führte sie zu ihrer Tasche.

»In Ordnung«, sagte sie leise. »In Ordnung. Aber ... Tin? Lass mich nicht los, ja?«

Er drückte ihre Hand, und sie schloss die Augen, um sich zu konzentrieren. Sie stellte sich die aufgefädelten Perlen vor, jede einzelne von den Zähnen eines Seehundes gesammelt. Sie versuchte, sich eine verliebte Baba Ithá auszumalen, wie sie mit Hunderten von Perlen um den Hals geschlungen leise vor sich hin summte. Sie tastete nach einer der kleinen weißen Kugeln in ihrer Tasche und sah die schimmernde Perle in ihrer Auster, die vom Meer und den Gezeiten sanft gewiegt wurde.

Sie hielt die Augen geschlossen, bis das Bild so lebendig wurde, dass sie das Salz schmecken konnte. Dann öffnete sie ihre Augen wieder und staunte.

Der Mond war aufgegangen. Sein zartes Licht wand sich spiralförmig durchs Moos und schimmerte hier und dort in der Größe einer Perle. Comfrey klammerte sich an Tins Arm fest und stand langsam auf. Vorsichtig setzte sie entlang des Lichtscheins einen Fuß vor den anderen und sammelte dabei eine Perle nach der anderen auf. Tin hielt seine Jacke wie eine Schale, und das Mädchen legte jede Perle behutsam dort hinein.

Sie brauchten die ganze Nacht, um die vielen Perlen zusammenzusuchen, die über den ganzen Waldboden verstreut lagen. Mehr als einmal überlagerten die unzähligen anderen Linien Comfreys Sicht, und der Anblick war so überwältigend, dass sie sich zwischen den Sträuchern hinsetzen musste. Dann lehnte sie sich mit dem Rücken gegen einen Baumstamm und schloss ihre Augen, bis sie sich wieder vollkommen auf die Geschichte der Perlenkette konzentrieren konnte. Tin blieb die ganze Zeit an ihrer Seite. Laut zählte er die Perlen und beschrieb ihr jede einzelne, bis Comfrey wieder den mondhellen Pfad sehen konnte.

Als es dämmerte, waren die beiden derartig müde, dass sie sich kaum auf den Beinen halten konnten. Comfrey war so erschöpft wie noch nie in ihrem Leben. Als sie endlich die Brille abnahm, schoss ihr ein stechender Schmerz in die Schläfen, und sie musste sich den Kopf halten, um sich nicht zu übergeben. Tin hielt die Jacke mit den Perlen so fest, dass seine Finger kribbelten.

Mit dem ersten Sonnenstrahl kam die Baba Ithá. Die Kinder hatten sich unter einem Baum aneinandergeschmiegt und versucht, wach zu bleiben. Als Tin die alte Frau entdeckte, lief er ihr entgegen und legte ihr die schwere Jacke mit den Perlen in die Arme. Die kleinen, schillernden Kugeln rieben seufzend gegeneinander. Die Baba Ithá holte tief Luft. Ihre Augen füllten sich mit Tränen, und man spürte ihre Freude, obwohl sie ganz nach Eulenart fauchte.

»Oh, ihr Hübschen«, sagte sie mit Blick auf die Perlen. »Es ist schon so lange her.« Summend strich sie mit ihren gekrümmten Fingern über die Perlen, dann kippte sie den Inhalt von Tins Jacke in die Taschen ihres Rockes. Es klang wie fließendes Wasser.

»Hoffentlich hast du unsere Hasen nicht gebraten«, sagte Tin scharf, der nicht vergessen hatte, dass er und Comfrey einen weiteren Tag für ihre Freunde gewonnen hatten. Für die üblichen Höflichkeiten fehlte ihm die Kraft.

Die Baba Ithá gab ein Klicken von sich, das sich nach dem Furcht einflößenden Klappern eines Schnabels anhörte. »Zweifelst du an mir?«

»Nein, gnädige Frau, überhaupt nicht.« Tin neigte

den Kopf und vermied, ihr in die Augen zu sehen. Schon jetzt bereute er seine Worte.

»Sie leben. Mehr musst du nicht wissen«, knurrte die alte Frau. »Ist das Mädchen krank?« Sie zeigte zu Comfrey, die noch nicht einmal aufgeschaut hatte.

»Nur müde«, brachte Comfrey heiser hervor.

Tin lief schnell zu ihr und verstand auch ohne Worte, dass Comfrey Baba Ithá nichts über die Brille verraten wollte, geschweige denn zeigen, wie geschwächt sie war. Er zog das Mädchen hoch, und sie stützte sich schwer auf ihn.

Mit einer kurz gegrunzten Zustimmung bedeutete die Baba Ithá ihnen, ihr zu folgen.

Sie ließen den moosbewachsenen Teil des Waldes hinter sich, jetzt ging es an Bäumen vorbei, die weiter auseinanderstanden, bis zu einem breiten Weg, der zu einer sonnigen kleinen Lichtung führte. Dort spendete lediglich ein Erdbeerbaum Schatten. Links vom Weg zum Sonnenlicht hin lag eine von Sträuchern umringte, kleine grasbewachsene Bergkuppe mit einem Felsvorsprung aus Granit.

»Im Vergleich zur letzten Aufgabe waren die ersten beiden einfach«, sagte die Baba Ithá und zupfte an ihrem Rock wie eine Eule an ihren Federn. »Der ganze Höhenzug der Traumbildberge besteht aus uraltem Granit, einem harten und beeindruckenden Gestein. Ich möchte, dass ihr aus diesem Stein zwei Wanderschuhe fertigt. Granitwanderschuhe für Menschenfüße, eine schwierige Angelegenheit, die Präzision erfordert. Fast unmöglich, würde ich sagen. Und jetzt, hopp, hopp, fangt an!« Die alte Frau lachte. Dann riss sie ein Blatt vom Ohrenpfefferstrauch ab, der im Schatten des Erdbeerbaums wuchs, kaute einen Moment nachdenklich darauf herum und verschwand. Beim Gehen wogte ihr Rock durch das Gewicht der Perlen in den Taschen schwerfällig und mit einem leisen Klicken um ihre Beine.

»Schuhe?«, fragte Tin ungläubig und setzte sich mit dem Rücken zum Felsen hin.

Comfrey stöhnte und kniete sich neben ihn. Die Welt um sie herum drehte sich noch immer, und ihr platzte fast der Kopf. Bei jeder Bewegung wurde sie von einer Welle aus Schmerz und Übelkeit überrollt. »I-ich kann dir nicht helfen ...«, brachte sie verzagt hervor. »Ich kann mich nicht mehr bewegen.« Und dann sank sie zur Seite und rollte sich zusammen.

»Comfrey!« Tin griff nach ihrem Handgelenk, um nach dem Puls zu fühlen. Er hatte einmal mitbekommen, wie der Klosterarzt so etwas gemacht hatte, als ein Junge durch die Quecksilberdämpfe in der Alchemie-Werkstatt zusammengebrochen war. Ihr Herz schlug schnell und unregelmäßig. Er wühlte in den Taschen nach ihrer Flasche mit Wasser und wollte Comfrey etwas davon geben, aber es rann ihr aus den Mundwinkeln. Verzweifelt benetzte er einen Zipfel seiner Jacke und legte den kühlen Stoff auf ihre Stirn.

»Oh, Malve, oh, Myrte!«, flüsterte er verzweifelt. »Was soll ich nur ohne euch machen? Ihr wüsstet bestimmt, was ihr jetzt helfen würde, irgendein Heilkraut vielleicht.« Er sah sich auf der Bergkuppe und am Waldrand um, aber die Pflanzen waren ihm alle fremd.

Comfrey regte sich ein wenig, und Tin gelang es, ihr ein paar Tropfen Wasser einzuflößen. Er lehnte sich wieder gegen den Felsen und kam sich ganz klein vor – klein und nutzlos. »Oh, Malve«, flüsterte er wieder. »Wenn du doch nur bei mir wärst.« Er vermisste den tapferen Mut des Hasen und seinen scharfen Verstand.

Na, na, Herr Kein-Plan, uns ist doch schon einmal das Unmögliche gelungen, würde der Hase jetzt vielleicht sagen.

Unwillkürlich musste Tin lächeln und spürte mit einem Mal das Taschenmesser warm gegen seinen Oberschenkel drücken. Seine eigene Eigentümlichkeit. Sie war nicht ganz so geheimnisvoll wie Comfreys Brille, einfach ein kleines Werkzeug, das man auseinanderklappen konnte. Trotzdem holte er es aus der Hosentasche, bewunderte die hübsche kleine Klinge und die anderen ausklappbaren Teile.

Jedes Werkzeug hat neben dem eigentlichen auch noch einen sinnbildlichen Verwendungszweck, hatte Oro gesagt. Der Schraubenzieher, um Hoffnung mit Mut zu verbinden.

Warum hatte er letzte Nacht bloß nicht daran gedacht? Er schüttelte den Kopf. Oro hatte auch erzählt, dass man mit dem Taschenmesser eine Geschichte schnitzen könnte. Was hatte er damit gemeint? Tin dachte angestrengt nach. Wenn er mit der winzigen Messerklinge den Stein bearbeiten wollte, war das kaum sinnbildlich – es war einfach unmöglich. Die Klinge würde innerhalb kürzester Zeit brechen. Wie sollte er mit seiner Eigentümlichkeit und mit dem Erzählen einer Geschichte jemals ein Paar Schuhe aus dem Granitfelsen herstellen?

Er betrachtete eine Weile nachdenklich den Felsen. Comfrey atmete inzwischen gleichmäßiger und hatte ihren Umhang über den Kopf gezogen, um es dunkler zu haben. Sie wusste so viel mehr über alles als er, aber er wollte sie nicht stören. Sie war letzte Nacht über ihre Kräfte gegangen und hatte ihrer Eigentümlichkeit getrotzt. Er wollte nicht noch Schlimmeres riskieren. Jetzt musste er seinen Mut zusammennehmen und versuchen, das Unmögliche zu erreichen – ganz allein.

»Ich kann ja ein wenig herumexperimentieren«, sagte er sich, schwang versuchsweise sein Messer und starrte auf den Felsen, während er sich Schuhe vorstellte. Aber der Funke in ihm, der sonst immer seine Fantasie entfacht hatte, war erloschen. Er kam sich einfach nur dumm vor und hatte Angst. Was sollte er jetzt tun?

Ganz in der Nähe krächzte eine Krähe gesprächig auf einem Baum, und ein Häher keckerte.

Eine Opfergabe. Zuerst musst du ihm ein Opfer bringen. War das Malves Stimme in seinem Kopf oder die von Comfrey?

Natürlich! Vielleicht war das die Lösung. Er hatte allerdings noch nie eine Opfergabe überreicht, nur Comfrey dabei beobachtet, wie sie ein wenig von ihrem Abendessen an den Waldrand legte, wenn sie ihr Lager aufschlugen. Opfergaben schienen hauptsächlich aus Essen zu bestehen, aber er glaubte nicht, dass ein Felsen an einem Stück altem Brot interessiert war. Vielleicht wäre eine Geschichte eine gute Opfergabe? Vielleicht könnte er dem Granit ja mit einer Geschichte eine Paar Schuhe abschwatzen? Er umklammerte sein Taschenmesser und versuchte, nicht zu lachen. Seufzend schüttelte er den Kopf.

»Verrückt«, murmelte er. Dennoch war es besser, mit dem Felsen zu reden, als nichts zu tun. Es war immerhin ein Anfang.

»Ähm. Hallo, ich bin Tin, und ich und meine Weggefährten – zwei davon sind Hasen und in sehr großer Gefahr – brauchen deine Hilfe.« Er schwieg.

Beginne mit der Opfergabe. Verlange nicht einfach, was du haben möchtest. Biete zunächst etwas an, meldete sich die Stimme wieder. Diesmal klang sie mehr nach der Baba Ithá.

Tin lief eine Gänsehaut über den Rücken. »Ich habe eine Geschichte für dich, ehrwürdiger Herr Granitstein«, fuhr er fort. »Ich weiß ja nicht, ob du Geschichten magst, aber ich schon. Und da du wahrscheinlich schon Tausende von Jahren hier bist, oder sogar noch länger, dachte ich, na ja, dass es vielleicht nett wäre, eine zu hören …«

Tin war es nicht gewohnt, einem Felsen etwas zu erzählen, und so fiel ihm erst gar nichts ein. Schließlich begann er mit ihrer eigenen Geschichte – erzählte von sich und Malve, wie sie Comfrey und Myrte getroffen hatten und von ihrem Weg zur Baba Ithá. Dafür brauchte er fast den ganzen Morgen, aber der Felsen blieb unverändert – kein Türchen, das sich öffnete und hinter dem wie durch Zauberhand Schuhe standen. Deshalb machte Tin weiter. Im Laufe des Tages wurde er heiser, aber das störte ihn nicht – er steckte inzwischen tief in seiner Erzählung von den Ereignissen der letzten Tage und vergaß darüber sogar ein wenig seine Angst.

Einmal murmelte Comfrey etwas, aber er konnte ihre Worte nicht verstehen. Schwach streckte sie eine Hand unter ihrem Umhang hervor und hielt sich an seinem Knöchel fest. Möglicherweise, um sich zu vergewissern, dass er noch da war, vielleicht aber auch, um ihn zu ermutigen. Er legte seine Hand auf ihre und war froh, dass sie nicht sehen konnte, wie er rot wurde. Stotternd begann er, nun sowohl dem Felsen als auch Comfrey eine *richtige* Geschichte zu erzählen, eine magische, ein Märchen. *Das* ist meine Opfergabe, dachte er. Comfrey fühlte sich heiß an und dämmerte vor sich hin, er wusste nicht, wie viel sie überhaupt mitbekam. Und vielleicht landeten sie morgen ja schon in Baba Ithás Ofen oder wurden, wie von ihr angedroht, in Rotkehlchen verwandelt. Aber heute würde er trotzdem das wunderschönste Märchen spinnen, das ihm einfiel.

Es war eine komplizierte Geschichte von drei Schwestern, die einen Apfel vom Apfelbaum des Königs stahlen und daraufhin vom Erdboden verschluckt wurden und in die Unterwelt gelangten, wo ein dreiköpfiger Drache hauste. Viele junge Männer versuchten sie zu retten, aber nur einer, der ein Paar Granitschuhe trug, mit denen er tief in die Erde sinken konnte, hatte Erfolg. In Tins Geschichte war der junge Mann ein Schuster mit magischen Fähigkeiten, der es vermochte, aus allem Schuhe zu machen – aus Regen oder Mohnblumen, Schlangenknochen oder Wolken. Granitschuhe zu erschaffen, war also nichts Besonderes. Für ihn war die größere Herausforderung der Drache.

»Ich komme aus dem heißen Schlund eines Drachen, weißt du«, sagte eine raue, tiefe Stimme, als Tin gerade erzählen wollte, wie der junge Mann in seinen Granitschuhen unter der Erde die drei Schwestern fand.

Tin zuckte so heftig zusammen, dass er sich an der scharfen Klinge, mit der er beim Erzählen herumgewedelt hatte, in den Finger schnitt.

»Sehr heiß ist es in der Tiefe«, tönte die Stimme wieder. »Ja, oh ja, so ist es im Erdinnern. Alles voller Magma. Während meiner Entstehung war ich lange Zeit dort unten. Ganz recht, ganz recht ... Obwohl ich natürlich keine junge Dame bin, wie die Schwestern in deiner Geschichte, nein, ganz und gar nicht.« Es folgte ein knirschendes Kichern.

Tin schaute sich erschrocken nach der munteren Stimme um. Er betrachtete den Granitfelsen genauer und rang nach Luft. Dort saß ein Mann, der nicht viel größer als Tins Hände war. Gekleidet in einer Hose und einem Mantel, die genau die Farbe und Textur des Gesteins hatten, hob er sich auf den ersten Blick kaum von der Felsoberfläche ab.

»Oh!«, sagte Tin überrascht und atmete aus. »Gehörst du zum – zum Wilden Volk?«

Der kleine Granitmann lachte. Es klang wie aneinanderreibende Steine. »Das könnte man so sagen, allerdings hatte ich bisher noch keinen Grund, die Gestalt, die du nun vor dir siehst, anzunehmen. Ich habe seit hundert Millionen Jahren nicht mehr so viele zusammenhängende Worte gesprochen, weißt du, aber in dieser Gestalt scheint meine Zunge – tja, sich so schnell wie das Bein einer Grille zu bewegen. Ich kann mich gar nicht beherrschen!«

Tin brachte ein unsicheres Lächeln zustande, sein Herz pochte.

»Das war das erste Mal, dass mir jemand ein Märchen erzählt hat«, fuhr der kleine Mann ein wenig aufgeregt fort und kletterte den Granitfelsen weiter hoch. »Sehr zuvorkommend von dir! Vielleicht habt ihr Menschen ja doch irgendwelche verborgenen Qualitäten.«

»I-ich kann dir die Geschichte zu Ende erzählen, wenn du willst«, bot Tin an. Er schaute kurz zur Sonne. Sie stand schon tief, das Licht warf lange Schatten. Bis jetzt hatte er für die Geschichte mit dem Drachen zwei Stunden gebraucht. Er hatte sein ganzes Herzblut hineingelegt und sie mit kleinen Details ausgeschmückt, hatte die Farbe und Form und versteckte Schönheit der Dinge geschildert, was er normalerweise nicht tat – aber er hatte gedacht, dass Comfrey das gefallen würde. Jetzt allerdings bereute er, so lange gebraucht zu haben, und das schwindende Licht besorgte ihn. Ihm blieben vielleicht noch drei Stunden, bevor es vollkommen dunkel wurde.

»Zu viel an Gerede tut mir nicht gut, mein Junge«, sagte der kleine Granitmann. »Ich möchte dich natürlich nicht beleidigen, aber an so viele Worte muss man sich langsam gewöhnen, sonst bekommt man eine Magenverstimmung. Daher lehne ich dankend ab, auch wenn ich es sehr genossen habe, dir zu lauschen. Aber wie Dinge ausgehen, hat mich ohnehin noch nie sonderlich interessiert.« Der kleine Mann schielte zu dem Taschenmesser in Tins Hand. »Was ist das für ein Teil, mit dem du all die Stunden herumgewedelt hast, während aus deinem Mund die Worte wie Magma hervorsprudelten?«

»Das ist ein Werkzeug, mit dem man schneiden und schnitzen und auseinanderschrauben kann. Außerdem kann man Dinge erschaffen, also sinnbildlich. Das heißt, ich meine ...« Tin verstummte und räusperte sich, er wusste nicht, wie er das erklären sollte.

»Darf ich?«, fragte der kleine Mann und streckte seine Hand aus.

»Es bedeutet mir sehr viel«, sagte Tin. »Ich möchte nicht unhöflich sein, mein Herr, aber woher weiß ich, dass du es nicht für immer in deinen Stein mitnimmst?«

Der kleine Granitmann kletterte auf einen Vorsprung des Felsens, wo er auf Augenhöhe mit dem sitzenden Jungen war. »Für mich klang es so, als spräche aus all deinen Worten der dringende Wunsch nach einem Paar dieser Granitschuhe.« Seine Augen funkelten dunkel. »Ich bin ein achtbarer Mann, mein Junge. Ein Stein lügt nie. Zum Dank für deine Geschichte, durch die ich diese Menschengestalt angenommen habe, möchte ich dir auch gerne ein Geschenk machen. Diese neuen Beine, diese neuen Hände sind so beweglich!« Grinsend sprang er probehalber in die Höhe. »Und jetzt gib mir dein Werkzeug. Wenn es darum geht, Dinge zu erschaffen, verstehe ich durchaus das ein oder andere. Ich kann dir gewiss helfen.«

Tin war so erleichtert, dass ihm beinahe die Tränen kamen. Ganz langsam und behutsam legte er das Taschenmesser in die Hände des kleinen Mannes. Dass er nur wenig größer war als das geöffnete Messer, schien den Granitmann nicht weiter zu stören. Fröhlich singend begann er, an seinem Felsen zu schnitzen. Bei der Berührung mit dem Granit schlug die Klinge Funken und summte, aber zu Tins Erstaunen brach sie nicht. Kleine Steinstücke flogen in alle Richtungen davon, und der kleine Mann schnitzte erstaunlich schnell und sehr präzise einen Granitschuh.

»Voilà!«, sagte er schließlich. »Eine fabelhafte Klinge hast du da, besteht sie doch gleichermaßen aus Metall und Menschenträumen. Probiere ihn an!« Er hielt den Schuh empor, der größer als sein eigener Körper war.

Tin nahm ihm den Schuh vorsichtig ab. Er war ziemlich schwer, vorne lief er spitz zu. Tin schlüpfte mit seinem Fuß hinein – der Schuh passte perfekt. Auf einmal fühlte Tin sich mit der Erde verbunden wie ein Baum mit einem mächtigen Wurzelwerk.

»Außergewöhnlich«, flüsterte er. »Ganz außergewöhnlich!«

»Tja, nun«, sagte der kleine Mann und grinste breit. »Jetzt bist du dran. Ich zeige dir, wie es geht.«

Während über ihnen die Sonne ihr rotes Abendlicht

ausbreitete, beugten Tin und der kleine Mann sich über den Stein. Funken sprühten, die Klinge des Messers wurde heiß. Einmal rührte Comfrey sich und öffnete im Dämmerlicht zaghaft die Augen. Aus dem Granitstein drang ein eigenartiges Licht, und der kleine Mann blickte dem Jungen gut gelaunt über die Schulter.

Und so lernte Tin im Licht der Sterne, wie man einem Stein sachte einen Schuh entlockt. Er lernte, behutsam kleine Stücke abzuschlagen und zu schnitzen, wobei er den Gegenstand, den er erschaffen wollte, in seinen Gedanken festhalten musste. Er lernte, seine Hand und den Stein miteinander tanzen zu lassen.

»Tanze, tanze!«, rief der kleine Granitmann wieder und wieder.

Tin schnitt sich mehrere Male an der Klinge. Als das Blut auf den Felsen tropfte, betrachtete der kleine Mann es fasziniert.

»Wie ich sehe, hast du auch Feuer in dir. Magma.« Er berührte die Tropfen, als wären es rote Edelsteine aus dem Herzen der Erde, und lächelte Tin an.

Als die Baba Ithá am nächsten Morgen auf den leisen Eulensohlen ihrer Knochenhütte zurückkehrte, fand sie Comfrey und Tin dicht beieinander zusammengerollt beim Granitfelsen. Mantel, Umhang und die Wolldecken waren sorgsam über sie gelegt. Neben ihnen sah sie kreisrund die Überreste eines Lagerfeuers.

Tin hielt zwei Steinschuhe in seinen Armen an sich gedrückt, ein kleiner Granitmann hockte oben auf dem Felsen und schaute so zärtlich auf die beiden hinab, wie Baba Ithá es noch nie bei einem Stein gesehen hatte.

Sie nickte dem Steinmann langsam und ernsthaft zu, dann sprach sie leise zu den Knochen des Käfigs und ließ die jungen Hasen frei. Mit zitternden Beinen sprangen sie aus der Hütte und verkrochen sich direkt unter dem Umhang und Mantel von Comfrey und Tin.

Die Kinder würden es nie erfahren, doch als die Baba Ithá sie dort alle dicht aneinandergedrängt neben den fertiggestellten Steinschuhen liegen sah, leuchtete ihr Gesicht einen Moment lang so prächtig wie ein Mohnblumenfeld. Sie lächelte ein warmes Großmutterlächeln, ein Lächeln der Erleichterung und Bewunderung. Wie eine Tanne ernährte sich die Baba Ithá gleichermaßen vom Sonnenlicht und von den alten, verrottenden Lebewesen, die in der Erde ruhten. Als Wächterin des Tannenwaldes spendete sie Leben, konnte jedoch ebenso gefährlich sein. In diesem Augenblick aber, als sie zu ihnen hinabschaute, war sie so sanft wie die Dämmerung.

14

DREI GESCHENKE

Als Comfrey und Tin aus einem tiefen, schweren Schlaf voller Träume von Steinschuhen und leuchtenden Spinnweben erwachten, lagen sie nicht länger beim Granitfelsen, sondern in Decken aus Luchsfell gewickelt neben einem prasselnden Holzofenfeuer – sie waren im Haus der Baba Ithá. In ihre Nasen strömte der Duft von rauchigem Fleisch, das in der Eisenpfanne brutzelte. Myrte und Malve saßen wachsam direkt neben ihrem Lager und ließen die Tür nicht aus den Augen.

»Malve!«, rief Tin.

»Myrte!«, rief Comfrey im selben Moment.

Die Hasen ertrugen es geduldig, dass ihre Ohren mit Hingabe gestreichelt wurden, und Myrte ließ es sogar zu, von Comfrey auf den Kopf geküsst zu werden. Als die Kinder sie aber fragten, wie es ihnen eingesperrt in ebendiesem Haus ergangen war, erzählten sie nicht mehr als das Nötigste.

»Das gehört der Vergangenheit an«, sagte Myrte. Die Ernsthaftigkeit in ihrer Stimme war der einzige Hinweis darauf, dass sie und ihr Bruder zwei dunkle, scheinbar endlose Tage voller Angst hinter sich hatten.

»Hasen verweilen nicht unnötig im Vergangenen«, erklärte Malve.

»Wenn man ein Hase ist, kommt es durchaus vor, dass einem der Tod noch vor dem Frühstück mehr als einmal über den Weg läuft«, ergänzte Myrte. »Dieses Mal hat die Begegnung einfach ein wenig länger gedauert als sonst.« Dann knabberte sie emsig an ein wenig Gras, das an Comfreys Umhang klebte.

»Wir werden euch nicht noch einmal verlieren«, flüsterte Comfrey, die wusste, dass sie besser nicht weiter nachbohrte, und strich der Häsin über den langen Rücken.

Da kam die Baba Ithá durch die halbrunde Knochentür und schob das Hirschleder, das dort hing, zur Seite. In ihren Händen hielt sie wilde Zwiebeln und kleine Wachteleier.

»Hoffentlich sind wir am Ende nicht doch Teil des Frühstücks!«, murrte Malve und zog sich auf seinen langen, zitternden Beinen zu Tin zurück.

»Für was haltet ihr mich, junge Hasen?«, fragte die Baba Ithá mit einer überraschend sanften, aber dennoch rauen Stimme. »Ich würde nicht einmal *im Traum* daran denken, euch zu essen!« Dann lachte sie, was schon eher wieder nach ihr klang. »Zumindest nicht heute. Ich verabschiede euch mit einem herzhaften Frühstück, schließlich habt ihr die drei Aufgaben zu meiner Zufriedenheit gelöst.«

Comfrey warf Tin einen Blick zu. Sie dachte daran, wie sie gemeinsam jede einzelne Perle eingesammelt hatten. Und an die Übelkeit und die fürchterlichen Kopfschmerzen, die die ganze Welt in helle und dunkle Lichter verwandelt hatten und von denen ihr schwindelig geworden war. Wie lange hatte sie eigentlich einfach nur hilflos dort am Felsen gelegen und dagegen angekämpft? Hatte sie Tin wirklich mit einem kleinen Steinmann gesehen? Oder waren diese Bilder ihren Träumen entsprungen? Das Einzige, an das sie sich ganz deutlich erinnerte, war Tins Stimme. Ohne Unterlass hatte er an einer komplizierten und wunderschönen Geschichte gesponnen, von der in ihrer Erinnerung aber nur silber- und goldfarbene Lichtblitze übrig geblieben waren.

Tin spürte Comfreys Blick, und er zeigte lächelnd zu den Steinschuhen neben dem Holzofen, glatt wie Seide waren sie und schwarz und gold gesprenkelt.

»Wie hast du das gemacht, Tin?«, fragte Comfrey staunend.

Tin, der noch immer lächelte, zog sein Taschenmesser hervor. »Mit meiner Eigentümlichkeit«, antwortete er und war plötzlich von Stolz erfüllt. »Möchtest du das Messer mal halten?«, fügte er schüchtern hinzu.

Er sieht älter aus, dachte Comfrey, und sein Lächeln erschien ihr freundlicher als sonst. Sie wurde rot und zögerte mit ihrer Antwort.

»Ich könnte ein wenig Hilfe gebrauchen«, unterbrach die Baba Ithá vernehmlich und verbarg ihre Belustigung. »Wärst du so nett, mir die hier zu schneiden, junger Mann, ich wäre dir wirklich sehr verbunden.« Sie reichte Tin einige wilde Zwiebeln, an deren Wurzeln noch immer Erde hing.

Tin nahm sie schnell und versuchte, nicht rot zu werden.

Comfrey unterdrückte ein Kichern.

»Aber doch nicht mit dem Ding«, die Baba Ithá zeigte auf Tins Eigentümlichkeit. Stattdessen gab sie ihm ein Messer mit einem Griff aus Geweih. »Und du, meine Liebe«, sie drehte sich zu Comfrey, »sei so gut und pass auf die Wildbratwürste auf, ja?« Sie zeigte auf das Fleisch, das auf dem Holzofen brutzelte, und stellte einen Topf gefüllt mit Wasser und Wachteleiern daneben.

Schon bald roch es in der Hütte nach gebratenen Zwiebeln. Tin und Comfrey bekamen zwei voll geladene Teller in die Hände gedrückt, zum Essen sollten sie sich ans Feuer setzen. Die Baba Ithá aß nichts, sie trank nur eine Tasse von dem rauchigen Schwarztee, den sie auch den Kindern anbot. Durch die Milch wurde er ganz cremig. Für die Hasen hatte sie frisch geschnittenen Goldhafer und Weidenspitzen auf den Boden gestreut. Malve und Myrte weigerten sich, den Schoß der Kinder zu verlassen, und mussten darum von Hand gefüttert werden.

Die Knochenhütte bestand aus nicht viel mehr als einem runden Zimmer mit dem Holzofen und einem großen Holztisch. Ein wenig abseits lag ein Stapel mit Fellen, wo, so vermuteten die Kinder, die Baba Ithá schlief. An den geriffelten Knochenwänden hingen überall getrocknete Kräuter, mal waren sie um ein hervorstehendes Schulterblatt geknüpft, dann wieder um Rücken- oder Brustwirbel. An der Decke klebten mehrere Lehmnester von Rauchschwalben. Auf Comfrey wirkte das Haus eher wie eine Höhle, besonders im Vergleich mit ihrem eigenen Zuhause, das so hell und gemütlich war.

Obwohl die Wildbratwürste und die in Hirschfett angebratenen wilden Zwiebeln köstlich schmeckten und Comfrey froh war, dass die Hasen lebten und sie und Tin nun doch nicht in den Holzofen gestopft oder in Rotkehlchen verwandelt worden waren, konnte sie ihr Frühstück nicht wirklich genießen. Sie fühlte sich noch immer unbehaglich. Wie gerne wäre sie jetzt draußen an der frischen Luft, auf den Wiesen, im Tannenwald oder auf den Feldwegen ... Vor ihnen lag noch so ein weiter Weg! Und sie hatten nach wie vor keinen genauen Plan, wie sie sich dem Hirsch aus Milch und Gold überhaupt nähern sollten, ohne dabei zu sterben.

»Nun, ich bin überrascht, dass ihr bisher gar nicht nach euren Belohnungen gefragt habt. Ich dachte immer, Menschen wären viel gieriger!«, rief die Baba Ithá. »Das ist ziemlich anständig von euch.«

»Unsere ... Belohnungen?«, fragte Comfrey. Sie hatte vollkommen vergessen, dass irgendwann einmal die Rede von Geschenken gewesen war.

»Ja, ja«, bestätigte die Baba Ithá und nahm sich die Perlenkette vom Hals. »Wie schon gesagt, halte ich mein Versprechen immer, genau wie jeder Baum. Hast du etwa an mir gezweifelt?« Sie sah Comfrey mit zusammengekniffenen Augen an, die freundliche Frühstücksstimmung der alten Dame war umgeschlagen.

Das Mädchen errötete und stellte ihren Teller ab, sie wusste nicht, was sie antworten sollte.

Trotz ihrer Furcht setzte Myrte sich zur Verteidigung des Mädchens auf die Hinterbeine und stellte ihre Ohren so lang wie möglich auf. »Selbstverständlich hat sie nicht an dir gezweifelt, Tannenwald-Mutter«, sagte die Häsin vornehm. »Sie ist einfach müde und hat es vergessen, so wie das Menschen oft passiert.«

»Genug!«, sagte die Baba Ithá unwirsch. »Das eigenartige Verhalten von Menschen ist mir fremd. Ich bin es gewohnt, direkt zu sein, und die Rolle der Gastgeberin liegt mir nicht. Hört mir zu – die Mohnblumensamen, die Perlen und die Steinschuhe gehören euch. Eure Aufgaben sind eure Geschenke.«

»Aber die Perlen«, stammelte Comfrey. »Sie waren für dich, von dem Seehund-Mann, das Geschenk eines Geliebten ...« Als sie das Funkeln in Baba Ithás kleinen Augen sah, sprach sie jedoch nicht weiter. War es ein Zeichen von Belustigung, Zärtlichkeit oder Wut? Die Geschichte hatte Comfrey berührt, und sie fragte sich, ob ihre Mutter wohl eine Kette besaß, die sie in einer Schublade versteckte, damit sie nicht ständig an Doornton denken musste, die ihr aber trotzdem lieb und teuer war, weil sie ihn schließlich nicht vergessen wollte. Comfrey wusste nur von dem Löffel, den ihr Vater aus dem Holz eines Mammutbaums geschnitzt hatte. *Das erste Geschenk, das ich von ihm bekommen habe*, hatte Maxine Comfrey zugeflüstert, als sie im Alter von sechs Jahren ihre Mutter danach fragte, warum sie immer einen Kuss auf den Griff drückte, bevor sie den Löffel in den Eichelbrei tauchte. Baba Ithás Liebesgeschichte machte Comfrey traurig, und es kam ihr falsch vor, den Liebesbeweis, der an jemand anderes gerichtet gewesen war, als Geschenk anzunehmen.

Zur großen Überraschung der Kinder und der Hasen lächelte die Baba Ithá nun zärtlich.

»Das ist sehr rücksichtsvoll von dir, Kind. Früher habe ich die Perlen wohl einmal vermisst, aber jetzt weiß ich, dass ihr genauso gut auf sie aufpassen werdet wie ich. Die Liebe zwischen mir und dem Seehund-Mann ist inzwischen sehr alt, hundert Jahre sind vergangen, daher gehören die Perlen euch genauso wie mir. Aber ihr wisst ja noch gar nicht, wie nützlich euch die drei Geschenke sein können«, sagte sie und machte dann eine dramatische Pause. »Auf eurer Reise zum Hirsch aus Milch und Gold.«

Tin und Comfrey schauten sich überrascht an und beugten sich neugierig zur Baba Ithá.

»In dem Öl der Mohnblumensamen ruht die Kraft des Schlafes«, fuhr die Baba Ithá fort und fasste tief in die Tasche ihres braunen Rockes, wo sie ein violettes Fläschchen hervorzog. »Ein klein wenig davon unter die Nase oder auf die Schläfen gerieben, und schon schläft man! Einen Löffel davon geschluckt, und man fällt in einen doppelt so tiefen, schweren Schlaf. Was die Perlen betrifft, so sind sie die Milch der Bucht, versteht ihr? In ihrem Inneren tragen sie die Milch des Gezeitenmondes. Für Mutter Hirsch, deren Fell von der Farbe her den Perlen sehr ähnelt und deren violette Augen vom selben Glanz erfüllt sind – schließlich war sie es, die das Mondlicht erschaffen hat –, sind sie die schmackhaftesten Köstlichkeiten überhaupt. Und ihr werdet eine sehr, sehr kostbare Opfergabe brauchen, wenn ihr den Hirsch überzeugen wollt, euch auch nur ein klein wenig zu vertrauen. Da könnt ihr von Glück reden, dass ihr mir zufällig über den Weg gelaufen seid, meint ihr nicht?« Die Baba Ithá gluckste in sich hinein und schob ein weiteres Holzscheit ins Feuer, das sofort von orangeblauen Flammen verschlungen wurde.

Comfrey und Tin nickten bloß und schluckten.

»Was ist mit den Granitschuhen?«, fragte Tin vorsichtig. Auf sie war er ähnlich stolz wie auf die Einsiedlerspinne.

»Sie sind, wie gesagt, mein drittes Geschenk«, antwortete die Baba Ithá. »Denn ohne sie werdet ihr niemals lebend auch nur in die Nähe der Grizzly-Hexen gelangen. Auf euren normalen Menschenfüßen sind sie euch binnen Sekunden auf den Fersen. Ganz zu schweigen von Mutter Hirsch aus Milch und Gold. Mit ihren starken goldenen Hufen kann sie durch den Boden die Schritte von Menschen spüren und wird das Weite suchen, sobald ihr euch nähert. Denn warum sollte sie euch mehr vertrauen, als ich es tat? Wenn ihr beide aber jeweils einen Schuh aus Stein tragt, wird sie euch mit dem unterirdischen Rumpeln von Granitgestein verwechseln. Der Ausläufer der Halbinsel, die Tamalspitze, dort, wo Mutter Hirsch und ihre Herde entlangziehen, besteht von vorne bis hinten aus Granit.«

Eine Weile lang hörte man nur das Knacken und Zischen des Feuers. Draußen zwitscherte eine Kronenammer, gefolgt von dem Krächzen mehrerer Krähen und dem weiter entfernten Rauschen eines kleinen Flusses.

»Woher wusstest du das?«, flüsterte Comfrey schließlich. »Wie kann es sein, dass deine Aufgaben genau die Geschenke ergaben, die wir auf unserer Reise brauchen werden?« Das Mädchen beobachtete die Baba Ithá aufmerksam. Ihre einerseits finstere Wildheit und andererseits freundliche Großzügigkeit waren verwirrend.

Die Baba Ithá lachte leise, seufzte und streckte mit einem Schulterzucken ihre gekrümmten Hände aus. »Man sollte nie die Antwort auf all seine Fragen kennen«, sagte sie. »Aber so viel will ich euch verraten: Manchmal entsteht das Geschenk durch die Aufgabe und die Art, wie sich der Aufgabe angenommen wurde. Möglicherweise hatte ich gar nichts damit zu tun. Möglicherweise habt ihr durch die Erfüllung eurer Aufgaben von ganz allein genau das erschaffen, was ihr braucht. Möglicherweise wären bei jemand anderem, der die Mohnblumensamen durchgesiebt, die Perlen gesammelt und die Steinschuhe gemacht hätte, die Anwendungsmöglichkeiten der Dinge nicht dieselben. Heißt es nicht, dass die Medizin, die man braucht, schon in einem ist? Und habe ich nicht gleich gesagt, dass jemand sicherstellen sollte, dass ihr für eure große Aufgabe gewappnet seid?« Die Baba Ithá schaute über ihre Nasenspitze auf sie hinab, als würde sie über den Rand einer Brille blicken.

»Du scheinst so viel über den Wald, das Land und alles, was dazugehört, zu wissen«, platzte Tin heraus. Den warnenden Blick von Malve ignorierte er. »Kannst du uns vielleicht auch sagen, wo meine Einsiedlerspinne ist? Ist sie in Sicherheit?«

»Deine Frage ist kein richtiges Dankeschön für meine Geschenke«, knurrte die Baba Ithá. In ihrem gebeugten Nacken stellten sich die dichten Haare auf. Plötzlich schien die gesamte Hütte dunkler zu werden, und Tin hätte sich am liebsten selbst geohrfeigt. »Raus aus meinem Haus! Ich habe die Nase voll von eurem Geruch, menschlich und schwach. Ihr stellt zu viele Fragen! Ich mag keine Fragen!« Die alte Frau riss das Luchsfell unter den Kindern weg.

Comfrey und Tin sprangen auf und stolperten zur Tür, wo sie nach ihren Taschen griffen, die dort an einem Geweih mit zwei Enden hingen. Die Hasen schossen ängstlich zwischen ihre Beine, denn das Gesicht der Baba Ithá ähnelte plötzlich sehr dem eines Falken, hakenförmig und heißhungrig. Myrte und Malve hüpften von der Veranda direkt auf den Boden, obwohl die Hütte mit ihren Fleckenkauzbeinen inzwischen aufgestanden war und sie einen ordentlichen Satz machen mussten. Tin und Comfrey, die von der Baba Ithá aus der Tür gejagt wurden, sprangen hinterher.

»Vergesst eure Geschenke nicht!«, drang Baba Ithás Stimme von der Türschwelle zu ihnen herunter. Die

Eulenbeine des Hauses knickten ein, und die alte Frau legte das violette Fläschchen mit dem Mohnsamenöl, die lange Perlenkette und die Granitschuhe auf einen frisch aufgeworfenen Maulwurfhügel. Dann nickte sie einmal kurz, woraufhin die Hütte wieder aufstand und mit großen Schritten zwischen den Tannen verschwand.

Auch wenn die Kinder es nicht sehen konnten, schaute die Baba Ithá noch einmal besorgt durch die dicken Stämme zu ihnen zurück. Doch in Gedanken war sie bereits bei anderen Dingen. Sie lauschte dem langsamen, leisen Flüstern des Tannenwaldes und dem damit verknüpften Leben – Pilzen, Ricken, Molchen, Tannenschösslingen, frischen Farnen.

Vor allem aber wurde ihre Aufmerksamkeit von einer seltsamen neuen Spinne angezogen, die in den Spalt eines alten Tannenstamms gezogen war. Eine kleine Einsiedlerspinne, die eine weite Strecke hinter sich gebracht haben musste und dabei einen schweren goldenen Kokon voller Eier auf ihrem Rücken mit sich getragen hatte.

15

DIE GRIZZLY-HEXEN

Wären die Kinder und die Hasen der alten Hauptstraße gefolgt, die auf der anderen Seite am Fuß der Traumbildberge verlief, hätten sie vier Tage stetig durchwandern müssen, um zur Spitze von Olima zu gelangen. Aber die Hasen bestanden darauf, dass sie weiterhin die Wildwechselpfade und Waldkaninchenwege nutzten, weil sie mehr Schutz boten. So lag eine etwas längere Reise vor ihnen: kreuz und quer an Kojotenbüschen, Jojobasträuchern und Wiesenbärenklau vorbei. Entlang an Bächen durch Buschland und Wälder voller Erlen und Ahornbäume. Auf Viehpfaden über flache grasbewachsene Hügel. Und auf mit Heidelbeerbüschen und Haselnusssträuchern gesäumten Wegen den Osthang der Halbinsel hinab, an den sich das Ufer des Meeresarms mit den sanft plätschernden Wellen und seinen sandigen kleinen Buchten schmiegte.

An den ersten zwei Tagen begegnete den Kindern und Hasen niemand vom Wilden Volk. Aber Strauchkaninchen kreuzten ihren Weg – denen Myrte und Malve stolz zuklopften und die sie grüßend an den Nasen beschnupperten –, winzige Chorfrösche, Gelbbauchmolche auf ihrer Reise zum Bach und ein Luchs, der in der Dämmerung vor ihnen über den Pfad huschte. Comfrey schnappte vor Freude nach Luft und dachte kurz, es wäre das Luchs-Mädchen. Auch unzählige Rehe und Hirsche sahen sie, die durch das hohe Gras zu ihnen spähten; erste Monarchfalter; etliche Häher und Rubingoldhähnchen; zwitschernde Winterammern und Fleckgrundammern versteckt in Sträuchern.

Doch am dritten Tag trafen sie auf das Wilde Volk, auf kleine, samtige Leute des Bombus-Volkes, die nicht viel größer als der Steinmann waren und mit Hummelflügeln umherschwirrten. Sie kümmerten sich um die Erdnester der Hummeln und um die Blumen, die diese bestäubten: die Blüten der Bärentraube und Heidelbeere, die wie kleine weiße Glöckchen aussahen, und die Norne-Orchideen, die in den Tannenwäldern kurz vor der Blüte standen.

Comfrey und Tin waren überrascht über die Freundlichkeit des Bombus-Volkes, das ihnen nicht mit Misstrauen und Ablehnung begegnete. Stattdessen baten sie die Kinder, ihnen ein Lied vorzusingen. Denn ihnen ging nichts über ein Lied, müssen Hummeln doch selbst oft in den Glocken und Blüten summen und singen, damit sich durch die Vibration der versteckte Pollen löst.

Sowohl Tin als auch Comfrey erröteten, als sie unsicher vor den anderen ihr Lied anstimmten. Tin sang das morgendliche Loblied aus dem Kloster, weil es das einzige Lied war, das er kannte. Dabei verabscheute er die Worte über den Fortschritt und die Eroberung und dass man nur ein kleines Rädchen im Getriebe war, mehr denn je. Comfrey sang das Opfergabenlied, ihre Stimme war überraschend klar und tief, wie das Wasser eines Sees.

Das Bombus-Volk war hingerissen. »Wie Vögel, wie Vögel mit wunderbar schönen Stimmen!«, riefen sie ein ums andere Mal. Sie drückten den Kindern Pollenbündel von der Größe und Form kleiner Plätzchen in die Hand und begleiteten die vier ein Stück den unbewaldeten Hang entlang, wobei sie ihre eigenen summenden Lieder anstimmten.

Von dieser Begegnung abgesehen, trafen die Kinder und Hasen auf ihrem Weg weder andere Geschöpfe vom Wilden Volk noch große Säugetiere, wie etwa Pumas, über die Tin seine Freunde immer wieder fasziniert ausfragte.

Comfrey erzählte Tin gerne alles, was sie über Pumas wusste – ihr Jagd- und Sozialverhalten und wie man sie schon aus der Ferne von Luchsen unterschied. »Das ist eigentlich ganz einfach«, erklärte sie. »Pumas sind viel größer und haben einen langen Schwanz mit schwarzer Spitze. Aber wer weiß, mit was du als Stadtmensch einen Puma verwechselst!« Sie erzählte Tin auch die Geschichte aus Schwarzeiche, einem Dorf jenseits der Berge im Norden von Erle, in dem ein Mann namens Ben Katzenauge wohnte. Er hieß so, weil er das linke Auge bei der Begegnung mit einem Puma eingebüßt hatte, als er zwischen die Mutter und ihre beiden gefleckten Jungen geraten war. Comfrey sagte, dass sie bestimmt schon von mindestens einem Puma entdeckt worden waren – vielleicht sogar von dem, dessen Pfotenabdrücke sie im Mondenschein im Moos durch ihre Brille gesehen hatte.

Während dieser Wandertage entwickelten die Kinder und die Hasen eine Art Reiserhythmus. Bei Tagesanbruch, wenn der Himmel seine Farbe wechselte und an den Rändern heller wurde, sammelte Comfrey Zweige und machte Feuer. Am zweiten Morgen hatte Tin ein wenig schüchtern gefragt, ob sie es ihm beibringen könne, und an den darauffolgenden Tagen hatte Comfrey ihm gezeigt, wie man die Zweige am besten stapelte und kräftige Flammen entfachte. Tin schaute aufmerksam zu. Zunächst stellte er sich noch etwas ungeschickt an, was aber vor allen Dingen daran lag, dass es ihn nervös machte, wenn Comfrey ihn mit diesem kleinen amüsierten Lächeln und ihren strahlenden Augen beobachtete.

»Der Feuerstein gehörte meinem Vater«, sagte sie und erlaubte Tin, ihn zu benutzen.

Er hatte die Einsiedlerspinne und die Granitschuhe gemacht; im Vergleich dazu war so ein Feuer ein Klacks. Und doch überraschte ihn, wie viel Feingefühl, Geduld und Präzision man brauchte. Und einen Funken so zu schlagen, war etwas ganz anderes, als die Kohlekessel im Kloster zu entfachen!

»Das Feuermachen habe ich von meinem Vater gelernt, als ich noch sehr klein war. Bevor er fortgegangen ist«, sagte Comfrey ein wenig verbittert. Zum ersten Mal wurde ihr bewusst, dass sie wütend auf ihren Vater war, weil er die Stadt und seine Visionen über sie und ihre Mutter gestellt hatte. Natürlich wusste sie, dass es egoistisch war, aber schließlich hatte er kein einziges Mal eine Nachricht geschickt und war auch nie nach Hause gekommen.

Tin konnte ihre Wut verstehen. »Er hat etwas gesehen, so wie du etwas in der Feder gesehen hast, Comfrey«, sagte er, damit sie sich besser fühlte. »Er hat es getan, um dich zu beschützen – um uns alle zu beschützen.« In seiner Stimme schwang so viel Bewunderung mit, und Comfrey spürte, wie sich ihr Zorn in Schuldgefühle und Traurigkeit verwandelte. Schließlich war sie auch fortgelaufen und hatte ihre Mutter allein gelassen, genau wie ihr Vater. Sie gab keine Antwort, weil sie sonst bestimmt geweint hätte. Stattdessen drehte sie sich zum Feuer und blies vorsichtig in die Glut.

Als Comfrey nun in der vierten Nacht ihrer Wanderung in der kalten Februarluft zusammengerollt unter ihrem Bettzeug nahe beim Feuer lag, hatte sie auf einmal wieder ganz deutlich die Bilder aus der Feder des Feuerfalken vor sich. Hatte ihr Vater auch gesehen, wie das Hinterland brannte und das Wilde Volk sein goldenes Blut auf der Erde vergoss? Hatte auch er die Horden bewaffneter Männer gesehen und wie sie über die verwundeten Körper herfielen? Sie dachte an Salix' Worte: Der Hirsch war das Zentrum von Comfreys Schicksalskorb, die Schöpferin von Farallone, aus deren Milch die Sterne entstanden waren. Was würde passieren, wenn sie dem Hirsch die Feder des Feuerfalken gab? Comfrey setzte sich mit einem Ruck auf. Ihre Hände und Füße waren eiskalt. Aber irgendwann fand sie doch noch in einen unruhigen Schlaf.

Am Morgen des siebten Tages erreichten sie den Anfang der Tamalspitze. Die Hasen erkannten es an einer in die Jahre gekommenen Viehsperre, die über die alte Straße verlief. Dort verjüngte sich das Land in eine lang gestreckte Halbinsel, mit dem offenen Meer auf der einen und der Bucht auf der anderen Seite. Als sie das

Bodengitter überquerten, wurde der Himmel plötzlich dunkel, und der Wind frischte auf. Dicke Regentropfen fielen. Comfrey zog schnell ihren blauen Umhang an. Auch Tin warf sich seinen Mantel über. Die Hasen schüttelten sich, damit das Wasser von ihrem Fell abperlte.

»Immerhin dämpft der Regen unseren Geruch«, sagte Malve, der angesichts der Aufgabe, die vor ihnen lag, sein Bestes gab, um seine gute Laune zu behalten. »Obwohl bei Regen alle Gerüche intensiver werden, ist es viel schwieriger, bestimmte Düfte zu wittern. Zum Beispiel kann man die Duftspur einer Grizzly-Hexe von heute Morgen von der vor drei Tagen kaum unterscheiden.« Malve senkte seine Nase zum Boden und schnupperte ausgiebig am Gras und ein paar hervorstehenden Granitsteinen.

»Soll das heißen, dass du die Grizzly-Hexen bereits riechen kannst?«, fragte Comfrey. Sie und Tin überlegten schon eine ganze Weile, wie sie die Grizzly-Hexen dazu bringen könnten, von dem Mohnblumenöl zu trinken. Aber sie wussten kaum etwas über die Grizzly-Hexen, und Myrte und Malve konnten auch nur ein paar wenig aussagekräftige Geschichten beitragen, die sie von den Grünzwillingen gehört hatten. Jetzt, wo der kalte Wind vom Meer her immer stärker wurde und sich die karge, windgepeitschte Tamalspitze vor ihnen erstreckte, wurden die Grizzly-Hexen in Comfreys Vorstellung so groß wie die Berghänge und Hügel dieser Landschaft. Im Vergleich dazu fühlte Comfrey sich ganz klein und unvorbereitet.

»Aber sicher doch«, antwortete Malve. »Wir haben ihr Gebiet und das von Mutter Hirsch, die sie hüten, erreicht. Viel besorgniserregender finde ich, dass die Fußspuren, die ich rieche, mir ziemlich frisch erscheinen, bestimmt noch keine Stunde alt. Aber durch den Regen kann ich es unmöglich genau sagen. Myrte, was denkst du?«

»Nur eine Stunde alt?«, rief Tin. Er mühte sich mit den Knöpfen seiner Tasche ab, um schnell einen der Granitschuhe herauszuholen. Seine Hände waren von der Kälte schon ganz steif.

»Oh ja, höchstens!«, antwortete Myrte nach einer Weile. »Ich bin mir trotz des Regens recht sicher.«

»Wir hätten damit rechnen müssen, dass die Grizzly-Hexen umherstreifen«, murmelte Comfrey. »Was haben wir denn gedacht, was sie den lieben langen Tag tun?« Sie schaute zu Myrte.

»Mich musst du nicht anschauen. Wir wissen nur, dass die Grizzly-Hexen sich in der Abenddämmerung immer in der großen verfallenen Milchscheune auf einer alten Farm namens *Pierce* versammeln, wo sie gemeinsam Eintopf essen und Wurzeltee trinken und die Neuigkeiten austauschen, die sie tagsüber beim Jagen und Umherstreifen erfahren haben«, sagte die Häsin.

»Schon klar, aber wie weit ist die Scheune denn von hier weg?«, rief Comfrey und wischte sich mit ihrer kalten Hand den Regen von Wangen und Kinn.

»Am besten zieht jetzt jeder von uns einen Schuh an, und wir haken uns unter, damit wir wie ein einziges Lebewesen wirken«, sagte Tin zu Comfrey. »Dann hören die Grizzly-Hexen keine Menschen, sondern nur grollendes Granitgestein, so gemächlich wie die Erde.«

Comfrey nickte, zog den anderen Schuh aus ihrer Tasche und schlüpfte mit einem Fuß hinein. »Fertig«, flüsterte sie und hakte sich bei Tin unter. »Ihr beide hüpft voran!«, sagte sie zu den Hasen. »Ich mag gar nicht glauben, dass wir das wirklich machen: geradewegs zu einer Scheune voller Grizzly-Hexen laufen!«

»*Geradewegs* ja nun nicht, hoffe ich!«, protestierte Malve.

Als sie langsam durch den Regen gingen, sagte Malve: »Wie wär's, wenn wir ihnen das Fläschchen einfach als Geschenk auf die Türschwelle legen? Schließlich sind die Grizzly-Hexen ja zum Teil Bär, und Bären lieben Geschenke, besonders süße, köstliche. Und die Flasche hat genau die Farbe einer Beere.«

»Aber ist das nicht zu auffällig?«, fragte Tin, der wünschte, er hätte eine Kapuze. Seine Locken waren triefnass, und ihm tropfte ständig Wasser in die Augen. »Ich meine, die sind doch bestimmt misstrauisch und fragen sich, ob in dem Fläschchen vielleicht Gift ist. Nein, besser wäre es, das Öl heimlich in ihr Essen zu mischen.«

»Aber wie sollen wir in die Scheune hineinkommen, ohne dass sie es bemerken?«, fragte Comfrey. Sie war stehen geblieben, um die Kapuze ihres Umhangs tiefer ins Gesicht zu ziehen.

»Nicht trödeln!«, rief Malve. »Mir läuft dieser verdammte Regen in die Ohren, und ihr werdet euch noch erkälten. Wir sollten auf unseren Instinkt vertrauen. Hört auf, euch so viele Gedanken zu machen. Stellt euch einfach vor, ihr wärt ein Bär. Womit könnte man euch täuschen?«

Er und Myrte sprangen tiefer in die verregnete Strauch-Prärie, hüpften durch knospende Lupinen und schlugen einen Haken zurück zu den Kindern.

Comfrey und Tin passten ihre Schritte aneinander an, schon bald fielen sie mit ihren Steinschuhen in einen gemeinsamen Rhythmus. Comfrey hatte den Granitschuh an ihren linken Fuß gezogen und Tin seinen an den rechten. Sie sprachen nicht mehr als nötig und folgten den Hasen leise und konzentriert. Hoffentlich gelang es ihnen mit den steinernen Wanderschuhen zumindest vorerst, die Grizzly-Hexen zu täuschen.

Nachdem sie eine Weile durch den immer heftiger werdenden Regen und Wind gestapft waren, erklärte

Tin, dass er das Salz vom Meer in der Luft schmecken konnte.

»Warum müssen wir die Grizzly-Hexen überhaupt mit dem Öl der Mohnblumensamen betäuben?«, fragte Comfrey. »Mit diesen Schuhen könnten wir doch einfach an ihnen vorbeischleichen, Mutter Hirsch suchen, ihr unsere Perlen schenken und die Feder geben.«

»Oh, nein«, sagte Malve. »Es ist ganz gleich, welche Schuhe ihr anhabt. Wenn auch nur ein einziger Hirsch auf der Tamalspitze im Entferntesten beunruhigt ist, wissen das die Grizzly-Hexen. Nur der allertiefste Tiefschlaf wird sie daran hindern, direkt zu uns zu kommen. Ihre Herzen und Ohren sind genauestens auf die Hirschherde gerichtet.«

»Darüber hinaus«, fügte Myrte hinzu, »seid ihr nur dann unauffällig, wenn ihr euch bewegt wie ziehende Vögel. Aber nicht, wenn ihr anhaltet, um mit dem Hirsch aus Milch und Gold zu sprechen!«

»Pst«, zischte Malve plötzlich und blieb mit aufgerichteten Ohren und zitterndem Schwanz stehen. »Schaut!«

Auf der Kuppe des nächsten Hügels stand eine Grizzly-Hexe – bei flüchtigem Hinsehen hätte man sie auch für einen Felsen halten können. Alles an ihr erinnerte an einen Grizzlybären, und zwar an ein sehr wuchtiges Exemplar dieser Gattung – ihr zotteliger gold- und silberfarbener Körper, ihre buckligen Schultern, der kurze Schwanz. Statt Tatzen hatte sie Hände und Füße, mit denen sie allerdings auf allen vieren ging. Ihr Gesicht war weniger das eines Bären als das einer älteren Frau. Es war pelzig, hatte jedoch keine lange Schnauze oder eine schwarze, feuchte Nase, sondern war eher flach, zierlich und menschlich. Ihr Gebiss aber war das eines Bären, mit vielen spitzen Zähnen. Mit ihren langen Fingernägeln grub sie nach Pastinakenwurzeln und hatte die Hasen und Kinder noch nicht bemerkt. Sie summte beim Graben, was die Kinder zwar nicht hörten, die jungen Hasen aber schon.

Comfrey und Tin sahen sich erschrocken an.

»Ich glaube nicht, dass wir so ein Wesen täuschen können«, flüsterte Comfrey, deren Stimme vor Angst ein wenig bebte.

»Bisher scheinen die Schuhe ja zu funktionieren«, antwortete Myrte leise und stupste Tin mit ihrer Nase an. »Ohne sie hätte diese Grizzly-Hexe sich schon längst auf uns gestürzt. Sie mögen keine Menschen. Und das ist noch milde ausgedrückt.«

Tin wurde vor Stolz über seine Granitschuhe ganz verlegen. »Malve«, zischte er plötzlich, und seine Augen blitzten auf. »Könntest du eine Grizzly-Hexe abhängen?«

»Nun, ja – ich denke schon«, sagte Malve zögernd. »Zumindest, wenn ich einen kleinen Vorsprung habe. Dann könnte ich das schaffen.«

»Nie im Leben!«, zischte Myrte. »Nein, Tin. Was auch immer du vorhast – das geht nicht.«

»Aber hör mir doch wenigstens einmal zu«, sagte Tin und hielt beschwichtigend die Hände nach oben. »Ich wüsste nicht, wie wir der Grizzly-Hexe ein wenig Öl unter die Nase reiben könnten. Und diese Wurzeln gräbt sie wahrscheinlich für den Eintopf heute Abend aus.«

»Vielleicht«, sagte Myrte und zog die Nase kraus.

Selbst aus dieser Entfernung konnte man gut erkennen, dass die Grizzly-Hexe die Wurzeln in einen Korb legte und nicht direkt in ihren Mund schob.

»Wenn Malve an ihr vorbeisausen und sie außer Sichtweite locken würde, könnten Comfrey und ich zu ihrem Korb rennen, etwas Öl auf die Wurzeln träufeln und uns wieder verstecken. Und wenn die Grizzly-Hexe es dann aufgegeben hat, Malve hinterherzujagen – weil er natürlich viel zu schnell für sie ist! –, schleichen wir ihr nach, um zu sehen, ob die Hexen die Wurzeln am Abend essen. Im Schutz der Dunkelheit suchen wir anschließend Mutter Hirsch aus Milch und Gold, zeigen ihr die Feder und bitten sie um Hilfe!«

Myrte verdrehte die Augen, und Comfrey musste schlucken, weil sie an alles dachte, was bei diesem Plan schiefgehen konnte. Aber Malves Ehrgeiz war geweckt. Er zitterte vor Aufregung, denn er wollte beweisen, wie schnell und schlau er war.

Myrte schnupperte an ihrem Zwilling.

»Ich schaffe das!«, sagte Malve. »Der Plan ist gut, und diese Grizzly-Hexe hier kommt dafür wie gerufen.« Er warf seiner Schwester einen auffordernden Blick zu. »Komm schon, hilf mir«, schmeichelte er ihr. »Zu zweit können wir sie richtig reinlegen!«

Auch Comfrey und Tin schauten die Häsin nun erwartungsvoll an.

Myrte putzte sorgsam ihre Pfoten, die ganz schmutzig und feucht waren. »Schon gut, schon gut!«, sagte sie schließlich. »Wir sind tatsächlich schnell wie der Blitz, wisst ihr ...«

Und das stimmte. Als die jungen Hasen ganz in der Nähe der ahnungslosen Grizzly-Hexe aus einem Büschel Lupinen hervorsprangen, sahen sie aus wie zwei goldene Blitze. Die Grizzly-Hexe ließ überrascht die Wurzeln fallen, die sie gerade ausgegraben hatte, vergaß ihren Korb und stürzte den Hasen nach. Schließlich kann kein Bär einem Hasen widerstehen, wenn er zum Greifen nahe ist. Kräftig gebaut, wie sie war, rutschte sie im Schlamm aus, jagte ihnen aber schon kurz darauf den Hang hinterher.

Tin und Comfrey saßen noch hinter dem Lupinenbüschel versteckt und hielten sich fest an den Händen. Die Bären-Frau mit ihrem erdigen, moschusartigen Duft war so nah gewesen! Sie hatten sogar sehen können, wie sich ihre Brust beim Atmen hob und senkte, während sie gemächlich grub und sammelte und jeder Wurzel liebevoll etwas zumurmelte. Die Granitschuhe aber funktionierten zweifellos, die Bären-Frau hatte sie nicht bemerkt.

Während die Grizzly-Hexe nun auf Hasenjagd war und sich von Myrtes und Malves Hakenschlagen gehörig verwirren ließ, schlichen Tin und Comfrey zu der Stelle, an der die Grizzly-Hexe gegraben hatte. Auf dem Boden lagen mehrere grüne Pastinakenstängel. Als Comfrey endlich den Korken aus der violetten Glasflasche gezogen hatte, träufelte sie zitternd ein paar Tropfen auf die Wurzeln, die im Korb lagen. Inzwischen nieselte es zu ihrem Vorteil nur noch, und sie hoffte, dass die Regentropfen das Öl nicht fortspülen würden. Dann stapften sie in ihren Steinschuhen hinter einen weiter weg gelegenen Strauch und warteten.

Die Grizzly-Hexe hatte die Jagd recht schnell aufgegeben. Sie war schon eine ältere Bärin, und selbst wenn Bären noch jung und stark sind, zählen sie nicht zu den Langstreckenläufern. Ihre Hände und Füße waren voller Schlamm. Sie schüttelte ihren zotteligen Kopf.

Tin und Comfrey starrten sie furchtsam durch die Zweige des Strauches an.

Die Grizzly-Hexe zog witternd die Luft ein, als sie nach dem Korb mit den Pastinaken griff, und verharrte einen Moment. Dann schnupperte sie ausführlich an den Wurzeln.

Die Kinder wagten kaum zu atmen. Würde die Bären-Frau das Schlafmittel riechen?

Aber das Öl roch nur nach Mohnblumen, die gleich büschelweise ganz in der Nähe wuchsen und deren Samen seit vielen Generationen auf diesen Teil des Bodens fielen und immer wieder aufs Neue wuchsen.

Und dieser strenge Geruch nach Granit? Nun, dachte die Grizzly-Hexe, vielleicht wird meine Nase ja auch langsam alt. Sie seufzte und sammelte die heruntergefallenen Wurzeln ein. Die Hasenjagd hatte so unnötig Kraft gekostet, und so machte sie sich in ihrem schaukelnden Gang auf den Heimweg, wobei sie vor sich hin murmelte. Einmal wandte sie sich um, als fühlte sie sich beobachtet. Aber sie entdeckte nur einen Turmfalken, der an ihr vorbei zu den Kiefern flog.

Als die Grizzly-Hexe fast außer Sichtweite war, standen Tin und Comfrey erleichtert auf.

Die Hasen schossen hinter einem Lupinenbüschel hervor.

»Das war unglaublich!«, flüsterte Tin. »Ich wusste gar nicht, dass jemand so schnell sein kann!«

»Ja, ihr hättet die Grizzly-Hexe sehen müssen!«, stimmte Comfrey zu. »Sie war so erschöpft, dass sie kaum noch Luft bekommen hat!«

Malve machte ein stolzes Gesicht, und Myrte trat spielerisch nach seinem Bein.

»Lasst uns keine Zeit verlieren!«, sagte sie und putzte

sich die Schnurrhaare, weil sie nicht zeigen wollte, wie stolz auch sie war. »Wenn die Grizzly-Hexe diese Wurzeln nicht mit ihren Schwestern teilt, ist es ganz egal, wie schnell wir waren. Los jetzt, wir verstecken uns bei der Scheune und warten, bis es dunkel wird.«

Schweigend liefen sie den nassen Pfad entlang, den die Grizzly-Hexe gebahnt hatte, und waren dankbar, dass es kaum noch regnete. Sie hofften inständig, dass die Grizzly-Hexe keine der Wurzeln essen und womöglich bereits mitten auf dem Hügel einschlafen würde, bevor sie die Scheune mit ihren Schwestern erreichte.

Glücklicherweise tat die Bären-Frau das nicht. Sie trug die Pastinaken den ganzen Weg bis zu der windschiefen Scheune mit der abgeblätterten weißen Farbe, die hinter der Reihe Kiefern stand, wo der Turmfalke sich bereits vor einer Weile zum Schlafen niedergelassen hatte.

Die Kinder und die Hasen schlichen ihr in einigem Abstand hinterher. Durch die schmale Scheunentür erhaschten sie einen Blick auf das flackernde, warme Feuer, und der köstliche Duft des vor sich hin köchelnden Eintopfes wehte zu ihnen, ehe sich die Tür hinter der Bären-Frau schloss.

Der Regen hatte ganz aufgehört, und die ersten Sterne funkelten bereits am Himmel, als die vier Freunde durch die Spalten und Löcher in den Brettern der Scheunenwand spähten.

Auf dem Holzboden des alten Heuschobers lagen die verschiedensten Tierfelle – Hirsch, Luchs, Kaninchen und Fuchs. Von den Dachbalken hingen zum Trocknen die knorrigen Wurzeln unzähliger Pflanzen. Eine Wand stand voller Regale, deren Schubladen säuberlich mit den Namen von Wurzelarzneien und Beerenmarmeladen beschriftet waren. Die Laternen, die die Scheune erhellten, waren aus den Schädeln von Hirschkälbern gemacht worden, in denen jeweils eine Bienenwachskerze durch die Augenhöhlen leuchtete. In der Mitte des Raumes rührte eine Grizzly-Hexe mit vielen silberfarbenen Strähnen im Fell in einem Kessel. Nun trat die Grizzly-Hexe mit den Pastinaken zu ihr und ließ eine Wurzel nach der anderen in den Eintopf fallen.

Von der köchelnden Suppe stieg schwach der Geruch nach dem bitterem Mohnblumenöl auf, und einige der neunzehn Grizzly-Hexen schnüffelten argwöhnisch, ließen es dann aber dabei bewenden. Schließlich wuchsen die Mohnblumen überall auf den Hügeln.

»Erzähl uns von den Knochen, in denen du heute gelesen hast«, sagte die Grizzly-Hexe am Kessel zu einer ihrer Schwestern, die sich gerade das Fell mit einem zierlichen Vogelknochenkamm bürstete. Sie saß in einer Gruppe von anderen Grizzly-Hexen, die sich gegenseitig das Fell pflegten.

Als die angesprochene Bärin mit milchigen Augen aufblickte und genau zu der Stelle im Raum schaute, wo die Kinder und die Hasen hinter der Bretterwand kauerten, hätte Comfrey beinahe aufgeschrien.

»Sie ist blind«, flüsterte Malve.

»Ich rieche Hase«, sagte die blinde Grizzly-Hexe, statt ihrer Schwester zu antworten.

Die Kinder erstarrten, und die Hasen schlüpften erschrocken unter den Mantel und Umhang der beiden.

»Ja, Amurra, in dem Eintopf ist Hase.«

»Nein, lebende junge Hasen«, antwortete Amurra und legte ihren Kamm hin.

»Der Geruch klebt bestimmt noch an Sorrs Händen«, sagte die Grizzly-Hexe am Kessel. »Sie hat heute Morgen ein paar Hasen gefangen. Komm, sag uns, was du in den Knochen gelesen hast. Die Zeichen waren in letzter Zeit sehr undeutlich.« In ihrer Stimme lag eine gewisse Ungeduld, die man auch den anderen Grizzly-Hexen anmerkte.

Amurra seufzte und verlagerte ihr Gewicht. »Die Knochen, ja ...«, sagte sie und verstummte kurz. »Wahrscheinlich habe ich von den Hasen geredet, weil ich nicht darüber sprechen will, was mir die Knochen heute verraten haben.« Sie schwieg wieder und rieb sich über die Fingernägel.

Nun atmeten die vier heimlichen Beobachter hinter der Scheunenwand erleichtert auf.

In der Scheune war es sehr still geworden. Die Grizzly-Hexe an der Feuerstelle hörte auf, das Essen umzurühren. Unter dem Kessel knackte und zischte das Feuer.

»Es war ein großer Kerl, der letzten Winter gestorben ist, kurz nach seiner ersten Brunft. Ich habe seine Knochen bei den Felsen am Rabenhügel gefunden. Sie fühlten sich glatt und sauber an und waren bereit zum Auslesen. Ich verneige mich vor seinem Leben, seinen schnellen Hufen und seinem starken Herz.« Die letzten Worte sprach Amurra in dem Tonfall wie Comfrey immer die Opferworte aufsagte, es klang wie ein Gebet.

»Wir verneigen uns vor seinem Leben, seinen schnellen Hufen und seinem starken Herz«, wiederholten die Grizzly-Hexen gemeinsam mit ihren tiefen Stimmen. Nun war keine von ihnen mehr ungeduldig.

Comfrey und Tin allerdings schon. Sie waren neugierig, was es mit diesem Knochenlesen, diesem Wahrsagen, oder was immer es war, auf sich hatte.

»Es war eigenartig, meine Schwestern«, sagte Amurra nun. Ihre Stimme klang tief grollend wie Erde und Wurzeln und Steine, und ihre milchigen Augen glänzten wie Sternenlicht. »Ganz gleichgültig, wie intensiv ich diese Knochen abtastete, ganz gleichgültig, was ich ihnen vorsang, um sie dann nach dem Orakelspruch zu fragen – sie formten unter meinen Händen immer nur wieder die Geschichte von Mutter Hirsch. Unserer Schöpferin, die wir hüten. Das hat mich sehr verwundert. *Der Hirsch der Hirsch der Hirsch,* flüsterten und klapperten die Knochen. Aber es war kein beruhigender Klang, kein Loblied auf den Frieden und die Ganzheit, so wie normalerweise, wenn der Name von Mutter Hirsch fällt. Es klang vielmehr wie eine Warnung. Das ängstigte mich, meine Schwestern. Eine Zeit lang hörte ich nichts weiter. Doch ich schmeckte Geister auf meiner Zunge. Ich schmeckte Blut und Metall und Tod. *Der Hirsch,* flüsterten die Knochen unter meinen Händen wieder. *Der Hirsch.*« Amurra verstummte, als hätte sie ein altes Gedicht aufgesagt.

In der Scheune schwoll ein Grollen an, ein tiefes, furchterregendes Knurren der Grizzlys. Sogar die Wände vibrierten. Malve und Myrte verkrochen sich tiefer in Tins Mantel und Comfreys Umhang.

»Ich fürchte, es wird noch schlimmer, Schwestern«, fuhr Amurra fort. »Warum verteilst du nicht die Suppe, Imare, dann ist unser Bauch voll, und wir können besser verdauen, was vor uns liegt. Mit leerem Magen lässt es sich nicht gut in Ruhe nachdenken.«

Comfrey und Tin schauten sich erwartungsvoll, aber auch ein wenig enttäuscht an – die Suppe würde die Grizzly-Hexen schon bald in einen tiefen Schlaf versetzen, dabei wollten beide doch unbedingt noch den Rest von Amurras Erzählung erfahren. Hatte sie in den Knochen zwei Menschenkinder gesehen? Ahnte sie, dass jemand den Hirsch finden wollte? Wusste die Bären-Frau irgendetwas über das Schicksal von Farallone, was ihnen vielleicht weiterhelfen würde? Comfrey zitterte vor Aufregung und Hoffnung.

Die Grizzly-Hexen kamen eine nach der anderen ans Feuer, und Imare schöpfte jeder ihrer Schwestern eine ordentliche Portion Suppe auf. Als alle wieder an ihren Plätzen saßen, nahm Amurra einen Löffel und brummte zufrieden. Die Suppe war wohl gelungen, reichhaltig und mit bitteren Noten. Die Grizzly-Hexen um sie herum schlürften ebenfalls hungrig.

»Ich wollte die Knochen gerade endgültig niederlegen und es aufgeben«, fuhr die blinde Grizzly-Hexe fort, »als ich einen Drang verspürte, sie doch noch ein letztes Mal auf den Boden zu werfen. Diesmal sprachen sie nicht vom Hirsch. Oh, nein. Sie fielen wie ein Gitter. Es bildete die Umrisse der Stadt. Doch die Stadt hatte keine Mauer. Als ich das Muster berührte, durchfuhr mich ein Schmerz. Und dann war er auch schon wieder verschwunden. Ich weiß nicht, meine Schwestern, was das bedeutet. Aber wir müssen vorbereitet sein und den Hirsch noch gewissenhafter bewachen als sonst.« Amurra seufzte schwer und hob den Suppenlöffel ein zweites Mal zu ihren pelzigen Lippen.

Die Antwort ihrer Schwestern blieb aus.

Amurra spitzte die Ohren und deutete das Schweigen als starres Entsetzen. »Ich weiß, es ist schrecklich, von der Stadt zu hören«, sagte sie. »Die Geschehnisse aus der Zeit Davor haben viel Kummer gebracht.«

Plötzlich wurde auch Amurra unsagbar müde, und sie musste gähnen. Ihr Kopf senkte sich auf ihre Brust. Dann rutschte ihr die Schüssel aus der Hand, und die Suppe kleckerte über den Boden. Amurra schlief ein, genau wie ihre schweigenden Schwestern.

16

DER HIRSCH AUS MILCH UND GOLD

Myrte und Malve kamen wieder unter Comfreys Umhang und Tins Mantel hervor und zuckten triumphierend mit den Ohren. Ihre goldenen Augen strahlten zufrieden.

»Es hat geklappt, Herr Kein-Plan!«, rief Malve und stupste mit seiner Nase gegen Tins Hand.

»Dazu brauchte es zwei sehr schnelle, mutige Hasen«, antwortete der Junge und lächelte.

»Dann lasst uns aufbrechen!«, sagte Myrte und klopfte mit ihren Ohren gegen Comfreys Arm.

»Ich verstehe nicht ganz, was die Bären-Frau in den Knochen gelesen hat«, sagte Comfrey. »Bedeutet es, dass die Stadt siegen wird?« Sie wandte sich an Tin, in ihrer Stimme lag plötzlich so viel Hass. »*Deine Leute* werden auch noch das letzte Lebewesen des Wilden

Volkes für ihre dummen Sternenbrecher ausbluten lassen und Farallone wieder in eine Einöde verwandeln!«

»Das sind nicht *meine Leute*«, erwiderte Tin wütend und verletzt. Natürlich war er sein ganzes Leben lang ein Teil der großen Maschinerie des Klosters gewesen, ohne zu wissen, dass man auch anders leben konnte, deshalb fühlte er sich mitschuldig. Aber er hatte die schrecklichen Brüder immer verabscheut. »Ich habe keine Ahnung, zu wem ich gehöre. Ich bin ein Waisenkind, schon vergessen? Irgendjemand hat mich auf den Stufen des Klosters ausgesetzt, so wie deine Dorfleute die Sonderlinge in den Bergen.«

Comfrey schnaubte verächtlich.

»Ist ja gut, ist ja gut, beruhigt euch, ihr zwei, gestritten wird später. Jetzt müssen wir uns beeilen!«, unterbrach sie Malve. »Das ist unsere einzige Chance. Die Grizzly-Hexen schlafen! Und da wir keine Ahnung haben, wie lange das Mohnblumenöl wirkt oder wo der Hirsch überhaupt steckt, sollten wir so schnell wie möglich mit unserer Suche beginnen! Wenn sie morgen unsere Spuren entdecken, nehmen sie bestimmt die Verfolgung auf.«

Und damit hüpften Malve und Myrte um die Scheune herum. Die Wolken waren inzwischen alle fort, und der Himmel wirkte zwar heller, richtig gut sehen konnte man trotzdem nicht. Nebelschwaden waren aufgezogen.

»Wie sollen wir im Dunkeln irgendetwas finden?«, stöhnte Comfrey, die angestrengt auf ihre Füße und den Steinschuh starrte, während sie vor sich hin stapfte. Sie und Tin vermieden es, sich anzuschauen.

Myrte und Malve sprangen voraus und entdeckten einen Pfad, der sich in der Dunkelheit schwach im Gras abzeichnete.

Unterwegs schnupperten die beiden Hasen an jeder Wegkreuzung, an jedem Haufen mit Hirschlosung und jedem Flecken Gras, an dem eins der Tiere aus der Hirschherde gezupft hatte.

Aus dem Westen wehte ein kalter Wind vom Meer. In den Nebelfeldern schwankten die Kojotenbüsche. Eine Schleiereule flog hoch über ihren Köpfen hinweg und schrie, und die Hasen erstarrten. Da die Kinder die Steinschuhe trugen, boten sie nicht denselben Schutz vor hasenfressenden Greifvögeln wie sonst. Aber die Schleiereule war auf der Suche nach ihrer normalen Beute – die langsamen Maulwürfe, die es an der Tamalspitze in großer Zahl gab, oder ahnungslose Erdhörnchen.

Nachdem die Eule verschwunden war, verharrten die Hasen noch eine Weile regungslos. Aber dann beschnupperte Myrte, die sich unter üppig wachsenden Schwertlilienblättern versteckt hatte, sehr intensiv ein Stück abgeweidetes Gras. »Ich glaube, ich rieche sie.«

Auch Malve tauchte aus seinem Versteck zwischen Lupinen auf und gesellte sich zu ihr.

»Woher wisst ihr das?«, fragte Tin erstaunt und beobachtete ihre sich schnell bewegenden Nasen.

»Soll ich meine Brille aufsetzen?«, fragte Comfrey, die Tin nach wie vor ignorierte.

»Nein, nein«, sagte Myrte und schaute auf. »Wir riechen sie gut genug. Ein Hirschgeruch hat Hunderte Nuancen. Malve und ich haben auf unserem Weg hierher schon die ganze Zeit Duftspuren von unzähligen Hirschen wahrgenommen: eine große Gruppe mit Weibchen, mehrere kleinere Gruppen von umherziehenden Bullen. Jetzt, wo die Brunftzeit vorbei ist, sind sie wieder getrennt unterwegs. Die Weibchen wandern meistens gemeinsam in einer Herde umher, die von dem ältesten Tier angeführt wird, das alle Wege kennt – die Stellen mit dem besten Futter und die sichersten Gebiete zum Kalben. Diese alte Matriarchin ist das Zentrum im Inneren ihres Sternbildes. Und *sie* ist auch der Hirsch aus Milch und Gold, die Schöpferin von Farallone.«

»Und das hast du alles nur durch den *Geruch* erfahren?«, flüsterte Tin beeindruckt.

»Aber natürlich, so etwas können wir Hasen!«, brachte Malve sich ein, der nicht wollte, dass Myrte das ganze Lob allein einheimste. »Die Gerüche dieser Erde würden ganze Bücher füllen. So unterhalten sich viele von uns Vierbeinern über die Zeit und den Raum hinweg. Jedenfalls bewegt sich der Hirsch aus Milch und Gold, so wie Myrte schon gesagt hat, immer im Zentrum einer Herde aus mehreren Weibchen. Ihr Duft allerdings unterscheidet sich von den anderen. Sie riecht nach Sternen und Gold und Milch. Es scheint so, als hätte sie hier geäst, aber kein Gras, sondern das Granitgestein darunter.«

»Aber wie können wir sicher sein, dass sie es wirklich ist?«, bohrte Comfrey nach. Sie kauerte sich hin, um das abgezupfte Gras und die Steinstücke zu betrachten.

»Schau genau hin.« Myrte deutete auf das niedergetretene Gras neben den Schwertlilien. Dort war ein Hufabdruck, dessen Ränder golden glitzerten. Er leuchtete sogar ein wenig im Dunkeln.

Staunend und voller Ehrfurcht berührte Comfrey die Vertiefung.

Tin kauerte sich neben sie, um die Spur ebenfalls unter seinen Fingern zu spüren. Als er seine Hand wieder zurückzog, waren seine Fingerspitzen mit Goldstaub bedeckt. Sein Herz klopfte aufgeregt, und ihn durchlief ein eigenartiger Schauer, als würde das Sternengold in seinem Körper auf die Berührung reagieren.

Die vier liefen weiter, und die Hasen folgten langsam der Witterung, die zu dem Geruch des goldumrandeten Hufabdrucks passte.

Comfrey holte die Kette von der Baba Ithá mit den

dreihundert Perlen aus ihrer feuchten Tasche und schlang sie sich um die Hand, falls der Hirsch überraschend auftauchen sollte. Sie fragte sich, was passieren würde, wenn der Hirsch sie sah. Die Feder schien ihr auf einmal wieder sehr schwer zu sein, so als läge in ihrer Tasche ein Brocken Eisen. Wie sollte sie mit jemand so Mächtigem wie der Schöpferin von Farallone sprechen? Aber dann dachte sie an das Luchs-Mädchen, das ihren Namen gerufen hatte, und in ihr glimmte eine wilde Entschlossenheit auf. Seit der Begegnung mit dem Luchs-Mädchen hatte sie tief in ihrem Inneren gewusst, dass eine unausweichliche Bestimmung vor ihr lag. Und ihr verbrannter Schicksalskorb deutete nun mal auf Mutter Hirsch.

Der Nebel lichtete sich und gab den Blick auf einen abnehmenden Dreiviertelmond frei. Sein Licht fiel auf ein Hirschweibchen, das auf dem nächsten Hügel lag. Ihre Hufe waren golden! Das war der Hirsch, der aus dem versponnenen Sternengold der Alten Mutter Neeth die Welt erschaffen hatte. Das war der Hirsch aus Milch und Gold! Den Kindern und den beiden Hasen stockte der Atem.

Mutter Hirsch ruhte sich in dem hohen Gras aus. Als die Hasen gefolgt von den Kindern vorsichtig näher kamen, stand sie langsam auf – erst mit den Hinterbeinen, dann mit den Vorderbeinen. Sie war sehr, sehr alt, und ihr Fell war hier und da mit den Jahren ein wenig verfilzt. Ihr Rücken zeichnete sich als elegante Linie vor dem Mondlicht ab, allerdings waren die einzelnen Wirbel gut sichtbar. Nun, wo sie stand, waren die Macht und die Schönheit, die trotz ihres Alters von ihr ausgingen, unübersehbar. Ihre Augen strahlten in demselben Violett wie das der wilden Schwertlilie, wenn sie blühte. Das helle Cremeweiß ihres Fells glich der Farbe des Mondes. Würdevoll und anmutig drehte sie ihren Kopf und blickte Comfrey direkt in die Augen.

Comfrey stieß einen kleinen Schrei aus und sank dann im Gras auf die Knie. Einen Augenblick lang erschien ihr der Hirsch unermesslich groß, so wie ganz Olima, ganz Farallone, wie der Himmel und das weit darunter tosende Meer. Dann machte Mutter Hirsch einen kleinen Schritt nach vorn und war wieder so groß wie ein gewöhnlicher Hirsch. Von ihren Hufen fiel Goldstaub.

Comfreys Augen füllten sich mit Tränen.

Der Hirsch machte noch einen Schritt auf Comfrey zu, ihr Blick ruhte nach wie vor auf ihr.

Das Mädchen atmete heftig. Und plötzlich wusste sie: Ganz gleich, was passieren würde, ganz gleich, ob der Hirsch sie jetzt mit einem gleißenden Blitz aus Sternenlicht auslöschen würde – von diesem Blick aus den violetten Augen gesegnet worden zu sein, war jedes Opfer wert. Sie fühlte sich unbeschreiblich vollkommen. Tränen liefen über ihre Wangen.

Tin, der sich neben sie ins Gras gekniet hatte, legte ihr einen Arm um die Schultern. So etwas Wunderschönes hatte er noch nie gesehen. Er musste an die Sterne denken, an weite grüne Landschaften, an Tannen und die zerklüftete Steilküste am Meer, an Pelikane und Erlen. Als Mutter Hirsch aus Milch und Gold erneut einen Schritt näher kam, schien es Tin, als würden ihre Augen, ihr Fell und ihre leuchtenden Hufe all diese Dinge in sich tragen.

Myrte und Malve, die abwartend im Gras kauerten, betrachteten den Hirsch mit demselben Ausdruck von Ehrfurcht und Liebe. Im Gegensatz zu den Menschenkindern konnten sie das Licht sehen, das den Hirsch umgab, unendlich viele leuchtende Fäden, die das Tier mit dem Himmel verbanden.

Da fiel Tin ein, dass sie noch immer die Steinschuhe trugen, und er fragte sich, ob der Hirsch überhaupt begriff, dass sie Menschen waren. Würde Mutter Hirsch auch so ruhig auf sie zulaufen, wenn sie es wüsste? Tin wurde ganz schwer ums Herz. Warum misstrauten alle wilden Geschöpfe ihnen, nur weil sie Menschen waren? Wie kam es, dass sie von den übrigen Geschöpfen der Welt so abgeschnitten waren und jede Begegnung von Angst begleitet wurde?

Der Hirsch stand inzwischen sehr nahe bei ihnen, und Comfrey richtete sich zitternd auf. Jetzt hob Mutter Hirsch den Kopf und zog mit ihrer breiten, dunklen Nase witternd die Luft ein. Es schien, als würde sie den Menschengeruch nun wahrnehmen, ihre violetten Augen blitzten auf, und sie bebte am ganzen Körper. Dann hob sie einen starken goldenen Huf. Myrte klopfte alarmiert auf den Boden. In der Zeit des Zusammenbruchs hatte es schließlich auch nur eines einzigen Aufstampfens mit dem goldenen Huf des Hirschs bedurft, um ein Erdbeben entlang der Verwerfungslinie auszulösen.

Langsam nahm Comfrey ihre Kette und streckte dem Hirsch aus Gold und Seide ihre Hand mit den dreihundert Perlen der Baba Ithá entgegen. Als Mutter Hirsch die Kette sah, zog sie abermals witternd die Luft ein. Ihre Nüstern weiteten sich, und der Ausdruck ihrer violetten Augen wurde anders. Behutsam setzte sie ihren Huf wieder ab und trat näher. Dort, wo sie den Boden berührte, flimmerte das Gras und wurde zu Gold. Sie schnupperte an Comfreys ausgestreckter Hand und stieß mit ihren weichen Lippen gegen den Perlenstrang.

»Oh!«, rief Comfrey, weil die Berührung kitzelte, ihr lief eine Gänsehaut über den Rücken. »Die sind für dich«, flüsterte sie und knotete die Kette auf, damit sie die Perlen einzeln auf ihre Handfläche schieben konnte. Sie sahen aus wie kleine Stücke vom Mond. Mutter Hirsch nahm sie sanft mit ihren Lippen und kaute geräuschvoll. Dabei blickte sie aufmerksam zwischen

Comfrey, Tin und den Hasen hin und her. Mit jeder Perle, die sie aß, schien ihr Fell stärker zu glänzen, und eine neue Kraft kehrte in ihren alten Körper zurück. Als der Hirsch noch einen vorsichtigen Schritt auf Comfrey zumachte, spürte sie, wie der Boden unter ihr bebte.

Ich weiß, wem diese Perlen gehören. Ich hätte nie gedacht, dass sie einem Menschenmädchen ihren Segen gibt. Auf einmal hörte Comfrey in Gedanken diese Worte, sie blinzelte und schaute sich suchend um. Der Hirsch beobachtete sie. Es war schwer zu sagen, ob sich in den Augen Güte oder Zorn widerspiegelten, oder beides auf einmal.

Comfrey neigte ihren Kopf.

Was willst du, Menschenmädchen? Ich hätte nicht erwartet, noch einmal jemanden aus deinem Volk zu sehen.

Comfrey hörte die jahrhundertealte Trauer in ihrer Stimme, das Bedauern, die Erschöpfung und den Verlust. Obwohl ihr bewusst war, wie viel von ihrer Antwort abhing, blieb sie eigenartig ruhig. Sie griff nach ihrer Tasche, ließ die restlichen Perlen hineingleiten, holte das weiße Wildlederbündel heraus und schlug es auf. Plötzlich roch es nach versengten Flechten. Sie schüttelte die Flechten ab, nahm die Feder des Feuerfalken mit spitzen Fingern und hielt sie empor. Die Feder loderte in der Dunkelheit, und ihr Licht vergoldete jedes Haar auf dem Körper des Hirschs.

Mutter Hirsch rührte sich nicht, ihre violetten Augen ruhten unbeweglich auf der Feder. Aber durch den Boden lief erneut ein Beben, und Comfrey wusste instinktiv, dass es vom Hirsch kam.

Leg sie vor mich, hörte Comfrey die Stimme wieder in ihrem Kopf. *Leg sie vor mich, Tochter des Hinterlandes.*

Der Hirsch sprach die Worte mit einer so großen Zärtlichkeit, und es schwang so viel mütterliche Zuwendung darin mit, dass dem Mädchen wieder die Tränen über die Wangen liefen. Sie kauerte sich hin, um dem Hirsch aus Milch und Gold die Feder vor die Hufe zu legen.

»Die Korb-Hexen haben mich geschickt«, flüsterte Comfrey. »Als diese Feder hier aus dem Flügel des Feuerfalken fiel, habe ich sie aufgehoben. Ich wusste nicht, was es damit auf sich hatte, aber die Korb-Hexen erklärten es mir. Der Feuerfalke hat meinen Korb des Schicksals verbrannt, und du hast ihnen vor langer Zeit gesagt, dass derjenige, der die Feder findet, sie zu dir bringen muss, und …« Comfrey verstummte verlegen. Ihre Stimme hörte sich so jung und unsicher an.

Mutter Hirsch senkte den Hals, sodass sie mit der Nase fast die Oberfläche der Feder berührte. Aus ihren violetten Augen tropften nacheinander drei Tränen, Tränen aus flüssigem Gold. Sie fielen auf die glühende Feder, deren geschmolzene Fasern wirbelten und zischten.

Oh, meine Kinder, oh, meine Hasen, oh, mein Farallone.

Zögernd streckte Comfrey ihre Hand aus. Sie wollte unbedingt den langen Hals des Hirsches anfassen. Sie wollte ihr Gesicht gegen dieses cremeweiße Fell pressen, so wie in die Rockfalten einer Mutter.

Myrte und Malve, die ganz fasziniert von Mutter Hirsch waren und schweigend beobachtet hatten, was zwischen ihr und dem Mädchen passierte, setzten sich beide alarmiert auf und gaben leise verzweifelte Laute von sich, als Comfrey ihre Hand Richtung Fell bewegte.

»Du darfst sie nicht anfassen!«, rief Myrte.

Doch es war zu spät. Comfrey hatte ihre Hand bereits auf das mondhelle Fell gelegt.

»Comfrey!«, fauchte Malve und klopfte warnend auf den Boden.

Aber das Mädchen berührte den Hirsch noch immer am Hals. Sie war ganz überwältigt von der samtweichen Nase, die sich ihr zuwandte, und atmete den Duft nach Gras ein.

»Eine Grizzly-Hexe ist im Anmarsch!«, rief Malve plötzlich erschrocken. »Wie kann sie schon so nah sein?« Dann sprang er zu Comfrey. »Wegrennen ist zwecklos, aber nimm um aller Hasen willen deine Hände von diesem Hirsch!« Der kleine Hase zitterte am ganzen Körper.

Tin machte einen Satz nach vorne und zerrte Comfrey von der weichen, mütterlichen Wärme des Hirschs weg.

Tochter des Hinterlandes. Ich werde mit dir zu den Korb-Hexen gehen. Ich werde mit dir zum Feuerfalken gehen. Es ist an der Zeit. Mein Körper ist alt und wird immer schwächer. Es ist an der Zeit. Und während diese Worte tief in Comfreys Geist eindrangen, nahm der Hirsch die glühende Feder mit den Zähnen und aß sie mit drei Bissen auf.

Comfrey keuchte und schaute sich panisch in der Dunkelheit um, bis sie erleichtert die beiden Hasen und Tin hinter sich entdeckte. »Habt ihr nicht gehört, was sie gesagt hat?«, stammelte sie. »Habt ihr nicht zugehört? Habt ihr nicht gesehen, wie sie die Feder gegessen hat?«

»Was Mutter Hirsch gesagt hat?«, wiederholte Myrte verwirrt. »Sie war doch vollkommen still, Mädchen. Du hast das ganze Reden übernommen.«

Malve und Tin nickten.

Comfrey starrte sie alle ungläubig an. »Aber – wie –«

Tin unterbrach sie. »Hast du Malve nicht gehört?«, rief er aufgebracht. »Eine Grizzly-Hexe ist im Anmarsch!«

Im selben Moment erklang hinter ihnen eine tiefe Stimme: »Mich konntet ihr nicht so lange betäuben wie meine Schwestern.«

Die Kinder schrien auf, und die Hasen stoben auseinander, doch der Hirsch aus Milch und Gold spitzte nur ganz ruhig die Ohren. Als Amurra herantrat und langsam im Nebel sichtbar wurde, nahmen die alten, mütterlichen Augen einen sanften und zugleich traurigen Ausdruck an.

»Ich wusste, dass ich euch hier finde«, sagte Amurra. Die Kinder schauten sich verblüfft an. Wie konnte das sein, die Grizzly-Hexe war doch blind!

»Ich bin zwar blind«, fuhr Amurra fort. »Doch ich kann hinter die Oberfläche dessen sehen, was ihr seht. Ich sehe, was andere nicht sehen. Nachdem ich einen zweiten Löffel von der Suppe gegessen hatte, spürte ich, dass etwas nicht stimmte, und so war mein Schlummer nur von kurzer Dauer. Sehr klug, das Öl von Mohnblumen zu benutzen. Ihr seid schlaue kleine Hasen. Dafür, dass ihr es gewagt habt, Menschen hierherzubringen, sollte ich euch auf der Stelle verspeisen. Ihr Verräter.« Die letzten Worte fauchte die Grizzly-Hexe ihnen hasserfüllt entgegen.

Verängstigt drückten die Hasen ihre Ohren ganz flach an den Rücken und zitterten so sehr, dass ihre Schnurrhaare nur noch verschwommen zu erkennen waren. Dann drehte Amurra sich zu Comfrey, die an Tins Arm geklammert versuchte, gleichmäßig zu atmen. Solch einem gefährlichen und mächtigen wilden Wesen, das nur aus Muskeln, zotteligem Fell und Zähnen bestand, war sie in ihrem ganzen Leben noch nie so nahe gekommen. Dagegen hatte selbst die Baba Ithá beinahe friedlich gewirkt. Im Dunklen ähnelte Amurra noch stärker einer Bärin. Die Nachtluft um sie herum knisterte regelrecht.

»Aber du«, brummte sie und beugte sich so nah zu Comfrey, dass diese den ranzigen Atmen nach Wurzeln und Fleisch riechen konnte. »Du hast deine schmutzigen, verfluchten Hände auf den Hirsch aus Milch und Gold gelegt, wie einen Gifthauch, wie ein Übel. Deine Menschenhände sehen aus wie die eines Schlachters. Ich werde nicht zulassen, dass deinesgleichen noch eine von den Dreien tötet, die Farallone erschaffen haben.« Amurra hielt zornig inne, sie hatte Schaum vorm Mund, ihre blinden Augen wanderten ziellos umher.

Tin hatte seinen Arm beschützend um Comfrey gelegt und versuchte, seine eigene Panik zu unterdrücken. Waren das ihre letzten Momente? Würde Amurra sie gleich alle packen und für das nächste Abendessen mit nach Hause nehmen?

»Wir sind nur wegen der Korb-Hexen und der Feder des Feuerfalken hier«, hörte Tin sich eine Spur zu laut sagen. »Und Comfrey hat keine schmutzigen Schlachterhände. Sie hat die freundlichsten Hände, die ich kenne! Wenn du jemanden bestrafen willst, bestrafe mich. Meine Hände wurden von den Brüdern in der Stadt ausgebildet, sie sind die gefährlichen.«

Comfrey schaute ihn erschrocken an. Was redete er da nur?

Amurra richtete ihre Ohren auf. »Der Feuerfalke, sagst du?«, wiederholte sie etwas leiser und ließ sich überrascht auf ihre Hinterbeine nieder.

»Ja, gnädige Frau«, sagte Comfrey hastig, ihre Stimme zitterte. »Der Feuerfalke hat eine Feder verloren – und ich habe sie aufgehoben ...« Sie drehte sich zu Mutter Hirsch und fragte sich, warum sie nicht einschritt und Amurra alles erklärte. Aber der uralte Hirsch erwiderte ihren Blick ungerührt. Das Fell war nun von Sternen übersät, die Augen zwei Stücke vom Mond, und aus den Nasenlöchern stieg warm der Atem.

»Ah, natürlich. Du hast also noch mehr Regeln gebrochen«, fauchte Amurra, aber hinter ihrer Verachtung verbarg sich eine aufsteigende Furcht.

Comfrey wich unwillkürlich vor der Bären-Frau zurück, wobei sie mit dem Steinschuh gegen einen Felsen stieß.

Auf Amurras zornigem Pelzgesicht machte sich langsam Erkenntnis breit. »Woher habt ihr diese Schuhe?«, schnauzte sie.

»I-ich habe sie gemacht«, stotterte Tin. »Für die Baba Ithá. Und dann hat sie uns die Schuhe geschenkt.«

»Die Baba Ithá«, sagte Amurra. »Tatsächlich ...« Ihr Gesicht wurde nachdenklich, die hassverzerrten Züge glätteten sich ein wenig. »Irgendetwas ist hier im Gange ... Und du stehst im Mittelpunkt all dessen«, sagte sie mit Ehrerbietung in der Stimme und drehte sich dabei zum Hirsch. »Der Feuerfalke ruft dich. Die Baba Ithá des Tannenwaldes hat zwei Menschenkindern ein Paar Steinschuhe gegeben, um uns alle zu täuschen. Sie haben zwei junge Hasen bei sich, die ihnen den Weg zeigen. Vielleicht war es in den Knochen zu lesen, und ich habe sie falsch gedeutet, weil mich mein uralter Zorn abgelenkt hat …«

Eine Weile sprach sie leise vor sich hin, und obwohl ihre Augen milchig trüb waren, verschatteten sie sich bei der Erinnerung an die Zeiten, als Männer auf Pferderücken jeden Grizzlybären erschossen und getötet hatten, bis sie ausgestorben waren. Es gab keine Bären mehr, die die Grizzly-Hexen behüten konnten; sie waren die letzten und einzigen Geschöpfe, die den alten, wilden Grizzlys von Farallone ähnelten, und dieses Wissen lastete schwer auf ihren Herzen und machte sie traurig.

»Am liebsten würde ich euch auf der Stelle töten«, knurrte Amurra schließlich. »Wir sollten uns in die Angelegenheiten von euch Menschen nicht einmischen. Wir sollten uns von euch fernhalten, so wie wir es immer getan haben.« Einen Moment lang erfüllte ihr Grollen die Nacht. Aber dann huschte wieder diese Sanftheit über ihre trüben Augen, und bald war nur noch ein raues Murren zu hören. »Doch ich fürchte, dafür ist es bereits zu spät. Jetzt, wo die Korb-Hexen und ihr Feuerfalke ihre Hände nach uns ausgestreckt haben, ebenso wie die Baba Ithá. Der Hirsch aus Milch und Gold ist sehr alt. Unsere Schöpferin ist müde und schwach. Ich mache mir Sorgen, wie sie eine Reise verkraften wird.« Amurra schwieg einen Moment, dann wandte sie sich zu Mutter Hirsch, die mit ihrer weichen Nasen sanft gegen die Schulter der Grizzly-Hexe stieß.

Amurra traten Tränen in die Augen. »Die Baba Ithá vertraut euch«, sagte sie schließlich leise. »Der Hirsch vertraut euch. Aber wir Grizzly-Hexen sind die Hüterinnen des Hirschs, weil wir die wahre Heimtücke des Menschengeschlechts besser als jedes andere Geschöpf kennen. Mag der Hirsch auch bereit sein, euch aus freien Stücken zu begleiten, ich werde euch von den alten Seelen dieses Ortes auf die Probe stellen lassen. Wenn ihr unser Land lebend verlassen wollt, müsst ihr die Geisterpfade nehmen. Sie führen ins Schattenreich, wo die Seelen der Grizzlybären spuken. Habt ihr das Grasland der Tamalspitze erst einmal hinter euch gelassen, dürft ihr euch im Reich des Wilden Volkes frei bewegen. Doch vorher muss ich wissen, dass ihr würdig seid, den Hirsch durch Olima zu begleiten, ansonsten werde ich euch meinen Schwestern zum Frühstück servieren.«

Schnell zeichnete die Grizzly-Hexe mit ihren Krallen zwei spitze Muster in die Erde, aus ihrer Kehle drang ein schriller Laut. Plötzlich waren sie von großen silberfarbenen Geisterwesen umgeben, die von dem abnehmenden Mond beschienen wurden. Amurra jedoch war nicht mehr zu sehen.

Der Hirsch aus Milch und Gold blieb ruhig und scheute nicht. Tin und Comfrey aber schrien auf, und Myrte drückte sich verängstigt neben ihren Bruder auf den Boden.

Einer der Grizzly-Geister stürzte sich auf Comfrey, sein Gesicht war zur Hälfte zerfetzt, fortgerissen von der Kugel, die ihn vor Hunderten von Jahren getötet hatte. Sie erstarrte, und ihr Herzschlag setzte aus.

»Comfrey!«, rief Tin und versuchte, ihr zu helfen.

Aber der Geisterbär hatte schon zugebissen, die stumpfen Zähne in seinem riesigen Maul drangen sowohl in Comfrey als auch in Tin, und eine abscheulich kalte Teilnahmslosigkeit sickerte in ihre Körper. Die Kinder lagen keuchend neben den Hasen. Der Hirsch stand mit erhobenem Kopf und strahlenden Augen sehr still da. Die Grizzly-Geister schäumten und brodelten um sie herum, berührten sie aber nicht.

»Es fühlt sich an, als hätte er mich mit seinen Zähnen an einer Stelle erwischt, die ich nicht sehen kann«, stöhnte Comfrey und drückte ihre Hand auf ihre Brust.

»Ich denke, dass die Grizzly-Geister uns körperlich nicht wirklich verletzen können«, sagte Tin, der all seine Kraft zusammennahm und sich hinsetzte. »Sie können uns nur mit einer lähmenden Angst überziehen.«

»Der Junge hat recht«, sagte Myrte heiser.

Malves Augen funkelten entschlossen. »So gesehen können wir diesen Ort durchqueren, ohne dass uns auch nur ein Haar gekrümmt wird.«

»Es ist die Angst, gegen die wir ankämpfen müssen«, ergänzte Myrte. »Kluge alte Grizzly-Hexe, uns mit unserer eigenen Furcht zu konfrontieren. Nichts lähmt so sehr wie Angst.«

»Tin!«, rief Comfrey und setzte sich nun ebenfalls auf. »Deine Eigentümlichkeit! Vielleicht kann sie uns helfen? Vielleicht kann man mit dem Messer durch Geister schneiden?«

In diesem Moment kamen drei weitere Grizzly-Geister – eine Mutter mit ihren zwei halbwüchsigen Jungen – in einem schwerfälligen Galopp auf sie zugerannt. Knurrend bleckten sie ihre Zähne, der Wind war ihr Begleiter.

Tin suchte hektisch nach seinem Taschenmesser.

Die Geister fegten durch sie hindurch, zurück blieben Übelkeit und Furcht.

»Wir schaffen das nicht«, flüsterte Tin. »Ihr Hass ist zu groß. Ich kann kaum meine Finger bewegen, und mein Taschenmesser öffnen erst recht nicht!« Seine Hände zitterten.

Myrte und Malve hüpften auf seinen Schoß und kauerten sich dort zusammen. Comfrey hatte Tin noch nie so verängstigt gesehen und griff nach seinen

Händen, die überraschend warm waren. Als er sie ansah, glänzten seine hellen Augen eigenartig im Mondlicht. Sie wurden auf einmal ganz groß. Warum sah er sie so an?

Dann spürte sie einen warmen Atem im Rücken. Samtweiche Lippen stupsten sie an. Es roch nach süßem Gras. Sie drehte sich um. Der Hirsch aus Milch und Gold schnupperte an ihrem Umhang. Von der Stelle, wo der Hirsch sie berührte, breitete sich ein warmes Wohlbefinden in ihrem Körper aus, so golden wie die Morgenröte. Das Geschöpf hatte seine freundlichen Augen auf sie gerichtet.

»Oh«, hauchte Comfrey. Sie suchte in ihrer Tasche nach den restlichen Perlen und hielt dem Hirsch aus Milch und Gold eine hin. Der Hirsch aß sie nicht, sondern drückte lediglich mit der Nase gegen Comfreys Arm.

Klettere auf meinen Rücken, Tochter des Hinterlandes. Klettere auf meinen Rücken, Sohn der Stadt. Und auch ihr, kleine Hasen. Hinauf mit euch allen, und ich werde euch in Sicherheit bringen.

Myrte stieß einen überraschten Hasenschrei aus. Dieses Mal hatte der Hirsch zu jedem von ihnen gesprochen.

Der Hirsch stupste erneut gegen ihre Schulter, nun aber fordernder. Nun stiegen wieder dichte Nebelschwaden auf, alles wurde kalt und undeutlich. Aus dem Nebel schälten sich unzählige weitere Grizzly-Geister – es sah aus wie ein Meer an Geistern. Ein riesiges Männchen mit unzähligen Narben, die über seinen blassen Bauch liefen, stellte sich auf seine Hinterbeine und hieb mit seinen Tatzen in die Luft, als wollte er sie jeden Moment attackieren.

»Beeilen wir uns besser!«, krächzte Myrte.

Comfrey hatte Mühe aufzustehen.

»Hoch mit euch. Wir dürfen keine Zeit verlieren! Seht ihr, sie kniet sich sogar für uns hin!«, rief Malve aufgeregt.

Und tatsächlich hatte Mutter Hirsch ihre Vorderbeine gebeugt, damit die Kinder auf ihren Rücken steigen konnten. Tin, der größer war, setzte sich nach vorne, Comfrey machte es sich hinter ihm bequem und hielt sich an seiner Jacke fest. Dann sprangen auch die Hasen auf den Rücken des Hirschs. Und die kalte Angst, von der ihnen so übel geworden war, schmolz mit einem Schlag dahin. Mutter Hirsch war ein funkelnder Stern auf ihrer eigenen Umlaufbahn, Wärme strömte von ihr ins neblige Geistermeer.

Das Bärenmännchen brach seinen Angriff ab und trat wie die anderen ein Stück zur Seite, um die Schöpferin vorbeizulassen. Er beugte sein schrecklich vernarbtes Gesicht bis zur Brust und zog seine Geisterklauen ein.

»Sie sehen so traurig aus«, flüsterte Comfrey, die in

die Gesichter der Bärengeister blickte. »Was für eine schreckliche Welt das früher gewesen sein muss.« Ihr rannen unentwegt Tränen über die Wangen, und sie konnte nichts dagegen tun.

Tin, der an die Stadt und die Brüder dachte, fehlte der Mut, ihr zu sagen, dass die Welt, aus der er kam, noch immer schrecklich war.

Mutter Hirsch trabte jetzt leicht und würdevoll voran. Die Grizzly-Geister folgten ihr lärmend, doch der Hass schien verschwunden, und sie strahlten stattdessen so etwas wie Liebe aus. Trotz Dunkelheit und Nebel leuchteten ihre Gesichter.

Nun wurde Mutter Hirsch langsamer und wartete, bis die Geister sie dicht umringt hatten. Dann streckte sie ihre Nase zu den emporgereckten Schnauzen der Geister aus.

»Sie erweist ihnen ihre Ehrerbietung«, flüsterte Malve.

»Warum?«, fragte Tin.

»Sie ist die Schöpferin der Welt, Dummerchen«, flüsterte Myrte. »Sie ist ihre Gebieterin, ihre Ernährerin, ihre Königin. Aber jetzt bestehen sie nur noch aus Kummer und Angst und streifen mit dem Wind umher. Sie lindert ihre Schmerzen.«

Die ganze Nacht über schlängelte sich der Hirsch durch Tausende silberner Geisterwesen. Die Kinder klammerten sich aneinander und an den Hirsch und waren am Rande der völligen Erschöpfung. Obwohl der strahlende Rücken des Hirschs ihnen Schutz bot, wurden ihre Glieder bei jeder Berührung eines Grizzly-Geistes schwerer. Myrte hatte einen sicheren Platz unter Comfreys Umhang gefunden, und Malve machte sich unter Tins Jacke ganz klein. Der Hirsch musste sehr langsam gehen, als bestünde die Geisterflut wirklich aus wogendem Salzwasser und nicht aus Luft.

Kurz vor Tagesanbruch erreichten sie den Rand der Tamalspitze. Comfrey und Tin konnten kaum noch die Augen offen halten und versuchten, nicht vom Rücken des Hirschs zu fallen.

»Psst, aufgewacht!«, drang Myrtes Stimme aus Comfreys Umhang. Tin wurde von Malve in den Oberschenkel gezwickt.

»Au!«, murrte er. »Was –?«

Da packte Comfrey seine Hand. Der Hirsch war stehen geblieben. Vor ihnen lag die alte Viehsperre, die das Ende des Grizzly-Hexen-Gebiets markierte. Dort stand ein Grizzly-Geist, größer als jene, die ihnen bisher begegnet waren, und hielt Wache. Aus seiner Richtung kam ein eigenartiges Knirschen und Malmen, als würde er sprechen. Das warme Licht des Hirschs schien keinen Eindruck auf ihn zu machen. Mutter Hirsch betrachtete den Geist mit ihren violetten Augen, sie standen auf gleicher Höhe.

»Was sagt er, Myrte?«, flüsterte Comfrey. »Kannst du ihn verstehen?«

Die Ohren der kleinen Häsin bebten beim Zuhören. »Er nennt den Hirsch Schöpferin und Mutter«, antwortete sie schließlich leise. »Er sagt, dass sie die Treue brechen würde, wenn sie mit uns ginge. Er nennt euch Menschenkinder Verräter und Betrüger des Lebens und meint, dass der Hirsch euretwegen nicht alle im Stich lassen kann.«

Der Grizzly-Geist verneigte sich tief und beschwörend vor dem Hirsch.

Ich muss, erklang die inzwischen vertraute Stimme klar und glockenhell in Comfreys Kopf. *Ich lasse niemanden in Stich. Ich bin immer hier, ich bin überall zugleich. Ich verlasse euch nicht, sondern verwandele mich nur für eine Weile. Diese Geschöpfe sind keine Verräter. Ich werde es dir zeigen.*

Und dann drehte Mutter Hirsch ihren Kopf und betrachtete die Kinder und die Hasen.

Tochter des Hinterlandes, Sohn der Stadt, Hasen der Grünzwillinge, steigt von meinem Rücken und lasst euch vom Grizzly-Geist in die Arme schließen.

»Was?«, brach es aus Malve heraus.

»Heilige Mutter der Hasen beschütze uns!«, wimmerte Myrte.

»Was hat sie vor?«, fragte Tin aufgeschreckt.

Nur Comfrey zitterte nicht. Behutsam rutschte sie

vom Rücken des Hirschs. Sie glaubte zu wissen, was der Hirsch beabsichtigte. Seit Comfrey der Schöpferin in der vergangenen Nacht die Perlen entgegengestreckt hatte und auf ihrem Rücken durch eine Flut von Geistern geritten war, hatte sich irgendetwas in ihr verändert. Irgendetwas war in ihr erwacht, auch wenn sie noch nicht wusste, was es war oder wie es sich zugetragen hatte. Sie fühlte sich ganz rein, wie eine von vielen Perlen einer Kette. Und unter dem Hass, der Trauer und der Wut des Grizzly-Geistes erkannte sie seinen Wunsch, noch einmal geliebt zu werden – als Blutsverwandter oder Teil von etwas, das nie zerstört werden konnte.

Also lief Comfrey auf den Grizzly-Geist zu und breitete ihre Arme aus. Eine fürchterlich schmerzhafte Kälte drang in sie ein. Sie hatte den Eindruck, als würde ihr Körper in Stücke gerissen. Aber anstatt sich in ihrer Angst zu ergeben, holte sie tief Luft und öffnete die Augen.

Sie sah nichts weiter als eine Art silbernen Nebel. Sie war *im* Grizzly-Geist. Ihr stockte der Atem. Warum konnte sie nichts erkennen? Sie hörte, wie Tin nach ihr rief, allerdings nur sehr schwach. Wie war das möglich? Er war doch nur ein paar Meter weit weg! Erneut strömte eine Kälte durch sie hindurch, eine tödliche Kälte. Sie hatte der Angst des Grizzly-Geistes mit Liebe begegnen wollen. Bestimmt würde sie durch den

Schmerz in ihrer Brust sterben. Ihr fiel ein altes Schlaflied ein, das ihre Mutter ihr früher immer vorgesungen hatte. An das Lied hatte sie schon sehr lange nicht mehr gedacht. Obwohl sie kaum Luft bekam, stimmte sie es an. Und da erinnerte sie sich, dass ihr Vater ihr das Lied ebenfalls vorgesungen hatte – und Comfrey verstand auf einmal, dass es ein Liebeslied war.

»Manchmal bin ich eine Tanne
mit Rotkehlchen in meinen Zweigen,
und manchmal bist du ein Rotkehlchen,
du bist die Erde und die Sonne.

Zünde uns doch ein Feuer an,
und koch uns einen Tee.
Komm schon, mein Schatz,
komm und geh mit mir spazieren.«

Comfrey spürte eine Hand auf ihrem Rücken. Es war eine warme Menschenhand, die Ohren eines Hasen strichen über ihren Knöchel. Sie fasste nach Tins Hand und drückte sie ganz fest.

Plötzlich sang auch er. Zuerst summte er nur unsicher, dann verschmolz seine Stimme immer mehr mit Comfreys, und er versuchte, sich an das Gesicht seiner Mutter zu erinnern. Er fragte sich, ob sie ihm jemals etwas vorgesungen hatte.

Wieder und wieder sangen sie die Strophen des Liedes. Irgendwann hörten sie einen tiefen Bärenseufzer. Der kalte Nebel um sie herum ließ nach, und es wurde heller. Dann verschwand er völlig, und mit ihm der Grizzly-Geist.

Comfrey, Tin und die Hasen standen auf der anderen Seite des Viehgitters im Licht der aufgehenden Sonne. Weit im Westen lag die Meeresküste in einem sanften Bogen vor ihnen. Auf dem Wasser glitzerten weiße Schaumkronen.

Ich bin stolz auf euch. Mit eurem Lied und eurer Liebe habt ihr seiner Seele ebenso Linderung verschafft, wie ich es vermocht hätte. Die Stimme des Hirschs durchflutete sie wie warmes Licht. *Ihr habt den Grizzly-Geistern und den Grizzly-Hexen bewiesen, dass Menschen die Fähigkeit besitzen, andere zu heilen. Nicht nur das Wilde Volk weiß, wie man sich kümmert. Und jetzt klettert wieder auf meinen Rücken, denn die Zeit ist knapp, und ich komme rascher voran als ihr.*

17

DAS WILDE VOLK

Als Mutter Hirsch weitertrabte, entfaltete sich überall, wo ihre Hufe den Boden berührten, eine unsichtbare Welt, feine Fäden aus Sternenlicht durchzogen den Untergrund. Allein der Hirsch verstand die Sprache dieser Fäden. Wenn Comfrey allerdings durch ihre Brille geschaut hätte, hätte auch sie gesehen, wie sich dort unten ein goldenes Netz ausbreitete. Doch obwohl Comfrey ihre Eigentümlichkeit nicht benutzte, konnte sie den Sonnenaufgang, der in der Tiefe die Dunkelheit durchbrach, in ihrem Herzen spüren – genau wie Tin. Es war die Kraft des Lebens selbst, von der die Erde mit jedem Hufschlag des Hirschs durchflutet wurde.

Nach einiger Zeit zupfte Comfrey an Tins Ärmel und zeigte zurück. Hinter ihnen hatte sich eine Gruppe von Tieren versammelt. Eine Wachtelschar trippelte auf flinken Füßen, die Federn an ihren Köpfen glänzten bronzefarben im Licht des langsam erwachenden Tages. Auch eine Großfamilie Graufüchse kam näher heran. Kurz zwickten die Alten ihre Jungen, damit sie sich benahmen, ansonsten waren die schwarzen Augen fest auf den Hirsch gerichtet. Eine Sippe von Eichelspechten mit leuchtend roten Köpfen flog keckernd rufend von Busch zu Busch. Als Myrte mehrere Falken mit scharfen Schnäbeln entdeckte, die auf großen Schwingen dahinglitten, duckte sie sich.

Mit jedem Schritt, den der Hirsch durch das Land von Olima nach Süden machte, tauchten weitere Tiere aus Büschen, hohen Gräsern, Tannen und Kiefern, aus dem Himmel und dem Erdreich auf. Um die goldenen Hufe drängten sich Wühlmäuse und blau gestreifte Zauneidechsen. Schwalbenschwanz-Schmetterlinge flatterten um die Köpfe der Kinder, die gelben Flügel sonnendurchflutet. Kolibris mit rubinroten Kehlen sausten mit flirrenden Flügeln hin und her oder kreisten über den Köpfen der Reisenden. Dachse mit großen, scharfen Schaufelhänden, Luchse auf leisen gefleckten Sohlen, Klapperschlangen mit weißem Diamantmuster auf dem Rücken, grünbauchige Chorfrösche, blinde schwarze Maulwürfe, alle erdenklichen Arten von Sperlingen, riesige Hummeln, flinke gestreifte Backenhörnchen, graue Eichhörnchen und Buschschwanzratten mit weichen Ohren – sie alle versammelten sich um den Hirsch, begleiteten die Schöpferin und ließen so lange ihre Feindschaften ruhen. Alle liefen und flogen friedlich nebeneinander, und die Luft und die Erde waren erfüllt von ihren Liedern, ihrem Rufen und Gebell.

Dann war es Tin, der Comfrey am Ärmel zupfte und nach hinten deutete. Wo eben nur eine Schar von Tieren gewesen war, tummelte sich auf einmal auch Wildes Volk. Sie schienen aus dem Nichts aufgetaucht zu sein, aus den Schatten oder den Liedern der Vögel. Waschbär-Volk wie Delila; Eulen-Volk mit großen, runden Augen und langen, gefiederten Armen; ein Geschöpf, das eine Berg-Frau sein musste, mit einem Petticoat aus Wurzeln und einem Körper so prall und grün wie ein Berghang im Frühling; Mohnblumen-Männer, die hohe grüne Mützen trugen und eine Spur von orangefarbenem Blütenstaub hinter sich herzogen. Als Malve in dem Getümmel eine Familie aus dem Puma-Volk entdeckte, schnaufte er kurz erschrocken. Sie bewegten sich geschmeidig auf muskulösen Beinen, ihre Körper waren goldgelb, aus ihren menschlichen Gesichtern blickten kohlrabenschwarze Augen. Sie waren wunderschön und furchterregend zugleich.

Comfrey beobachtete das Wilde Volk atemlos und schaute sich suchend um – das Luchs-Mädchen musste doch irgendwo unter den anderen stecken!

Es schien fast, als hätte der Hirsch allein durch seine

Anwesenheit eine Art Weckruf über ganz Olima geschickt. Comfrey fragte sich, ob die Korb-Hexen ihn auch gehört hatten und auf dem Weg zu ihnen waren. Tin, dem ähnliche Gedanken durch den Kopf gingen, suchte in der Menge nach dem Kojoten-Volk. Sie würden doch bestimmt kommen? Und dann konnte er sie endlich nach seiner Einsiedlerspinne fragen.

Der Weg, der durch das Grasland und die Hügellandschaft der Tamalspitze geführt hatte, wurde zu einem schmalen Pfad, der sich nun durch die Tannen die Traumbildberge hinaufschlängelte. Etliche Kilometer zu ihrer Rechten, ganz im Westen, verjüngte Olima sich zu der hakenförmigen Landzunge. Dort glitzerten auch die Flussläufe im Mündungsgebiet. Der Hirsch verlangsamte seine Schritte. Comfrey sah in der Ferne einen Hauch von Violett. Als sie näher kamen, erkannte sie das satte, seidig glänzende, dunkle Veilchenblau einer wilden Schwertlilie, die wie eine Krone am Rande des Pfades blühte.

»Oh!«, keuchte Comfrey. »Seht nur. Eine Schwertlinie. Die erste Schwertlilie.« Als sie daran dachte, was der Heilige Narr Oro gesagt und in der Feder gesehen hatte, lief ein Zittern durch ihren Körper. Es war noch viel zu früh für Schwertlilien! Aber landeinwärts war es wärmer – ob im Hinterland die Schwertlilien bereits die ganze Woche über geblüht hatten? Die Brüder! Waren die Brüder etwa schon in Erle?

Doch die anderen schienen sie nicht zu hören. Die beide Hasen hatten ihre Ohren in die Richtung gedreht, in die auch Tin schaute: zu einer grasbewachsenen Lichtung mit ein paar alten gekrümmten Tannen gleich neben ihnen.

Zwischen den Tannen saß ein riesiges Luchsweibchen, das sie aufmerksam beobachtete. Ihr Fell hatte die rostbraune Farbe von Farnkraut und war mit gelbbraunen Flecken, die wie Sterne aussahen, übersät. An der Spitze ihrer Ohren glänzten zwei schwarze Haarpinsel, ihr gestreiftes Gesicht zierte ein dichter Backenbart, und ihre Augen glichen zwei hellgrünen Planeten. Neben ihr blühte ein halbes Dutzend weiterer Schwertlilien.

Mutter Hirsch blieb stehen. Sie hob den Kopf, stieß einen kleinen Schnauber der Wiedersehensfreude aus und schob sich an den niedrigen Büschen vorbei auf die Lichtung.

Meine alte Freundin, erklang ihre glockenhelle Stimme.

Nun, sagte der Luchs, und die Stimme schien genau wie die des Hirschs auf geheimnisvolle Weise tief in die Kinder einzudringen.

Myrte und Malve verkrochen sich in den Kleidern von Tin und Comfrey.

Der Luchs neigte den Kopf, richtete sich plötzlich mit einem Schnurren auf und umkreiste sie. Vor Erregung hatte der Luchs die Zähne gebleckt, wedelte mit dem kurzen Schwanz und schlug mit den Pfoten nach den Knöcheln des Hirschs.

Comfrey schnappte nach Luft. Das Geschöpf war riesig, so groß wie der Hirsch. Das Luchs-Mädchen, das Comfrey gesehen hatte, war kleiner gewesen als sie, und normale Luchse wurden nicht viel größer als Hauskatzen.

»Ist das ... der Erste Luchs?«, fragte Tin zögernd, der sich an die Geschichten erinnerte, die Doornton erzählt hatte.

Comfrey sah ihn scharf an. »Woher willst *du* das denn wissen?«, fragte sie herablassend.

»Ja, sie ist es«, flüsterte Malve mit zitternden Schnurrhaaren. »Eine der Schöpferinnen der Welt, genau wie der Hirsch. Siehst du denn nicht, wie ... riesig ... sie ist?«

Der Luchs wirbelte zu Comfrey herum und bleckte fauchend die Zähne. Wie der Hirsch schien auch diese Schöpferin zu leuchten. Als ihre grünen Augen auf das Mädchen fielen, wurde ihr Blick weicher, und ein Wiedererkennen blitzte darin auf.

Ungestümes Katzenjunges, sagte der Erste Luchs mit rasselnder Stimme, und ein Schnurren drang durch die spitzen Zähne. *Aber wir haben keine Zeit für Streiterein. Ich bringe schlechte Nachrichten. Wie ich sehe, hast du dich bereits auf den Weg gemacht und weißt wahrscheinlich schon Bescheid.* Der Luchs sah den Hirsch an und schlug mit dem geknickten Schwanz. Zwischen den Bäumen traten zwei Kojoten-Männer und Kojoten-Frauen hervor, mit sich schleppten sie die verstaubte und verbeulte Einsiedlerspinne.

Tin wollte mit einem Satz vom Rücken des Hirschs springen und zu seiner Erfindung laufen, aber Malve hielt ihn zurück.

»Nicht bewegen!«, flüsterte der Hase ihm zu. »Wir können jetzt nur zuhören und abwarten.«

Meine alte Freundin, strömte die Stimme des Hirschs gleichmäßig durch sie hindurch. *Was bringst du mir da für ein Ding aus Metall? Ist das deine schlechte Nachricht?*

Das ist erst der Anfang, antwortete der Luchs und stieß mit der schwarzen Nase gegen die Einsiedlerspinne. *Oder vielleicht ist es in Wirklichkeit ja auch das Ende.*

Tin unterdrückte ein Stöhnen und musste sich beherrschen, um nicht zu seiner Einsiedlerspinne zu stürzen. Wie gern hätte er jetzt ihre verbogenen Beine ausgerichtet, die verdreckten Räder und das runde Führerhaus von Erde, Ästen und Blättern befreit und die Hebel und das Steuerrad überprüft.

Der Erste Luchs seufzte und fuhr fort. *Die Brüder sind hinter dem Ding her. Sie sind hinter uns her. Dieses Ding hat der Stadtjunge gemacht, der auf deinem Rücken sitzt. Das Kojoten-Volk, meine alten Freunde, meine Boten aus der Unterwelt, haben es ihm abgenommen und zu mir gebracht, um Olima zu schützen. Es ist ein Gegenstand der Macht, ein Gegenstand der*

Gefahr, vielleicht sogar des Todes. Es läuft mit Sternengold, mit dem Stoff der Schöpfung. Zweifellos ein Zufallsfund des Jungen.

Als meine Boten es mir gezeigt haben, hat es mich sehr an die Alte Mutter Neeth erinnert, die Spinne, die uns erschaffen hat und von den Sternenpriestern umgebracht wurde. Es riecht nach Schöpfung und Zerstörung, genau wie Mutter Neeth. Aber ich bin nicht schlau daraus geworden, weil es ein Menschending ist. Ich wollte es zu den Grünzwillingen bringen, schließlich sind sie sowohl Mensch als auch Wildes Volk und haben unablässig die Ganzheit von Farallone ergründet, von der höchsten Spitze Olimas bis in den tiefsten Untergrund der Stadt.

Aber auf der Suche nach ihnen sind das Kojoten-Volk und ich nur bis zu dem Hinterlanddorf namens Schwarzeiche gekommen, wo wir auf einmal den Brüdern direkt gegenüberstanden. Sie waren am selben Morgen wie wir dort eingetroffen und trugen Kleider der Hinterlandbewohner. Unter ihren Kleidern versteckten sie unseren alten Feind: Schusswaffen mit dem schrecklichen schwarzen Schießpulver. Ein Blick auf sie und ihre Waffen genügte, und wir sind geflüchtet. Wir wollten nach Norden in das Land der Grizzly-Hexen – wir wollten zu dir. Obwohl wir uns vor langer Zeit darauf geeinigt haben, dass dich nur die verlorene Feder des Feuerfalken aus deinem Versteck und mich aus der Unterwelt bringt. Und doch bist du hier und trägst zwei Menschenkinder und seltsame Hasen … Hinter mir sind die Stadt-Brüder her, während dir die wilden Geschöpfe von Farallone folgen.

Mit diesen Worten senkte der Erste Luchs den großen, gestreiften Kopf tief zum Boden. Aus den Augen der Schöpferin tropften zwei silberne Tränen.

Der Feuerfalke hat tatsächlich eine Feder verloren, antwortete der Hirsch ganz ruhig.

Die wogende Menge hinter Mutter Hirsch, die Geschöpfe mit Fellen, Klauen und Flügeln, war vollkommen still.

Und es waren diese beiden Menschenkinder und ihre Hasenfreunde, die mir die Feder gebracht haben. Sie haben dem alten Zorn des Wilden Volkes von Olima erfolgreich getrotzt. Wir sind auf dem Weg zu den Korb-Hexen und dem Feuerfalken, wo das Psalterium übergeben werden wird, damit es studiert werden kann. Etwas anderes steht nicht in unserer Macht. Das ist unsere letzte Hoffnung. Du hast von Anfang an gewusst, dass es so kommen würde, meine alte Freundin.

Das habe ich, antwortete der Erste Luchs. Den Kopf hielt die Schöpferin noch immer gesenkt, und die Ohren lagen vor Trauer flach angedrückt. *Nur dachte ich, das alles würde erst in vielen Tausend Jahren passieren, vielleicht sogar erst in Millionen von Jahren, wenn die Sonne selbst erlischt. Du darfst uns noch nicht so bald verlassen.*

»Uns verlassen?«, rief Comfrey entsetzt. Sie konnte weder ihre Worte noch ihre Angst länger unterdrücken. »Wohin gehst du?«

Da hörte man ein entferntes Brummen, das jedoch nicht von Bienen oder Hummeln kommen konnte, sondern von etwas viel Größerem.

Im selben Moment stießen die vielen Vögel, die sich um den Hirsch aus Milch und Gold versammelt hatten, einen Warnruf aus. Es war ein vielstimmiger Aufschrei – klagend, kreischend, laut und gellend. Ein Fischadler, der weit oben seine Kreise zog, setzte auf einmal zum Sturzflug an und gab ein durchdringendes Pfeifen von sich. Das Wachtel-Volk mit dem dunkelblauen Kopfschmuck brach in ein alarmierendes Heulen aus und trieb alle Tiere und das Wilde Volk in den Schutz der nächstgelegenen Sträucher.

Das Geräusch wurde lauter, es war das Dröhnen eines Motors. Wühlmäuse, Spatzen und Eidechsen stoben ins hohe Gras.

Talabwärts, hinter den vielen unterschiedlichen Tieren und dem Wilden Volk, die dem schimmernd goldenen Pfad des Hirsches gefolgt waren, schoss eine Maschine auf vier Rädern auf sie zu. Noch war sie nicht viel mehr als ein kleiner Punkt, aber Tin wusste sofort: Es war eins der stehen gelassenen Autos aus der Zeit Davor, die er und die anderen Waisenkinder im Kloster wegen des Altmetalls ausschlachten mussten. Es hatte nie genug Treibstoff gegeben, um damit zu fahren, und so waren die Autos vor sich hin gerostet. Die Brüder mussten etwas von dem letzten Sternengold der Stadt benutzt haben, um mit dem Auto hierher zu gelangen.

»Jetzt können wir uns auf etwas gefasst machen«, flüsterte Malve.

Die Hoffnungslosigkeit in der Stimme des Hasen ließ Tin seinen letzten Rest an Mut zusammenkratzen. Er sprang vom Rücken des Hirsches und machte ein paar Schritte in Richtung des herannahenden Autos.

Das Wilde Volk war verstummt. Tief in sich trugen alle Geschöpfe die Erinnerung an das Geräusch von Maschinen, wie von der, die jetzt auf sie zuraste, und sie waren benommen vor Angst. Selbst Mutter Hirsch rührte sich nicht. Das Leuchten, das von ihrem Körper ausging, war vor Kummer getrübt. Comfrey klammerte sich an ihren Hals und hatte Mühe zu atmen.

Nur das Kojoten-Volk zeigte keine Furcht. Eine Kojoten-Frau eilte mit gebleckten Zähnen an Tins Seite, und dann stürmten weitere Kojoten aus ihrem Versteck hinter den Bäumen hervor und folgten ihr dicht auf den Fersen.

Diesmal verzagten die Hasen bei ihrem Anblick nicht. Heute stand etwas Größeres auf dem Spiel.

»Wir brauchen meine Einsiedlerspinne«, sagte Tin zu den Kojoten. »Wir müssen die Brüder ablenken, damit das Wilde Volk, aber vor allem der Hirsch aus Milch und Gold, entkommen kann. Ich werde zu ihnen gehen. Sie sind hinter mir her.« Tin wusste, dass er keine andere Wahl hatte. Die Brüder durften nicht herausfinden, was der Hirsch mit dem letzten Gold von Farallone gemacht hatte. Die Einsiedlerspinne würde sie hoffentlich lange genug von der Wahrheit ablenken.

»Nein, Tin!«, rief Comfrey. »Das darfst du nicht! Es muss einen anderen Weg geben!«

Aber einer der Kojoten-Männer schob die Einsiedlerspinne bereits auf Tin zu.

Tin schluckte. Sie wirkte auf einmal so klein und schmutzig und zerbeult, beinah selbst ein wenig wild. »Es gibt keinen anderen Weg, Comfrey«, sagte Tin ruhig. »Verstehst du denn nicht, dass ich es bin, der genau das Unheil über euch bringen könnte, das du und Oro in der Feder gesehen habt? Wir dachten, wir würden die Einsiedlerspinne und das Geheimnis des Wilden Volkes vor der Stadt verbergen, stattdessen haben wir die Brüder ins Herz von Olima geführt! Ich kann es nicht zulassen, dass sie alles an sich reißen und zerstören.«

»Du bist mutiger, als wir dachten, Menschenjunge«, sagte der Kojoten-Mann, der die Einsiedlerspinne geschoben hatte, in einer Mischung aus Spott und Bewunderung.

Die Worte des Kojoten-Mannes verliehen Tin zusätzlich Kraft. Und es schien, als würde seine Entschlossenheit die anderen aus ihrer Erstarrung lösen. Denn als Tin nun mit dem Kojoten-Mann an seiner Seite, der die Einsiedlerspinne schob, an den Tieren Farallones und den Geschöpfen des Wilden Volkes vorbeischritt und den Hang hinab ging, stoben sie auseinander – Vögel und Luchse und Kaninchen und Eidechsen und Puma-Männer und Mohnblumen-Frauen und Waschbären-Volk, sie alle verschwanden nacheinander hinter Bäumen, in den Sträuchern und im hohen Gras.

»Malve!«, rief Myrte schrill, als ihr Zwilling vom Rücken des Hirsches sprang und dem Jungen hinterherhoppelte.

Aber ihr Bruder blickte sich nicht um.

Zitternd blieb Myrte bei Comfrey auf dem Hirschrücken sitzen, sie war hin- und hergerissen, ob sie ihm nachrennen oder bei dem Mädchen bleiben sollte.

Als Tin, Malve und der Kojoten-Mann hinter den wilden Schwertlilien auftauchten, kam das Auto rutschend zum Stehen. Ihm fehlte ein Großteil der Metallverkleidung, sodass man wie bei einem aufgerissenen Kadaver direkt ins Innere blicken und Kabel und Verbindungsstücke erkennen konnte. Hinter dem Lenkrad saß ein breiter, weißhaariger, blasser Bruder in der Tracht des Klosters, auf dem Beifahrersitzt ein schlanker Mann, dessen Gesicht im Schatten lag.

Tin wurde erst heiß und dann kalt. Das war Vater Ralstein höchstpersönlich und neben ihm Bruder Warren.

»Schnell«, zischte Tin dem Kojoten-Mann zu. »Geh! Sie dürfen dich nicht entdecken! Weißt du denn nicht, dass sie Schusswaffen haben?«

»Schusswaffen?«, fragte Malve erschrocken und

erinnerte sich plötzlich wieder an ihre grauenhafte Flucht in der Einsiedlerspinne und die ohrenbetäubenden Schüsse.

»Natürlich«, sagte Tin. Als er nach der Tür der Einsiedlerspinne griff, zitterte seine Hand.

Aber der Kojoten-Mann funkelte Tin entschlossen mit seinen goldenen Augen an und grinste. »Schusswaffen hin oder her, es wäre mir ein großes Vergnügen, die Herzen dieser Männer zu verspeisen«, knurrte er.

Tin schluckte, und Malve sprang in seine Arme. »Nein«, sagte Tin. »Du verstehst nicht. Sie werden auf dich schießen und dich töten, und dann wird dein goldenes Blut vergossen, und sie werden Bescheid wissen. Bitte, lauf weg. Ich werde mich stellen, das wird sie ablenken und ihnen vorerst hoffentlich genügen.«

Auf dem Gesicht des Jungen glänzten Tränen. Was würden sie mit ihm machen, wenn sie ihn gefangen nahmen? Würden sie ihn zurück in die Stadt bringen? Würden sie herausfinden, wie die Einsiedlerspinne funktionierte, und *ihn* wegen des Goldes in seinem Blut umbringen? Würden sie ahnen, dass auch im Blut des Wildes Volkes Sternengold floss und daraufhin nach Olima zurückkehren?

»So, so, so, wenn das nicht Martin höchstpersönlich ist. Heute scheint unser Glückstag zu sein! Ich dachte mir schon, dass wir dich früher oder später hier draußen finden werden«, sagte Vater Ralstein, als er frohlockend aus dem Auto stieg. Seine Kutte war schmutzig und zerrissen, sein Gesicht verdreckt, aber er wirkte zufrieden und war von der rasanten Fahrt leicht erhitzt. Bruder Warren stieg ebenfalls aus dem Auto und sah ähnlich zerzaust aus. Als er Tin aus zusammengekniffenen Augen betrachtete, stahl sich ein verbissenes, höhnisches Grinsen auf seine Lippen.

Vater Ralstein lachte, hob den Lauf seines Gewehres und zielte damit zwischen Tins Augen. »Damit eins klar ist, Tin«, fuhr er fort, und seine Stimme klang jetzt wie ein tiefes Grollen, »die Zeit für Spielchen ist vorbei. Gib mir deine Erfindung und verrate mir ihr Geheimnis, oder ich überlasse dich diesem abscheulichen Wolf zum Fraß.«

»Er ist kein Wolf«, antwortete Tin so laut und zuversichtlich wie möglich, mit einer Hand drückte er Malve an sich, die andere legte er auf die Einsiedlerspinne. Warum verschwand der Kojoten-Mann nicht endlich? »Er gehört zum Kojoten-Volk.«

Vater Ralstein schoss knapp über Tins Kopf hinweg, und Malve sprang erschrocken aus seinen Armen. Der Kojoten-Mann jaulte kurz und machte einen Satz zur Seite.

Da galoppierte der Hirsch aus Milch und Gold mit Comfrey und Myrte auf dem Rücken und begleitet vom Ersten Luchs durch die Sträucher den Hang zu ihnen hinab.

»Nein, nein, nein, nein! Bleibt zurück!«, brüllte Tin. Dann wandte er sich an den Bruder: »Nehmt die Spinne, Vater, ich komme freiwillig mit. Ich werde Ihnen alles sagen, was ich weiß.«

Er schob die Einsiedlerspinne an, und Bruder Warren kam heran und schnappte sich das Gefährt.

Aber Vater Ralstein hatte nur noch Augen für den Hirsch mit den funkelnden sternengoldenen Hufen. seine Augen blitzten gierig auf.

»Im Hinterland gibt es einen Reichtum, von dem wir nicht die leiseste Ahnung hatten«, zischte er. »So viele gesunde und außergewöhnliche Tiere, so ein fruchtbares Land. Was für eine Sünde, dass die gierigen Hinterlandleute uns dieses Wissen derart lange vorenthalten haben. Aber keine Sorge, erzähl uns einfach alles, was du in Erfahrung gebracht hast, schlauer Junge. Du hast dich mit den Eingeborenen angefreundet, richtig? Du bekommst von mir eine große Belohnung, und danach werden wir sie gemeinsam bestrafen, ja? Sollen wir heute Abend ein leckeres Essen für Martin kochen, Bruder Warren?«, fragte er und richtete die Mündung seines Gewehrs auf Malve.

»Nein!«, drang ein hoher Verzweiflungsschrei zu ihnen. Myrte sprang vom Rücken des Hirsches und flog regelrecht zu ihrem Bruder den Hügel hinab.

Vater Ralstein hob sein Gewehr und drückte ab.

Myrte fiel schlaff zu Boden.

Dann ging alles durcheinander. Auch Comfrey sprang vom Hirsch herunter, lief zu Myrte, nahm die junge Häsin in die Arme und schluchzte. Myrtes golddurchzogenes Blut war überall.

Malve stieß ein langes schrilles Fiepen aus.

Comfrey verschwand zwischen den Zweigen des hohen wilden Flieders, ein Stück den Hang hinauf, um den Hirsch zu suchen und Myrtes Wunde zu versorgen.

Im selben Augenblick kamen mehrere Kojoten-Männer angerannt und griffen mit gebleckten Zähnen gleichzeitig Vater Ralstein und Bruder Warren an. Noch mehr Schüsse fielen – und dann war die Luft von einem schrecklichen, winselnden Schreien erfüllt, und zwei Kojoten-Männer brachen tot zusammen.

Der Erste Luchs rief aus dem Versteck die anderen Kojoten zurück. Es war klar, dass keiner von ihnen es mit diesen beiden bewaffneten Männern aufnehmen konnte.

Vater Ralstein richtete sich taumelnd auf und griff nach seinem Gewehr. Als er sah, dass das Blut zu seinen Füßen sich in Sternengold verwandelt hatte, wurde sein Entsetzensschrei zu einem des Jubels.

Bruder Warren sprang zu dem vergossenen Gold, schöpfte es mit seinen Händen auf, führte es zu seinen Lippen und kostete von dem reinen Metall.

Tin stand fassungslos daneben. Es war zu spät, alles war zu spät, jetzt kannten die Brüder das Geheimnis.

Jetzt wussten sie, dass das Blut des Wilden Volkes aus Gold war, das erstarrte, sobald es mit Luft in Berührung kam. Mit einem Verzweiflungsschrei und einem letzten Funken Hoffnung zog er seine Eigentümlichkeit, das Taschenmesser aus seiner Tasche.

Im selben Moment stürzte die Puma-Frau, die ganz in der Nähe hinter einem Strauch gekauert hatte, aus ihrem Versteck und packte Vater Ralstein mit ihren Klauenhänden am Hals. Aber selbst mit ihrer Kraft kam sie nicht gegen die Waffen der Menschen an. Bruder Warren feuerte auf sie, und die Puma-Frau fiel auf Vater Ralstein – ihr Blut war ein Strom aus Gold.

Bruder Warren schob die Puma-Frau gierig von Vater Ralstein herunter, weil er seine Taschen mit dem Blutgold füllen wollte. Aber da sprang Tin auf seinen Rücken und schrie wie eine Wildkatze. Mit einer einzigen geschmeidigen Bewegung öffnete er sein Taschenmesser und stieß Bruder Warren die vergiftete Nadelspitze in den Nacken.

Der Bruder kippte um und gab nur noch ein leises Keuchen von sich.

Benommen taumelte Tin hinter Vater Ralstein her, der sich mit dem Gewehr in der Hand auf den Weg zum Versteck vom Hirsch und dem Ersten Luchs machte. Tin versuchte, auch ihm auf den Rücken zu springen, bekam ihn aber nicht so gut zu packen und klammerte sich stattdessen an seiner Hüfte fest. Vater Ralstein war viel größer und stärker als Bruder Warren. Er wirbelte herum, und Tin verlor seinen Halt, noch bevor er zustechen konnte.

»Du kleines Biest!«, spuckte Vater Ralstein ihm entgegen. »Du bist mir einige Erklärungen schuldig, aber jetzt gibt es keine Belohnung mehr für dich. Ich habe da so meine Methoden, verlass dich drauf. Du weißt noch nicht, was Schmerzen sind.« Mit einem lauten Lachen zog er Tin den Knauf des Gewehrs über die Stirn.

Der Junge fiel zu Boden.

»Was hast du da überhaupt für ein seltsames, kleines Werkzeug ...?«, fragte Vater Ralstein und beugte sich über den Jungen, der das schimmernde Taschenmesser noch immer fest in der Hand hielt.

Comfreys Schrei, der aus den Sträuchern zu ihnen herübergellte, lenkte Vater Ralstein jedoch ab. »Ich komme«, säuselte er. »Zu dir und diesem schönen, großen Hirsch, den du versteckst. Und dann werde ich die größte Fuhre Sternengold in die Stadt bringen, die man dort in zweihundert Jahren gesehen hat. Ach, und wie viel mehr es hier noch gibt ... Kaum zu glauben, wie ahnungslos wir waren. Kaum zu glauben ... Wir hatten das Sternengold die ganze Zeit direkt vor der Nase, vor der Mündung unserer Gewehre!«

Er lachte in sich hinein, während er auf den Hirsch aus Milch und Gold zulief. Eine ganze Familie Klapperschlangen unternahm einen mutigen Versuch und schnellte mit ihren Köpfen nach vorn, um zuzubeißen, aber drei Schüsse aus seinem Gewehr genügten, und sie flüchteten in alle Richtungen.

Comfrey legte Myrte, die zusehends schwächer wurde, behutsam neben den Hirsch aus Milch und Gold. Sie durfte nicht zulassen, dass Vater Ralstein dem Hirsch etwas antat. Die Stärke von Mutter Hirsch schien bei dem Anblick, wie ihre Schöpfung zerstört und die Erde von dem sternefunkelnden Blut bedeckt wurde, zu zerrinnen. Tief im Buschwerk versuchten sie und der Erste Luchs, ihre letzten Kräfte zu sammeln, um noch einmal einen Riss in der Welt entstehen zu lassen, ein weiteres Erdbeben auszulösen oder eine weitere Seuche hervorzurufen, genau wie vor zweihundert Jahren. Aber solche Katastrophen würden neben den Brüdern und ihren Helfern eben auch all die unschuldigen und freundlichen Menschen in ganz Farallone treffen. Comfrey ertrug diese Vorstellung nicht. Es musste doch noch eine andere Möglichkeit geben! Bruder Ralstein war allein – würde es ihnen allen gemeinsam denn nicht gelingen, ihn zu besiegen? Sicher war er nicht unverwundbar. Eine unbändige Wut machte sich in ihr breit. Myrte war schwer verletzt, Tin lag bewusstlos auf dem Boden, und neben ihm goldverklebt die Leichen vom Kojoten-Volk und der Puma-Frau.

Mit einem lauten Schlachtruf stürmte Comfrey hinter den Sträuchern hervor. Im selben Moment fegte aus dem Norden eine frische Windböe heran. Heulend fuhr sie in die Tannen, die sich unter ihrer Wucht beugten und knackten.

»Du wirst sie nicht bekommen, du wirst keinen von ihnen bekommen!«, rief Comfrey und rannte auf Vater Ralstein zu. »Weißt du überhaupt, dass du das Gleichgewicht der ganzen Welt durcheinanderbringst und ganz Farallone deinetwegen sterben wird?«

»Ist das so?«, fragte Vater Ralstein betont langsam. Das junge, dunkle Mädchen, das vor ihn gesprungen war und wie eine wütende Katze fauchte, amüsierte ihn. Keuchend stand sie da und starrte ihn an. Er betrachtete sie von oben bis unten und begann zu lächeln. Wenn man von dem Schmutz und den zerzausten Zöpfen absah, war sie ein gesundes, robustes Ding. Wahrscheinlich wäre es besser, sie am Leben zu lassen und zusammen mit dem Jungen in die Stadt zu bringen. Er drehte seinen Kopf und schaute zu Tin. Mit diesem Mädchen als Geisel wäre es bestimmt einfacher, ihn zum Sprechen zu bringen. Und sicher wusste sie alle möglichen nützlichen Sachen über die Reichtümer des Hinterlandes. »Das kann ich nur schwer glauben, meine Kleine. Und dann noch aus dem Mund von jemandem, der nie erleben durfte, wie sehr das Sternengold unser Leben erleichtert hat ... Aber wenn du uns hilfst und uns die Geheimnisse des Hinterlandes verrätst, wirst du in einem unvorstellbaren Luxus leben können.«

Plötzlich gab es wieder einen starken Windstoß, der nach Meer roch. Comfreys Augen wurden groß.

»Ja, meine Tochter, da wirst du neugierig, nicht wahr?«, säuselte Vater Ralstein und packte sie am Handgelenk. »Denk nur an die schönen Kleider und den ganzen Schmuck …«

Aber sie schaute ihn überhaupt nicht an, sondern blickte über seine Schulter, und auf ihrem Gesicht breitete sich ein kleines Lächeln aus.

Der Wind frischte noch einmal kurz auf. Mit ihm waren unzählige Grizzly-Geister von der Tamalspitze gekommen.

Ein ohrenbetäubendes Gebrüll ertönte, Vater Ralstein wirbelte herum. Und schon stürzte sich eine Horde von Grizzly-Geistern auf ihn, bohrten ihre Geisterkrallen in sein Fleisch und ihre Geisterzähne in seinen Hals. Seinen Leib konnten sie nicht verletzen, aber sie erfüllten ihn mit einer so unsäglichen Furcht, dass er sein Gewehr fallen ließ und einen spitzen Schrei ausstieß. Panisch versuchte er, die Grizzly-Geister mit bloßen Händen fortzuschlagen, doch mit jeder Berührung drang das kalte Grauen tiefer in seinen Körper, und Vater Ralstein machte kehrt und rannte stolpernd den Hügel hinab zu seinem Auto.

Der mächtigste Grizzly-Geist, derjenige, der die Kinder an der Grenze zur Tamalspitze auf die Probe gestellt hatte, neigte kurz seinen Kopf vor Comfrey und dem Hirsch aus Milch und Gold, der jetzt direkt hinter ihr stand.

»Erhabene«, brummte er. »Wir haben die Schüsse gehört und wussten, was sie bedeuten. Wir haben einen Wind erschaffen und sind gekommen, um endlich Rache zu nehmen. Wenn es sein muss, folgen wir ihm bis ans Ende der Welt.«

Und dann schloss er sich den anderen Geistern an, die Vater Ralstein zu seinem Auto jagten; eine silberne Flut aus Klauen und Zähnen und zotteligem Fell. Als der Bruder ins Auto hineinsprang und davonraste, sausten sie hinterher und umkreisten ihn. Aus der Entfernung sah es aus, als würde eine graue Nebelmasse rasend schnell auf der Straße davonwabern, immer kleiner werden und schließlich verschwinden.

Die plötzliche Stille hallte in Comfreys Körper wider. Kein Vogel zwitscherte oder rührte sich. Der Wind hatte sich vollkommen gelegt und strich weder über Gräser noch durch Bäume. Es war, als würde alles den Atem anhalten, einschließlich Comfrey. Schließlich schluchzte sie laut auf und rannte zu Tin.

Das Land atmete mit dem Mädchen aus, und von den Bergen erhob sich ein Durcheinander an Vogelrufen. Ganze Schwärme flogen gleichzeitig in fünf verschiedene Richtungen davon, wie ein Netz, das über die Berge geworfen wurde. Malve hoppelte neben sie, er zitterte am ganzen Körper.

»Wach auf, Tin, wach auf!« Comfrey rüttelte ihren Freund an den Schultern und legte ihr Ohr auf seine Brust. Er atmete noch, allerdings nur stoßweise. Sein Herz schlug schwach, aber regelmäßig. Von seiner Stirn lief Blut, das ganz leicht schimmerte.

»Wir brauchen die Grünzwillinge!«, rief Malve wehklagend und streckte seine Nase zum Himmel. »Myrte stirbt! Ich habe Schafgarbe zerkaut, um die Blutung zu stillen, aber sie hat schon zu viel Blut verloren. Und jetzt auch noch Tin!« Der Hase legte die Pfoten auf die Brust seines Freundes und stupste mit der Nase sanft gegen sein Kinn.

»Oh, Malve«, sagte Comfrey und strich ihm über den Rücken, ihre Brust fühlte sich wie zugeschnürt an. »Was ist mit Mutter Hirsch? Kann sie uns nicht helfen? Schließlich ist sie die Schöpferin!«

Aber Malve schüttelte mit dem Kopf. »Nein, für sie sind einzelne Leben Teil eines viel größeren Kreislaufs, in den sie nicht eingreift.«

»Ich versuche, Tin in seine Einsiedlerspinne zu legen, dann können wir ihn vielleicht darin ziehen –«, sagte Comfrey.

Plötzlich jaulte der Erste Luchs auf. Es war ein abgehackter, hoher Schrei und mit nichts vergleichbar, was Comfrey oder Malve je gehört hatten. Er durchdrang sie wie ein Stein das Wasser. Auch Tin schien ihn gehört zu haben, denn nun rührte er sich. Comfrey drückte erleichtert seine Hand, aber als sie begriff, warum der Erste Luchs schrie, sprang sie auf.

Es war der Hirsch aus Milch und Gold. Als die Grizzly-Geister nicht mehr zu sehen gewesen waren und die Winde verschwunden, war die Schöpferin ohne einen Laut in sich zusammengesackt. Jetzt lag sie auf dem Boden und hatte die Augen geschlossen. Ihr Atem ging langsam und schwer, wo er über den Boden strich, blühten die violetten Schwertlilien auf. Es war, als würde mit jedem Atemzug ein wenig von ihrer Kraft zurück in die Erde fließen.

Sie verlässt uns. Sie verlässt uns!, rief der Erste Luchs.

»Aber – sie hat die Welt erschaffen!« Comfrey keuchte und kniete sich neben Mutter Hirsch. »Sie kann nicht sterben!«

Solange es noch etwas von dem Sternengold der Schöpfung gibt, wird das, was sie ausmacht, auch nicht sterben, antwortete der Luchs mit zutiefst trauriger Stimme. *Aber ihre Hülle sehr wohl. Sie lag schon seit dem Zusammenbruch im Sterben. Doch sie wird immer in Farallone und den Sternen sein – nur nicht mehr als Mutter Hirsch aus Milch und Gold, sondern in körperloser Gestalt. Sie wird in den Verbindungen zwischen allen Dingen bei uns sein. Sollten die Brüder jedoch siegen und das letzte Sternengold von Farallone aus dem Blut des Wilden Volkes nehmen und in ihre Sternenbrecher stecken, so wird die Schöpfung des Hirschs unwiderruflich und für alle Zeiten zerstört. Und dann wird ganz Farallone sterben.*

Comfrey schluckte und schaute zwischen dem Hirsch, dem Ersten Luchs, dem bewusstlosen Tin und der verletzten Myrte hin und her.

Malve sah sie mit hängenden Ohren an. »Was für eine Katastrophe!«, sagte er. »Da haben uns die Grünzwillinge so eine wichtige Aufgabe anvertraut, und wir haben ein fürchterliches Durcheinander daraus gemacht.«

Trotz ihrer Verzweiflung lächelte Comfrey ihn schief an. »Das ist nicht euer Fehler, Malve«, sagte sie und versuchte, nicht zu weinen. Aber ihr kamen dennoch die Tränen. »Wir haben alle unser Bestes gegeben, auf jedem Stück unseres Weges ... Es ist nur, es muss einfach so sein, dass –«

Aus dem Himmel drang ein schriller, durchdringender Ruf zu ihnen. Und Comfrey wusste ohne aufzuschauen, wer diesen Ruf ausgestoßen hatte. Vor Aufregung schlug ihr Herz höher. Sie wandte ihr Gesicht zum Himmel. Dort war der Feuerfalke und zog in der aufkommenden Dämmerung unermüdlich seine Kreise, seine Flügel sahen aus wie flüssiges Lava, Sternenfunken flogen.

Dann hörte sie knarrende Wagenräder und Hufgetrappel und sah die Korb-Hexen zwischen den Tannen auftauchen. Ihnen folgte eine große Schar von Singvögeln. Salix lief vorneweg, ihr senfgelbes Kleid war von der rastlosen Reise zerrissen.

»Comfrey!«, rief die Korb-Hexe, als sie das Mädchen entdeckte.

Comfrey war sich fast sicher, dass ihr Name noch nie mit so viel Liebe und Erleichterung gerufen worden war. Mit einem Schrei lief sie direkt in Salix' ausgebreitete, starke Arme.

»Du bist in Sicherheit, meine Comfrey, mein liebes Menschenkind!«, murmelte Salix in die Haare des Mädchens. »Du hast es geschafft, du hast den Hirsch zu uns gebracht.«

»Aber – wir haben versagt, Salix!«, flüsterte das Mädchen gegen die warme Brust der Korb-Hexe. »Wir wurden angegriffen, und jetzt wissen die Brüder über das Gold Bescheid, und … und … der Hirsch stirbt!« Comfrey schaute auf, ihr Gesicht war tränenüberströmt.

»Oh nein, meine Liebe«, sagte Binse, die neben Salix getreten war und drückte dem Mädchen einen Kuss auf den Kopf. »Ihr habt nicht versagt. Wenn ihr versagt hättet, wären die Vögel von Olima bestimmt nicht in Scharen zu uns geeilt und hätten deinen und den Namen des Jungen gerufen, euren Mut gepriesen und uns angefleht, euch zu retten. Auch hätte Mutter Hirsch euch sonst nie auf ihrem Rücken getragen oder das Wilde Volk euch friedlich begleitet. Es ist wahr, unser Kampf hat gerade erst begonnen. Aber zusammen mit dem Jungen und den Hasen hast du eine sehr, sehr alte Wunde geheilt. Und nun komm, schlagen wir unser Lager weiter oben auf, dort stehen die Bäume dichter, und wir sind besser geschützt. Und dann schauen wir, was wir für den Jungen und den kleinen Hasen tun können.«

Der Rest des Abends verging wie im Traum. Behutsam brachten die Korb-Hexen die zerbeulte Einsiedlerspinne, den geschwächten Hirsch, die verwundete Myrte und den halb bewusstlosen Tin auf eine Lichtung weiter oben am Berg, an deren Rand viele junge Tannen wuchsen. In ihrem roten Karren richteten sie für Comfrey und Tin zwei Betten her und bestanden darauf, dass das Mädchen sich ausruhte. Myrte lag am Fußende, ihre Wunde war mit Schafgarbe und Bartflechte und einem Verband versorgt. Malve kuschelte sich an sie und putzte ihre schlaff herabhängenden Ohren. Auf Tins Stirn lag ein kühles, mit Lavendelwasser getränktes Tuch, er wälzte sich unruhig im Schlaf. Comfrey sollte ihm jede Stunde ein wenig warme Brühe einflößen, was sie gewissenhaft tat, wobei sie ihn besorgt anschaute und leise mit ihm sprach. Die Korb-Hexen verließen die Lichtung noch einmal, um die Toten aus dem Kojoten-Volk und die Puma-Frau zu begraben. Außerdem beseitigten sie sorgfältig alle Spuren von dem erstarrten goldenen Blut und vergruben es in einem tiefen Loch unter einem wilden Fliederbusch. Als sie wieder zurückkamen, schlief Comfrey bereits tief und fest.

Die Korb-Hexen gingen zum Hirsch aus Milch und Gold. Die Schöpferin lag im saftigen Gras zwischen lila Schwertlilien und atmete sehr langsam. Nacheinander flochten Salix, Binse und Segge gelbe Waldveilchen in ihr Fell. Ihre Hände zitterten, und ihre Tränen tropften auf den Boden. Leise sangen sie uralte Lieder, die nur die Weiden, Binsen und Seggen kannten.

Der Feuerfalke flog herbei und landete elegant auf einem Felsen auf der Lichtung. Bei seiner Ankunft wandten die Korb-Hexen den Blick vom Hirsch ab, denn sie wussten, was jetzt geschah, war nicht für ihre Augen bestimmt. Trauernd gingen sie zurück zu ihren Karren.

Angezogen von seinem Licht flogen kleine, getupfte Motten um den Feuerfalken herum. Der Hirsch schlug die Augen auf und schaute den Falken an, die beiden wechselten lautlos unzählige Worte. Der Abendstern stieg schimmernd am Nachthimmel auf. Und als hätte Mutter Hirsch den ganzen Tag nur darauf gewartet, diesen Stern zu sehen, seufzte sie ein letztes Mal tief auf. Ein paar Veilchen fielen von ihrem Hals ins Gras. Ihre Augen verloren ihren Glanz. Der Boden unter ihr bebte leicht.

Aus dem Osten wehte ein sanfter Wind, und noch mehr Sterne gingen auf. Nach einer Weile breitete der Feuerfalke seine Flügel aus, glitt ein Stück auf der Luftströmung und landete sanft auf den Schultern des Hirschs. Er spreizte seine flammenden Flügel und legte sie vom Kopf bis zum Schwanz über ihren kalten Körper.

Während es immer dunkler wurde und die Milchstraße sich deutlich schimmernd am Nachthimmel abzeichnete, brannte Mutter Hirsch aus Milch und Gold unter den schwelenden Flügeln des Feuerfalken in heißen blauen Flammen. Bei Tagesanbruch war von ihrem Körper nur ein Häufchen schneeweißer Asche zurückgeblieben und ein goldenes Buch mit tausend wogenden Seiten.

18

DAS PSALTERIUM

Als Comfrey am nächsten Morgen aus einem tiefen Schlaf erwachte, dauerte es eine Weile, bis sie wusste, wo sie war. Sie lag unter mehreren schweren Fellen, das Dach über ihr war gewölbt, aus langen Weidenruten geflochten und mit rotem Stoff bezogen. In einem kleinen Ofen brannte ein Feuer. Dann entdeckte sie das dunkle, freundliche Gesicht von Salix. In ihrer kegelförmigen Frisur hingen Disteln, und eine Meise hüpfte herum. Plötzlich spürte sie, wie eine feuchte Nase gegen ihre Hand drückte.

»Myrte!«, rief sie. »Dir geht es wieder gut!« Aber dann brachen die Ereignisse des vergangenen Abends mit einer entsetzlichen Klarheit über sie herein.

Myrte hob den Kopf. »Aber natürlich geht es mir gut! Oder dachtest du, ich würde dich alles allein zu Ende bringen lassen?«, sagte Myrte ein wenig kurzatmig.

Und sie sprang auch nicht wie sonst auf den Schoß des Mädchens, sondern blieb, wo sie war.

Salix lächelte und drückte Comfrey eine Tasse bitter riechenden Wurzeltee in die Hand.

»Wo sind wir?«, ertönte eine krächzende Stimme.

»Oh, Tin!« Comfrey drehte ihren Kopf und lächelte so erleichtert, dass das Herz des Jungen einen kleinen Satz machte. Er war gerade erst zu sich gekommen, ihm war schwindelig und schlecht, und sein Schädel hämmerte.

»Wo ist Mutter Hirsch? Geht es ihr gut? Haben sie meine Einsiedlerspinne genommen? Was –?«

»Sch, sch«, sagte Salix beruhigend, legte ein frisches Tuch auf seine Stirn und gab auch ihm eine Tasse von dem bitteren Tee. »Deine Einsiedlerspinne ist in Sicherheit. Einer von den Brüdern ist tot, und der andere weit weg. Dafür haben die Grizzly-Geister gesorgt. Gleichwohl können Geister einen Mann nicht töten, deshalb ist er noch am Leben. Und lebend ist er gefährlich, weil er gesehen hat, wie das Gold aus den Adern des Wilden Volkes geflossen ist. Ich bin sicher, dass er zurückkehren wird. Aber ich hoffe, dass wir das nächste Mal besser auf ihn vorbereitet sein werden. Oh, meine Kinder, ihr seid gerade noch rechtzeitig gekommen.« Über ihr Gesicht legte sich ein dunkler Schatten. »Gestern Nacht hat uns Mutter Hirsch ihr Psalterium gegeben. Auf seinen goldenen Seiten stehen die letzten Worte der Schöpfung. Sie sind unsere einzige Hoffnung. So, wie es schon vor langer Zeit bestimmt wurde. Und ich bete inständig, dass wir sie zu lesen wissen.«

»Ihr Psalterium?«, fragte Comfrey. »Aber heißt das, der Hirsch ist ... von uns gegangen?« Plötzlich erinnerte sie sich daran, dass der Erste Luchs ihr gesagt hatte, der Hirsch würde nicht sterben, sondern nur die Gestalt ändern – es sei denn, Farallone selbst würde untergehen. Dennoch traten Comfrey die Tränen in die Augen, denn sie hatte den Hirsch aus Milch und Gold sehr lieb gewonnen.

Auf dem Holzofen begann ein Topf mit Eichelbrei zu köcheln. Salix ging hin und passte auf, dass er nicht anbrannte, wobei sie ihre eigenen Tränen verbarg.

In dem Moment platzte Binse erhitzt und außer Atem durch die Tür. »Sie kommen, sie versammeln sich bereits!«, sagte sie keuchend.

»Wer kommt?«, fragte Comfrey ängstlich.

»Alle unterschiedlichen Geschöpfe aus dem Wilden Volk!«, antwortete Binse, trat zu Comfrey und strich ihr übers Haar, ihre Hand duftete nach Wildrosen. »Um ihre Schöpferin zu ehren und den Worten des Psalteriums zu lauschen. Das Maulwurf-Volk muss die Neuigkeiten blitzschnell durch sein Flechtennetzwerk verbreitet und wohl auch die unterirdischen Gänge für alle geöffnet haben.«

»Vielleicht sehen wir dann endlich die Grünzwillinge wieder …«, hauchte Myrte.

»Die Grünzwillinge gehören nicht zum Wilden Volk«, sagte eine scharfe Stimme. Es war Segge, die auf einmal in der Tür stand. »Sie sind hier nicht willkommen. Wenn sie dich und Malve nicht ausgesandt hätten, um diese Kinder zu holen, und die beiden nicht mit ihrem Apparat durch Olima getrampelt wären und ihre aufdringlichen Menschenhände in alles gesteckt hätten, wären wir nie in diese missliche Lage geraten! Die Brüder hätten uns nicht entdeckt, und der Hirsch hätte nicht kommen müssen und wäre nicht gestorben.«

Comfrey errötete vor Scham, und Tin spürte, wie ihm vor Erschöpfung und Enttäuschung die Tränen in die Augen traten.

»Schwester«, sagte Binse in einem Tonfall, der jegliche Freundlichkeit verloren hatte, ihr Gesicht war rot vor Zorn. »Beruhige dich. Aus deinen Worten höre ich die Sorgen heraus, die du dir machst. Doch ich denke, wir alle schulden den Grünzwillingen und den Bewohnern des Hinterlandes eine Entschuldigung. Diese Kinder haben dem Wilden Volk ein ums andere Mal bewiesen, wie mutig, freundlich, großzügig und liebenswürdig sie sind. Es ließ sich nicht verhindern, dass die Brüder das Geheimnis unseres Blutes herausfanden. Und es war abzusehen, dass sie eines Tages wieder bei uns einfallen würden. Sie konnten nicht ewig hinter ihren Stadtmauern bleiben. Dass ihr Eindringen in Olima und die Ankunft der Kinder und der jungen Hasen zusammenfiel, war womöglich unser größtes Glück. Ohne die vier würden wir nicht gemeinsam hier stehen, sondern uns irgendwo voller Hass und Angst versteckt halten. Zerstritten jedoch wären wir niemals in der Lage, uns erneut gegen die Brüder zu wehren. Nur gemeinsam können wir es vielleicht schaffen.«

Segge schnaubte empört und wirbelte wieder nach draußen ins Tageslicht.

Aber Comfrey meinte, einen Schluchzer gehört zu haben, und spürte ungewollt einen Anflug von Mitleid.

Den ganzen Tag über scharte sich das Wilde Volk um die schneeweiße Asche des Hirschs und das strahlende Buch in ihrer Mitte. Auch als im Westen langsam die Sonne tiefer sank und ihr warmes Licht auf die Wiese fiel, war der Platz noch immer bevölkert von zerzausten Geschöpfen – mit Fell und Flecken und Flügeln und Krallen und eigenartigen Kleidern, mit Menschengesichtern und Menschenhänden und -füßen. Die Menge ähnelte der Schar, die den Hirsch von der Tamalspitze aus begleitet hatte, aber sie war nicht nur größer, vielfältiger, sonderbarer und wilder, sondern auch ernster. Die Korb-Hexen hatten neben der Asche des Hirschs ein Feuer gemacht, an dem sich alle wärmen konnten. Segge drückte sich das leuchtende Psalterium des Hirschs aus Milch und Gold an die Brust, als würde dadurch ein wenig von der uralten Gelassenheit der Schöpferin in ihr Herz übergehen. Sie sprach nicht mit ihren Schwestern, sondern saß etwas abseits.

Salix und Binse bestanden darauf, dass die Kinder sich im Karren ausruhten, bis sie nach Sonnenuntergang aus dem Psalterium lesen würden. Tin und Myrte waren immer noch geschwächt, aber Comfrey kümmerte sich den ganzen Tag über fürsorglich um die beiden. Sie erinnerte sich, wie geduldig und geschickt ihre Mutter die Kranken im Dorf gepflegt hatte, und versuchte den tiefen Schmerz, der sie erfüllte, wenn sie an Maxine dachte, so gut wie möglich in Schach zu halten. Wie viele Brüder wohl in das Hinterland eingedrungen waren? Und ob sie schon Erle erreicht hatten?

Zwischendurch flitzte sie manchmal zur Tür und spähte kurz auf die versammelten Geschöpfe. Sie fragte sich, ob sie das Luchs-Mädchen wiedersehen würde. Der Tag im Oktober schien in einem anderen Leben gewesen zu sein. Malve gesellte sich zu ihr und suchte mit seiner feinen Nase nach den Grünzwillingen. Aber der Wagen, in dem sie waren, stand zu weit von dem Wilden Volk entfernt.

Eine Stunde vor Sonnenuntergang gab es auf der anderen Seite der Lichtung plötzlich einen Tumult. Man hörte laut Segge, sie klang empört, aber gleichzeitig auch ein wenig ängstlich. Dann erhoben viele vom Wilden Volk gleichzeitig ihre Stimmen, einige entrüstet, andere freudig oder aufgeregt.

»Malve«, wisperte Tin, der inzwischen aufgestanden war und vor seiner Einsiedlerspinne kniete, an der er herumschraubte. »Kannst du verstehen, was da draußen los ist?«

Der Hase stand schon in der Tür und spitzte die Ohren. »Ich lauf man lieber hin, das klingt wichtig!«

»Sollen wir nicht besser mit dir gehen?«, fragte Comfrey eifrig.

»Die Korb-Hexen waren sehr deutlich, als sie euch baten, bis Sonnenuntergang im Wagen zu warten«, sagte Myrte. »Ich denke, sie möchten, dass ihr später einen großen Auftritt bekommt. Vielleicht als Teil einer Zeremonie ...«

»Oh«, seufzte Comfrey. »Ich würde zu gerne wissen, was da gerade passiert!«

»Dann mal los, Malve«, forderte Tin den kleinen Hasen lächelnd auf. »Aber komm schnell wieder zurück und erstatte uns Bericht!«

Der Hase sprintete wie der Blitz davon, lediglich sein Schwanz leuchtete in dem goldenen Abendlicht noch einmal kurz auf.

»So ein Frechdachs«, murmelte Myrte voller Zuneigung.

»Glaubst du wirklich, sie wollen Tin und mir einen

besonderen Auftritt verschaffen?«, fragte Comfrey an Myrte gewandt. Sie schaute auf ihr grünes Wollkleid, und plötzlich dachte sie daran, wie sie es zu Hause in ihrem Zimmer aus der Truhe genommen und übergezogen hatte. Sie hatte tatsächlich geglaubt, dass sie und Myrte nur rasch nach dem Opferbündel schauen würden. Die Erinnerung schien zu einem anderen Mädchen zu gehören. Comfrey löste ihre Zöpfe, die wie immer unordentlich aussahen und gekämmt werden mussten.

»So hat es sich zumindest für mich angehört«, antwortete die Häsin und hüpfte etwas steifbeinig vom Bett, um sich am Ofen aufzuwärmen.

»Was machst du da?«, fragte Tin, der Comfrey neugierig beobachtete. Gedankenversunken fuhr sie sich mit den Fingern durchs Haar.

Comfrey errötete und ließ die Hände sinken. Ihre Haare bauschten sich wie eine schwarze, wilde Wolke um ihr Gesicht und fielen als Ringellocken bis zu ihrer Hüfte. »Meine Haare kämmen, Dummkopf!«, antwortete sie hitzig. »Schließlich haben wir vielleicht einen großen Auftritt vor uns, und da möchte ich wenigstens halbwegs ordentlich aussehen. Was ist? Hast du noch nie gesehen, wie sich ein Mädchen die Haare kämmt?«

Jetzt war es Tin, der errötete. Er schaute auf seine zerrissenen Kleider. »Wir sehen wie zwei zerlumpte Waisenkinder aus«, sagte er entsetzt.

Comfrey kicherte.

In dem Moment flog Malve mit wehenden Ohren die Stufen zur Tür hinauf und kam rutschend in der Mitte des Wagens zum Stehen.

»In aller Hasen Namen!«, rief Myrte. »Was um Himmels willen ist passiert?«

»Comfrey!«, sagte Malve schwer atmend und beachtete seine Schwester gar nicht richtig. »Tin! Die Heiligen Narren sind hier, Amber und Oro, Pieta und all die anderen. Das Maulwurf-Volk hat sie hergeholt, sie sind gerade aus den unterirdischen Tunneln herausgekommen. Deswegen gab es eben auch so einen Tumult. Denn bei ihnen sind ... bei ihnen sind ...« Der junge Hase stockte und versuchte trotz seiner Aufregung, wieder zu Atem zu kommen. Er wandte sich an Tin. »Bei ihnen sind zwei aus dem Mycelium«, brachte er schließlich hervor und sah dabei zu Comfrey. »Unsere Freunde und Comfreys –«

»Doornton ist hier?«, rief Tin ungläubig und sprang so schnell auf, dass ihm das Blut im Kopf pochte.

Doch Comfrey saß vollkommen reglos da. Sie hatte ihre Hände im Schoß gefaltet und öffnete ihren Mund, als wollte sie etwas sagen, schloss ihn jedoch wieder, ihre Lippen zitterten.

Plötzlich dröhnte eine Männerstimme über die Lichtung.

Dann hörte man, wie jemand schnell über Gras und

Tannennadeln bis zu den Stufen des Karrens hinauflief. Die Türklinke wackelte.

Tin wollte die Tür öffnen, aber da flog sie schon auf und Doornton stand mit einer ungestümen Bewegung im Raum.

Der eigenartige Bann, der über Comfrey gelegen hatte, zerbrach wie dünnes Glas. »Papa!«, rief sie, sprang auf und warf sich in seine Arme.

Lange Zeit schwiegen beide.

»Ich wusste es«, flüsterte sie schließlich tränenerstickt in sein Hemd. »Ich wusste, dass du lebst.«

»Mein liebes Kind, meine Comfrey!«, flüsterte Doornton heiser in ihre dichten Haare, seine Wangen waren feucht. »Oh, meine Sterne, oh, meine Götter, dir geht es gut.«

Die beiden hielten sich einfach nur fest.

Tin schaute zur Seite und versuchte, nicht an seine verschwundenen Eltern zu denken oder daran, ob es irgendjemanden auf der Welt gab, der ihn genauso lieben könnte, wie Comfrey und Doornton sich liebten.

»Tin?«, hörte man auf einmal eine zögernde Stimme.

»Seb!«, rief Tin, der seinen Freund erst jetzt bemerkte.

Seb war schmaler geworden, und seine dunklen Augen waren noch auffallender als sonst, vielleicht im Kontrast zu seiner blassen Haut, die lange kein Tageslicht gesehen hatte.

Die Jungen umarmten sich herzlich.

»Ich dachte, wir sehen uns nie wieder«, sagte Seb und sah seinen Freund an. »Und – du hast Comfrey gefunden! Das ist einfach unglaublich! Vielleicht sollte alles so geschehen.«

Tin verstummte, er dachte an Comfrey und ihre gemeinsame Reise, und mit einem Anflug von Eifersucht wurde ihm klar, dass er sie weder mit ihrem Vater noch mit Seb teilen wollte.

Aber Comfrey gehört mir nicht, sagte er sich streng.

Myrte humpelte zu den Neuankömmlingen und schnupperte an Sebs und Doorntons Knöcheln.

»Malve!«, rief Seb, als er den Hasen entdeckte. »Was ist passiert?«

»Äh, nein, ich bin Myrte, Malves Zwillingsschwester«, antwortete die Häsin beleidigt. »Das war nur eine kleine Begegnung mit einem Gewehr«, fügte sie so lässig wie möglich hinzu.

»Oh! Wie schrecklich!«, rief Seb und wurde rot. Einen Moment lang blickten er und Tin sich in die Augen und spürten eine Kluft zwischen sich, die ihnen fremd war. Beiden waren in der Zwischenzeit Dinge widerfahren, von denen der andere nichts wusste und die er vielleicht auch nie verstehen würde, was sie ein wenig befangen machte.

»Es ist so viel passiert, Seb, und ich muss dir so viel erzählen«, sagte Tin hastig, der wollte, dass alles wieder so war wie früher. »Aber – wie seid ihr überhaupt so schnell hierhergekommen? Ich dachte, Doornton wollte die Stadt auf keinen Fall verlassen, bis die Arbeit des Myceliums getan ist. Hat er die Grünzwillinge gerufen?«

Seb wusste nicht, wo er beginnen sollte, daher schaltete sich Doornton ein, der Comfrey jetzt losließ.

»Die Grünzwillinge sind verschwunden«, sagte er und setzte sich müde auf eins der Betten, während Comfrey ihm eilig einen Becher mit warmer Milch vom Holzofen brachte, in den sie einen großzügigen Schluck Brandy aus dem Kochregal der Korb-Hexen gab. Dann hockte sie sich neben ihren Vater und griff ein wenig verlegen nach seiner Hand.

Seb, der Comfrey jetzt zum ersten Mal richtig betrachten konnte, bekam rote Ohren.

»Eine Woche nachdem du und Malve uns in deiner außergewöhnliche Spinne verlassen habt, mein lieber Junge, habe ich sie gerufen«, fuhr Doornton fort. »Aber sie sind nicht gekommen.« Sein Gesicht wurde sorgenvoll, die Falten tiefer.

Malve und Myrte stießen beide einen schrillen Schrei aus.

»Aber – die Grünzwillinge können nicht sterben! Sie können unmöglich tot sein!«, sagte Malve leise, seine Ohren zitterten.

»Ich fürchte, es ist weit schlimmer«, antwortete

Doornton. »Ich glaube, dass sie gefangen genommen wurden. Ich weiß nicht, warum, aber ich spüre das. Ganz egal, wie oft ich das Maulwurf-Volk gebeten habe, sein eigenes Mycelium-Netzwerk zurate zu ziehen: Wir konnten keine Spur von ihnen finden. Durch eine schreckliche Verkettung unglücklicher Umstände müssen sie in die Hände der Brüder geraten sein. Doch damit nicht genug – ich musste noch viele schreckliche andere Dinge erfahren. Das Maulwurf-Volk hat mich in seine unterirdischen Gänge geholt und mir alles erzählt, was es in Erfahrung gebracht hat. Ich habe die ersten Schritte der Brüder ins Hinterland beobachtet, habe sie durch die Tunnel des Maulwurf-Volkes verfolgt. Doch ich konnte nichts tun, weil ich mich sonst verraten hätte. Die Brüder schienen von Anfang an zu wissen, dass du hier warst, Tin. Irgendjemand hatte den Flug der Pelikane beobachtet. Es brach mir das Herz, als ich unter dem Dorf Erle durchkam, und ich schwor mir, nur noch dafür zu sorgen, dass die Einsiedlerspinne gut versteckt sein würde, um dann endlich zu meiner Tochter und meiner Frau nach Hause zurückzukehren.«

»Aber Mutter ist nicht hier! Woher wusstest du von der Versammlung des Wilden Volkes?«

»Auch vom Maulwurf-Volk, mein Kind«, sagte Doornton. »Durch sie und die Netze ihrer Pilzgeflechte werden die Neuigkeiten aus ganz Olima weitergetragen, so habe ich von eurer Suche gehört. Und ich habe von dir erfahren, mein liebes Mädchen – von dir und der Feder des Feuerfalken und dem Hirsch aus Milch und Gold. Und von der unglaublichen Fügung, dass du Tin unterwegs getroffen hast! Das alles weiß ich allerdings erst seit gestern Abend. Von dem Angriff der Brüder erfuhren ich und die anderen aus dem Mycelium, als gestern die Sonne unterging. Und auch von der Ankunft von Mutter Hirsch aus Milch und Gold mit zwei Menschenkindern auf ihrem Rücken. Seb und ich sind die ganze Nacht und den ganzen Tag über durch die Tunnel des Maulwurf-Volkes gelaufen.«

»Oh, Papa«, flüsterte Comfrey und lehnte ihren Kopf an seinen Arm. In ihr waren so viele Sorgen und Hoffnungen, dass sie nicht wusste, was sie sagen sollte.

»Es wird Zeit«, kam Binses Stimme von der Tür. Dort stand sie in ihren hellen Röcken, und das letzte Tageslicht fiel auf sie. »Kommt, meine Lieben, wir wollen gemeinsam das Psalterium lesen. Alle sind bereits versammelt.« Sie nickte den Kindern und Hasen zu und neigte ihren Kopf vor Doornton.

Von draußen drangen heulende Jubelrufe durch den Wald. Es war ein lauter Chor aus Bellen und Gesang und Geheul, der jedoch überraschend harmonisch klang.

Doornton drückte seiner Tochter einen Kuss auf die Hand und schob sie behutsam zur Tür.

»Sie jubeln euch zu«, murmelte er. »Euch vier. Geht schon, sie warten.«

Comfrey und Tin schauten sich mit großen Augen an und genossen gemeinsam den Moment. In ihrem Blick lag die ganze Angst, aber auch all das Wunderbare ihrer abenteuerlichen Reise. Alles, was sie gesehen, worüber sie gesprochen und was sie zusammen erlebt hatten.

Seb überkam ein ungewollter Anflug von Eifersucht, den er erfolglos zu verdrängen suchte.

»Du wirst mich tragen müssen«, sagte Myrte zu Comfrey. »Ich bin noch immer so schwach wie ein Hasenjunges!«

Comfrey lächelte breit und meinte, noch nie so ein Glück empfunden zu haben. Hier stand sie nun also. Gemeinsam mit ihrem Vater, der endlich zurückgekehrt war und den dreien, die für sie zu den besten Freunden auf der ganzen Welt geworden waren. Und obwohl die Gefahr, in der Farallone schwebte, noch genauso groß war wie gestern auch, hatte sie zum ersten Mal das Gefühl, dass sie zusammen womöglich in der Lage waren, das Land zu retten.

Und so stiegen sie die Stufen des Karrens hinab und liefen durch die dichten jungen Tannen zur Lichtung, wo das Wilde Volk auf sie wartete.

Noch bevor die Menge sich teilte, um sie durchzulassen, meinte Tin die Energie zu spüren, die von den vielen Wesen ausging. Es war, als flirrte und schimmerte die Luft wie glänzendes Sternengold.

Ein Bombus-Mann entdeckte die Kinder und Hasen als Erster und stieß einen Jubelschrei aus. Dann fielen wieder alle anderen mit ein, und sie wurden von unzähligen pelzigen Händen an Armen und Wangen berührt. Flüchtig konnte Tin Gesichter erkennen, deren Haut aus Erlenrinde zu sein schien, die dunkel umrandeten Augen von Füchsen, Flügel von Schwalbenschwanz-Schmetterlingen und Füße, die so lang wie Zauneidechsen waren.

In dem lärmenden Gewirr von Stimmen und Geräuschen hörte Comfrey plötzlich, wie eine vertraute, raue Stimme ihren Namen rief. Als sie durch die vielen bunten Leiber spähte, entdeckte sie die grünen Augen des Luchs-Mädchens, das mit seiner pelzigen Hand mit den spitzen Fingernägeln in ihre Richtung winkte. Comfreys Herz hüpfte vor Freude, und sie fühlte sich ganz leicht, wie beim ersten Mal, als sie das Mädchen gesehen hatte.

Aber dann wurden Comfrey, Tin und die Hasen in die Mitte zum Feuer geschoben. Über ihnen kreiste der Feuerfalke. Myrte und Malve spürten seinen scharfen Blick, doch diesmal ignorierten sie ihn. Jetzt war nicht der richtige Zeitpunkt, ihre Angst zu zeigen.

Tin sah Oros großen Kopf zwischen den anderen auftauchen. Neben ihm waren Amber, die ihnen lachend zuwinkte, und Pieta, die sich mit einem verträumten Ausdruck in den Augen an Ambers Hand klammerte.

In der Mitte beim Feuer stand Segge, die das aufgeschlagene Psalterium wie ein kleines Kind in ihren Armen hielt. Von Nahem betrachtet, ähnelte es keinem Buch, das die Kinder kannten. Seine Seiten waren gewellt und mit einem Muster überzogen, das aussah wie ein Spinnennetz. Von ihnen ging ein gelbes, schimmerndes Licht aus.

Comfrey unterdrückte ein Schluchzen und dachte an die violetten Augen des Hirschs aus Milch und Gold und den freundlichen, warmen Atem. War das wirklich alles, was von der Schöpferin übrig geblieben war?

»Diese Kinder und ihre Hasenfreunde«, begann Salix und erhob ihre Stimme, damit sie auch noch über die Baumwipfel zu hören war.

Das Wilde Volk, die Heiligen Narren und die Tiere verstummten.

»Sie haben etwas ganz Außergewöhnliches und sehr Mutiges getan«, fuhr Salix fort. »Etwas, das wir nach dem Zusammenbruch alle nicht für möglich gehalten hätten.« Die Meise in ihrem Haar zwitscherte hell und süß. »Sie haben uns die wahre Güte, den wahren Mut und die wahre Großzügigkeit, die in den Herzen der Menschen ruht, gezeigt. Sie konnten das Vertrauen und die Liebe unserer Schöpferin von Farallone, von Mutter Hirsch aus Milch und Gold, gewinnen, die sie auf ihrem Rücken über das Land zu uns getragen hat. Sie gewannen auch das Vertrauen von allen Geschöpfen, denen sie in Olima begegneten. Ihnen wurden schwere Prüfungen auferlegt, aber sie haben sich bei jedem Schritt auf ihrem Weg als würdig erwiesen und unsere Vorurteile und Ängste, die wir ihnen gegenüber anfänglich hatten, besiegt. Wir leben in einer schrecklich dunklen Zeit, einer Zeit großer Opfer. Mutter Hirsch hat ihren Körper geopfert und uns ihre letzte und größte Weisheit geschenkt: ihr Psalterium. Ich weiß, einige von euch sind zornig darüber, dass sie von uns gegangen ist. Einige von euch suchen die Schuld bei diesen Kindern. Aber etwas viel Größeres ist im Gange und steht auf dem Spiel. Mit ihrem Dahinscheiden hat die Schöpferin uns etwas über Zusammengehörigkeit gelehrt. Denn schließlich sind wir jetzt alle hier, *gemeinsam*. Sie hat sich uns das Wissen geschenkt, das in ihrem Körper ruhte, und zwar zum Wohl von uns allen. Lassen wir sie also nicht im Stich.«

Durch die Versammlung ging ein lautes Gemurmel, und der Wind strich flüsternd durch die Tannenwipfel. Als die letzten Sonnenstrahlen auf deren Spitzen fielen, glühten sie in einem dunklen Orange.

Salix wandte sich an Segge. Ihre Augen blitzten warnend, wusste sie doch, dass ihre Schwester den Kindern immer noch nicht vollkommen traute und ihnen auch keine besondere Zuneigung entgegenbrachte. Aber

Segge blätterte in den Seiten des Psalteriums und war mit den Gedanken weit weg.

»Die Worte des ersten und letzten Tages«, sagte Segge, und ihre Stimme klang ganz fremd.

Comfrey reckte ihren Hals, um über die Schulter der Korb-Hexe einen Blick auf diese seltsamen Seiten zu werfen. Sie entdeckte goldene, runenähnliche Zeichen, die sich ständig veränderten.

»Mit diesen Worten ehren wir die Schöpfung, mit diesen Worten wollen wir eine Vollkommenheit erreichen, Frieden bringen und kein Unrecht begehen.«

»Vollkommenheit, Friede, kein Unrecht«, antwortete die Menge wie in einem Gebet. Comfrey und Tin sprachen stockend mit.

Segge wandte sich wieder dem Psalterium zu, und das Licht aus seinen goldenen Seiten fiel auf ihre langen Gesichtszüge und ihr geflochtenes grünes Haar. »Wir haben uns seit Tagesanbruch in diese Seiten vertieft. Viele Worte stehen darin, und sie sind nicht leicht zu fassen. Selbst ich, die Herrin der Zeichen, konnte mit all eurer Hilfe nur eine einzige Seite entziffern. Vielleicht sind das ja die einzigen Worte, von denen der Hirsch möchte, dass wir sie lesen und verstehen. Denn nur die Worte auf dieser einen Seite sind sonnenklar, während die anderen verschwommen bleiben, wie der weit entfernte und unbekannte Grund des Meeres.

Folgendes habe ich gelesen: *Durch das Netz, durch das*

Rad, durch die Hand, durch den Tod. Dort, wo die Welt ihren Anfang nahm, webt die Spinne ihren Flor. Geht dorthin, wo die Welt ihren Anfang nahm, geht dorthin, wo die Welt ihr Ende nimmt. Folgt dem steilen Weg, folgt den zerrissenen Fäden. Durch das Hinterland, durch die Stadt, durch die Spinnerin, durch die Wurzel. Sowohl nach oben als auch nach unten, mit der Spindel wird es gefunden. Wenn die Spinne Gold webt, das Land dereinst erlebt, wie das Alte sich erhebt.«

Die beiden Kinder schauten sich an, und als Comfrey den Ausdruck in Tins großen, hellen Augen sah, griff sie nach seiner Hand.

Myrte, die noch immer auf dem Arm des Mädchens saß, drehte ein Ohr nach vorn und murrte: »Ich mochte Mutter Hirsch lieber, als sie noch kein Buch war! Von Rätseln bekomme ich Kopfschmerzen!«

Segge wirbelte herum und funkelte Myrte an, aber die Worte der Häsin hatten dem Ganzen ein wenig von der Schwere genommen.

Binse fing an zu lachen. Und plötzlich fielen alle ein, und es erscholl ein Gelächter bis hoch zum ersten Stern am Nachthimmel.

»Ich verstehe, was du meinst«, flüsterte Comfrey Myrte zu. »Aber sie hat das Rätsel nicht für Hasen hinterlassen, sondern für Menschen. Und dieses klingt nach einer Art Landkarte ...«

»Du weißt, was ich von Landkarten halte«, sagte Myrte schniefend, aber liebevoll.

»Ich denke«, sagte Salix und legte den Kindern jeweils eine Hand auf die Schulter, »dass eure Reise gerade erst beginnt. Ich denke, es sind eure Hände, die spinnen müssen, es ist euer Rad, von dem die Schöpferin spricht.« Sie lächelte die Kinder an. »Aus welchem Grund hätte der Feuerfalke seine Feder sonst vor dir, Comfrey, fallen lassen sollen? Aus welchem Grund hast du, Tin, sonst eine Maschine erfunden, die eine Seele zu haben scheint? Aus welchem Grund hat der Hirsch euch sonst über das Land getragen? Für mich weist alles darauf hin, dass ihr beide und eure Hasen die Retter von ganz Farallone seid.«

»Das Psalterium spricht von der Alten Mutter Neeth!«, kam eine vertraute Stimme von hinten aus der Menge. Dort, im Schatten des Tannenwaldes, stand ein Knochenhaus auf zwei Eulenbeinen. Eine breite, alte Frau mit einem dicken silberfarbenen Zopf lehnte aus der Tür heraus.

»Da ist die Baba Ithá!«, rief Comfrey.

»Ich kann die Knochen der Hütte bis hier riechen!«, stöhnte Myrte.

»Nicht schon wieder!«, fiel Malve mit ein, der schnell in Tins Arme gesprungen war.

»Sicher nicht, Großmutter«, riefen mehrere aus dem Wilden Volk, unter anderem Salix und Binse. Segges Blick ruhte unverwandt auf dem Psalterium in ihren Armen.

»Wurde Mutter Neeth nicht vor tausend Jahren bei der Ankunft der Sternenpriester von Albion getötet?«, brummte die blinde Grizzly-Frau Amurra, die neben Segge getreten war, um das Psalterium zu begreifen.

»So erzählen es die Legenden«, antwortete die Baba Ithá, die nun behände wie ein Eichhörnchen auf den Boden sprang und sich ihren Weg durch die Menge bahnte. »Die Eindringlinge sollen sie in ihrer Höhle getötet und dann die Stadt darüber errichtet haben. Sie haben sie als Monster und schreckliches Spinnentier beschimpft. Aber nannten die alten Geschichten ihre Wohnstätte nicht auch *den Anfang der Welt*? Und heißt es nicht, dass die Alte Mutter Neeth aus den Sternen das Gold des Lebens gesponnen und durch ihre gewebten Netze dem Formlosen eine Gestalt gegeben hat? Und wurden nicht daraus der Hirsch selbst und der Erste Luchs geschaffen? Waren es nicht ihre Fäden, die einst das Leben von Farallone miteinander verbanden?«

Durch das Wilde Volk ging ein Raunen.

»Bin ich etwa die Einzige, die sich daran noch immer erinnert?« Über das Gesicht der Baba Ithá legte sich ein Schatten.

Eine Gruppe Wachtel-Leute in ihrer Nähe schreckte zurück und hielt sich an den molligen Händen.

»Nein, das bist du nicht«, antwortete Binse sanft. »All die alten Geschichten erzählen von Mutter Neeth. Von der uralten Schöpferspinne, deren Netze das Schicksal aller Geschöpfe tragen. Es ist nur schon so lange her, dass die Sternenpriester sie umgebracht haben sollen. Wenn sie aber wirklich noch lebt, warum hat sie sich dann die ganze Zeit über versteckt? Wo ist sie? Und warum hat sie die Zerstörung des Sternengoldes von Farallone zugelassen?«

»Ich habe mir dieselben Fragen gestellt wie du«, sagte die Baba Ithá ein wenig besänftigt. »Zumindest bis zu jenem Tag, als die Kinder, die Zwillingshasen und eine kleine Einsiedlerspinne meinen Tannenwald betreten haben. Eine kleine Einsiedlerspinne mit einem schweren Kokon voller Eier auf ihrem Rücken, die goldene Fäden spinnen kann und die von sehr weit herkam. Sie war mit niemand Geringerem mitgereist als mit dem Menschenjungen Tin.« Als die Baba Ithá an die drei Aufgaben dachte, die sie den Kindern gestellt hatte, und daran, wie sehr ihre Furcht sie entzückt hatte, blitzten ihre scharfen Zähne auf. »Er hat sie *aus der Stadt* hierher gebracht. Und dann fiel mir wieder die Geschichte von der Alten Mutter Neeth ein. Ich fand es sehr eigentümlich, dass ausgerechnet ein Stadtjunge so einer außergewöhnlichen Spinne begegnet ist und so ein außergewöhnliches Gefährt erschaffen hat, das ihr ähnelte und das von einer unsichtbaren Energiequelle angetrieben wurde. Da musste etwas anderes am Werk sein, etwas Altes und sehr Mächtiges, sagte ich mir. Aber dann wurde ich von den Neuigkeiten abgelenkt, die mir die Ringeltauben zutrugen, die in meinen ältesten Bäumen brüten: Die Brüder hatten das Salviagebirge erreicht ... Erst jetzt, als aus dem Psalterium vorgelesen wurde, kam mir wieder der Gedanke, dass die Alte Mutter Neeth noch irgendwo ist und lebt. Und dass die kleine Einsiedlerspinne und ihre Kinder von ihr geschickt wurden.«

»Und was sagst du dazu?«, fragte Segge den Ersten Luchs. »Würdest du nicht wissen, ob Mutter Neeth lebt oder nicht?«

»Das würde ich in der Tat«, sagte der Erste Luchs mit einem tiefen Schnurren. Die uralte Katze schritt in die Mitte der Versammlung und schnupperte sehr lange an den aufgeschlagenen Seiten des Psalteriums. Segge zuckte nicht zurück, aber Comfrey sah mit einiger Genugtuung, dass sich ihre Augen weiteten.

»Ich erinnere mich noch gut an Mutter Neeth«, schnurrte der Erste Luchs. »Du hast recht. Es waren ihre Fäden, aus denen ich gesponnen wurde, genau wie der Hirsch aus Milch und Gold. Sie schickte uns aus ihrer Höhle, um den Rest von Farallone zu erschaffen, um den Pflanzen, Tieren, Steinen, Gewässern und dem Wind Leben und Tod einzuhauchen. Wir sollten über die Schöpfung wachen, während sie ihre Fäden zwischen den Sternen und der Erde spann. Die Fäden aus Sternengold, die das Schicksal aller Dinge bestimmen, die Farallone am Leben und zusammenhalten. Aber seit die Sternenpriester mit ihren Sternenbrechern gekommen sind, haben weder der Hirsch noch ich ihre Gegenwart mehr gespürt. Daher weiß ich nicht, warum das Psalterium von ihr spricht. Auch wenn ich nicht mit Sicherheit behaupten kann, dass sie tot ist, denn sie hält sich nicht in meiner Unterwelt auf.«

»Aber wie kann sie überhaupt getötet worden sein?«, platzte es plötzlich aus Tin heraus. »Ist sie nicht ein – ein Gott? Eine Unsterbliche?« Seine Gedanken überschlugen sich. Er dachte an die kleine Einsiedlerspinne und die Spule mit dem starken goldenen Faden. Und er dachte an die Räder und die Drähte seiner Einsiedlerspinne, die vibriert und gesurrt hatten, als er und Seb durch die Katakomben des Klosters gerast waren.

»Sogar Sterne können sterben«, antwortete der Erste Luchs, die großen hellgrünen Augen richtete die Schöpferin jetzt auf Tin. Ihre Farbe und Intensität erinnerten ihn seltsamerweise an die Augen von Comfrey, und das machte es ein wenig leichter, den Blick zu erwidern. »Und ist nicht auch der Hirsch freiwillig unter den Flügeln des Feuerfalken gestorben? Es stimmt, unser Lebenszyklus ist nicht wie eurer, und es ist weder die Zeit noch das Alter, die uns sterben lassen. Aber gegen Gewalt sind wir nicht gefeit. Und alles geht einmal zu Ende.«

»Wir sollten«, unterbrach die Baba Ithá, »die kleine

Einsiedlerspinne finden und sie fragen, was das rätselhafte Psalterium uns sagen möchte und ob die Alte Mutter Neeth tatsächlich noch lebt. Wenn man es recht bedenkt, könnte diese Spinne aus der Stadt es noch am ehesten wissen. Und falls Mutter Neeth tatsächlich lebt, müssen die Kinder meiner Meinung nach direkt zu ihrer Höhle gehen, wo die Welt ihren Anfang nahm, und sie um Rat bitten.«

»Aber liegt die Höhle nicht unter der Stadt begraben? Kann man sie überhaupt noch finden?«, fragte Malve, der seinen Kopf aus dem Schutz von Tins Armen streckte. »Ich kenne die Stadt inzwischen ein wenig, und darunter eine uralte Spinnenfrau in ihrer Höhle zu finden, ist keine leichte Aufgabe. Hätte Doorntons Mycelium sie nicht schon längst entdecken müssen, wenn sie wirklich noch dort wäre?«

»Eins nach dem andern«, fuhr die Baba Ithá dazwischen und funkelte den geschwätzigen Hasen an. »Zuerst müssen wir die kleine Einsiedlerspinne finden. Inzwischen hat sie sicher eine Vielzahl von kleinen Spinnenbabys bei sich. Ich kann die Kinder in meinem Knochenhaus zurück zu meinem Wald bringen.«

»Verzeiht mir«, unterbrach Comfrey und versuchte, möglichst selbstsicher zu klingen. Zu so vielen Leuten hatte sie noch nie gesprochen, geschweige denn zu solch mächtigen Geschöpfen. »Als Erstes müssen wir nach Erle. Meine Mutter ist in Gefahr. Das habe ich in der Feder des Feuerfalken gesehen.« Während sie sprach, schob Tin seine Hand in ihre und drückte sie. Comfrey wurde rot und stellte sich ein wenig aufrechter hin. »Bevor ich sie nicht gewarnt habe, gehe ich nirgendwohin. Ich denke, mein Vater stimmt mir da zu.«

Da schritt Doornton, dicht gefolgt von Seb, durch die Menge. Er legte einen Arm um seine Tochter und küsste sie auf den Kopf.

»Menschen«, fauchte Segge. »Ihr stellt eine Frau über das Schicksal von ganz Farallone?«

»Sachte, Schwester«, sagte Salix. »Dinge sind nicht immer nur schwarz oder weiß! Hier geht es um die Mutter des Mädchens. Und nach allem, was geschehen ist, hat Comfrey sich ihren Weg zurück über die Grenze mehr als verdient. Ab jetzt darf sie kommen und gehen, wann sie will. Wir haben Zeit.«

»Ach so?«, gab Segge wutschnaubend zurück. »Haben wir das? Nach dem Tod des Kojoten-Volkes und der Puma-Frau und des Hirschs? Jetzt, wo die Brüder unser Geheimnis kennen? Da sagst du, wir haben Zeit?«

»Für die Liebe, ja«, unterbrach Doornton sie scharf. »Vor acht Jahren habe ich meine Frau und meine Tochter verlassen, um Farallone zu helfen. Ich dachte, es wäre meine Pflicht, das Überleben des Landes über das meines Herzens zu stellen. Lasst euch sagen: Mein Herz war halb tot. Und erst heute, da ich mit meinem

Kind vereint bin, ist es wieder heil und lebendig. Ohne die Mutter dieses Kindes wird es jedoch keinen Tag länger überleben. Ohne Liebe und ohne dass wir jenen zur Seite stehen, die wir lieben, werden wir nichts heilen können. Ich glaube nicht, dass wir uns entscheiden müssen. Ich glaube, das ist der einzige Weg, mit dem wir jemals wirklich Erfolg haben werden.«

»Wohl gesprochen«, murmelte Salix und neigte leicht den Kopf.

»Dann werde ich selber nach der Spinne suchen«, schaltete die Baba Ithá sich ein. »Ich werde in meinen Tannenwald zurückkehren und anschließend direkt an die Grenze von Olima gehen, zu dem Bergrücken oberhalb von Erle. Dort werde ich euch berichten, was ich herausgefunden habe, und euch auf jede erdenkliche Weise unterstützen. Mit viel Glück bringe ich die Einsiedlerspinne mit.« Ihre Stimme klang überraschend wohlwollend und warm. »In zwei Tagen treffe ich euch zur Mittagszeit bei den Eichen über der Felszunge aus grünem Marmor, wo die Bewohner aus Comfreys Dorf ihre Opfergaben zurücklassen.« Feierlich neigte sie vor den Kindern und den Hasen ihren Kopf mit den ins Haar geflochtenen Knochen.

»Wir bringen euch durch unsere Gänge nach Hause«, meldete sich ein dunkelfelliger Maulwurf-Mann namens Rute zu Wort und klopfte mit seiner großen Schaufelhand auf sein Wams. »Das geht viel schneller und ist sicherer. Und diese fahrbare – Vorrichtung!« Er zögerte und musterte die Einsiedlerspinne.

»Meine Einsiedlerspinne?«, fragte Tin eifrig. »Meinst du, sie könnte uns nützlich sein?« Er fasste Mut. »Sie ist sehr schnell, weißt du? Und leise.«

»So sieht sie auch aus!«, antwortete Rute. »Ich denke, sie kann in unseren Gängen tatsächlich sehr nützlich sein; bestimmt fliegt sie nur so um die Kurven und Ecken!« Seine schwarzen Augen leuchteten auf.

»Kurven und Ecken?«, sagte Malve und verzog das Gesicht. »Das wird eine lange Reise werden ...«

»Ihr müsst euch wirklich *sehr* beeilen«, ging Segge dazwischen, die Comfrey noch immer wütend anschaute. »Jede Stunde zählt. Jede *Minute*.«

»Das werden wir, Segge«, sagte Comfrey. Ihre Stimme klang plötzlich so einfühlsam und erwachsen, dass Tin zuerst dachte, Binse hätte geantwortet. »Mir liegt Farallone genauso sehr am Herzen wie dir. Genauso sehr wie uns allen.« Sie schaute zu Tin und Seb, zu den Hasen und ihrem Vater. »Wir werden dich nicht enttäuschen, das verspreche ich dir.«

Sie wusste, dass sie so etwas eigentlich nicht versprechen durfte, schließlich lag eine dunkle Bedrohung vor ihnen. Und doch meinte Comfrey von ganzem Herzen, was sie sagte. Vorsichtig streckte sie ihren Arm aus und nahm Segges Hand. Die Korb-Hexe zuckte zusammen, zog die Hand aber nicht weg.

»Nun gut, Hinterlandmädchen«, antwortete Segge. »Ich werde versuchen, dir zu vertrauen.« Und für einen kleinen Moment huschte ein Lächeln über ihr Gesicht.

»Auf was warten wir dann noch?«, mischte Myrte sich ein, die aus Comfreys Armen gesprungen war und nun ungeduldig um ihre Füße herumhüpfte. »Als Erstes würde ich gerne diese holprige Einsiedlerspinnenfahrt hinter mich bringen.«

»Gewöhne dich besser dran«, sagte Tin mit einem schiefen Grinsen. »Ich vermute fast, dass es in der Zukunft noch einige Fahrten darin geben wird, besonders, wenn wir uns auf den langen Weg zurück in die Stadt machen.«

»Wer weiß«, sagte Salix verschmitzt und berührte mit ihrem Zeigefinger sanft die Stirn der Häsin. »Womöglich ist es für euch ja sicherer, in den Armen des Nordwindes, der ein alter Freund des Wilden Volkes ist, zurück zur Stadt zu reisen.«

»Ach herrje!«, rief Malve und sprang aus Tins Armen. »Mit einer Eule zu reisen, war schon schlimm genug – aber nur mit dem Wind? Das mache ich nicht mit, das ist nichts für einen Hasen.«

»Oh, vielleicht tun wir das ja irgendwann doch«, sagte Myrte und stupste mit ihrer Nase gegen die ihres Zwillings. »Es gibt bestimmt keinen Hasen, der schon so viele Abenteuer erlebt hat wie wir. Trotz der Geschichten, die uns die Grünzwillinge erzählt haben, hätten auch wir uns all das schließlich niemals träumen lassen! Wir setzen einfach immer eine Pfote vor die andere. Und das so lange, bis wir am Ende angekommen sind.«

»Lasst uns hoffen, dass es gar kein Ende geben wird, sondern einen neuen Anfang«, flüsterte Comfrey. Und obwohl sie nur ganz leise gesprochen hatte, wehten ihre Worte über die versammelte Menge. Ein Hauch von Hoffnung, so strahlend wie Sternengold.

DANKSAGUNG

Dieses Buch reifte schon in mir, seit ich ein Mädchen war. Und so gibt es viele Menschen, Landschaften und Geschöpfe, die bei der Entstehung mitgeholfen haben und denen ich danken will.

Ein Dank geht an alle Autoren, deren Bücher mich als Kind beeinflusst haben – ihr Schöpfer von mutigen Heldinnen und freundlichen Helden, sprechenden Bäumen und wilder Magie, eure Worte haben mich zu der Autorin und Frau gemacht, die ich heute bin.

Ein weiterer Dank geht an meine Eltern, die mich auf dem Weg dorthin immer unterstützt haben, insbesondere an meine Mutter, weil sie all meine frühen Entwürfe gelesen hat.

Außerdem möchte ich allen Kindern und Erwachsenen danken, die 2014 die *The Leveret Letters* (eine sehr frühe Fassung von *Das Wilde Volk*) abonniert haben, als sie noch ein E-Mail-Geschichten-Projekt war. Eure Unterstützung und begeisterten Briefe haben mir beim Auf-die-Welt-Bringen der Geschichte über Comfrey, Tin, Myrte und Malve geholfen.

Dank möchte ich auch meiner weisen, wundervollen und unermüdlichen Agentin Jessica Wollard aussprechen, die an dieses Buch geglaubt hat, meiner hervorragenden Lektorin Anne Finnis, die mein Buch zupackend und weitsichtig begleitet hat, und dem ganzen Team von meinem Verlag Usborne, das immer kreativ und mit vollem Herzen bei der Sache ist.

Dankeschön sage ich zu guter Letzt zu den Pflanzen, Tieren, Steinen, Gewässern und Winden der Halbinsel Point Reyes. Ihre Landschaft hat mich zu Farallone inspiriert, und es ist der Ort, den ich dankbar und in Liebe mein Zuhause nenne.

Und dann danke ich noch Simon, weil er von Anfang an mit mir die alte Magie von Geschichten geteilt hat und mich immer wieder daran erinnert, dass im Herzen von jeder wahren Geschichte die Liebe sitzt.

Sylvia V. Linsteadt wuchs an der kalifornischen Küste auf, ganz in der Nähe der Halbinsel Point Reyes. Wenn sie nicht gerade Romane, Kurzgeschichten und Gedichte über das Leben wilder Kreaturen oder die Magie alter Mythen schreibt, wandert sie gerne in den Bergen, um nach Tierfährten oder Heilkräutern Ausschau zu halten. *Das Wilde Volk* ist ihr erstes Buch für junge Leser. Sylvia lebt abwechselnd auf Point Reyes und der griechischen Insel Kreta.

Sandra Dieckmann wurde in Norddeutschland geboren, wohnt und arbeitet aber inzwischen in London. Inspiration für ihre farbenfrohen Illustrationen findet sie vor allem in der Natur. Zu ihren internationalen Auftraggebern zählen Buchverlage und Magazine. Sandra wurde schon für viele literarische Preise nominiert.